dtv

W0284343

Dresden im November 1944: Die Kriegsumstände erschweren das Leben in der Stadt und werden immer bedrohlicher. Da findet man die grausam zugerichtete Leiche einer Krankenschwester – und dabei bleibt es nicht. Schnell heißt es: Das ist der Angstmann, der nachts sein Unwesen treibt. Kriminalinspektor Max Heller hat bei der fieberhaften Suche nach dem Täter nicht nur mit den wilden Spekulationen und dem Kriegschaos zu kämpfen, sondern auch mit seinem linientreuen Vorgesetzten. Und die Hoffnung, der Frauenmörder sei bei dem Bombeninferno im Februar 1945 umgekommen, erfüllt sich nicht …

Frank Goldammer, 1975 in Dresden geboren, ist dort Handwerksmeister, alleinerziehender Vater von Zwillingen und seit seinem 20. Lebensjahr Autor aus Leidenschaft. Mit diesem historischen Dresden-Krimi gelang ihm der Sprung auf die Bestsellerlisten. Der zweite Fall für Max Heller, ›Tausend Teufel‹, führt in die Nachkriegszeit.

Frank Goldammer

Der Angstmann

Kriminalroman

dtv

Kostenlos mobil weiterlesen! So einfach geht's.

Hier geht's zur kostenlosen App:
www.papego.de/app

Erhältlich für Apple iOS und Android.
Papego ist ein Angebot der Briends GmbH, Hamburg. www.papego.de

Die detaillierte Anleitung finden Sie am Ende des Buches

Ausführliche Informationen über
unsere Autoren und Bücher
www.dtv.de

FSC
www.fsc.org
MIX
Papier aus verantwortungsvollen Quellen
FSC® C019821

Ungekürzte Ausgabe 2017
© 2016 dtv Verlagsgesellschaft mbH & Co. KG, München
Das Werk ist urheberrechtlich geschützt.
Sämtliche, auch auszugsweise Verwertungen bleiben vorbehalten.
Umschlaggestaltung: Isabelle Hirtz, Inkcraft
Satz: Fotosatz Amann, Memmingen
Druck und Bindung: Druckerei C.H.Beck, Nördlingen
Gedruckt auf säurefreiem, chlorfrei gebleichtem Papier
Printed in Germany · ISBN 978-3-423-21696-8

Erster Teil

30. November 1944

Heller stemmte sich mühsam hoch. Mit seinen eins zweiundachtzig passte er gerade noch in den Beiwagen des BMW-Gespanns aus Wehrmachtsbestand. Ein anderes Fahrzeug hatte nicht mehr zur Verfügung gestanden. Heller stieg mit dem rechten Bein zuerst aus und zuckte zusammen, als sein Fuß das Kopfsteinpflaster berührte. Er wischte sich den eiskalten Sprühregen aus dem Gesicht, der während der Fahrt eingesetzt hatte, und schüttelte missbilligend den Kopf. Anstatt in den Hof zu fahren, hatte Strampe das Motorrad vor dem Tor abgestellt. Heller wertete das als Zeichen der Geringschätzung. Der junge SS-Mann konnte ihn nicht leiden.

Jetzt stand Heller vor dem Gebäude der Rudergesellschaft Dresden. Er klappte den Kragen hoch und vergrub seine Fäuste tief in die Taschen seines langen Mantels. So stand er mit hochgezogenen Schultern, ohne seine lederne Schiebermütze, und wusste nicht, wohin er gehen sollte. In seinem kurz geschnittenen, langsam ergrauenden Haar sammelte sich die Feuchtigkeit.

Die Elbe bot einen trostlosen Anblick, grau und verwaschen, an diesem letzten Nachmittag im November. Einige Bäume am Ufer, blattlos und schwarz von Feuchtigkeit. Elbaufwärts Rohre von Flakgeschützen, von denen Heller wusste, dass sie nur Attrappen waren. Die Wolken hingen tief, tauchten die Hänge am anderen Ufer in Nebelschleier. Es würde bald dunkel werden. Heller schniefte leise. Da löste sich aus dem schwarzgrauen Hintergrund der feuchten Putzwände eine Gestalt und kam auf ihn zu.

»Herr Kriminalinspektor?«, fragte der Uniformierte, warf dann eilig seine Rechte in die Luft. »Heil Hitler!«

Heller sah sich unversehens gezwungen, seine Hand aus der Tasche zu winden, erwiderte die Geste lustlos, ohne einen Ton zu sagen.

Der Schutzpolizist trat einen Schritt zur Seite, deutete eine Verbeugung an, mit der er Heller den Vortritt ließ. »In dem alten Ruderhaus«, fügte er erklärend hinzu.

Es war nicht weit, fünfzig Meter etwa, doch Heller, dem die Feuchtigkeit in die Knochen gekrochen war, haderte mit seinem rechten Fuß. Er tat jeden Schritt mit Bedacht und spürte die Ungeduld des Uniformierten hinter ihm.

Beim Ruderhaus angelangt blieb Heller stehen, um den Mann vorzulassen.

Doch der Polizist reagierte nicht. »Gehen Sie nur voran, immer geradeaus. Sie ist ganz hinten in der Werkstatt.«

Heller sah den Mann eine Sekunde lang emotionslos an, dann betrat er das Haus. Es war nicht mehr als eine Baracke, angeschlossen an eine große Garage, in der die Boote aufbewahrt wurden, die langen Ruder und weiteres Zubehör. Es roch nach brackigem Wasser, Öl und Metallabrieb.

»Da durch!«, erklärte der Uniformierte.

»Wären Sie doch einfach vorgegangen«, bemerkte Heller ungehalten. Zwar brannte ein Licht in dem Bootshaus, doch die Birne war schwach und trübe. Es war deprimierend, so wie alles derzeit.

»Es ist noch niemand da?«, fragte er. »Kein Fotograf?«

»Niemand, Herr Kriminalinspektor, aber alles angefordert.«

Heller nickte. Angefordert wurde viel. »War jemand am Fundort, hat jemand die Leiche berührt?«

»Nein, Herr …« Der Uniformierte prallte auf Heller, der unvermittelt stehen geblieben war.

Die Tür der Werkstatt stand offen, und das, was Heller dort sah, hatte er so nicht erwartet.

»Wer hat sie gefunden?«, fragte er heiser.

»Zwei Jungen. Sitzen drüben im Vereinshaus.«

»Also hat niemand den Raum betreten?« Heller riss sich vom Anblick der Leiche los und suchte den Boden nach Spuren ab. In der Mischung aus Staub und Öl müsste etwas zurückgeblieben sein, vermutete er. Das Blut war geronnen. In der Lache bildeten sich Risse, wie im Schlamm einer ausgetrockneten Pfütze.

»Ich brauche Licht hier, viel Licht und den Fotografen.«

»Dann müssen wir die Fenster verdunkeln.«

»Kümmern Sie sich darum!«

Der Schupo nickte knapp und verschwand. Heller betrachtete die Frau, die mit festem Strick an den Handgelenken an die Werkbank gebunden war, sitzend, die Arme weit ausgebreitet, wie Jesus am Kreuz. Ihre Bluse und das Unterhemd waren aufgerissen worden, ebenso der Rock. Ein Stück von demselben Strick diente als Fußfessel, ihr Unterleib war völlig entblößt. Die Unterhose und die langen Strümpfe waren ihr bis zu den Fußknöcheln hinuntergezogen worden. Der Kopf hing nach vorn, tief auf ihre Brust, und Heller konnte ihren Nacken sehen. Wieder wischte er sich über das Gesicht.

Mittlerweile war der Regen stärker geworden, begann auf das Blechdach zu trommeln und gluckste bald durch die Dachrinnen und Fallrohre. Heller ging in die Hocke, um zu sehen, ob die Frau geknebelt worden war. Er konnte es nicht erkennen, zu finster war es schon im Raum, und den Lichtschalter durfte er nicht berühren. Ihr Gesicht lag im Dunkel.

Endlich hörte Heller Motorengeräusche. Dann Männerstimmen. Er straffte sich und steckte die Hände in die Manteltaschen. Oldenbusch von der Spurensicherung kam herein, unter einem Arm ein Holzstativ, in der anderen Hand einen großen braunen Koffer. Da ihm niemand folgte, konnten sie sich den Hitlergruß ersparen.

»Geben Sie her, Werner.« Heller wollte nach dem Koffer greifen, doch Oldenbusch, dreißig Jahre alt, untersetzt und etwas dicklich, schüttelte den Kopf.

»Machen Sie mal Ihr Ding, Max, ich mach meins«, schnaufte er. »Gräulicher Anblick – hab schon gehört.«

Heller nickte. »Ein Elend.«

»Alles Elend heutzutage.«

Heller ging nicht darauf ein. Solcher Art Gespräche vermied man.

»Versuchen Sie jedes Detail aufzunehmen. Auch die Kleidungsstücke. Vorher aber den Boden nach Spuren absuchen, ich meine, da einen Schuhabdruck gesehen zu haben. Ich denke, an der Werkbank könnte es Fingerabdrücke geben und am Lichtschalter auch. Fremdhaare vielleicht auf der Kleidung des Opfers. Woher stammt der Strick? Und ich bin mir nicht sicher, aber ist das dort eine Sichel?« Heller deutete auf einen dunklen Halbmond halb unter der Werkbank.

Oldenbusch wiegte beruhigend den Kopf. »Schon klar, ich weiß, was zu tun ist. Zuerst aber muss ich Scheinwerfer haben. Blitzlichter sind auch knapp. Alles knapp. Klepp wollte erst gar nicht einsehen, warum ich hierherkommen sollte.«

Heller sah den Kriminaltechniker misstrauisch an. »Weshalb, wenn ich fragen darf?«

Oldenbusch grunzte nur, damit schien ihm alles gesagt. Schon war er wieder auf dem Weg nach draußen. Heller folgte ihm.

»Ich werde eine Weile brauchen. Kennen Sie den jungen Friedrich? Den haben sie letzte Woche eingezogen.«

Heller kannte ihn nicht. »Ich rede mal mit den Burschen. Wenn Sie mich suchen, ich bin im Vereinshaus.« Heller deutete mit dem Kinn auf das gegenüberliegende Gebäude.

Die beiden Jungen saßen artig an einem Tisch, den Tee in ihren Tassen hatten sie nicht angerührt. Beide trugen Mäntel, unter denen Heller die Kragen von Uniformen des Deutschen Jungvolks erkennen konnte.

Als er sich ihnen näherte, sprangen beide auf und ihre Arme gingen steif in die Luft. »Heil Hitler!«, quäkten sie im Chor.

Wie alt mochten sie sein, dachte Heller, keine zwölf. Hatten nie etwas anderes kennengelernt. Diesmal grüßte er vorschriftsmäßig. Bei Kindern musste man besonders aufpassen, sie waren oft die schlimmsten Denunzianten.

»Setzen!«, befahl er. »Was hattet ihr in dem Ruderhaus zu suchen?«

»Ha'm gespielt, Herr Kriminalrat!«, kam es wie aus der Pistole geschossen.

»Name!«

»Merker, Gustav.«

»Trautmann, Alwin.«

»Ihr seid eingebrochen!«

»Nein, Herr Kriminalrat! Die Tür war offen.«

Hellers Blick wanderte zum Nachbartisch, auf dem zwei einfache Holzgewehre lagen.

»Herr Kriminalinspektor, heißt es. Wissen eure Eltern, wo ihr seid?«

Beide schüttelten den Kopf.

»Erzählt, was ihr getan und gesehen habt. Lasst nichts aus. Du zuerst, Gustav.« Heller nahm durch das Fenster eine Bewegung wahr. Klepps Auto war auf den Hof gefahren.

»Wir haben gespielt. Wir sind oft hier. Wir wohnen da drüben auf der Gneisi, der Gneisenaustraße. Die Tür stand offen, so einen Spalt, und wir gingen rein, weil es kalt war und weil vielleicht ein Spion da drinnen war. Es hat gar nicht lang gedauert, da haben wir die Tote gesehen.« Gustav schien es nichts auszumachen, doch bei den letzten Worten war sein Freund zusammengezuckt.

»Habt ihr was gesehen? Lief jemand weg? Habt ihr Schreie gehört?« Das war Routine, die Frau war seit Stunden tot.

»Nein, da war niemand.«

»Habt ihr nichts angefasst? Die Tür, den Lichtschalter? Die Tote?«

»Nein, Herr Kriminaler, gar nichts!« Gustav und Alwin schüttelten eifrig die Köpfe.

»Wie hast du dann die Tür geöffnet?«

»Hab ich mit dem Gewehr aufgedrückt!«

Heller nickte. »Ihr geht jetzt heim, auf dem kürzesten Weg. Lügt ihr auch nicht, wegen der Namen? Ihr wisst doch, dafür gibt's Zuchthaus.«

Wieder schüttelten beide heftig den Kopf.

»Gut, dann ab!«

Die beiden erhoben sich. Doch Alwin blieb stehen. »Das war der Angstmann, nicht?«

Heller sah auf. »Der Angstmann?«

»Mutter sagt, der Angstmann geht um.«

»Der Angstmann? Wer soll das sein?«

»Fängt kleine Kinder!« Alwin war es ernst und sein Kinn zitterte.

Heller erhob sich. »Geht heim. Angst gibt es genug, da braucht's nicht noch den schwarzen Mann dazu.«

»Ob er uns jetzt folgen wird, weil wir die Frau gefunden haben?«

Heller griff dem Jungen fest an die Schulter. »Geh zu deiner Mutter. Wenn es der Angstmann war, dann hat er jetzt andere Sorgen, als sich um euch zwei Bengel zu kümmern.«

»Angstmann«, flüsterte Heller zu sich selbst, als er über den Hof zum Fundort der Leiche zurückkehrte. Was sollte er davon halten? Es war Krieg und da waren die Menschen anders als im Frieden. Wer fesselte eine Frau und richtete sie so furchtbar zu, ohne sich die Mühe zu machen, die Tat zu verbergen? Er hätte die Leiche einfach in die Elbe werfen, danach den Boden abspritzen können. Heller hatte im Bootshaus ein Waschbecken mit angeschlossenem Schlauch gesehen.

Als er das Bootshaus betreten wollte, kam ihm Klepp entgegen. Der Mann war fast so groß wie Heller, wog aber entschieden mehr und war ein paar Jahre jünger als er. SS-Obersturmbannführer Rudolf Klepp war sein Vorgesetzter, neuerdings. Und er war noch nie Polizist gewesen, stattdessen hatte er vor seiner SS-Laufbahn Fleischer gelernt.

»Schweinerei!«, murmelte er. Heller erwiderte nichts. Leute mit Totenköpfen an ihren Mützen sollten einen Anblick wie diesen aushalten können, dachte er sich.

»Ich fahre zurück ins Präsidium. Räumen Sie hier noch auf. Viel zu holen wird es wohl nicht geben.«

Heller blieb stumm, blinzelte nicht einmal, spürte, wie die Nässe sein Haar durchdrang, seine Mantelschultern, und ihm ins Genick lief. Bisher hatte er nur wenig mit Klepp zu tun gehabt. Man hatte ihn aus Polen geholt, von der Waffen-SS. Der Posten bei der Dresdner Polizei sollte wohl seine Belohnung sein. Was in Polen geschehen war, kannte man nur als Gerücht. Und Gerüchten hatte Heller noch nie Glauben geschenkt, erst recht nicht im Krieg.

»Ich würde die Leiche gern obduzieren lassen«, sagte er.

Klepp winkte ab. »Tun Sie, was Sie tun müssen. Ich denke, morgen werden Sie einen Abschlussbericht haben.« Er beugte sich vor und hetzte die wenigen Schritte zu seinem Wagen. Sein Fahrer, der die ganze Zeit regungslos im Regen gestanden hatte, riss die Tür auf.

»Einen Abschlussbericht?«, fragte Heller, doch in dem Moment warf der Fahrer die Tür zu, sodass Klepp die Frage nicht mehr hören oder zumindest vorgeben konnte, sie nicht gehört zu haben.

Heller sah dem wegfahrenden Wagen hinterher und ging dann zurück ins Bootshaus.

Oldenbusch schien bereits auf ihn gewartet zu haben. »Kommen Sie rein.« Er deutete auf etwas an der Wand neben Heller. Es war ein Besen. »Der Täter muss den Boden gefegt haben. Ich habe keine einzige Fußspur ausmachen können.«

Heller betrachtete den Stiel, auf dem sich heller Staub in feinen Schlieren abgesetzt hatte. Als er seine Hand danach ausstreckte, räusperte sich Oldenbusch.

»Der Besen muss noch nach Fingerabdrücken untersucht werden. Der Täter ist durch die Blechtür eingedrungen, die zur Elbe hinausgeht, hat das Schloss einfach aufgestemmt. Einbruchswerkzeug ist nicht zu finden. Die Spuren draußen hat der Regen schon fortgespült. Ansonsten das Opfer, keine Papiere, nichts«, sagte Oldenbusch weiter, ohne dass Heller fragen musste. Sie arbeiteten schon lange zusammen. »Nichts in der Kleidung. Arierin, trägt keinen Stern. Klepp meint …« Oldenbusch sah erschrocken auf, um sich zu vergewissern, dass Klepp nicht mehr anwesend war. »Er meint, es wäre eine Schlesierin, doch die Kleidung scheint mir nicht dazuzupassen.«

Heller deutete auf den Fuß der Toten. »Das sind Krankenhausstrümpfe.«

Oldenbusch schürzte die Lippen. »Aus dem Gerhard-Wagner-Krankenhaus?«

»Es läge in der Nähe. Oder der Diakonissenanstalt.«

»Die Sichel übrigens ist sauber, die Tatwaffe muss eine andere gewesen sein, ein sehr scharfes Messer, auf den ersten

Blick. Ich habe ein Dutzend Bilder gemacht, die werde ich heute noch entwickeln.«

»Klepp spricht von einem Abschlussbericht?«

Oldenbusch warf Heller einen mitfühlenden Blick zu. »Eine Zufallstat, meinte er zu mir, von einem Durchfahrenden begangen.«

Heller sah Oldenbusch ein paar Sekunden an. »Lassen wir sie zum Gerichtsmediziner bringen.«

Oldenbusch schüttelte traurig den Kopf. »Alle an der Front. Doktor Kassner hat letzte Woche seinen Marschbefehl erhalten.«

Heller schnaubte, offenbar galten die UK-Bescheide auch nichts mehr. Irgendwann würden sie auch noch ihn an die Front schicken.

»Das kann so nicht weitergehen. Es wird alles den Bach runtergehen.« Noch während er sprach, bereute Heller seinen emotionalen Ausbruch und nahm sich sofort wieder zurück. »Kein zufällig durchreisender Mörder macht sich die Mühe, seine Spuren so sorgfältig zu verwischen. Er muss sich auch gewaschen haben. So eine Tat kann man nicht durchführen, ohne sich selbst zu besudeln. Lief er mit dieser Kleidung einfach hinaus?«

Oldenbusch zog die Mundwinkel nach unten. »Es wäre ein Leichtes, einen Mantel überzuwerfen. Er kann sich aber auch da am Waschbecken gewaschen haben, sofern es erforderlich war. Abdrücke gibt es allerdings keine.«

»Ich meine, er kannte sich aus, das war geplant! Der Ort, die Tat. Auch der Abgang.«

»Aber die Leiche ließ er einfach liegen!«

Heller zog Luft durch die Zähne. Genau dies machte ihm Gedanken.

»Machen Sie weiter hier, ich finde heraus, wohin wir sie bringen können!«

30. November 1944, Abend

Heller war von seinem Weg ins Krankenhaus vollkommen durchnässt. Er hatte sich seines Mantels entledigt und hoffte, dass dieser im Vorzimmer auf der Heizung ein wenig trocknen würde. Es war schwierig gewesen, einen Fachmann aufzutreiben. Das Krankenhaus war total überfüllt, das Personal überlastet. Besonders schwere Krankheiten häuften sich gerade, Verletzte von den Fronten trafen täglich ein, unterernährte Flüchtlinge mussten versorgt werden, die Läuseplage ging um. Heller war in das Arztzimmer beordert worden, wartete nun schon seit fast einer Stunde. Draußen war es mittlerweile dunkel geworden. Max Heller schob den Ärmel seines Jacketts hoch, sah auf die Armbanduhr. In diesem Moment öffnete sich die Tür.

Heller erhob sich, doch der Arzt schritt straff an ihm vorbei zu seinem Stuhl, raffte den weißen Kittel, setzte sich und gebot Heller mit einer knappen Geste, sich wieder zu setzen. Doktor Alfred Schorrer, wie es auf dem Namensschild auf seinem Schreibtisch zu lesen war, lehnte sich zurück. Er war etwa in Hellers Alter oder knapp darüber. Sein Haar war militärisch kurz geschnitten. Er trug einen kurz gestutzten Oberlippenbart, kaum mehr als ein silberner Schleier. Seine Augen waren grau, blickten hell und intelligent auf sein Gegenüber.

»Leider hatten Sie recht mit Ihrer Vermutung. Es handelt sich tatsächlich um eine unserer Krankenschwestern. Klara Bellmann. Sie ist, soweit ich weiß, nicht viel länger als ich hier im Krankenhaus, drei Monate. Sie arbeitete in der Frauenklinik.« Doktor Schorrer stützte seine Ellbogen auf die Armlehnen seines Stuhls und legte die Fingerspitzen der Hände zusammen.

»Ich fürchte, die junge Frau hat ein arges Martyrium hinter sich bringen müssen, ehe sie der Herr gnädig zu sich nahm. Keine ihrer Wunden scheint tödlich gewesen zu sein. Das Herz ist unversehrt. Es gibt einen Lungenstich, doch dies hat meist nur zur Folge, dass der betroffene Lungenflügel sich mit Blut füllt. Ein sehr langsamer Erstickungstod ist die Folge. Oft genug erlebt an der Front. Sie sind auch ein Frontkämpfer gewesen?«

Heller räusperte sich. »Ja, im letzten Krieg.«

Schorrer lebte sichtlich auf. »Da war ich auch schon dabei. Garde-Grenadier-Regiment Nr. 5. Und Sie?«

»Grenadier-Regiment Nr. 101«, erwiderte Heller. Mehr würde er dazu nicht sagen.

Schorrer schien das zu ahnen und kam augenblicklich zum Thema zurück. »Die Verletzung der Bauchdecke ist immer mit großen Schmerzen verbunden, die tiefen Schnitte in Armen und Beinen ebenso. Sie muss geschrien haben, es sei denn, sie ist bald bewusstlos gewesen. Ihr Tod trat entweder durch den Schock ein oder sie verblutete. Letzteres ist mir wahrscheinlicher.« Schorrer tippte die Fingerspitzen zweimal aneinander.

Heller vermied es, sich mit der Hand in den Nacken zu fahren, er wollte nicht unsicher wirken angesichts des souveränen Auftretens des Arztes. Doch er fühlte sich unwohl. Er fröstelte und rieb seine Schultern im Anzug. Er ahnte, dass er heute Nacht nur schlecht schlafen würde.

»Lässt sich nachvollziehen, ob sie alkoholisiert war? Oder anderweitig betäubt, besinnungslos, gelähmt? Hat sie sich nicht gewehrt? Sie wird doch nicht freiwillig das Bootshaus betreten haben.«

Schorrer beugte sich ein wenig vor, sah auf ein Formular. »Eine Blutabnahme wurde vorgenommen«, erwiderte er knapp. »Noch Fragen?«

»Sie leiten dieses Haus? Man sagte mir, Sie seien Pathologe.«

»Das bin ich. Doch das Gebot der Stunde erfordert besondere Maßnahmen, weshalb mein Wirkungsbereich über mein Fachgebiet hinaus erweitert wurde.« Schorrer öffnete die Handflächen. »Nun, Herr Kriminalinspektor, es gibt viel zu tun!«

Heller verstand und erhob sich. »Vielen Dank für Ihre kurzfristige Hilfe. Darf ich vielleicht auf Ihren Rat zurückkommen, falls er vonnöten ist?«

»Jederzeit, ich wohne hier auf dem Gelände. Man hat mir in der Schwesternschule zwei Zimmer frei gemacht.« Schorrer hatte sich ebenfalls erhoben, nun standen sie sich zum Abschied gegenüber und zögerten einen Moment.

»Heil Hitler.« Heller hob den Arm, doch er streckte ihn nicht ganz durch und ließ ihn augenblicklich wieder fallen.

Doktor Schorrer tat es ihm gleich und einen Moment lang sahen sie sich dabei forschend in die Augen. Im Vorzimmer gab ihm Schorrers Sekretärin den Mantel wieder, der angenehm warm geworden war. Heller bedankte sich und ging.

Auf dem Gang roch es nach Abendessen, nach Brühe und Brot. Er selbst hatte seit einem kargen Mittag aus ein paar Kartoffeln und salzigen Rüben nichts mehr gegessen. Das Personal ging ungerührt seiner Arbeit nach. Heller musste ein-, zweimal ausweichen, presste sich an die Wand, als Essenswagen und Betten an ihm vorbeigeschoben wurden.

Im Treppenhaus wartete er nicht auf den Aufzug, sondern nahm die Treppe.

»Sagen Sie«, sprach er eine vorbeilaufende Krankenschwester im Erdgeschoss an, »wo finde ich die Personalabteilung?«

»Das Verwaltungsgebäude ist da hinten, aber dort ist jetzt niemand mehr.« Die Schwester deutete auf ein Haus.

»Vielen Dank!«

»Bitte.« Die Schwester lief weiter und ging die Treppe hoch.

Dann durchfuhr es Heller heiß und er drehte sich noch einmal um. »Heil Hitler«, rief er.

Die Schwester hielt inne und sah sich langsam nach ihm um. Dann stieg sie, ohne den Gruß zu erwidern, die Treppen weiter hinauf.

»Was ist mit dir?«, fragte Karin und nahm Heller den Mantel ab. Sie hängte ihn auf einen Bügel und brachte ihn in die Küche, wo sie ihn neben den Ofen hängte. Dann kam sie in den Flur zurück. Währenddessen hatte Heller sich auf die kleine Bank gesetzt und zog mühsam seine Schuhe aus. Missbilligend sah seine Frau ihn an. »Deine Mütze?«

»Hab ich im Büro vergessen.« Der rechte Schuh rutschte ihm ruckartig über die Ferse, Heller verzog das Gesicht.

»Ach, du! Eine Erkältung können wir als Letztes gebrauchen!«

Heller schwieg. Er mochte es nicht, wenn sie so war, doch sie hatte ja recht und er ärgerte sich über sich. Dass er leicht fröstelte, verschwieg er lieber.

»Also, was ist?« Karin setzte sich neben ihn.

»Eine Frau ist ermordet worden. Nicht weit von hier, eine viertel Gehstunde. Eine furchtbare Tat. Wirklich grässlich. Jemand hat sie … aufgeschnitten …«

»Ein Raub?«

»Nein, Karin, um Raub ging es da nicht. Das war die Tat eines Wahnsinnigen!«

»Kannst du etwas tun?«

Heller schnaubte leise. »Keine Leute, kein Benzin, keine Blitzlichtbirnen, keine Zeit. Klepp meint wohl, das wäre ein Durchfahrender gewesen.«

»Ach der, dieser dumme Kerl!«

Heller legte seine freie Hand auf ihren Unterarm und drückte ihn sanft. Sie sollte nicht so laut sprechen, wenn sie im Flur waren.

»Ist doch wahr«, flüsterte Karin trotzig.

»Was gibt's zu essen?«

»Eintopf mit Kartoffeln und Rüben.« Karin erhob sich und Heller folgte ihr in die Küche. »Vier Stunden hab ich bei Kiebels gestanden, weil es hieß, es gäbe Fett. Schon weit vor mir war es alle.«

»Und sonst?«, fragte Heller fast beiläufig.

»Nichts«, antwortete Karin, ohne ihn anzusehen.

Das war gut und schlecht zugleich. Das bedeutete, es war also kein Heldenbrief gekommen, in dem es hieß, einer ihrer Jungen sei für Führer, Volk und Vaterland gefallen. Das bedeutete aber auch, dass es keine Post von der Front gab. Seit Monaten schon. Ihre eigenen Briefe waren zurückgekommen, alle mit dem Vermerk: Zurück an Absender, weitere Nachricht abwarten.

Schweigend saßen sie am Esstisch, und es gab kein Geräusch außer dem leisen Klappern ihrer Löffel auf den Tellern. Das Radio blieb stumm. Eigentlich mochte Heller klassische Musik. Händel und Vivaldi, doch er konnte das dümmliche Geplapper zwischen der Musik nicht mehr hören. Immer nur die gleichen Phrasen.

Karin hatte zuerst aufgegessen, sie hatte sich viel weniger auf den Teller getan. Mit Bedacht legte sie den Löffel weg, sodass es keinen Laut verursachte. »Die Lehmann sagte heute, in Russland gingen sie wieder vor.«

Heller aß auf, kippte den Teller, um noch das letzte bisschen Brühe herauszulöffeln. Dann legte auch er ganz leise den Löffel ab. »Die Leute schwätzen nur noch dummes Zeug. Gingen sie in Russland vorwärts, hätten sie es längst laut verkündet.« Er erhob sich, um ins Wohnzimmer zu gehen. Um die Zeitung zu lesen, die nur noch aus ein paar Blättchen bestand und beinahe zur Hälfte mit Todesanzeigen gefüllt war. Karin würde aufwaschen und ihm in wenigen Minuten folgen, wo sie dann im Kerzenschein abwarten würden, ob es in der Nacht Alarm geben würde. Erst wenn sie sicher waren, dass der Engländer wegblieb, würden sie zu Bett gehen. In der Tür drehte sich Max Heller noch einmal um. »Hat die Lehmann schon einmal was vom Angstmann gehört?«

Karin räumte das Geschirr zusammen. Sie überlegte und schüttelte den Kopf. »Der Angstmann? Nein.«

Heller ärgerte sich, es überhaupt angesprochen zu haben. Genauso wie er sich ärgerte, der Krankenschwester dieses viel zu laute »Heil Hitler« nachgerufen zu haben. Heldenhafter Kampf, las Heller. Überall heldenhafter Kampf. Auch so eine Phrase. Jeder wusste – jeder müsste wissen –, was diese Nachrichten wert waren, nämlich nichts. Und doch gierte man danach zu lesen, suchte nach jedem kleinen Hinweis darauf, was tatsächlich vor sich ging. Auch in seinem Krieg hatten sie heldenhaft gekämpft. Heldenhaft hatten sie im Schlamm gelegen, heldenhaft hatten sie sich geduckt, wenn die Granaten um sie herum einschlugen, ihre Gesichter in den Schlamm gepresst.

»Was hat das zu bedeuten, der Angstmann?«

Heller zuckte zusammen. Er hatte Karin nicht kommen hören. »Die Frau heute, zwei Burschen haben sie gefunden, der eine war ganz verschüchtert. Er fragte mich, ob das der Angstmann gewesen sei. Mehr weiß ich nicht, Karin.«

Karin wechselte die Kerze auf dem Stubentisch, löschte

das Deckenlicht, setzte sich dann auf das Sofa und schlug eine Decke um ihre Beine.

»Du sagst, er hat sie aufgeschnitten …« Sie zögerte. »Wer macht denn so etwas?«

Heller sah sie nachdenklich an. »Ich weiß es nicht. Aber das war kein normaler Mord. Kein Raub. Das ist etwas anderes. Ich fühle das.«

»Aber Max«, flüsterte Karin, und ihr Gesicht war kaum zu sehen, knapp außerhalb des Kerzenlichts, »halte dich bloß zurück, wenn dieser Klepp das so will.«

»Es ist ein Mord und ich habe meine Arbeit zu tun!«

»Max, es wäre nicht das erste Mal, dass du mehr tätest als nötig!«

»Ich habe immer nur getan, was nötig war.«

»Aber gerade jetzt …«

»Gerade jetzt gilt es, nicht alle Regeln über Bord zu werfen und jeden Anstand zu verlieren.«

»Fall mir nicht ins Wort, Max! Ich mache mir nur Sorgen. Nicht, dass du zum Schluss der einzige Anständige unter all den Verrückten bist.«

»Was willst du denn damit sagen? Soll ich auch verrückt spielen?«

Karin schüttelte ungehalten den Kopf. »Stell dich nicht dumm, du weißt, was ich meine!«

Dreiundzwanzig Uhr gab es Voralarm, wenige Minuten später Vollalarm. Heller, der im Sessel eingedöst war, erhob sich, holte seinen Mantel aus der Küche. Dann nahmen sie die Koffer, die sie bereits vor Wochen gepackt und die sie nun schon zwanzig Mal in den Keller getragen hatten.

Im Treppenhaus trafen sie ihre Nachbarn und die Mieter aus der obersten Etage. Sie murmelten einen Gruß und gingen in den Keller hinab. Niemand scherzte mehr oder wagte zu behaupten, dass Dresden verschont bleiben würde. Nicht seit dem siebten Oktober, als das erste Mal Bomben gefallen waren. Es waren nicht viele Flugzeuge gewesen, einige wenige Häuser waren eingestürzt und es hatte einige Dutzend Tote gegeben. Doch die wenigen Bomben hatten ausgereicht, alle Illusionen diesbezüglich zu zerstören.

Im Keller setzte sich jeder auf seinen angestammten Platz. Nur eine einzige Glühlampe brannte. Nun mussten sie wieder warten, bis die Entwarnung kam. Niemand sprach, nicht ein einziges Wort. Heller wusste, warum. Er war der Grund. Er war Polizist, und spätestens seit allen Polizisten nahegelegt worden war, der SS oder dem SD beizutreten, wollte ihm niemand mehr trauen, so wie er niemandem mehr traute.

1. Dezember 1944, früher Vormittag

»Tut mir leid, Herr Kriminalinspektor, Schwester Klara war aus dem Schwesternwohnheim ausgezogen. Ihre neue Adresse ist hier leider nicht vermerkt.« Die Frau mittleren Alters, deren Haar gescheitelt und zu einem strengen Kranz geflochten war, blätterte noch einmal die drei Seiten durch, welche den gesamten Umfang von Klara Bellmanns Akte darstellten, fuhr die Zeilen mit dem Finger ab. Sie tat das nur, um geschäftig zu wirken, wusste Heller. Ihr grauer Rock und die weiße, bis zum Hals zugeknöpfte Bluse strömten einen starken Geruch von Mottenkugeln aus. Unter ihren Augen zeichneten sich dunkle Ringe ab. Bestimmt schlief auch sie schlecht seit Monaten. Hinter ihr klackerten drei weitere Frauen auf ihren Schreibmaschinen. »Sie kam vor zwölf Wochen aus Berlin. Ich könnte im Schwesternheim anrufen oder in ihrer Abteilung.«

»Danke, Frau Schmitt, ich frage mich selbst durch.« Heller nahm seine Mütze vom Tisch und erhob sich. »Aber kann es denn sein, dass Schwester Klara ihren neuen Wohnort nicht bekannt gab? Ist die Notiz vielleicht falsch abgelegt worden?« Er wusste, dass er die Frage unglücklich formuliert hatte.

»Wenn Frau Bellmann ihrer Meldepflicht nicht nachgekommen ist, kann man das nicht mir zuschreiben!«, sagte Frau Schmitt dann auch sehr spitz.

Die anderen drei Frauen hielten ihre Köpfe gesenkt, wagten keinen Ton. Grußlos verließ Heller daraufhin das Büro.

»Sind Sie wegen Klara Bellmann hier?« Eine junge Frau in Schwesterntracht sprach ihn an. Sie musste hier auf ihn gewartet haben.

Heller musterte die junge Frau. Ihm fiel auf, dass sie nicht einmal einen Anflug von Sächsisch sprach. Komplett dialektfrei. »Sind sie nicht die Schwester von gestern Abend?«

»Sind Sie nun wegen Schwester Klara hier, ja oder nein?«

Heller war so einen respektlosen Ton nicht gewöhnt. »Ich bin Kriminalinspektor Heller. Und ja, ich war hier, um den Wohnort von Frau Bellmann zu erfahren, leider konnte man mir nicht weiterhelfen. Kannten Sie Frau Bellmann?«

Die Schwester nickte. »Wir hatten uns angefreundet. Ich weiß, wo sie untergekommen war.«

Heller nahm sein Notizbuch hervor und seinen Bleistift. Er leckte die Mine an. »Sagen Sie mir bitte Ihren Namen und die Adresse!«

»Stein ist mein Name, Rita Stein, und Klara wohnte seit ein paar Tagen bei Verwandten in der Jägerstraße siebzehn, Familie Schurig.«

Heller notierte schnell. »Sagen Sie, wann haben Sie Frau Bellmann zuletzt gesehen?«

»Vorgestern Abend, als unsere Schicht zu Ende war.«

»Hatte sie etwas vorgehabt? Hat sie irgendeine Bemerkung gemacht? Ein Gefühl vielleicht, dass jemand ihr folgte?« Heller betrachtete Schwester Rita genauer. Sie schien nicht ganz so jung, wie sie auf den ersten Blick gewirkt hatte. Er schätzte sie auf älter als dreißig Jahre. Unter ihrer Haube kam dunkles Haar zum Vorschein, ihre Augen waren hell, wirkten nicht müde, in ihnen war etwas, das Heller interessierte.

Rita Stein schüttelte langsam den Kopf. »Nichts, nein.«

»Warum blieb sie nicht hier im Schwesternheim, wie Sie?«

»Da jedes Zimmer gebraucht wird, wird gefordert, dass

jeder, der woanders unterkommen kann, diese Gelegenheit auch wahrnimmt.«

»Die Jägerstraße ist doch in der Albertstadt. Kam sie mit der Bahn?«

»Sie fuhr mit dem Rad. Es war ein Herrenrad. Marke Diamant, in Silber. Das hat sie einer Frau abgekauft, die es nicht mehr brauchte.«

Es war klar, was dies bedeutete. Der Tatort lag also auf dem Heimweg von Klara Bellmann, denn der kürzeste Weg von der Klinik in die Albertstadt war über die Albertbrücke. Es war durchaus möglich, dass der Mörder sein Opfer über einige Tage hinweg ausgespäht hatte.

»Ein Rad haben wir nicht gefunden.«

»War es also ein Raub?«

»Ich bin mir ziemlich sicher, der Täter hatte es nicht auf das Rad abgesehen. Warum kam sie aus Berlin?«

»Sie war ausgebombt worden, hat dort alles verloren. Ihr gesamtes Hab und Gut, selbst das Krankenhaus, in dem sie angestellt war, wurde zerstört. Weil sie hier Verwandte hatte, kam sie her.«

Nun stutzte Heller. »Warum kam sie dann erst im Schwesternheim unter?«

»Ich kann da nur eine Vermutung anstellen.« Rita Stein zog sich ein wenig zurück, so als wäre ihr wieder bewusst geworden, mit wem sie sprach.

»Wollen Sie mich daran teilhaben lassen?«, ermunterte Heller sie.

»Sie war mit einem rassisch nicht einwandfreien Mann verheiratet, hatte sich achtunddreißig scheiden lassen. Ihre Verwandten wollten sichergehen, ob dies auch stimmte, deshalb hatte sie in Berlin neue Scheidungsunterlagen angefordert, da all ihre Papiere bei dem Bombenangriff verloren gegangen waren.« Schwester Rita schloss den Mund schnell, als fürchtete sie, Heller könnte aus ihrer Art, darüber zu sprechen, falsche Schlüsse ziehen.

»Wie kam es zu Ihrer Freundschaft?«

»Ist das wichtig? Wie es eben so kommt, man entdeckt Gemeinsamkeiten. Teilt dieselben Sorgen.«

Heller klappte sein Buch zu, steckte es mitsamt dem Stift in die Manteltasche.

»Vielen Dank. Ich werde Familie Schurig später aufsuchen. Zuerst muss ich noch einmal zu Schorrer.«

»Doktor Schorrer? Ich muss auch zu ihm. Offenbar hat er von mir gehört und würde mich gerne in einer seiner Abteilungen beschäftigen.«

»Das ist ein Kompliment an Ihre Arbeit.«

»Ich weiß nicht, ich kenne ihn nicht sehr gut«, erwiderte Schwester Rita schroff. Dann ließ sie Heller stehen und steuerte mit schnellem Schritt auf das Treppenhaus zu.

Heller folgte ihr mit einigem Abstand die Treppen hinunter und schloss erst vor dem Haus wieder zu ihr auf. Schweigend passierten sie die verschiedenen Gebäude auf dem Weg zu Schorrers Klinik.

Plötzlich blieb Heller stehen und sagte laut: »Es war Ihr Rad!«

Rita Stein blieb nicht stehen, doch sie verzögerte ihren Schritt unmerklich. Erst an der Eingangstür machte sie halt.

»Mein Mann ist Oberfeldwebel. Artillerie. In Afrika. Seit fast zwei Jahren habe ich keine Nachricht von ihm. Er gilt als vermisst.«

»Das muss nichts heißen«, erwiderte Heller und versuchte aber gar nicht erst, aufmunternd zu lächeln.

Rita sah ihm fest in die Augen. »Ich mache mir da nichts vor«, sagte sie knapp und setzte ihren Weg fort.

Doktor Schorrers Verhalten machte Heller deutlich, was er von dieser Verschwendung seiner Zeit hielt. Trotzdem hatte Heller darauf bestanden, Klara Bellmann noch einmal zu sehen.

Sie lag auf dem Seziertisch, die Augen geschlossen. Ihr Kopf war unversehrt, doch vom Hals abwärts war der Körper mit tiefen Schnittwunden übersät. Das weiße Licht der Lampen entblößte jedes schreckliche Detail. Ein süßlicher Geruch stieg ihm in die Nase.

»Er hat sich nicht an ihr vergangen?« Heller zwang sich, alles zu betrachten, das kleinste Detail konnte von Bedeutung sein, selbst ein abgebrochener Fingernagel.

Schorrer stand mit auf dem Rücken verschränkten Händen da. »Ich bin zwar kein Gerichtsmediziner, doch ich meine mit ziemlicher Sicherheit zu wissen, dass dies nicht geschehen ist.«

»Und es liegt Ihrer Meinung nach auch kein kannibalischer Akt vor?«

Schorrer schüttelte missmutig den Kopf, so als fühlte er sich von der Frage beleidigt.

»Herr Kriminalinspektor, das Krankenhaus ist übervoll mit Patienten. Es ist eine schreckliche Tat, ohne Zweifel, doch denken Sie, meine Anwesenheit ist hier länger vonnöten?«

»Es geht dem Täter wohl darum, das Opfer leiden zu lassen. Er weidet sich an ihren Schmerzen, ihrer Angst. Ob dies eine gezielte Tat gegen Klara Bellmann war, dass der Täter seine Wut speziell an ihr ausließ?«

Schorrer steckte seine Hände in die Seitentaschen seines Kittels. »Ich bin kein Psychologe. Ich bin Arzt, ich versuche Kranke zu heilen und Verwundete zusammenzuflicken. Nichts anderes habe ich jahrelang an der Front getan. Ich frage schon lange nicht mehr nach dem Grund. Und ich habe so viele offene Körper gesehen, dass ich mir erlauben darf zu sagen, ich konnte keinen Unterschied erkennen zwischen einem arischen Körper, einem russischen und einem jüdischen. Ich denke nicht länger als ein paar Tage voraus, und mir fehlt es an allem. Bald wird nicht mehr nur Mangel herrschen, bald wird nichts mehr da sein. Wir rennen sehenden Auges in unser Verderben. Diese Tote hier ist für mich eine unter vielen, ihr Mörder ebenso!«

»Aber Sie verstehen, was ich hier tue?«, fragte Heller leise und bestimmt.

Schorrer nickte. »Selbstverständlich! Das ist mir natürlich klar. Es geht um die Regeln und Gesetze, die es einzuhalten gilt. Der Ordnung zuliebe. Gnade uns Gott, die Ordnung verfiele. Sie entschuldigen mich jetzt?«

Schorrer wartete gar keine Antwort ab, er ging einfach. Die Pendeltür klappte hinter ihm noch zweimal hin und her, ehe sie zum Stillstand kam.

Heller vermutete, dass man Doktor Schorrer aus gutem Grund die Leitung einer Station übertragen hatte. Mit seinen Fronterfahrungen war er sicherlich der richtige Mann, eine Klinik wie diese durch harte Zeiten zu manövrieren. Doch er war eben kein Kriminalist.

Er wartete kurz, dann ging er zum Seziertisch. Nachdenklich betrachtete er die rechte Hand der Toten. Er sah sich um. In einem Regal entdeckte er Gummihandschuhe und zog sie an. Vorsichtig hob er die Hand der Frau an und drehte ihre Handfläche nach oben. Am Daumenballen und am Handgelenk hatte sie einige Hautabschürfungen, wie man sie davontrug, wenn man vom Rad stürzte und mit den Händen aufkam. Sie schienen frisch zu sein. Heller beugte sich über den Tisch, nahm die andere Hand hoch, fand auf ihr dieselben Schürfwunden. Sie war also mit dem Rad unterwegs gewesen, war gestürzt oder zu Fall gebracht worden. Vielleicht lag das Rad noch irgendwo in der Nähe des Tatorts am

Elbufer. Normalerweise hätte er längst jemanden dahin delegiert, genauso zu dieser Familie Schurig. Doch das musste nun erst mal warten.

Noch einmal beugte er sich über das Gesicht der Toten, betrachtete es eingehend und öffnete vorsichtig ihren Mund. Er zuckte zusammen. Der Frau fehlte die Zunge. Hatte Schorrer das übersehen? Heller bezweifelte mittlerweile, dass der Arzt seine Aufmerksamkeit überhaupt mehr als ein paar Minuten der Toten geschenkt hatte. Er zog sein Notizbuch hervor, hatte aber seine Not, die richtige Seite mit den behandschuhten Fingern aufzublättern, und notierte dann seine Beobachtungen.

Anschließend griff er erneut mit beiden Händen nach Kinn und Stirn der Toten und drehte den Kopf im Licht langsam hin und her. Dabei sah er etwas in einem der Nasenlöcher. Er griff sich aus dem Sezierbesteck eine lange Pinzette und entnahm der Toten eine feine, weiße Faser, kaum zwei Millimeter lang und dünn wie ein Haar. Gegen das Licht betrachtet, schienen beide Enden ausgefranst. Er konnte sich keinen Reim darauf machen, angelte sich ein kleines Papiertütchen aus seiner Tasche und ließ das Fädchen hineinfallen. Dann klemmte er die Tüte in sein Buch.

Als er den Sektionssaal verließ, warteten schon zwei Schwestern. »Was sollen wir mit ihr machen? Können wir sie dem Bestattungsdienst überlassen oder den Verwandten?«, fragte eine.

»Sie soll noch hierbleiben. Und bitte sagen Sie mir, wo ich hier ein Telefon finde.«

»Den Gang vor, dann links!«

Heller nickte dankend und machte sich auf die Suche nach dem Telefon. Er wollte sich einen Fahrer bestellen. Während er den Flur hinablief und seine Absätze auf dem kalten gebohnerten Boden klackten, fiel ihm plötzlich auf, dass weder er noch Schorrer den Hitlergruß verwendet hatten.

Ein Fahrer hatte natürlich nicht zur Verfügung gestanden, weshalb Heller zuerst mit der Straßenbahnlinie 3 und dann der 9 zur Jägerstraße fahren musste, was kein Vergnügen darstellte. Die Bahnen waren voll, die Luft war zum Schneiden, viele Menschen husteten.

Auch auf den Straßen war viel los. Alle Welt war unterwegs. Menschen mit Handkarren und Rucksäcken. Unter ihnen Flüchtlinge auf Betteltour, zerlumpt, desillusioniert, weitab von ihren Durchgangslagern am Hauptbahnhof. Von den Einheimischen wurden sie misstrauisch beobachtet.

Auf dem feuchten Kopfsteinpflaster in der Jägerstraße lag altes Laub, es war glitschig und hinderte Heller am schnellen Laufen. Vorsichtig setzte er Schritt um Schritt, den Blick immer nach unten gerichtet.

»Wo wollen Sie denn hin?«, rief eine ältere Frau aus dem dritten Stock, als er in die Einfahrt der Hausnummer siebzehn einbog.

»Zu Schurigs«, antwortete er knapp.

»Sind nicht da. Seit heut Morgen. Soll ich etwas ausrichten? Von wem?«

»Danke, ich warte«, sagte Heller.

»Wollen Sie jetzt die ganze Zeit da stehen?«, fragte die Frau und leichtes Entsetzen schwang in ihrer Stimme mit. »Wenn Sie zu der Neuen wollen, die ist auch nicht da!«

Heller trat ein paar Schritte zurück, um seinen Kopf nicht so weit in den Nacken legen zu müssen. »Was ist mit der Neuen?«, fragte er.

»Das werden Sie wohl am besten wissen. Das war mal eine anständige Gegend!« Mit gehöriger Entrüstung schlug die Frau die Fensterflügel zu und verriegelte sie mit Nachdruck.

Heller zögerte nicht lange, betrat das Haus und ging die dreieinhalb Treppen hinauf, bis er vor einer Wohnungstür mit dem Namensschild »Werker« stand.

»Ich mach nicht auf!«, quiekte es von drinnen hysterisch. »Ich rufe die Polizei!«

Heller stand so nah an der Tür, dass er sie beinahe mit der Stirn berührte. »Frau Werker. Ich bin von der Polizei.«

»Wirklich?«

»Sie können gern durch den Briefschlitz sehen, ich zeige Ihnen meinen Ausweis.« Er hielt ihn vor die schmale Klappe. Tatsächlich wurde daraufhin die Kette abgenommen und die Tür öffnete sich. Heller betrat den großen Flur und staunte insgeheim über die Größe der Wohnung. Mindestens vier große Zimmer, dazu offensichtlich Bad und Küche.

»Darf ich Ihr Telefon benutzen?«, fragte Heller. »Es ist dringend!«

Frau Werker, ein grauhaarige Dame von etwa sechzig Jahren, nickte. Heller ließ sich zur Schießgasse vermitteln, zum Büro des Fahrdienstes. Er wollte noch einmal versuchen, einen Fahrer zu bekommen. Diesmal hatte er Glück. Es fand sich einer. »Soll vor dem Haus warten!«, wies Heller an und legte auf.

»Was wissen Sie über Frau Bellmann?«, fragte er Frau Werker unvermittelt. Ein großes Bild von Hitler zierte die Wand im Flur. Ringsherum Bilder eines Mannes in Uniform, das größte davon mit einem schwarzen Trauerband in der Ecke.

»Die war mit einem Juden verheiratet und kommt aus Berlin, angeblich ausgebombt, aber wer weiß, ob das stimmt. Wohnt erst zwei Tage hier und hatte schon Männerbesuch! Das muss man sich mal vorstellen. Wenn mein Mann das wüsste. Solche Zustände!«

Heller roch Kaffee, echten Kaffee. Den hatte er selbst schon seit Monaten nicht mehr bekommen.

Die Werker hatte wohl gesehen, wie er schnupperte, und stellte sich sofort zwischen ihn und die Küche, als fürchtete sie, er würde den Kaffee konfiszieren.

»Haben Sie denn gesehen, was für ein Mann das war?«

Die Frau winkte ab. »Nein, er kam im Dunkeln. Hören Sie, da kommen sie!« Dann lief sie zur Tür und riss sie auf. »Waltraud, die Polizei ist für euch da!«, rief sie sensationslüstern nach unten.

»Für uns?«, fragte Frau Schurig ungläubig.

Heller drängte sich vorbei ins Treppenhaus und ging die Treppe hinunter, wo Herr und Frau Schurig soeben mit der Beute des Tages ihre Wohnung betraten. In einer blechernen Milchkanne gluckerte es. Die Körbe waren voll, wenn auch nur mit Kartoffeln. Hoffentlich würde er es nicht noch einmal bereuen, statt nach Lebensmitteln angestanden zu haben, einem Mörder nachgelaufen zu sein, der vielleicht schon längst aus der Stadt entkommen war. Nicht seinetwegen machte er sich Gedanken. Wegen Karin, die Tag für Tag nichts anderes tat, als die Geschäfte abzuklappern, in der Hoffnung, etwas zu bekommen für ihre Marken.

»Sind Sie wegen der Klara hier?«, fragte Herr Schurig, ein kleiner grauer Mann im gleichen Alter wie die Werker. Er atmete schwer vom Tragen, holte ein Taschentuch aus seiner Hosentasche, um sich damit die Stirn abzuwischen.

Heller betrat ungefragt die Wohnung und schloss die Tür hinter sich. »Es tut mir leid, Ihnen mitteilen zu müssen, dass Klara tot ist. Sie wurde umgebracht, und ich muss Ihnen deshalb einige Fragen stellen.«

»Umgebracht?«, fragte Frau Schurig. Sie war eine verhärmte Frau mit harten Gesichtszügen.

»Hatte Frau Bellmann Besuch? Von Männern?«

»Sie wohnte erst ein paar Tage bei uns«, stieß Frau Schurig hervor.

Heller hob den Kopf und sah sie streng an, was Frau Schurig veranlasste, doch auf die Frage zu antworten. »Nein, von Besuch wissen wir gar nichts.«

»Sie war sehr zurückhaltend«, steuerte ihr Mann bei.

»Hat sie etwas gesagt, hatte sie etwas vor? Wollte sie sich mit jemandem treffen?«

Die Schurigs sahen sich einen Moment an, der Mann zuckte leicht mit den Achseln. »Nun, sie schien sich für die Heiratsannoncen in der Zeitung zu interessieren. Möglicherweise ist sie dabei an einen Schwindler geraten.«

»Oder an ihren Mörder!«, verbesserte Heller leise. »Hat sie die Annoncen markiert?«

»Nein, ganz sicher nicht. Das hätten wir bemerkt.«

»Wo sind die Zeitungen?«

Frau Schurig sah zum Ofen.

»Welche Zeitung lesen Sie?«

»Die Dresdener.«

Heller hatte bereits sein Notizbuch gezückt und notierte sich: Annoncen prüfen.

»War sie denn nach ihrer Schicht noch einmal zu Hause, ehe sie verschwand?«

»Nein, sie kam von ihrer Arbeit nicht heim.«

»Frau Werker meinte, sie hätte einen unbekannten Mann auf der Straße gesehen!«

Schurig winkte ab. »Die spricht auch mit ihrem verstorbenen Mann.«

»Ich muss einen Blick in die Sachen von Klara werfen.«

Schurigs zeigten Heller den Weg zu Klara Bellmanns Zimmer. Dort war gerade genug Platz für ein Bett und einen Kleiderschrank. Heller öffnete diesen, griff in die Fächer, zog Schubladen heraus, fand jedoch nichts außer ein paar Kleidungsstücken und einem schmalen Packen Papiere, Meldeformulare aus Berlin und Dresden, eine Bescheinigung, dass sie ausgebombt worden war, eine Notbescheinigung für ihre Berufsausbildung und die Kopie einer Scheidungsurkunde. Ihr Exmann hieß Daniel Kohn.

Heller notierte sich das.

»Wissen Sie, von wem die Scheidung ausging, hat man Frau Bellmann dazu gezwungen?«

»Das wissen wir nicht.« Schurig hob die Schultern.

»In welchem Verhältnis standen Sie zu ihr?«

»Sie war die Tochter einer Cousine. Oder war sie eine Cousine zweiten Grades?« Frau Schurig sah fragend ihren Mann an, doch der wusste es auch nicht.

»Und sie hat nichts gesagt? Keine Andeutung, sie würde verfolgt, jemand lauerte ihr auf? War sie vielleicht deshalb aus dem Schwesternheim hierhergezogen?«

Schurigs schauten ihn ratlos und stumm an. Offenbar hatten sie nicht viel Interesse am Schicksal ihrer Verwandten.

»Ich hinterlasse Ihnen eine Fernsprechnummer. Verlangen Sie Kriminalinspektor Heller, nur für den Fall, dass Ihnen doch noch etwas einfällt!« Er wollte sich verabschieden, da kam ihm Frau Schurig eilig hinterher.

»Da ist noch was! Also, ihre Lebensmittelkarten, die können wir doch behalten, ich meine, die nimmt uns doch jetzt niemand weg?«

Heller atmete tief durch. »Nein, behalten Sie die.«

Vor dem Haus musste Heller sich noch einige Minuten gedulden, bis der Fahrer auf seiner BMW gefahren kam. Es war wieder Strampe. Grußlos bremste der Unterscharführer ab, sah ihn auffordernd durch seine Schutzbrille an, und Heller kletterte, ebenfalls grußlos, in den Beiwagen.

»Also, wohin?«, fragte Strampe in unverschämtem Tonfall.

Heller fror in der nassen, kalten Luft und wäre am liebsten nach Hause gefahren, denn langsam begann er sich der Sinnlosigkeit seines Unterfangens bewusst zu werden. Er musste sich außerdem nicht gefallen lassen, wie dieser Bengel mit ihm sprach. Dann dachte er an Karins Worte. Nein, er würde sich zurückhalten.

»In die Klinik!«, befahl er schroff.

»Schon wieder? Reinste Benzinverschwendung!«

Strampe fuhr heftig an. Viel zu schnell schoss er in die nächste Kurve, und Heller ließ sich in den Beiwagen hineinrutschen, soweit seine langen Beine das zuließen, zog die Mütze tief in die Stirn und hielt sie mit zwei Fingern fest. Als sie auf die Bautzner Straße abbogen, verlor Strampe beinahe die Kontrolle über die Maschine, doch wie zum Trotz drehte er auf der darauf folgenden geraden Strecke erst richtig auf. Die Leute auf der Straße sprangen erschrocken zur Seite und schauten ihm kopfschüttelnd hinterher.

Heller saß zusammengekauert im Beiwagen und raste an den Menschen vorbei, sah, wie sie davonhasteten, allesamt mit Taschen und Beuteln, weil immer einer den Gerüchten glaubte, heute gäbe es Schmalz beim Fleischer, Rote Bete beim Gemischtwarenhändler, Briketts beim Brennstoffhandel. Die interessiert der Krieg nicht im Geringsten, dachte Heller, die wollen nur Essen und einen warmen Ofen, mehr nicht. Dahin war sie, die Euphorie der ersten Jahre, der feste Glaube an Adolf. Und mitten unter ihnen gab es jemanden, der eine Frau überfiel, sie fesselte und knebelte und sie am lebendigen Leibe aufschlitzte, ohne die Tat zu vertuschen. Wollte er, dass man sie fand?

Heller tippte dem Fahrer ans Bein, der beugte sich, ohne langsamer zu werden, ein wenig zur Seite.

»Halten Sie unterwegs auf der Gneisenaustraße!«, rief Heller in der Fahrtwind, und der Fahrer richtete sich wieder auf, ohne ein Zeichen zu geben, ob er verstanden hatte.

Aber Strampe hielt auf der Gneisenaustraße, und Heller quälte sich aus dem Beiwagen. »Fahren Sie auf die Schießgasse, ich gehe zu Fuß weiter!«

Der Fahrer tippte sich auf sein linkes Handgelenk. »Siebzehn Uhr ist Dienstschluss!«, blaffte er und ließ beim Anfahren den Motor aufheulen.

Heller nahm sein Notizbuch heraus und suchte die Namen und Adressen der Jungen. Alwin Trautmann wohnte im Haus Nummer vier. Das lag direkt vor ihm und die Haustür stand offen. Heller studierte die Namensschilder im Treppenhaus. Er musste in die vierte Etage.

Schon nach dem ersten Klingeln öffnete eine robuste, grauhäutige Frau mit einem Kopftuch.

»Frau Trautmann? Heller, Kriminalpolizei. Ist der Junge da? Alwin?«

»Im Kinderzimmer, wagt sich nicht mehr nach draußen seit gestern.«

»Waren Sie es, die ihm vom Angstmann erzählt hat?«

Frau Trautmann schüttelte den Kopf. »Die Kinder erzählen sich das.«

Heller nickte. »Hat der Junge noch irgendetwas erzählt?«

»Nein, er ist ganz ruhig, als ob er krank werden würde.«

»Ich will ihn sehen!«

Alwins Mutter deutete mit der Hand auf eine Tür. Heller ging hinein. Alwin saß auf einem Stuhl und sah aus dem Fenster. Auf dem Schoß lag sein Holzgewehr. Heller stellte sich neben ihn und sah ebenfalls hinaus.

»Wonach schaust du?«

»Ich schau nach dem Ami!«

»Schon einen erspäht?«

Alwin schüttelte den Kopf und ließ den Himmel nicht aus dem Blick.

»Konntest du schlafen diese Nacht?«

Der Junge erwiderte nichts.

»Was macht dir zu schaffen? Der Anblick der Frau? Der Angstmann?«

Stille.

»Wer hat dir von dem erzählt? Andere Jungs?«

Alwin nickte.

»Was tut er?«

Jetzt flüsterte Alwin etwas und Heller musste sich zu ihm hinunterbeugen, um ihn zu verstehen.

»Der schleicht herum, bei Alarm. Und wenn man nicht rechtzeitig im Keller ist, da kommt er und schnappt dich und macht dich tot wie die Frau.«

Heller richtete sich auf und legte dem Jungen die Hand auf die Schulter. »Das ist Mumpitz, Junge, ich bin Polizist, ich weiß das. Was der Frau geschehen ist, ist eine andere Sache. Aber du musst mir helfen, den Mörder zu finden.«

»Helfen? Wie denn?« Alwin sah ihn ängstlich an.

»Indem du nachdenkst. Seid ihr des Öfteren da beim Bootshaus?«

»Manchmal.«

»Und da habt ihr nie jemanden stehen sehen? Einen Mann? Irgendjemanden?«

Der Junge schüttelte den Kopf. »Da hätten wir uns ja nicht hineingewagt.«

»Und ein Fahrrad habt ihr auch nicht gesehen? Eine Frau mit Rad, an den Tagen zuvor?«

Alwin schüttelte beharrlich den Kopf.

»Und die Tür hinten, stand die schon lang offen? Oder habt ihr an dem Tag entdeckt, dass sie aufgebrochen war, und seid gleich eingestiegen?«

»So, wie Sie sagen, der Gustl hat's gesehen und wir sind gleich rein.«

In dem Jungen arbeitete es, da war noch etwas, ahnte Heller.

»Man kann ihn aber hören manchmal«, wisperte der Junge.

»Wen?«

»Ihn! Er schleicht durch die Nacht, und manchmal lacht er und kichert und manchmal heult er den Mond an!«

Heller straffte sich. »Es ist genug jetzt!«

»Aber wirklich, ich habe ihn gehört, Mutter auch. Nicht wahr, Mutter?«

Heller sah zur Tür, wo die Frau stand, die hob unglücklich die Schultern, als wüsste sie nicht, ob sie ihren Sinnen trauen durfte.

1. Dezember 1944, Mittag

Das Krankenhausgelände war wie ein großer Trichter. Von allen Seiten strömten Menschen herbei, drängelten durch die Tore, sammelten sich vor den Eingängen der Gebäude, auf den Freiflächen und Wegen dazwischen. Sanitätswagen kamen aus der Stadtmitte, brachten Kranke, die sich unter Hustenanfällen krümmten. Die meisten sahen aus, als hätten sie eine lange, entbehrungsreiche Reise hinter sich. Die Nationalsozialistische Volkswohlfahrt verteilte Tee aus Kannen oder heiße Suppe. Rotkreuzhelferinnen liefen herum und notierten Namen und Krankheitssymptome, sortierten die schwersten Fälle aus. Immer entbrannte Streit darüber, wer vorgelassen werden sollte.

Heller kämpfte sich durch die Menschenmassen Richtung Schwesternheim und war froh, als sich die Tür hinter ihm schloss. Im Haus herrschte Ruhe. Nur vereinzelt waren Schritte zu hören. Heller lief über den Gang im Hochparterre, als er eine Schwester sah, die zu ihrem Zimmer wollte.

»Moment!«, rief er.

Die Schwester kam zögernd näher. Heller zeigte ihr seinen Polizeiausweis. »Kannten Sie Klara Bellmann?«

»Die Berlinerin? Ich kenn sie nur flüchtig. Ist es wahr, man hat sie ermordet?«

»Kennen Sie jemanden, der gut mit ihr befreundet war? Außer Schwester Rita?«

»Fragen Sie die Mädels aus der dritten Etage, oder den Hausmeister in der Kellerwohnung, der ist am längsten hier.« Die Schwester knickste höflich und huschte zu ihrem Zimmer zurück.

Heller schürzte die Lippen, überlegte kurz und nahm dann aber die Treppe zum Keller hinunter.

Deutlich waren hier die Wege zu den Luftschutzkellern ausgeschildert. An den Wänden standen Eimer mit Löschwasser und Sand. Überall lagen Decken sauber gestapelt übereinander. Feuerklatschen, Volksgasmasken und Schutzbrillen lagen griffbereit. Heizkeller, las Heller, Werkstatt. Da klopfte er an. Niemand antwortete, nichts war zu hören. Doch so schnell ließ sich Heller nicht entmutigen. Er hatte Erfahrung mit Hausmeistern. Er hämmerte noch einmal gegen die Tür, diesmal sehr energisch.

Endlich öffnete ein älterer Mann in Arbeitskleidung die Tür.

»Bitte?«

»Heller, Kripo. Sie sind Herr – ?«

»Glöckner!«

»Und Sie sind der Hauswart?«

»Luftschutzwart, Heizer, Hauswart, wie Sie wollen.«

»Darf ich hereinkommen?«, fragte Heller und Glöckner trat beiseite. Heller ließ ihn wieder vor, sah, wie der Mann humpelte, folgte ihm durch eine Werkstatt zu einer weiteren Tür, hinter der sich ein gemütlich eingerichtetes Wohnzimmer befand.

»Schön hier und warm!« Heller sah sich um.

»Klein, aber mein. Meine Frau ist nicht da, sonst hätte ich Ihnen Tee anbieten können.« Erwartungsvoll sah Glöckner ihn an.

»Sie wissen vom Tod der Krankenschwester Bellmann?«

»Ja, schrecklich verstümmelt soll sie gewesen sein.«

Das wissen sie alle, dachte Heller konsterniert. »Kannten Sie Schwester Klara? Wissen Sie von Bekannten, Freunden, von jemandem, der sie besser kannte?«

»Nein, ich kannte sie nur flüchtig. Hübsches Ding. Sie soll mit einem Landser angebändelt haben, der auf Urlaub war. Und einem der Ärzte hat sie wohl schöne Augen gemacht.«

Dafür, dass er sie nicht kannte, war er jedenfalls über alle Gerüchte gut informiert.

»Es heißt, sie hätte von dem Landser was zurückbehalten, hat's aber wegmachen lassen.«

Heller hörte leises Tapsen und drehte sich um. Ein Schäferhund kam aus der Küche. Dabei stieß er die Tür ein wenig auf und Heller entdeckte auf der Küchenanrichte einige Lebensmittel, die er seit langem nicht mehr gesehen hatte, unter anderem einen ganzen Stapel Schokoladentafeln.

»Ich nenne ihn Zeus«, erklärte Glöckner stolz. »Zeus, sitz!« Der Hund setzte sich brav, starrte Heller an und hechelte laut, ihm war es zu heiß.

»Nachts geht viel Gesindel ums Haus, und die Mädchen haben allerlei Flausen im Kopf. Aber an Zeus kommt keiner vorbei. Zeus, Heil!« Der Hund hob die rechte Vorderpfote. Glöckner lächelte stolz.

»Es hat sich also nie jemand nach der Bellmann erkundigt? Es gab auch nie Ärger oder Gerede?«

»Wir hatten mal einen Strauß!«

»Einen Streit, aha?«

Glöckner nickte. »Ja, ja, die, mit ihrer Berliner Schnauze, wollte mich antreten lassen, weil die Heizung zu kalt sei und das Wasser braun. Das hab ich ihr gleich ausgetrieben. Hab sie gemeldet und mich über ihr Verhalten beklagt, danach ging's. Dann war sie sowieso weg.«

»Wissen Sie von Neid unter den Mädchen, gab es Feindschaften?«

»Nun, die mag es geben, doch so tief habe ich keinen Einblick. Mit der anderen Berlinerin war sie gut.«

»Wen meinen Sie?«

»Die Stein!«

»Rita Stein ist aus Berlin?«

»Hab ich mal gehört. Ist aber schon lang hier.«

Heller nahm sein Buch zur Hand und machte sich eine Notiz.

»Und Ihre Frau, was macht die?«

»Die arbeitet hier, als Oberschwester. Über sie bin ich vor sieben Jahren an diesen Posten gekommen. Aber das muss ja nicht jeder wissen!« Glöckner zwinkerte.

»Wollten Sie zu mir?«, fragte Rita Stein. Heller hatte die Treppe in die dritte Etage genommen und stand suchend im Gang.

»Ich wollte, wenn möglich, einige Schwestern nach Frau Bellmann befragen.«

Schwester Rita winkte ab. »Da werden Sie nichts erfahren. Die meisten sind noch recht jung, und Klara hatte nichts für sie übrig.«

»Frau Bellmann hatte einen gewissen Ruf?«

Ritas Augen verengten sich.

»Es geht mir hier darum, den Mord an ihr aufzuklären!« Allein, dass sie ihn nötigte, dies noch einmal zu betonen, fand Heller anmaßend.

Rita Stein schwieg noch immer.

»Ihr wurde die Zunge herausgeschnitten!«, sagte Heller leise.

Rita starrte ihn an, drehte sich dann um und winkte Heller zu ihrer Zimmertür. »Kommen Sie. Setzen Sie sich.«

Heller nahm an dem Tisch Platz. Im Raum standen zwei Betten, eines längs zur Fensterwand, eines quer. Zwischen den Betten befanden sich zwei Kleiderschränke, an der anderen Wand eine Anrichte, ein Herd. Unter dem Fenster ein schwerer Heizkörper, der leise gurgelte und blubberte. Es klang, als würden kleine Steinchen durch die Röhren gewirbelt werden. Ein freudloses Zimmer.

»Was wollen Sie wissen?«

»Es ist überaus wichtig, alles über den Umgang von Frau Bellmann zu erfahren. Und dazu gehört auch, mit wem sie verkehrte, welchen Ruf sie hatte, ob sie als leichtes Mädchen galt, ob sie Neider hatte und ob ihr geschiedener Mann noch Kontakt zu ihr pflegte.«

Rita hatte sich ihm gegenübergesetzt, sah aber demonstrativ an ihm vorbei zum Fenster hin. »Er ist Jude. Er darf seine Stadt nicht verlassen und darf keine Kontakte halten. Vielleicht ist er auch gar nicht mehr in Berlin. Soweit ich weiß, wurden die meisten Berliner Juden nach Warschau gebracht.«

»Ich hörte von einem Landser und einem Arzt?«

»Von welchem Klatschmaul Sie das auch immer gehört haben wollen!«

»Auch im Hause der Schurigs sprach man so über sie.«

Rita legte ihre Hände flach auf den Tisch und sah Heller ernst an. »Wissen Sie, es sind unsichere Zeiten. Menschen laufen einem über den Weg und verschwinden dann für immer. Man nimmt, was man bekommen kann. Klara hatte schon einiges durch. Sie dachte nicht an ihre Zukunft. Nur immer an das Jetzt. Doch das geht Sie nichts an, und es tut auch nichts zur Sache!«

»Warum haben Sie sich mit ihr so gut verstanden? Weil Sie ebenfalls Berlinerin sind?«

Ritas Augen verengten sich zu Schlitzen. »Wer hat Ihnen denn das erzählt? Ja, ich bin in Berlin geboren, bis zum zehnten Lebensjahr hab ich da gelebt, dann zogen meine Eltern mit mir nach Dresden, weil mein Vater hier eine Anstellung fand. Befreundet war ich mit Klara, weil ich sie mochte. So etwas soll vorkommen!«

»Also gut!« Heller seufzte und erhob sich. Mehr würde er heute von Rita Stein nicht erfahren. »Dann will ich Sie nicht weiter aufhalten!« Er nickte zum Abschied, setzte seine Mütze auf und verließ den Raum.

»Dann war's also der Jud! Der Kohn.« Klepp lehnte sich weit in seinem Stuhl zurück und sah Heller herausfordernd an.

Heller hielt dem Blick stand, saß er doch einem gelernten Fleischer gegenüber. »Und dessen Motiv?«

»Motiv? Ist doch klar. Rache wegen der Scheidung!«

»Meinen Sie nicht, er hätte andere Sorgen, als von Berlin hierherzukommen und der Bellmann aufzulauern, um Rache zu üben?« Heller bemühte sich, nicht allzu sarkastisch zu klingen. Klepp hatte es sich zu seiner Hauptaufgabe gemacht, die Gestapo mit aller Kraft zu unterstützen. Die trieben gerade die letzten Juden zusammen, um sie aus den wenigen Judenhäusern ins Zwischenlager Hellerau zu bringen oder gleich ins KZ von Theresienstadt oder Buchenwald.

Klepp legte seine Fingerspitzen zusammen, wie Schorrer es getan hatte, nur dass seine Finger viel dicker waren als die eleganten Hände des Arztes. »Gerade deshalb. Der hatte nichts mehr zu verlieren. Glauben Sie mir, ich habe in Polen Schlimmeres gesehen als das. Manchem ist Rache der einzige Lebenserhalt. Die Bellmann ließ sich die Scheidungsunterlagen aus Berlin kommen. Das brachte ihn auf ihre Spur. Wer weiß, wen er kennt im Standesamt. Die Juden haben unser ganzes System unterwandert! Dann kam er her und brachte sie um. Warum sonst sollte einer so etwas tun?«

Heller sah seinen Vorgesetzten ruhig an.

»Und nun? Wo ist er hin?« Ganz so dämlich konnte Obersturmbannführer Klepp nicht sein, dachte Heller sich. Eher listig, dreist, aber nicht dumm.

Klepp wedelte mit der Hand. »Weg ist er, abgehauen, untergetaucht. Den werden sie schon aufgabeln irgendwo!«

»Aber haben Sie denn schon überprüfen können, wo Kohn sich zum Tatzeitpunkt aufhielt?« Natürlich konnte er das nicht getan haben.

»Das ist jetzt vollkommen irrelevant. Und wir haben wirklich alle Hände voll zu tun. Nieland, dieser Schwächling von einem Oberbürgermeister, hat mich heute zu sich zitiert. Mutschmann hat sich bei ihm beschwert, die Zustände am Bahnhof sind unhaltbar. Die Lager platzen aus allen Nähten. Besonders Lager eins ist dem Gauleiter ein Dorn im Auge. Es sollte nur ein Durchgangslager werden, doch es ist längst überfüllt. Die wollen nicht weiter, fühlen sich hier sicher, sie bekommen Lebensmittel und warten auf Verwandte. Es kommt zu Diebstahl, Überfällen und Vergewaltigungen, und bestimmt gibt es genügend subversive Elemente für Sie, Herr Kriminalinspektor, Spione möglicherweise oder entflohene Juden!«

»Sie entziehen mir den Fall?« Heller saß plötzlich kerzengerade auf seinem Stuhl. Das konnte doch nicht wahr sein! Das war einfach lächerlich und spottete jeder Vernunft.

»Heller, es ist Krieg. Täglich sterben Menschen, das können wir nicht verhindern. Wichtig sind die, die leben! Warum ließ sie sich auch mit einem Juden ein! Ich werde gemeinsam mit der Gestapo eine Razzia veranlassen im gesamten Viertel. Wohnungen, Keller, Dachboden, Schuppen, Aborte. Sie werden sehen, wir finden den Lump.«

»Das sind keine Zustände! Dieser Klepp ist unerhört«, sagte Heller am Abend zu seiner Frau.

Karin reagierte nicht darauf, stand am Spültisch und wusch das Geschirr nur mit klarem Wasser.

»Heut hat die Zinsendorfer gemeint, sie hätte in der vorletzten Nacht ein Heulen gehört. Wie ein Wolf, hat sie gemeint«, sagte sie dann und hob den Blick nicht von der Spülschüssel.

Heller sah seine Frau schweigend an.

Karin warf ihm einen Blick über die Schulter zu. »Aber auch Hunde heulen in der Nacht, und die Angst tut ihr Übriges.«

»Hast du Angst, Karin?«

Sie stellte den letzten Teller ab, trocknete sich sorgfältig die Hände ab und lehnte sich dann mit dem Rücken an den Küchenschrank. Schmal war sie geworden, ihr Hauskleid hing schlaff an ihr herab, der Gürtel um die Taille war eng geschnürt, ihre Haut war trocken. Die Sorge um die beiden Söhne hatte sich in ihr Gesicht gebrannt, ihr Mund war schmal geworden. Für Heller war sie immer noch eine schöne Frau. Er sah in ihr auch jetzt noch die Zwanzigjährige, die er damals in der Sommerfrische in Bad Schandau kennengelernt hatte. Als er sie das erste Mal sah, hatte sie gerade den Elbdampfer verlassen und auf dem Dorfplatz spielte eine Blaskapelle ›Im Prater blühn wieder die Bäume‹. Sie hatte ihr blondes Haar hochgebunden und der Wind blies ihr eine Strähne ins Gesicht, die in ihrem Mundwinkel hängen blieb. Lachend hatte sie sie aus dem Gesicht gestrichen und ihn angeschaut.

»Ja, ich habe Angst. Angst vor dem Alleinsein«, sagte sie jetzt leise und sah ihn nicht an.

»Du bist nicht allein!« Heller war rasch zu ihr gegangen und hatte ihre Hände in seine genommen.

Sie sah auf, wie sie ihn damals in der Kirche angesehen hatte, in der sie ihr zuliebe geheiratet hatten. Damals glänzten ihre Augen vor Glück und Rührung. Nun war nur noch ein winziger Funke Hoffnung in ihnen zu entdecken. »Versprich es mir!«, flüsterte sie.

»Ich verspreche es dir.«

In der Nacht kam wieder der Alarm. Im Keller saß Heller der Zinsendorfer gegenüber – siebzig Jahre alt, graues Haar, straff gebunden und hochgebogene Augenbrauen –, die sich wieder und wieder bekreuzigte und leise zu Gott sprach. Er versuchte nicht hinzuhören. Der Alarm verstummte, nun hieß es auf Entwarnung warten. Heller lauschte hinaus in die dunkle Nacht, doch die Mauern waren dick, die Wände mit Beton verstärkt, es gab kein Fenster und er hörte nur das Atmen der Menschen im Keller, bis in der Ferne irgendwo die Flak einsetzte, kurz ausspuckte und wieder verstummte.

18. Dezember 1944, Morgen

Heller holte sein Taschentuch hervor und hielt es sich vor Nase und Mund, als er sich den Weg durch die Menschen und Pferde bahnte. Staubig war es und ungewöhnlich warm für einen Dezembertag. Sein Mantel war grau geworden vom Straßendreck, aufgewirbelt von tausenden Menschenfüßen. Es stank nach allem, was Menschen ausdünsteten, die seit Wochen auf der Flucht waren, sich nicht waschen konnten und kaum Kleidung zum Wechseln bei sich hatten. Es roch nach Mist, Fäule, Urin und Kot. DDT-Pulver wehte von den Entlausungsstationen herüber.

Als er das erste Mal hier im Flüchtlingslager gewesen war, war er entsetzt, was für ein Anblick sich ihm bot. Wie aus einer anderen Welt wirkten die Menschen, heimatlos, gejagt, desillusioniert, dreckig, auf die niedersten Instinkte reduziert, ihre Notdurft da verrichtend, wo sie gerade standen, immer vorangetrieben von dumpfer Angst und der Hoffnung, ein großes Übel gegen ein kleineres tauschen zu können.

Und doch waren auch das Landsleute von ihnen, Deutsche, die Frauen mit ihren Kopftüchern genau wie die Männer in Fellstiefeln, zahnlos, halb verhungert, stumpf im Gesicht, ausdruckslos. Vor ihren Wagen hatten sie Klepper gespannt, die nur noch nicht wussten, dass sie tot waren, sonst wären sie auf der Stelle umgefallen.

Heller machte sich keine Illusionen darüber, was er hier tat. Er lief herum, sprach gut zu, registrierte, nahm Suchanfragen auf, gab Anweisungen, wo es Wasser gab und Lebensmittel. Er markierte die, die aus der Entlausung kamen, überwies die schlimmsten Krankheitsfälle zu den Sanitätern und den Helfern vom Johanniterstift. Er versuchte, nicht krank zu werden unter den Tuberkulösen, versuchte, Körperkontakt zu vermeiden, der Ruhr und Diphtherie auszuweichen, versuchte, das Elend nicht an sich herankommen zu lassen. Die Säuglinge, die vor Hunger schrien, die Alten mit offenen Füßen, die Kinder, denen statt Schuhe Lappen um die Füße gewickelt wurden, die anderen Kinder, die in der Panik und dem Chaos von ihren Angehörigen getrennt worden waren, verloren und vergessen, nicht wussten, wohin, die apathisch geworden waren über diesen unaussprechlichen Verlust. Jeden Abend verließ er diese Welt, um zurückzukehren in ein warmes Heim, mit einer warmen Mahlzeit. Tag für Tag mit einem schlimmeren Gefühl der Hoffnungslosigkeit, denn der Strom der Menschen riss nicht ab. Waren ein paar hundert abgefertigt und zu ihrem neuen Bestimmungsort losgeschickt, so kamen hunderte, tausende neue Flüchtlinge nach. Ihre Sprache wurde fremder und der Willen der Einheimischen, sie aufzunehmen, sie als Landsleute anzuerkennen, wurde schwächer und schwächer, denn sie waren Konkurrenten um die wenigen Lebensmittel, um den Wohnraum, um die Kleidung. Die Angst, selbst nicht genug zu bekommen, wurde dafür stärker. Wie auch die Gerüchte, die sich den langen Weg von den östlichsten Grenzen Schlesiens bis hierher hielten. Die Russen, die Russen, lasst nur die Russen nicht durch. Die Russen fressen Kinder, sie fressen Frauen, sie morden, sie vergewaltigen, sie sind keine Menschen, sondern Monster, die nur das Böse in sich tragen.

Heller wusste, dass das nicht stimmte. Er wusste das von seinen beiden Söhnen, die ihm während ihres Urlaubs, dem letzten Urlaub im Herbst dreiundvierzig, erzählt hatten, wie die Russen waren. Oft ungebildet, aber keine Barbaren, arm, aber keine Verbrecher. Vielmehr schilderten seine Söhne, was deutsche Soldaten getan hatten vor aller Augen. Von einer Grube hatte Klaus leise erzählt, einer langen Grube, notdürftig zugeschüttet, davor hatten Schuhe von Frauen und Kindern gestanden. Hunderte. Seine Söhne hatten ihn damals gefragt, wie sie sich verhalten sollten. Und als er schwieg, weil er diesen Konflikt selbst nur zu gut kannte, hatte ihnen Karin geraten, sich immer so zu verhalten, dass sie lebend zurückkehren würden. Und doch blieb es nicht aus, dass Hellers Brust sich zusammenzog bei dem Gedanken daran, was geschähe, wenn die Russen die Stadt eroberten. Dann wurden ihm die Finger kalt und die Beine steif. Wie gut, dass er seine Dienstwaffe immer bei sich hatte. So blieb ihm im schlimmsten Falle die Option, für sich und Karin ein schnelles Ende zu schaffen.

Und die anderen Gerüchte. Ein seltsames Gemisch aus religiösen Erscheinungen, aus Wunschdenken, aus Rachefantasien, Hitler als Heilsbringer, als Messias, als der Wunderheiler. Die Wunderwaffe, tuschelten sie. Die Wunderwaffe wird sie allesamt vom Erdboden fegen, frohlockten sie, und an der deutschen Grenze stünden die Soldaten wie ein Mann, konzentrierten sich, um dem Feind Einhalt zu gebieten, um die bolschewistische Woge brechen zu lassen, wie an einer Felswand.

Und nun dieser Angriff im Westen in den Ardennen, und ausgerechnet jetzt war ein verspäteter Brief von Erwin gekommen, in dem er mitteilte, dass er an die Westfront versetzt würde. Sechs Wochen alt war der Brief schon gewesen, und anhand der Stempel sah man, welche Odyssee er hinter sich hatte. Das war kein verlässliches Lebenszeichen mehr.

»Herr Heller! Herr Kriminalinspektor!«

Heller blieb stehen und sah sich um.

»Herr Kriminalinspektor!«

Heller sah eine Hand aus der Ferne über Dutzende Köpfe hinweg winken. Es war ein Wehrmachtssanitäter. »Da kam ein Anruf für Sie. Sie möchten sich bitte im Präsidium melden. Telefonisch. Sofort!«

»Ich komme.« Er war froh, diesen Ort verlassen zu können, und beeilte sich, dem Mann zu folgen.

Als der Kübelwagen der Sanitäter mit Heller auf dem Beifahrersitz vor dem Mietshaus an der Holbeinstraße, Ecke Silbermannstraße hielt, um ihn hinauszulassen, sah sich Heller einer großen Menschentraube gegenüber. Flüsternd unterhielten sie sich, verstummten, als er aus dem Wagen stieg.

»Heil Hitler!«, brüllte ein Polizist aus dem Hausflur und warf seinen rechten Arm in die Luft.

Die besorgten Schaulustigen gaben eine Gasse frei, ließen Heller ins Haus, wo er jetzt erst die Rechte hob, um den Hitlergruß zu erwidern.

»Es ist auf dem Dachboden!« Der Polizist machte auf dem Absatz kehrt und lief die Treppe hinauf.

In der zweiten Etage kam Heller dem Mann nicht mehr hinterher und musste seinem rechten Fuß eine kurze Pause gönnen. Stumm wartete der Polizist auf der übernächsten Zwischenetage auf ihn, ging dann betont langsamer weiter.

Dann blieb er vor der offenen Dachbodentür stehen. »Wenn Sie bitte vorgehen, mit Verlaub, ich habe für heute genug gesehen.«

»Ist das der Kriminalinspektor?«, ertönte Oldenbuschs Stimme. Ein wenig erstickt hörte er sich an.

»Jawohl, er kommt hoch!«, erwiderte der Polizist.

»Warten Sie, Max, ich komme runter!«

Heller verzog den Mund. Das konnte nichts Gutes heißen. Allein, dass Klepp sich genötigt sah, ihn aus dem Flüchtlingslager abrufen zu lassen, verhieß nichts Gutes.

Oldenbusch kam die steile Holztreppe heruntergepoltert. »Ich will Ihnen zuerst etwas zeigen!«, sagte er und nahm Heller am Arm.

Heller befreite sich aus Oldenbuschs Griff. »Nehmen Sie Personalien auf!«, befahl er dem Polizisten. »Und lassen Sie niemanden hochkommen, niemanden!«

»Max, hören Sie, die sind alle schon hier oben gewesen. Frau Dammke aus der oberen Etage hat die ganze Nachbarschaft zusammengeschrien. Aber wir wollen es ihr nicht verübeln! Kommen Sie, Herr Kriminalinspektor!« Oldenbusch nahm Heller wieder beim Arm und zog ihn in die Wohnung von Frau Dammke.

»Da, sehen Sie!« Er deutete durch die offene Tür ins Wohnzimmer, wo an der Decke ein tellergroßer brauner Fleck entstanden war. In dessen Mitte hing ein schwerer, dunkler, erstarrter Tropfen. »Geronnenes Blut. So etwas haben Sie noch nicht gesehen!« Oldenbusch verdrehte seine Augen zur Zimmerdecke.

»Ich habe schon vieles gesehen, Werner.«

»Ja, ja, ich weiß. Aber das war im Krieg. Und das da ist menschgemacht!«

»Alles, was ich sah, war menschgemacht.«

»Aber das war Zufall. Oder Schicksal. Da platzte eine Granate zwei Meter neben dir und bewarf dich mit Schlamm und andere krepierten. Mein Vater lag einmal unter vier Toten. Die mussten sie von ihm herunternehmen, allein wäre er nicht herausgekommen. Aber das hier oben …«

Heller raffte sich auf. »Lassen wir das, Werner, ich sehe es mir jetzt an!«

Dann ging er nach oben.

Es war warm auf dem Dachboden. Die Sonne hatte den ganzen Tag auf das Dach geschienen, hatte den Raum darunter erwärmt wie ein Gewächshaus. Die Luft war feucht und dick. Es roch süßlich, wie vergessener Unrat, in dem der Schimmel zu blühen begann. Heller mochte gar nicht atmen, so sehr schmeckte die Luft nach Blut. Unbewusst hob er den Handrücken unter die Nase, roch den Staub der Straße, die Seife, mit der Karin seine Wäsche wusch.

»Machen Sie sich gefasst! Eine Frau wieder, recht jung ... dem Gesicht nach«, erläuterte Oldenbusch, der hinter Heller die Treppe hinaufstieg.

Hellers Kopf tauchte in das Halbdunkel und immer langsamer nahm er die letzten Stufen, bis er oben angelangt war auf dem Dachboden, der mit Holzdielen ausgelegt war und zwischen dessen Balken sich Wäscheleinen spannten.

Wie ein Vorhang aus zerrissenem Stoff sah es erst aus. Eine fast schwarze Gardine, scheinbar frei schwebend, zwischen zwei hölzernen Pfosten, die den Dachstuhl trugen. Ein finsterer Drache, der seine Flügel ausgebreitet hatte.

»Herr im Himmel!«, entfuhr es Heller, als ihm bewusst wurde, was er sah.

Er erkannte die weit ausgebreiteten Arme. Die festen Stricke um die Handgelenke. Straff gezogen, an den Pfosten befestigt, sodass die Fußspitzen des Opfers gerade den Boden berührten. An ihnen herab war ihr Blut zwischen den Dielen versickert. Der Kopf des Opfers lag auf der linken Schulter, die Augen weit aufgerissen, zwei strahlend weiße Sterne inmitten der finsteren Szenerie. Das offene dunkle Haar umrahmte ihr fleckiges Gesicht.

»Wir haben die Kleidung gefunden. Sie war achtlos in die Ecke geworfen. Demnach müsste sie zu den Flüchtlingen gehören. Papiere waren nicht dabei, keine Angaben, auch in der Kleidung selbst nicht. Zum Fesseln nahm er Wäscheleine. Ich habe fünf Bilder machen können, dann war mein Vorrat ...«

»Hören Sie auf!«, unterbrach Heller die Ausführungen, die wohl nur dem Zweck dienten, den Sprechenden selbst vor einer Ohnmacht zu bewahren.

Das war sein Beruf, zwang Heller sich zu denken, das hatte er sich ausgesucht, das hatte er sich gewünscht, schon bevor er in den Krieg gezogen war, deshalb hatte er studiert, all die Schmerzen überwunden, die ihn hindern wollten, die ihn zu einem Finanzbeamten, einem Buchhalter, einem Kaufmann hatten werden lassen wollen.

Und was all diese Leute in ihren Uniformen mit den Totenköpfen nicht verstanden, es ging ihm nicht um Ansehen und Titel. Ihm ging es darum, die Menschen auf einen guten Weg zu lenken, ihnen Gerechtigkeit zu verschaffen, die Werte zu erhalten, die eine gute Gesellschaft ausmachten. Und je mehr er sah, wie diese Gesellschaft vor die Hunde ging, wie wenig ein Menschenleben nur noch wert war, desto mehr wollte er wenigstens an dem festhalten, was er konnte.

Genau deshalb überwand er sich jetzt und ging näher heran, genau deshalb hielt er dem furchtbaren Anblick stand, der allein schon ausreichen würde, ihn die nächsten Nächte schlaflos bleiben zu lassen. Deshalb streckte er die Hand nach der Frau aus, um ihr wenigstens die Lider zu schließen. Und er zuckte zurück, als er sah, dass das nicht möglich war. Entsetzt wich er immer weiter zurück, bis er Oldenbusch auf den Fuß trat.

»Ein Wahnsinniger, nicht wahr?« Oldenbusch tat, als hätte er Hellers Entsetzen nicht bemerkt. »Ob es etwas darstellen soll, einen Engel vielleicht?«

»Können Sie bitte still sein, Werner!« Heller versuchte sich zu fassen. Angesichts des Zustands der Leiche war die Sache mit den Augen eigentlich eine Kleinigkeit, doch gerade die machte ihm die Perversität des Mörders bewusst.

»Werner, gehen Sie nach unten und helfen Sie dem Mann,

die Personalien aller aufzunehmen, die hier oben gewesen sind. Erklären Sie denen, dass es zu Zeugenbefragungen kommen wird.«

Oldenbusch kniff die Augen zusammen. »Glauben Sie denn, der Täter würde wagen, sich unter die Leute zu mischen?«

»Werner, wir sprechen später!« Heller sah ihn streng an. Oldenbusch nickte knapp und eilte die Treppe hinunter.

Heller wandte sich dem Opfer wieder zu, nahm den Anblick in sich auf, hoffte, er könnte sich daran gewöhnen, es zu einem dieser Bilder werden zu lassen, wie sie zu Dutzenden in seinen Erinnerungen zu finden waren, gut versteckt und nur gelegentlich auftauchend, wenn er unerwartet mit seiner Vergangenheit konfrontiert wurde. Es musste ein sehr scharfes Messer gewesen sein, konstatierte er. Und es schien, als ob der Täter eine gewisse Erfahrung mitgebracht hätte. War es derselbe gewesen? Das Bild war ein anderes. Viel schrecklicher noch als das erste Opfer war diese Frau zugerichtet. Doch vielleicht war der Täter beim Mord an Klara Bellmann nur gestört worden, daran gehindert, sein Werk zu Ende zu führen. War es ihm diesmal gelungen und würde er sich nun zufriedengeben?

Am liebsten hätte Heller die Leiche heruntergeholt. Er wollte ihr Gesicht bedecken, ihren nackten Körper. Doch wie sollte er das schaffen, ohne sie zu berühren, ohne dass sie auf den Boden schlug, wenn er die Stricke löste? Eine plötzliche Furcht überfiel ihn, der Leichnam könnte sich bewegen, könnte mit den Armen schlagen wie ein Todesengel mit den Flügeln. Er spürte einen Druck, der sich ihm auf die Brust legte, als würde er beobachtet aus einer der finsteren Nischen. Sei vernünftig, ermahnte Heller sich. Er musste sich langsam bewegen, durfte nicht fliehen. Es war niemand hier, kein Feind, kein Wahnsinniger, kein Angstmann. Hier war nicht die Hölle, hier war ein Verrückter, der Frauen ermordete. Er zwang sich, seine Arbeit zu tun, näherte sich dem Gesicht der Toten, suchte es nach weißen Fasern ab, nach anderen Spuren. Doch ohne Licht konnte er nichts finden. Ein paar Minuten hielt Heller es aus, dann, fand er, war es genug. Jetzt konnte er gehen, ohne sich wie ein Feigling zu fühlen.

Als die städtischen Bestatter eingetroffen waren, wies er sie an, die Leiche zu Schorrer bringen zu lassen. Der wusste davon noch nichts, deshalb wollte Heller ihn gleich persönlich aufsuchen.

Zwei der drei Bestatter, hagere graue Männer unbestimmten Alters, trugen Judensterne auf ihren Jacken. Heller nahm den dritten beiseite. Es war ein untersetzter Mann mit beginnender Glatze. »Sind die schon lange bei Ihnen?«, fragte er flüsternd.

»Vor zwei Wochen wurden sie mir zugewiesen. Ganze vier Kollegen sind eingezogen worden.«

»Haben die beiden Erfahrung?«

»Der eine war Arzt. Der andere … weiß nicht. Wir haben gut zu tun. Man gewöhnt sich schnell. Ich hatte bis vor kurzem noch zwei, aber die sind weg.«

Weg. Heller hob langsam den Kopf. »Das da oben ist etwas anderes. Lassen Sie sich Zeit. Und bringen Sie alles mit. Wir müssen feststellen, ob … ob etwas fehlt!«

»Oh, aha.« Der Bestatter verzog das Gesicht. »Nun ja, der Herr gibt's, der Herr nimmt's. Gehen Sie nur, wir machen das schon!«

Heller nickte und ging langsam die Treppe hinunter, eine Hand auf dem Geländer. Auf dem Treppenabsatz angekommen, bemerkte er einen schmalen Staubstreifen an seiner Handinnenfläche. Nachdenklich betrachtete er das Treppengeländer. Es war sauber, er hatte es abgewischt. Heller roch an seiner Hand, rieb das feine weiße Pulver zwischen seinen Fingern, konnte sich jedoch keinen anderen Reim darauf machen, als dass es Staub war.

Unten auf der Straße atmete er tief durch, sog befreit die Luft ein, die sich jetzt frisch anfühlte, geradezu eisig.

»Stimmt das, er hat ihr die Haut abgezogen?«, fragte eine Frau.

Heller ließ sie wortlos stehen und winkte Oldenbusch heran.

Er hielt ein Buch in der Hand. »Fünfzehn Leute haben wir aufgenommen. Davon acht Frauen und fünf Kinder. Bleiben zwei Männer, die sind beide aus dem Haus. Andere haben sich verdrückt, als sie sahen, dass wir die Papiere prüften.«

»Würden Sie die Frauen ausschließen?«

Oldenbusch nickte, aber er war sich nicht sicher. »Immerhin musste er sein Opfer hinauftragen.«

»Oder sie ging freiwillig mit hoch.«

»Warum?«

»Ich glaube, um etwas zu essen zu bekommen, ist man einiges bereit zu tun!«

»Hier? Bei uns?«

»Hier bei uns! Hat denn einer der Hausbewohner etwas bemerkt?«

Oldenbusch winkte ab. »Dummes Zeug. Gehört haben wollen sie etwas. Geräusche, wie von einem Tier.«

Heller kniff die Lippen zusammen. Mit solchen Aussagen konnte er nichts anfangen. Es hatte gar keinen Zweck, nachzuhaken. Menschen nahmen so etwas auf wie ein Schwamm das Wasser und gaben es weiter, als hätten sie es selbst erlebt. Schon morgen würde jeder hier im Viertel behaupten, er hätte solche Geräusche gehört.

18. Dezember 1944, Vormittag

Heller traf Rita Stein vor Doktor Schorrers Büro. Sie sah erschöpft aus und brauchte wohl eine Sekunde, um sich an ihn zu erinnern, dann runzelte sie die Augenbrauen. »Gibt es Neuigkeiten?«, fragte sie unmittelbar und ohne Begrüßung.

Heller hatte sich immer noch nicht an den schroffen Ton der Krankenschwester gewöhnt, doch aus irgendeinem Grund faszinierte ihn diese Frau. Vielleicht war es ihre trockene, harte Art, mit ihrem Schicksal umzugehen. »Schlechte Neuigkeiten«, gab er zu.

»Stimmt es also doch.«

»Sie wissen schon davon?«

»Es hat sich herumgesprochen. War es doch nicht der Jud?«

Das hörte sich verbittert an, und Heller verstand nicht gleich, warum sie so mit ihm sprach. Sein Gesicht dazu sprach wohl Bände. »In der ›Dresdner‹ stand, der Jude Kohn hätte sich auf blutrünstige Art und Weise an Klara gerächt.«

Das hatte Heller auch gelesen. Er hatte den Artikel Karin gezeigt, doch sie hatten beide kein Wort darüber verloren. Klepps Leute hatten bei ihrer Razzia zwei Männer gefunden. Versteckt im Zwischenboden eines kleinen Mietshauses. Juden seien es gewesen, man habe Blut an ihren Händen entdeckt und unter den Fingernägeln. Aber Heller hatte sie nie zu Gesicht bekommen. Er wusste auch nicht, ob einer von ihnen Daniel Kohn war. Er hatte lediglich gehört, dass man sie auf der Schießgasse halb nackt ausgezogen, verprügelt und direkt zum Münchner Platz gebracht hätte, mitsamt den vier unglücklichen Hausbewohnern, denen unterstellt wurde, sie hätten die Juden wissentlich versteckt.

»Mein Vorgesetzter war Fleischer«, versuchte er zu erklären.

Nun war es Rita Stein, die fragend dreinblickte. Dann aber verstand sie und Heller glaubte zu sehen, wie sich einen Augenblick lang die Miene der Schwester aufhellte.

»Mein neuer Vorgesetzter ist auch ein Fleischer!«, sprach sie mit verhaltener Lautstärke. »Man merkt wohl, dass er an der Front gewesen ist.«

»Er ist kein Chirurg!«, wagte Heller einzuwenden.

»Richtig, aber er versteht sich wunderbar aufs Organisieren.« Sofort hatte Rita sich wieder zurückgezogen.

»Ich wollte zu ihm, wegen des neuen Falls.«

»Ein Dämon geht um, sagen die Leute.« Rita schnaubte abschätzig, dann wurde sie wieder sachlich. »Schorrer ist aber heute nicht da, Doktor Reus hat ihn heimgeschickt. Seit ein paar Tagen schon kämpft er mit einer Infektion.«

»Sie mögen ihn nicht?« Heller hoffte, ein wenig in diesen fast vertraulichen Tonfall zurückkehren zu können, mit dem sie ihm entgegengekommen war.

Rita aber ging nicht mehr darauf ein. »Er ist jetzt mein Vorgesetzter.«

»Ich habe anordnen lassen, den Leichnam wieder zu ihm zu bringen. Ich hoffe, er findet die Zeit, ihn zu untersuchen, sobald er wieder im Dienst ist. Und er möchte mich bitte informieren.«

»Ich werde es ihm ausrichten. Ich muss dann weiter!« Rita nickte knapp und ließ Heller einfach stehen.

Klepp sah ein wenig gehetzt aus, als er Heller in seinem Büro empfing. Stumm wies er ihm den Stuhl vor seinem Schreibtisch zu, marschierte schnell an Heller vorbei, setzte sich dann und erhob sich gleich wieder. Dann schien er sich seiner Rolle plötzlich bewusst zu werden, verschränkte die Hände auf dem Rücken, stolzierte eine kleine Runde zum Fenster, zu der aufgestellten Polizeistandarte von Sachsen und der Hakenkreuzfahne, anschließend verharrte er von Angesicht zu Angesicht mit seinem Führer, der mit strengem Gesichtsausdruck aus dem Bilderrahmen in den Raum blickte.

»Es wird einen Nachahmer geben, ich habe es Ihnen gesagt, Heller!«

Nichts hat er gesagt, dachte Heller. Viel schlechter hätte das Gespräch nicht beginnen können.

»Was würden Sie tun?«

Heller sah auf. War das Hilflosigkeit, die aus dem SS-Mann sprach? Doch Klepp zeigte sein Gesicht nicht und ließ seinen Blick immer noch auf dem Hitlerbild ruhen. Heller atmete einmal tief ein.

»Wir müssten durch intensive Zeugenbefragungen herausfinden, ob sich in letzter Zeit wiederholt Fremde im Viertel aufgehalten haben, die sich auffällig verhielten. Der Täter war über den Tatort informiert, er hat sich nicht zufällig diesen Ort ausgewählt. Und es wird nicht ohne Grund sein, dass beide Tötungsdelikte im selben Viertel stattgefunden haben. Den Dachboden müssen wir gründlicher nach Spuren durchsuchen. Der Mörder muss unzweifelhaft ins Blut getreten sein, er selbst muss voller Blut gewesen sein. Es muss Fingerabdrücke geben. Vielleicht hat er etwas verloren, Haare, Kleidungsfasern. Des weiteren würde ich der Sache Klara Bellmann noch einmal nachgehen. Mir scheint, diese Tat erfüllte einen Zweck, diente aber unbewusst als Auslöser für einen bislang unterdrückten Trieb.«

»Da gibt es gar nichts nachzugehen. Dieser Fall ist durch!«

Klepp wippte auf den Fußballen, seine Stiefel glänzten. »Kümmern wir uns um den Fall auf dem Dachboden. Was brauchen Sie für diese Aufgaben?«

Heller wusste, dass Klepp sich nicht eingestehen wollte, im Fall Bellmann Unrecht gehabt zu haben. Doch es lag ihm daran, das Beste aus dieser Situation zu machen. »Drei Männer. Ein Fahrzeug. Blitzlichter. Und wir müssten einen Gerichtsmediziner anfordern, einen richtigen.« Damit hatte er schon zu tief gestapelt.

Endlich drehte sich Klepp um. Heller entdeckte in seinem Gesicht einen Kratzer, der sich von der linken Schläfe bis übers Jochbein hinunterzog.

»Ich gebe Ihnen einen Mann, der wird Ihnen als Fahrer dienen. Oldenbusch habe ich abkommandiert. Unter uns, Heller, ich lasse Sie nur an dem Fall arbeiten, damit die Leute sehen, dass wir uns kümmern, dass etwas passiert. Zeigen Sie sich also vor Ort. Fragen Sie von mir aus jeden, den Sie finden. Unserem Reich steht die schwerste Zeit noch bevor. Alle unsere Kräfte müssen gebündelt werden, um den letzten Dolchstoß ins Herz unserer Gegner durchzuführen. Die Westoffensive läuft seit zwei Tagen, der Angriff schreitet voran. Der Feind versucht dies zu verhindern, indem er im Hinterland agiert. Er wirft Bomben, unterbricht Transportwege, er sabotiert …«

»Ich verstehe nicht ganz, was das mit diesem Fall zu tun hat!«, unterbrach Heller seinen Vorgesetzten mit fester Stimme.

»Das müssen Sie nicht verstehen, Heller. Sie sind einfacher Soldat gewesen im großen Krieg. Ich weiß, was Sie durchgemacht haben, allein deshalb sind Sie noch hier. Aber das hier geht weit darüber hinaus. Wir haben es hier mit feindlichen Agenten zu tun. Diese Sache da, auf dem Dachboden, das ist Sabotage, verstehen Sie, es lenkt ab und es schürt

Angst in der Bevölkerung. Je schrecklicher die Tat, desto größer der Nutzen. Aber wir dürfen uns davon nicht ablenken lassen, wir müssen das höhere Ziel vor Augen haben. Und wenn erst unsere Gegner sterbend am Boden liegen, dann räumen wir hier auf. Abtreten!«

Mit einer resignierenden Handbewegung nahm Heller seine Mütze, erhob sich und strich seinen Mantel glatt. Es war nichts anderes zu erwarten gewesen von dieser Unterredung. Und wenn er sich doch Hoffnungen gemacht hatte, dann war er selbst schuld.

18. Dezember 1944, Nacht

Nachdem es zwei Nächte lang keinen Alarm gegeben hatte, mussten sie diese Nacht wieder in den Keller. Herr Leutholdt drehte am Radio, suchte geduldig nach besserem Empfang, da man sich nicht mehr darauf verlassen konnte, dass der Alarm über die Sirenen aufgehoben werden würde. Vielleicht würde die Meldung nur im Radio kommen. Auf irgendeiner Frequenz entdeckte er ein wenig Musik und lehnte sich zurück. Doch seine Frau stieß ihn an, deutete mit kurzem Kopfnicken in Hellers Richtung. Doch dem war niemals der Gedanke gekommen, Leutholdt könnte Feindsender hören, war er doch einer der Ersten aus dem Viertel gewesen, der sechsunddreißig in die SA eingetreten war.

»Ich hätte noch mal auf das Klo gehen sollen«, raunte Karin ihm zu.

Heller nickte. Er beobachtete jetzt die Zinsendorfer, die sich inbrünstiger denn je bekreuzigte und dabei wie besessen ihren Oberkörper vor und zurück wiegte. So etwas hatte er schon einmal gesehen, in einer Nervenheilanstalt. Jetzt starrte die Frau mit finsterem Blick zurück.

»Das ist der Teufel!«, fauchte sie ihn an.

»Bitte?«

»Der Teufel geht um, holt sich die Seelen, die ihm versprochen sind!« Sie kniff den Mund zusammen und bekreuzigte sich drei Mal. »Er zeigt sich uns, das Ende ist nahe!«

Sämtliche Gesichter hatten sich ihnen zugewandt. Ein Dutzend Menschen.

»Reden Sie kein dummes Zeug!« Heller drehte sich demonstrativ weg.

»Die Dämonen kriechen aus ihren Löchern, heulen nachts in den Gassen. Haben Sie es noch nicht gehört? Hören Sie sie nicht kichern und grunzen? Sehen Sie nicht, wie sie die Wände hinaufklettern und durch die Spalten lugen, wie ihre Krallen auf dem Dach klappern? Bald nehmen sie die Ziegel ab und klettern hinein.«

»Still!«, fuhr Heller die Zinsendorfer an.

»Ihr steckt doch alle mit dem Teufel im Bunde! Sie und die ganze Bande. Gerufen habt ihr ihn, alle! Alle ihr!« Die Frau hatte sich erhoben, ihr Zeigefinger beschrieb langsam einen Halbkreis und jeder wich unmerklich zurück, als wäre ihr Finger eine scharfe Waffe. Ihr Mantel hatte sich geöffnet und darunter sah man ihr Nachthemd. Unablässig hielt sie jetzt ihren Finger auf Leutholdt gerichtet und zischte drohend. »Er wird euch alle holen, einen nach dem anderen wird er euch die Haut abziehen!«

»Setz dich und halt dein Schandmaul«, fuhr Leutholdt auf und ballte die Hände zu Fäusten, seine Kiefer mahlten. »Sonst zeig ich dich an wegen volksverräterischem Geschwätz und Wehrkraftzersetzung, gleich morgen!«

Heller wollte auffahren, doch Karin kam ihm zuvor.

»Ruhe jetzt! Alle!«, donnerte sie. »Benehmen Sie sich endlich wie erwachsene Menschen. Diese Streiterei nützt niemandem etwas! Jetzt sind wir nun mal hier und müssen es aushalten.« Mit dieser Stimme hatte sie früher schon ihre Söhne auseinandergebracht, wenn deren wildes Spiel regelmäßig in Streit umschlug. Das brachte Leutholdt und unerwarteterweise auch Frau Zinsendorfer zur Räson. Beinahe verlegen sahen die beiden zu Boden, als hätten sie etwas verloren, und setzten sich dann wieder hin. Jeder war bemüht, das Gesicht vom anderen abzuwenden.

19. Dezember 1944, früher Morgen

»Geht ja gut voran im Westen«, meinte Doktor Schorrer am nächsten Morgen. Er sah schlecht aus, wahrscheinlich wäre es besser gewesen, er hätte sich noch zwei Tage freigenommen. Zwar saß sein Kittel korrekt, sein Hemdkragen stand altmodisch steif um seinen Hals und sein Schnauzer war sauber gestutzt, doch beim Rasieren hatte der Doktor sich zwei, drei winzige Verletzungen zugefügt. Er sah gelb aus im Gesicht und hatte dunkle Augenringe.

Der Arzt wirkte nicht, als würde er sich wirklich für die Offensive interessieren, eher, als wollte er Hellers Meinung hierüber abfragen.

Heller zögerte mit seiner Antwort. »Ich weiß nichts Genaues darüber und kann mir deshalb kein Urteil erlauben«, antwortete er schließlich, ohne eine Miene zu verziehen. Dass sein jüngerer Sohn Erwin vielleicht irgendwo da draußen war, verschwieg er, auch wenn der Gedanke an ihn durch Schorrers beiläufige Frage wie ein glühender Feuerball in ihm aufgeflammt war.

Schorrer hatte sich weggedreht und sah aus dem Fenster. »Ich halte dies für ein letztes Aufbäumen«, sagte er leise.

Heller wollte sich nicht zu irgendwelchen Bemerkungen provozieren lassen. Es gab keinen Spielraum für Meinungsäußerungen. Man konnte niemandem trauen. Gut möglich, dass Schorrer und Klepp in Kontakt standen. Und Klepp wartete wahrscheinlich nur auf eine unbedachte Äußerung, um ihn loszuwerden. Selbst wenn sie ihn nur suspendierten oder beurlaubten, ohne seine Lebensmittel- und Bezugsscheine würde es sich kaum leben lassen.

»Sie sollten sich lieber auf einen Waffenstillstand im Westen einlassen und sich gegen die Russen stellen. Aber wer bin ich schon.« Schorrer sah ihm in die Augen.

Unbewegt erwiderte Heller seinen Blick. Er wusste, er würde jetzt schweigen müssen. Selbst wenn Schorrer es ehrlich meinte, sein Vorstoß war wagemutig, auch wenn sie hier nur unter sich waren. Die Totenkopfbande war hochgradig nervös und wütend und hatte ihre Ohren überall. Ein Wort konnte einem heutzutage buchstäblich den Kopf kosten.

»Sie sind nicht der SS beigetreten? Auch nicht dem SD? Nicht einmal der Partei?« Schorrer fragte eigentlich nicht, es war eher eine Feststellung.

»Nein.« Heller hielt dem Blick seines Gegenübers stand.

»Sie müssen ein erstaunlich guter Kriminalist sein, dass es Ihnen gelang, Ihre Stellung zu behalten. Gab es Gründe für Ihre Verweigerung?«

Heller richtete sich etwas auf dem Stuhl auf. Es war Zeit, die Fragestunde zu beenden. »Ich bin eigentlich nicht hergekommen, um dies zu besprechen. Ich hatte gehofft, Sie könnten mir mit dem zweiten Fall helfen. Aber falls ich damit Ihre kostbare Zeit strapaziere, suche ich mir gern jemand anderen.« Heller pokerte. Würde Schorrer jetzt nichts sagen, hatte er ihn als Helfer verloren.

»Herr Kriminalinspektor, machen Sie es sich ruhig wieder bequem. Ich kann Ihnen leider keinen Kaffee anbieten, ich habe nur Tee und ich fürchte, der besteht auch nur aus Feld- und Wiesenkraut. Ich dachte nur, wir beide können uns wie Männer unterhalten. Es ist nicht leicht heutzutage, ein aufrechter Mann zu bleiben. Mir selbst fiel schwer, zu verstehen, was ich im Osten gesehen habe. Natürlich habe ich nicht den Überblick wie unser geliebter Führer, doch die Politik des

Terrors, die dort unter anderem betrieben wird, kann ich nicht ganz nachvollziehen. Natürlich hielt ich mich bedeckt, aber hier«, er tippte sich an die Schläfe, »was darin vor sich geht, kann niemand kontrollieren. Ihre beiden Söhne sind dort?«

Woher wusste er das?, fragte sich Heller.

»Nun, zum Glück, muss ich in diesem Fall sagen, habe ich keine Kinder«, fuhr Schorrer fort, ohne auf eine Antwort zu warten.

Heller hatte überhaupt kein Interesse daran, weiter über dieses Thema zu reden, doch wenn Schorrer gerade leutselig war, musste er dem ein wenig entgegenkommen. »Woher kommen Sie, wenn ich fragen darf? Sie hören sich nicht an wie ein Einheimischer.«

Schorrer strich sich über seinen Bürstenschnitt. »Görlitz. Kleines Nest, jeder kennt jeden. Ich wollte in die Welt hinaus. Raus aus der Klinik und rein in den Krieg. Ein Abenteuer, dachte ich, damals wie heute. Eine Feuertaufe, danach kann mich nichts mehr schrecken, dachte ich. Ja, wenigstens in diesem Falle sollte ich recht behalten. Um Ihnen ein Geständnis machen zu dürfen«, Schorrer senkte die Stimme nun doch ein wenig, »mir sind die Entwicklungen an der Front natürlich nicht entgangen. Von taktischen Rückzügen und Frontbegradigung zu sprechen ist eine Farce. Nicht allein deshalb, aber doch dadurch motiviert, bat ich nach fünf Jahren um mein Ausscheiden aus dem Militärdienst und die Versetzung ins Hinterland. Meine militärische Vergangenheit lässt sich wohl nicht verleugnen und das hatte ich auch nie vor, doch hoffe ich, hier in einer besseren Position dazustehen, wenn der Feind vor den Toren der Stadt steht, und dies«, jetzt senkte er seine Stimme noch mehr, »wird unweigerlich geschehen!« Dann wurde er wieder laut, ein wenig zu laut für Hellers Geschmack.

»Ihr Opfer, keine zwanzig, würde ich sagen. Ein Flüchtling, der Kleidung nach. Verirrte sich beim Betteln vielleicht, oder jemand nahm sie mit. Vermutlich hat er sie betäubt. Oder sie war bewusstlos von einem Schlag. An ihrem Hinterkopf gibt es ein Hämatom, von einem schweren Gegenstand verursacht, ein Knüppel vielleicht. Ansonsten können wir nur hoffen, dass ihr Leiden nicht zu lang angedauert hat. Sie hatte einen Knebel im Mund. Und die Sache mit den Augen …« Schorrer schüttelte den Kopf nachdenklich.

Heller rutschte auf seinem Stuhl herum und bedauerte ein wenig, dass Schorrer die Frage nach dem Tee nicht bis zum Schluss erörtert hatte. »Wie lang mag das gedauert haben, sie so zuzurichten?«

»Nun, ganz praktisch betrachtet, eine Stunde, oder zwei. Man müsste einen Schlachter fragen, wie lang es dauert, ein ähnlich großes Tier zu häuten.«

Heller hätte auf diesen Vergleich verzichten können, doch der Arzt schien davon unbeeindruckt zu sein. »Aber es muss in der Nacht geschehen sein?«, fragte Heller rasch weiter.

Schorrer sah auf ein Papier. »Ich habe den Todeszeitpunkt auf die Nacht vom 17. zum 18. Dezember datiert. Er ist aufgrund des Zustandes der Leiche nicht genau festzulegen. Ich nehme an, der Täter hat das Opfer während eines Alarms auf den Dachboden geschleppt, als niemand auf der Straße oder im Haus war. Den Tatort zu verlassen war wohl weniger problematisch.«

»Hat er sie tragen müssen oder ist sie ihm freiwillig gefolgt?«

Schorrer hob entschuldigend beide Hände. »Das entzieht sich meiner Kenntnis. Ich könnte die Haut noch einmal nach äußeren Verletzungen untersuchen, doch erstens: Was tut es zur Sache?, und zweitens: Jede Verletzung könnte ihr auch auf ihrem Weg nach Dresden zugestoßen sein, selbst das Hämatom. Sie hatten gebeten, den Mageninhalt zu prüfen.

Haferschleim, Kartoffeln, Milch, nichts, was auf eine Verlockung hindeutet, Schokolade, Fleisch und dergleichen.«

Heller notierte sich das Nötigste, auch wenn es ihm kein bisschen weiterhalf.

»Sexuelle Handlungen?«, fragte er, ohne aufzusehen.

»Nach meiner Erkenntnis nicht.«

»Ich frage mich nach dem Motiv. Welcher Hass mag wohl in einem Mann stecken, dass er eine Frau so zurichtet?«

Schorrer zog ein Taschentuch hervor und schnäuzte sich laut und gründlich. »Was glauben Sie? Glauben Sie einen solchen Hass in sich spüren zu können? Also, ich nicht, ich hasse niemanden. Oder ich hasse sie alle gleichermaßen, die Menschen. Aber so etwas zu tun geht wohl über den Hass hinaus. Ich denke, hier kann man nicht auf gängige Motive zurückgreifen.«

»Meinen Sie, es könnte ein religiös motivierter Täter sein?«

Schorrer lachte tatsächlich auf, wirkte dabei aber keineswegs amüsiert. »Herr Kriminalinspektor, mir scheint, ich sollte Ihre Arbeit verrichten.«

Heller klappte sein Notizbuch zu. »Keineswegs, ich versuche nur meine Gedanken zu sortieren und spreche sie laut aus. Wie es aussieht, bin ich bei der Lösung dieses Falles ganz auf mich gestellt.«

»Ich verstehe, es mangelt nicht nur uns an Personal.«

Ein Schweigen entstand. Vom Vorzimmer hörte man das Klappern einer Schreibmaschine, und zumindest Heller überlegte einen Moment lang, wie viel von dem, was sie gesprochen hatten, an die Ohren der Sekretärin gelangt war.

»Bei Betrachtung der Leiche und ihrer … Teile kam mir der Gedanke, der Täter könnte an einer gewissen Ästhetik interessiert sein. Welchen Eindruck machte dies auf Sie?«

Heller versuchte sich zu erinnern, fühlte dabei mit der Zunge an seinen Zähnen, von denen er glaubte, sie wären lockerer geworden in der letzten Zeit. »Im ersten Moment dachte ich, ein Todesengel wäre mir erschienen.«

»Tatsächlich? Sie scheinen mir doch recht abgeklärt.«

Heller nickte und erhob sich dann. Den Tee würde er vermutlich nicht bekommen. Dann würde er jetzt noch einmal den Dachboden aufsuchen.

Doktor Schorrer erhob sich, um Heller zur Tür zu begleiten. Dort reichte er ihm die Hand.

Heller ergriff sie. »Vielen Dank!«

»Wenn Sie weitere Hilfe brauchen, jegliche Art von Hilfe, melden Sie sich ruhig. Und bitte, nennen Sie mich Alfred. «

»Alfred, gern, dann sagen Sie Max zu mir!«

Am Nachmittag saß Heller in seiner Schreibstube und starrte seine Schreibmaschine an. Er hatte aufgeschrieben, was er zusammengetragen hatte. Es war nicht viel. Auf eigene Faust hatte er den Dachboden durchstöbert, hatte ein paar Fingerabdrücke nehmen können, die jedoch mit sämtlichen Abdrücken der Hausbewohner abgeglichen werden müssten. Mit den Fingerabdrücken, die im Fall Bellmann gefunden worden waren, hatte er schon einen Abgleich versucht und keine offensichtlichen Gemeinsamkeiten entdecken können. Doch immerhin wäre dies eine Arbeit von vielen Stunden für Spezialisten gewesen, nichts, das man zwischendurch erledigte. Weiter hatte er nichts gefunden, keine verräterischen Stoffreste, keinen Zigarettenstummel, keine Botschaft. Doch, es gab eine Botschaft, und dies machte Heller am meisten zu schaffen. Der Täter war keiner, bei dem man mit rationalen Denkansätzen etwas erreichte. Um nachvollziehen zu können, was ihn bewegte, musste man sich, wie Schorrer schon gemeint hatte, auf die Suche nach Motiven begeben, die allein mit gesundem Menschenverstand wohl nicht zu ergründen waren. Was immer das bedeuten sollte.

War der Täter religiös motiviert, litt er unter Wahnvorstellungen? Hasste er einen bestimmten Typ Frauen, jung, ungebunden, emanzipiert? War das ein gemeinsamer Nenner? Sollten die beiden Morde vom selben Täter ausgeführt worden sein?

Ein Klopfen riss Heller aus seinen Gedanken. »Herein!«

Oldenbusch steckte seinen Kopf durch die Tür und winkte mit einer braunen Lichtbildmappe. »Die Fotos! Ich habe gleich drei Abzüge von jedem gemacht.«

Heller nickte dankbar und nahm dem Techniker die Mappe ab. »Wohin hat es Sie verschlagen?«

»Sicherungsdienst am Bahnhof Neustadt. Ich fürchte, unsere Stadt ist mittlerweile zum Verkehrsknotenpunkt geworden. Da gehen am Tag ein paar hundert Züge durch. Max, ich habe Sachen gesehen!«

»Ich weiß, Werner, ich weiß. Nehmen Sie bitte einen Abzug vom Gesicht der Frau mit, vielleicht erkennt sie jemand.«

Oldenbusch stand jetzt im Zimmer.

»Anfangs dachte ich noch, da hätte einer seine Wut ausgelassen. Aber diese Sache mit den Augen – unheimlich.«

Ungehalten schlug Heller mit der flachen Hand auf den Tisch. »Jetzt fangen Sie nicht auch noch mit dem Unsinn an!«

19. Dezember 1944, Nachmittag

»Kennen Sie diese Frau?« Heller hielt dem Mann das Foto der Toten vom Dachboden hin. Der ältere Mann, der eine Felljacke und eine lederne Kopfbedeckung mit Ohrenklappen trug, fuhr zurück und bekreuzigte sich.

»Der Deibel!« Hastig schüttelte er den Kopf und drückte sich zur Seite in die Menschenmenge. Heller kannte diese Reaktion mittlerweile, setzte seinen Weg durch die lagernden Flüchtlinge hindurch fort.

Noch einem Dutzend Menschen zeigte er das Foto, welches auf den ersten Blick gar nicht so schlimm erschien, bis man sah, was mit den Augenlidern der Toten geschehen war. Niemand hatte die Frau gesehen oder gekannt. Heller wusste auch, dass es wenig Sinn machte, was er tat, doch er konnte nicht einfach untätig herumsitzen. Er musste irgendwie weitermachen. In Kriegszeiten war alles anders. Dort, wo gekämpft wurde, war es legitim, Menschen zu töten. Aber das galt nicht für das zivile Leben. Recht und Gesetz konnte man deswegen doch nicht einfach aushebeln. Aber Heller wusste sehr gut, dass es wöchentlich beim Landgericht auf dem Münchner Platz zu Hinrichtungen kam. Ein Menschenleben war wirklich nichts mehr wert, warum also das der beiden bedauernswerten Frauen? Wenn der Angriff im Westen verpuffte, würden die letzten Reserven aufgebraucht sein, dann würde man dem Russen und auch dem Amerikaner keinen nennenswerten Widerstand mehr leisten können, dann war es auch an ihm, über seine nähere Zukunft nachzudenken.

»Kennen Sie diese Frau?«, fragte er sich weiter durch die Menge und hielt das Foto einer Gruppe von vier Frauen entgegen. Eine bedeckte sogleich voller Entsetzen ihre Augen. »Sie wurde ermordet, kennen Sie sie?«

Die Frauen begannen zu tuscheln, in einer fremden Sprache.

»Also?«, herrschte Heller sie an.

»Nein«, erwiderte eine der Frauen unsicher und eine andere flüsterte etwas, hektisch und heiser, und Heller verfluchte ihr Schlesisch, das er nicht verstand.

»Nun? Was gibt es da zu reden?«

»Den Piotrowskis is ein Mädl fortjekommen«, meinte eine schüchtern und mit starkem Akzent.

»Wer sind die?«, fragte Heller, schon ahnend, dass er sich, anstatt Hinweise zu bekommen, nur ein weiteres Problem aufgehalst hatte.

»Da drieben, die mit dem Ochs.« Die Frau zeigte in die entsprechende Richtung. Wortlos ließ Heller die Frauen stehen und ging zu der Familie, die neben dem Ochsenkarren stand. Das Tier war völlig abgemagert, der Rist und die Rippen zeichneten sich ab, als hätte man nur eine Decke über ein Holzgestell geworfen. Ein kleines Kind unbestimmten Geschlechts lag auf dem Gepäckberg und schlief. Eine alte Frau hockte apathisch neben einem der hölzernen Wagenräder, keinen Meter von einem stinkenden Haufen entfernt, den das Tier hinterlassen hatte.

»Guten Tag?« Heller mochte sich nicht hinhocken. »Sind Sie Frau Piotrowski?« Sacht stieß er die Alte mit der Fußspitze an. Sie sah zu ihm auf und versuchte, ihm ein wenig Platz zu machen.

»Kriminalpolizei«, versuchte Heller sich vorzustellen.

Nun begann die Alte zu lamentieren, flehte ihn mit verschränkten Fingern an.

»Kennen Sie diese Frau?« Heller hielt wieder das Foto vor. Ein wenig wichen um sie herum die Leute aus, als fürchteten sie, in eine Sache hineingezogen zu werden, die sie nichts anging.

Die Alte starrte das Foto an, als hätte sie noch nie ein Foto gesehen.

»Die versteht Se nicht!«, erklärte ein krummer Mann. »Die is varrickt jeworden, wejen de Flieger! Furchtbares Greil, sag ich Ihnen!«

»Kennen Sie die Piotrowskis?«

»Da geherte noch a Frau dazu, Wasser ist die holen jejangen, schon a Stunden is die weg!«

Heller nickte und blieb unschlüssig stehen.

»Wollen Sie zu mir?«, sprach ihn eine Frau an.

»Heller, Kriminalpolizei. Sind Sie Frau Piotrowski?«

Die abgezehrte Frau nickte und stellte einen vollen Blecheimer ab. Gierig drehte der Ochse den Kopf. »Wir wollten nur haltmachen hier, eine Rast, demnächst wollten wir weiter. Die wollten uns noch sagen, wohin, Richtung Bayern wollen die uns noch schicken.«

Heller hielt das Bild hoch. »Kennen Sie sie?«

Die Frau verzog das Gesicht. »Das ist nicht Agneschka. Ist die tot?«

»Diese hier schon! Sie vermissen eine Tochter?«

»Meine Nichte Agneschka. Ist fortjelaufen gestern Abend. Ich hab ihr gesagt, lauf nicht weg, wenn wir weitermissen, missen wir weiter.«

»Wie alt ist sie?«

»Siebzehn ist se, ein Mann hat ihr wohl Zigaretten anjeboten und Brot.«

»Ein Mann? Können Sie den beschreiben?«

»Ich hab den nich gesehen, hat mir jemand gesagt!«

»Wer? Sagen Sie, ist der hier, der den Mann gesehen hat?«

Die Frau sah sich um. »Nein, sind immer neie Leit hier.«

»Herrgott!« Heller rammte sich das Foto in die Manteltasche. »Haben Sie ein Bild von Agneschka?«

»Nu, hab ich!« Die Frau begann sogleich in dem Hausrat zu kramen, der sich unter der dicken Decke auf dem Wagen befand. Sie holte einen verschnörkelten ovalen Bilderrahmen hervor, in welchen ein Familienporträt eingefasst war. »Die da!«, sagte die Piotrowski mit einigem Stolz und Heller seufzte enttäuscht. Agneschka war auf diesem Bild keine fünf Jahre alt.

»Wie groß ist sie? Welche Haarfarbe, welche Kleidung?«

»Nun, so groß wie ich, dunkles Haar, nicht ganz schwarz, braune Augen. Hat sie Hosen an unter einem Kleid, ist schwarz und weiß das Kleid. Die Jacke ist aus blauem Leinen, jefittert, mit Wolle innen drin.«

Heller hatte sich sein Notizbuch hervorgeholt, schrieb mit. »Hat sie das öfters getan, für Brot mit jemandem mitgehen?«

»Nu, manchmal muss man tun, was zu tun ist!«

»Hat sie das öfters getan? Wie oft?«, wiederholte Heller mit Nachdruck.

»Drei Male vielleicht, aber nie ist sie so lange wegjeblieben!«

Heller klappte in seinem Buch die letzte Seite auf, schrieb seine Telefonnummer auf und riss den Zettel heraus. Er gab ihn der Frau. »Wenn Agneschka auftaucht, melden Sie sich bitte bei der Bahnhofsverwaltung, die sollen mich anrufen. Verstehen Sie mich? Tun Sie das!«

»Aber die Verwaltung ist wo?« Frau Piotrowski sah skeptisch zum Bahnhofsgebäude hinüber.

»Haben Sie bei dem Eingang die Fahrzeuge mit dem roten Kreuz gesehen? Die Männer dort können Sie fragen!« Heller deutete weiter nach links, um der Frau einen Anhaltspunkt zu geben, während ihm seine letzten Worte noch in den Ohren klangen. Ihm war ein Gedanke gekommen.

»Wohl verrückt geworden, Heller, oder was?« Klepp sah den Kriminalinspektor mit aufgesetzter Fassungslosigkeit an. »Und seit wann stimmen Sie Ihre Maßnahmen nicht mit Ihrem Vorgesetzten ab?«

Heller hatte nicht Platz genommen an Klepps Schreibtisch, stand neben dem Stuhl und hatte damit Klepp gezwungen, ebenfalls stehen zu bleiben, wenn dieser nicht zu ihm aufsehen wollte.

»Das habe ich nie machen müssen, wenn ich der Meinung war, dass keine Zeit verschwendet werden dürfe!«

Klepp ließ sich nach vorn kippen und stützte sich auf seinem Schreibtisch ab, auf dem sich unübersichtliche Papierstapel türmten.

»Was? Wegen einer Polackenhure?«

»Sie ist keine Hure und sie ist keine Polin. Sie ist Volksdeutsche und sie ist verschwunden. Möglicherweise ist sie mit einem Mann mitgegangen, der ihr Lebensmittel versprochen hat. Ich hielt es für angemessen, dieser Spur nachzugehen, zum einen, um das Mädchen zu finden, zum anderen, um vielleicht …«

Klepp stieß sich vom Tisch ab, warf dabei einen ganzen Zettelhaufen herunter, der sich über den Boden verteilte. »Sehen Sie, Sie sagen es selbst! Vielleicht! Wir können uns keine Vielleichts leisten heutzutage, da das deutsche Volk mit geschlossenen Reihen seinem finalen Kampf entgegentritt. Eine Fahndung auszurufen, Sie sind wohl von allen guten Geistern verlassen? Unsere Ressourcen verschwenden. Schluss damit, aus, basta!«

Heller stellte sich stramm, wie er es einmal beim Militär gelernt hatte. »Darf ich gehen?«

»Nichts da, bin längst noch nicht fertig!«, schnauzte Klepp. »Generalstabsarzt Funke hat sich beschwert, Sie hätten Personalien von Sanitätssoldaten abgefragt und dazu sogar die

Feldgendarmarie hinzugerufen? Was ist Ihnen denn zugestoßen? Ihnen muss wohl mal der Kopf gewaschen werden, oder was?«

»Ich habe nur meine Arbeit getan. Es besteht immerhin die Möglichkeit, dass einer der Sanitätssoldaten seine Position und seine Lebensmittelrationen nutzt, um junge Frauen aus dem Flüchtlingstross wegzulocken. Mit dieser Methode könnte der Mörder zu seinem zweiten Opfer gekommen sein.«

»Was höre ich denn da?«, donnerte Klepp und Heller hoffte, dass man ihm nicht ansah, wie sein Herz raste.

»Sie sind ja wahnsinnig! Zweites Opfer, wollen Sie mich infrage stellen, mich in aller Öffentlichkeit bloßstellen? Sie wollen wohl jedem zeigen, dass Sie der Kriminalist sind? So läuft das hier nicht mehr, Herr Kriminalinspektor! Denken Sie nicht, dass wir Sie nicht beobachten, dass wir uns nicht fragen, warum Sie der Schutzstaffel nicht beigetreten sind? Selbst der Partei haben Sie sich verweigert! Was sind Sie denn für ein Deutscher? Haben Sie denn überhaupt einen sauberen Stammbaum? Haben Sie einen?«

»Den habe ich«, sagte Heller und hoffte, sein Vorgesetzter würde seine Hände nicht sehen, denn die zitterten vor Wut über die Unverschämtheit dieses ungebildeten, geifernden Mannes, der lächerlicherweise auch noch versuchte, die Gestik und Mimik Goebbels' zu imitieren.

»Ich habe Sie nicht gehört, Heller!«, brüllte Klepp und die Haut um seine Abschürfung im Gesicht färbte sich blutrot.

»Den habe ich!«, wiederholte Heller lauter.

Nun setzte Klepp eine süffisante Miene auf. »Und da behaupten Sie als reinrassiger Arier, dass unsere deutschen Männer sich an dieser dreckigen Göre vergreifen, und nennen das auch noch Ihre Arbeit?«

»Ich behaupte gar nichts. Ich muss nur alle Eventualitäten

mit einbeziehen!« Heller hoffte, Klepp würde ihm nicht ansehen, wie schwer es ihm fiel, ruhig zu bleiben. Er hatte Angst, das musste er sich eingestehen. Angst vor der Unberechenbarkeit eines solchen Menschen, der es zu einer Machtposition gebracht hatte, die seinen Intellekt allerdings weit überforderte.

Ohne den Krieg wäre Heller möglicherweise längst in diese Position aufgestiegen. Wenigstens zum Kriminalrat hätte man ihn befördert. Ohne den Krieg und ohne die Nationalsozialisten, verbesserte Heller sich in Gedanken. So hatte sich seit sieben Jahren gar nichts mehr bewegt in seiner Karriere, stattdessen war ein Idiot wie Klepp zu seinem Vorgesetzten ernannt worden. Und Heller: hatte es ausgerechnet seinem achtmonatigen Aufenthalt an der Front in Belgien 1915 mit vier beglaubigten Kampfeinsätzen zu verdanken, dass er weiterhin im Amt bleiben durfte..

Klepp holte gerade zu seinem nächsten verbalen Großangriff aus, da klopfte es.

Der Obersturmbannführer hob den Kopf. »Moment!«, schrie er. Nun leiser zu Heller: »Glotzen Sie mich ja nicht so frech an, Heller. Ich habe Sie im Visier! Die Fahndung ist eingestellt. Machen Sie Ihren Kram, während ich mich um die Belange unserer Stadt kümmere. Aber es wird die Zeit kommen, da wird auch mit solchen elitären Wichtigtuern wie Ihnen abgerechnet. Da werden Sie erleben, wer hier der Angstmann ist!«

Angstmann! Woher kannte Klepp diesen Namen? »Haben Sie Angstmann gesagt?«

Klepp zeigte augenblicklich zur Tür. »Raus jetzt!«

»Mach uns nicht unglücklich!«, flüsterte Karin in der Nacht und drängte sich, Wärme suchend, an ihn.

Heller erwiderte nichts. Er wollte sich gerne mal wieder

rasieren, doch seit einiger Zeit war es selbst mit Bezugsschein schwer, an Rasierklingen zu kommen. Noch nie war er länger als drei Tage unrasiert gewesen. Er wollte auch endlich wieder einen echten Kaffee trinken, keinen Ersatz. Und er wollte endlich mal wieder eine Nacht durchschlafen. Denn selbst in den Nächten, in denen der Alarm ausblieb, schlief er nicht, sondern horchte in die Finsternis.

»Ich spüre dein Herz, Max!«

Das hatten sie früher oft gesagt. Dann hatte Karin ihren Kopf auf seine Brust gelegt und er danach den seinen auf die ihre. Und sie hörten, wie des anderen Herz schlug, und sie freuten sich über das regelmäßige Pochen. Und doch war da schon eine gewisse Wehmut gewesen. Wie viele solcher Schläge standen ihnen wohl noch zu? Millionen, hunderttausend, tausend? Sie hatten nicht viel darüber nachgedacht, nur gelauscht und sich vom Herzschlag des anderen in den Schlaf leiten lassen. Inzwischen träumten sie nicht mehr. Zu nah war der Tod, zu allgegenwärtig, auf der Straße, in den Zeitungen, in den Gesprächen.

»Max, halte noch ein bisschen aus. Es wird nicht mehr lang gehen.«

»Noch gehen sie vorwärts im Westen«, sagte Heller.

»Aber das hält nicht lang, du selbst hast es gesagt«, flüsterte Karin.

Wer bin ich schon, dachte Heller, überall sprechen sie von neuen Waffen, Raketen, Bomben, Turbinen, die Flugzeuge aus der Luft saugen. Wer weiß denn, was wirklich geschieht. Doch er behielt es für sich und nickte in die Dunkelheit. Karin würde auch diese Bewegung zu deuten wissen.

Lange lagen sie so da, und sein Herz wollte sich nicht beruhigen. Die Bilder gingen ihm nicht aus dem Kopf. Die des armen Mädchens auf dem Dachboden und die von Klepp, mit Speichelschaum in den Mundwinkeln. Sie vermischten sich zu einem wirren Traum. Er roch Schlamm und Fäule, hörte das ewige Trommeln der Kanonen.

»Max!« Karin hatte sich aufgerichtet, eine Hand auf seiner Brust. Offenbar hatte er im Schlaf aufgeschrien. »Es ist gut, Max!«

Heller schreckte hoch. Da hörte er es. Ein Heulen. Wolfsgeheul.

»Hörst du es auch?«, hauchte Karin ihm ins Ohr.

Heller hob leicht den Kopf. »Hunde!«

»Was willst du tun?«

Heller musste fast lächeln. So gut kannten sie sich, dass Karin spürte, dass er etwas vorhatte.

Er drehte sich auf die Seite, legte seinen Kopf auf ihr Kissen. So nahe waren sie einander, ihre Nasenspitzen berührten sich. »So kann es nicht bleiben«, sagte er und legte seine Hand sanft auf ihre Wange.

»Tu nichts, was dich in Gefahr bringt! Solche Leute wie Klepp, die sind gefährlich, die sind unberechenbar. Max, versprich es mir, versprich mir, du machst keine Dummheiten.«

Zu viele Versprechen für eine solche Zeit, dachte Heller. »Ich verspreche es«, sagte er trotzdem. »Ich will wissen, was die Leute sagen, selbst der Klepp hatte vom Angstmann schon gehört!«

»Sie reden alle vom Angstmann, von einem Dämon. Aber es ist kein Dämon, nicht wahr, Max?«

Heller schwieg eine Weile, er wollte sie nicht einfach nur beschwichtigen. Sie war eine kluge Frau, und wenn sie so fragte, dann hatte sie lang genug darüber nachgedacht.

»Es ist kein Dämon, Karin«, sagte Heller, »es ist ein Mensch.«

23. Dezember 1944, früher Morgen

»Herr Obersturmbannführer!« Heller trat einen Schritt in das Büro seines Vorgesetzten. Vier Tage waren seit Klepps Wutanfall vergangen. In der Zeit waren sie sich nicht begegnet. Nun saß Klepp an seinem Schreibtisch, wirkte zerstreut und bemerkte nicht, dass Heller auf den Hitlergruß verzichtet hatte.

Eine geraume Zeit beschäftigte sich Klepp mit seinen Papieren. Heller blieb stehen, rührte sich nicht und würde so ausharren, bis Klepp sich bequemte, ihn wahrzunehmen. Weder würde er sich räuspern oder sonst ein Zeichen von Ungeduld senden.

»Fortschritte, Heller?«, fragte Klepp, ohne aufzusehen.

»Keine, Herr Obersturmbannführer. Weder ist das vermisste Mädchen aufgetaucht, noch hat sich im Fall des Mordes etwas getan. Zeugenaussagen widersprechen sich, und mir scheint, es bereitet den Leuten eine gewisse Freude, mir Schauermärchen aufzutischen. Ich habe versucht, ein Bewegungsmuster des Täters zu erstellen, doch leider habe ich viel zu wenig Anhaltspunkte.«

»Was meinen Sie, was hat der Mann für ein Motiv?« Noch immer sah Klepp ihn nicht an. Heller konnte sich des Eindrucks nicht erwehren, dass er in den letzten Tagen wenigstens ab und an einen Blick in ein Lehrbuch für Kriminalistik geworfen hatte.

»Ist es die pure Lust am Töten und Quälen?« Endlich sah Klepp ihn an.

Heller wiegte unschlüssig den Kopf. »Mir scheint das zu einfach. Dann täte er es nicht auf diese Art. Täter, die darauf aus sind zu quälen, bedienen sich einfacherer Methoden. Vor allem solcher, bei denen ihre Opfer länger bei Bewusstsein bleiben. Ich nehme an, die junge Frau ist bald bewusstlos gewesen. Meines Erachtens ist der Täter nicht ganz bei Sinnen. Er handelt infantil.«

»Infantil?«

Heller wusste nicht, ob Klepp den Begriff nur nicht verstand oder ob er seinen Schlussfolgerungen nicht folgen konnte. »Indem er seinen Opfern die Augenlider nimmt, will er, dass sie weiter zusehen, auch wenn sie längst bewusstlos oder gar schon tot sind. So denken Kinder, meine ich.«

»Ein erwachsener Mann also, mit kindlichem Geist? Aber am ersten Tatort waren doch die Spuren im Staub entfernt, mit einem Besen, das heißt, der Täter hat sehr wohl über sein Handeln und über die Konsequenzen nachgedacht. Widerspricht dies nicht dieser Kindlichkeit?«

Heller schüttelte entschieden den Kopf. »Ganz und gar nicht. Wenn man jahrelang für bestimmte Tätigkeiten konditioniert wird, wird das zu einem Automatismus. Gut möglich also, dass es ein ganz normaler Vorgang für den Täter war, nach getaner Arbeit aufzuräumen.«

»Aber das Opfer zurücklassen?«

»So wie ein Kind sein Kunstwerk auf dem Tisch liegen lässt, damit der Vater es sieht, wenn er heimkommt. Oder die Katze, die den toten Spatz stolz präsentiert.«

Klepp seufzte hörbar. »Im Verhörzimmer vier sitzt eine Frau, die behauptet, sie wäre in der Nacht verfolgt worden. Vernehmen Sie sie noch einmal und überprüfen Sie soweit möglich ihre Angaben. Und geben Sie mir sofort über alle Entwicklungen Bescheid.« Klepp wandte sich wieder seinen Papieren zu und ließ Heller ein wenig nachdenklich zurück.

Er konnte sich keinen Reim darauf machen, warum Klepp ihn plötzlich wie einen ernst zu nehmenden Kriminalisten behandelte. Leise zog er sich zurück und schloss die Tür hinter sich.

»Frau Krumbach?«, fragte Heller und setzte sich der Frau am Tisch gegenüber.

Sie nickte ängstlich und hatte es ganz offensichtlich schon längst bereut, hierhergekommen zu sein. Sie trug ein schlichtes Kleid, das einmal rot gewesen sein mochte, nun aber ausgeblichen war. Ihr schwarzer Mantel hing sauber gefaltet über dem Stuhl. Mit fest zusammengepressten Beinen, die Hände im Schoß gefaltet, saß sie da, eine Ledertasche wie ein Schulranzen stand neben ihrem Stuhl.

»Geboren?«

Sie versuchte zu antworten, doch ihre Stimme versagte. Sie räusperte sich. »24.04.1910.«

»Wohnhaft?«

»Schumannstraße 5, dritte Etage.«

Heller hatte sich alles notiert, legte nun den Bleistift weg und sah die Frau an. Dass sie Mitte dreißig war, konnte er kaum glauben. Auf den ersten Blick hatte er gedacht, sie müsste mindestens fünfzig sein. Er ertappte sich dabei, wie er darüber nachdachte, ob er selbst auch viel älter wirkte, als er war, und ob das jetzt vielleicht auf jeden zutraf.

»Verzeihen Sie«, flüsterte die Frau, »ich wollte eigentlich nur eine Aussage machen, und nun sitze ich hier schon seit beinahe zwei Stunden. Und meine Mädchen sind daheim und ich habe noch nichts …«

»Was ist geschehen?« Heller nahm den Stift wieder auf.

Die Frau seufzte leise. »Letzte Nacht, da war ich auf dem Heimweg von meiner Schicht in der Fabrik.«

»Welche Fabrik?«

»Seidel und Naumann, auf der Hamburger Straße 19. Ich fuhr mit der Bahn …«

»Linie?«

»Neunzehn.«

»Uhrzeit?«

»Meine Schicht war in der Nacht um zehn beendet.«

»Moment, um halb elf in der Nacht war Alarm!« Heller sah die Frau streng an.

»Ja, bei der Cranachstraße hielt die Bahn. Ich stieg aus, im Wagen waren noch vier Männer, die beschlossen zu warten, ich aber wollte nach Hause laufen.« Frau Krumbach verstummte, da sie Heller ausschreiben lassen wollte. Heller aber machte mit dem Bleistift kleine Kreise in der Luft, sie solle fortfahren. »Deshalb lief ich die Striesener Straße entlang und war eine Kreuzung vor der Schumannstraße angelangt. Da hörte ich jemanden von der Andreaskirche rufen.«

»Was haben Sie getan?«

»Zuerst wollte ich einfach weitergehen, doch dann rief es noch einmal. Es hörte sich beinahe nach einem Hilfeschrei an.«

»Beinahe?«

»Nun ja, so eine Art Quieken, wie … wie ein Kind.«

Heller hob die Augenbrauen.

»Eine Kinderstimme. Also rief ich auch etwas. ›Hallo, ist da wer?‹, rief ich.«

»Hatten Sie keine Angst?«

»Oh ja doch, sehr. Aber ich wollte nicht einfach weglaufen, wenn vielleicht ein Kind allein war.«

»Antwortete jemand?«

»Nein. Es blieb still. Dann hörte ich Laub rascheln. Und dann dieses Schnaufen. Da dachte ich, es wären Wildschweine. Ich habe gehört, im Waldpark soll es Wildschweine geben, die manchmal nachts die Gärten in der Umgebung zerstören. Da bekam ich es dann doch mit der Angst und wollte schnell heim. Ich hab in meiner Tasche nach dem Haustürschlüssel gesucht und dabei fiel er zu Boden. Ich musste ein paar Schritte zurückgehen. Es war sehr dunkel und ich fand den Schlüssel nicht gleich. Ich tastete den Boden ab, fand ihn, und als ich aufsah, stand da jemand. ›Wer sind Sie?‹, habe ich gefragt. Er gab keine Antwort. Er hat nur so geatmet.« Die Krumbach machte das Atmen nach und Heller nickte auffordernd mit dem Kopf.

»Ich erhob mich und … und … Ich habe in meiner Tasche ein Messer, ein Brotmesser, soll ich es Ihnen zeigen?«, fragte sie verlegen. Heller nickte knapp und die Frau holte das Messer aus der Tasche und legte es vorsichtig auf den Tisch.

»Ich habe es aus der Tasche gezogen. ›Verschwinde!‹, hab ich gesagt, und da hat er gegurrt.«

»Gegurrt, wie eine Taube, meinen Sie?«

»Ja … nein, beinahe war es, als amüsierte es ihn. Und er tat einen Schritt auf mich zu und … er hat ganz furchtbar gestunken. ›Wer sind Sie?‹, fragte ich noch mal und lief dabei rückwärts. Ich wollte zur nächsten Haustür, um dort zu klingeln. Dann begann er zu knurren. Das war so ein Rollen, das kam aus seiner Kehle. Und immer sog er Spucke. Dann wollte er nach mir greifen. Da hab ich um Hilfe gerufen. Dann ist er fortgelaufen.«

»Haben Sie sein Gesicht gesehen? Können Sie ihn beschreiben?«

»Nein, ganz und gar nicht. Wissen Sie, ich bin nur gekommen, um vielleicht helfen zu können.«

»Was meinen Sie, hat er Ihnen aufgelauert?«

»Nein, das glaube ich nicht, er hat mich doch erst bemerkt, als ich rief.«

»Haben Sie gesehen, ob er bewaffnet war? Hatte er ein Messer bei sich?«

»Sie wissen doch, die Laternen sind aus und alles ist verdunkelt. Aber so viel habe ich gesehen: Er war nicht größer als ich, und seine Arme waren ganz lang, die Hände hingen fast bei den Knien. Meinen Sie, es dauert noch sehr lang? Ich muss ganz furchtbar dringend austreten!«

Heller klappte sein Buch zu und erhob sich. »Kommen Sie!«

Die Krumbach packte das Messer in ihre Tasche, nahm ihren Mantel und folgte Heller auf den Flur.

»Es wäre besser, Sie gehen nachts nicht mehr allein aus dem Haus.« Heller schämte sich beinahe für diesen Rat, denn er ahnte, dass der Frau wohl nichts anderes übrig blieb. »Ich werde der Sache nachgehen. Die Treppe hinunter und rechts ist der Abort. Auf Wiedersehen.«

Als Heller am Abend nach Hause kam, roch es im Treppenhaus leicht verbrannt. Langsam stieg er die Treppe hoch und versuchte zu lokalisieren, woher der Geruch kam, der intensiver wurde, je weiter er hinaufstieg. Im zweiten Stock war der Geruch sehr stark. Heller klopfte instinktiv links.

»Frau Zinsendorfer?«, rief er laut und lauschte. Er ging vor der Wohnungstür in die Knie, drückte die Briefklappe nach innen. Rauch und Gestank quollen ihm entgegen. »Frau Zinsendorfer?«, rief er wieder und hämmerte gegen die Tür.

»Was ist denn los?«, rief Leutholdt von oben.

Heller erwiderte nichts, hämmerte noch einmal, dann schien ihm der Rücksicht Genüge getan und kurzerhand trat er die Tür ein. Das Schloss brach auf, die Tür schwang zurück. Heller hielt sich einen Moment am Rahmen fest, wartete, bis der Schmerz im Fuß nachließ. Der Flur war erleuchtet, ebenso die Küche.

»Frau Zinsendorfer?«, rief Heller noch einmal. Er rannte in die Küche, riss einen qualmenden Topf vom Herd und drehte das Gas ab. Auf dem Boden lag ein kleines Messer mit blutiger Klinge. Hinter sich hörte Heller leise Schritte.

»Gehen Sie in Ihre Wohnung zurück, Herr Leutholdt.«

»Gar nichts werde ich. Was ist mit der?« Der Nachbar trat in den Flur und wollte offensichtlich an Heller vorbei. Der streckte energisch den Arm aus, versperrte den Weg, und zwischen den Männern entspann sich ein Blickduell, welches Leutholdt schließlich verlor.

Heller nahm den Arm herunter und legte den Finger auf den Mund. Er hatte etwas gehört. Dann deutete er auf das Wohnzimmer.

Die Stube war aufgeräumt und sauber, nichts verwies darauf, dass die Frau sich hier aufhalten könnte, doch Heller war sich sicher.

»Frau Zinsendorfer, ich bin es. Und Herr Leutholdt ist auch hier. Können wir Ihnen helfen?«

Heller vernahm ein leises Schluchzen, wie von einem Kind, das versuchte nicht zu weinen. Vorsichtig wagte er einen Blick hinter das Sofa, das abgerückt von der Wand stand. Die Frau kauerte dahinter und kniff ganz fest die Augen zu.

»Machen Sie mal Licht hier!«, befahl Heller Leutholdt. Als die Lampe an der Zimmerdecke aufleuchtete, fuhr Frau Zinsendorfer zusammen und schlug sich die Hände vor das Gesicht.

»Nein, nein, nein!«, wimmerte sie.

»Holen Sie Verbandszeug, schnell!« Heller zerrte das Sofa von der Wand weg und packte die Frau an den Armen. Ihr Gesicht war mit Blut beschmiert.

»Was haben Sie denn angestellt?« Mühsam stemmte Heller die Frau auf das Sofa.

»Lassen Sie mich, bitte, es ist gut, wissen Sie, es ist gut, wenn ich blute, geht er weiter, sucht sich eine andere.«

»Jetzt beruhigen Sie sich doch.«

»Blöde geworden!«, war Leutholdts knapper Kommentar und er reichte Heller eine Blechkiste. Hinter ihm hatten sich Hausbewohner versammelt. Karin drängelte sich durch die Tür, zusammen mit Frau Porschke, der jungen Frau aus dem Erdgeschoss. Beide Frauen kümmerten sich um die Zinsendorfer, die sich an den Armen tiefe Schnitte zugefügt hatte. Die wand sich, wehrte sich stumm und schwach. Ihr Haar löste sich auf, fiel ihr wild in die Stirn.

»Die muss weg hier, die ist ja eine Gefahr für das ganze Haus!«, mahnte Leutholdt.

Leutholdts Frau fuhr ihm über den Mund. »Red doch keinen Unsinn, Helge! Sie hat Angst so allein!«

»Und wenn sie das Haus abbrennt?«

»Wollen Sie zu mir ziehen?«, fragte die Porschke die verwirrte Frau. »Ich habe ein Zimmer frei und es ist nicht so weit in den Keller.«

Die Zinsendorfer hörte mit einem Mal auf, sich zu wehren. »Er ist schuld!«, zischte sie mit wildem Blick und zeigte auf Heller. »Er holt ihn her, hier zu uns. Er ist schon im Haus. Lauert in den Schatten. Wir haben ihm das Tor geöffnet. Der Teufel ist im Haus.«

»Wenn Sie nicht still sind, muss ich Sie einweisen lassen.« Heller fühlte alle Blicke auf sich ruhen. »Es ist kein Teufel. Es ist ein Mensch, ein Verrückter. Wir müssen ihn nur bekommen.«

Nun schüttelte die Zinsendorfer heftig den Kopf. »Den bekommen Sie nicht, der lässt sich nicht aufhängen. Verfolgt hat er mich!«

»Hat er das?« Heller glaubte ihr nicht.

»Hat er wohl! Er lief mir nach, huschte von Eck zu Eck, stieg die Häuser hoch, sprang über die Dächer, und am Haus hat er mich gestellt. Die Nächste bist du, zischte er und säuselte und grunzte dabei.«

Das hat sie irgendwo gehört, wusste Heller. Die Leute standen stundenlang Schlange, zogen von Viertel zu Viertel, immer in der Hoffnung, es gäbe etwas zu kaufen, Klopapier, Zucker, Kaffeeersatz, Fett. Sie schwätzten und erzählten sich von Wundern und von Gräueln. Das war bei der alten Zinsendorfer auf fruchtbaren Boden gefallen. Heller beugte sich zu der Frau.

»Es ist ein Mensch, Frau Zinsendorfer. Er treibt sich herum bei Alarm. Kommen Sie nur immer gleich in den Keller. Die Haustür wird abgeschlossen, dann kann auch nichts geschehen. Und nun hören Sie auf, so wirres Zeug zu reden, sonst bringe ich Sie morgen zum Arzt.«

Die Zinsendorfer verstummte augenblicklich, und Frau Porschke erklärte sich bereit, noch eine Weile zu bleiben.

Arm in Arm stiegen Heller und Karin die Treppen hinauf.

»Ach, Max, überall sprechen sie davon«, flüsterte Karin. »Sie erzählen sich, es wäre ein Menschenfresser. Jeder kennt jemanden, der ihn angeblich gesehen hat. Sie nennen ihn Angstmann. Er macht sich Feuer und brät Fleisch, sagen sie.«

Heller ahnte, dass er nicht ganz unschuldig an dem Gerede war. In diesen Kriegszeiten, in denen selbst der hartgesottenste Nationalsozialist der Wochenschau nicht mehr trauen wollte, in der die Zeitungen auf vier Blättchen geschrumpft waren, so dünn, dass man durch sie hindurchsehen konnte, mit Informationen, die viel Platz für Spekulationen ließen, wucherten die Gerüchte wie Schimmel an einer feuchten Wand.

Oben in der Wohnung nahm er seine Frau in den Arm. Eine Weile standen sie stumm aneinandergelehnt. Etwas beschäftigte Karin. Heller schaute seine Frau fragend an.

»Morgen ist Heiligabend und die Jungs sind nicht da!«, brachte sie schließlich heraus.

Das war es also. Er seufzte. »Letztes Jahr waren sie auch nicht da.«

»Aber wenigstens Briefe hatten wir. Unser kleiner Erwin und der Klaus. Ach, der Klaus ...« Sie schluchzte auf und schlug sich die Hand vor den Mund.

Heller umarmte seine Frau fest, ihm fielen einfach keine passenden Worte ein. Aber er wusste, er musste jetzt stark sein. Er musste ihr Halt geben, auch wenn er selbst nicht immer wusste, wo er die Kraft hernehmen sollte.

Es brauchte eine Weile, ehe Karin sich beruhigt hatte. Sie wischte sich über die Augen, löste sich aus der Umarmung und ging zum Fenster

»Siehst du all die Menschen da draußen? Es werden mehr und mehr. Sie stehlen. Wie arm müssen sie dran sein, um zu stehlen. Manche Kinder sind barfuß. Max, was ist aus uns geworden? Ich wollte ihnen etwas geben, doch ich wusste nicht, was, und ich konnte doch nicht von unseren wenigen Vorräten abgeben. Ich fühle mich so schlecht. Stimmt es, dass die Russen am Plattensee durchgebrochen sind? Wir werden auch so enden, sage ich dir, mit unseren Koffern werden wir losziehen müssen! Aber wenn es so weit ist, Max, versprich mir das, dann gehen wir und wir schauen nicht zurück.«

Heller berührte seine Frau sacht an der Schulter. »Ich verspreche es.«

24. Dezember 1944, früher Morgen

»Sie machen das!« Klepp sah ihn müde an.

»Bitte?«

»Was gibt's da nicht zu verstehen? Sie koordinieren das, Sie sind verantwortlich. Vier Mann kann ich Ihnen zusätzlich geben. Mehr nicht. Sie sehen selbst, was los ist. Ich weiß nicht, wohin mit all den Menschen. Beim Alaunplatz soll Typhus ausgebrochen sein. Die schlachten Pferde auf der Straße. Klauen sich das Fressen gegenseitig. Was die sich nur versprechen, wenn sie fliehen? Kämpfen müssten sie.« Klepp ballte seine Rechte zur Faust. Heller sah, dass seine Knöchel aufgeschürft waren. »Nun gut, ich habe anderes zu tun. Wir haben zwei Judenhäuser räumen lassen, dabei ist uns ein Jud abhandengekommen, Saujud, verfluchter. Im Elbsandstein werden die sich verstecken. Und wer weiß, was sich noch da versteckt. Und schachten müssen wir bald, Splittergräben graben. Uns wappnen, für den Endkampf. In Breslau formiert sich der Volkssturm. Wenn es bei uns so weit ist, müssen Sie mit ran, mit Ihrer Fronterfahrung. Aushalten müssen wir, bis die Wunderwaffe kommt. Dann soll sie die deutsche Faust zerschmettern!« Klepp haute die Faust auf den Tisch.

Ob Klepp getrunken hatte? Heller war sich nicht sicher. Außerdem war ihm aufgefallen, dass an Klepps ledernem Pistolenholster der Knopf offen war. »Herr Obersturmbannführer, ich muss noch einmal fragen …«

Klepp unterbrach ihn mit einer unwirschen Handbewegung. »Sie machen Nachtschicht, ab jetzt gehen Sie auf

Streife, vier Leute bekommen Sie. Die melden sich heute noch bei Ihnen, und ab sofort marschieren Sie durch das Viertel. Halten Sie jeden an, der im Dunkeln Ihren Weg kreuzt, nehmen Sie die Personalien auf. Sie bekommen eine Pfeife und eine Taschenlampe, und Sie können sich gern aus der Kleiderkammer einen Mantel geben lassen. Wenn einer verdächtig ist, nicht lange fackeln. Sie schießen, verstanden?«

»Aber es ...«

»Wir können keine Zeit mit Sentimentalitäten verplempern. Wer im Dunkel davonläuft, ist verdächtig. Ein Befehl, verstanden?«

Heller atmete durch. »Verstanden!« Er kam sich auf den Arm genommen vor. Klepp war betrunken, oder aber er war krank. Vor ein paar Tagen erst hatte er ihn angebrüllt wegen seiner Hirngespinste, nun stellte er ihm Leute zur Verfügung. War es die Weihnachtszeit, die ihn seine Meinung hatte ändern lassen? Auch wenn niemand es laut auszusprechen wagte, war es doch ganz offensichtlich, dass es das letzte Weihnachten unter der Hakenkreuzfahne sein würde. Klepps Herrenjahre waren zu Ende, früher oder später. Eigentlich jetzt schon. Alle seine Aufgaben, sein Ansehen, seine Macht, alles glitt ihm aus der Hand. Die Stadt barst vor Flüchtlingen, es gab Probleme mit der Versorgung, selbst an banalsten Dingen herrschte Mangel. Krankheiten brachen aus. Und Klepp räumte die letzten Judenhäuser. Absurd.

»Was glotzen Sie denn so? Wegtreten!«

Heller knallte die Hacken zusammen, streckte die rechte Hand in die Luft, und Klepp erwiderte den Gruß nachlässig, wie der Führer selbst es gerne tat.

Einen Mantel wollte Heller sich gefallen lassen. Er selbst hatte zwar einen, der war gut genug, selbst im tiefsten Winter, wenn er noch zwei Pullover darunter anzog. Doch Karin hatte keinen Wintermantel. Er hatte keinen Bezugsschein oder eine schriftliche Anweisung von Klepp bekommen, doch vielleicht galt ja sein Wort – oder wenigstens Klepps – genug, um den Mantel zu erhalten.

Heller ging ins erste Obergeschoss, nahm den langen Gang an der Nordseite des Gebäudes, wich geschäftigen Polizisten aus, die von Büro zu Büro eilten, Papierstapel trugen, Depeschen verteilten.

»Herr Kriminalinspektor?«, fragte jemand erstaunt. Rosswein, ein junger Mann, von der Wehrmacht ausgemustert wegen seiner krummen Knochen, kam ihm humpelnd entgegen. »Wo wollen Sie denn hin?« Dass die Nazis ihn nicht als sogenannte Ballastexistenz nach Pirna-Sonnenstein in die Anstalt geschickt hatten, bezahlte er mit freudiger Unterwürfigkeit.

»Einen Mantel abholen!«

»Da müssen Sie noch eine tiefer, am besten gleich diese Treppe!« Rosswein nahm Heller beim Arm, wie man einen Greis über die Straße geleitete. »Dort hinunter, dann rechts und wieder rechts, es steht auf einem Schild! Kleiderkammer, Ausgabe.«

Heller nickte entnervt, befreite sich aus dem Griff des Jungen. Dann hörte er einen unterdrückten Schrei und eine Folge dumpfer Geräusche, schließlich ein recht lautes Poltern, wie von einem umkippenden Stuhl.

»Was ist das?«, fragte Heller.

»Ein Verhör, vermutlich.« Rosswein grinste verlegen.

Heller ging zu der nächstgelegenen Tür, drückte die Klinke, doch die Tür war verschlossen. Er klopfte energisch.

»Was?«, rief jemand herrisch.

»Heller hier, Kripo!«

Die Tür öffnete sich so heftig, dass Heller ausweichen musste, um sie nicht vor den Kopf gestoßen zu bekommen.

Ein großer Mann in Zivil, schwitzend, die oberen drei Hemdknöpfe offen, sah Heller von oben bis unten an. Sein Haar war sauber gescheitelt, doch eine Strähne klebte an der feuchten Stirn. Geräuschvoll zog er die Luft durch die Nase. »Ja?«

Heller versuchte an ihm vorbeizusehen und konnte eine junge Frau erkennen. Sie hatte den Kopf an die Wand gelehnt und ihre Hände hinter dem Rücken verschränkt. Das Blut aus ihrer Nase lief ihr übers Kinn.

»Was geht hier vor?«, fragte Heller.

»Wer sind Sie?«, fuhr der Zivile ihn an. Heller erkannte ihn nun als einen von der Geheimen.

»Kriminalinspektor Heller.«

»Von der Kriminalpolizei? Dann geht Sie das hier nichts an!« Der Mann schlug die Tür zu und der Schlüssel drehte sich wieder im Schloss.

»Die machen ihren Kram«, versuchte Rosswein mit schiefem Grinsen zu moderieren, »ich mache meinen und Sie machen Ihren.«

Genau, dachte Heller, bis jeder jeden umbringt.

24. Dezember 1944, Abend

Strampe war dabei und noch drei Männer, die Heller nicht kannte. Laut Liste hießen sie Elkan, Borman und Wetzig. Die drei waren im Alter von Heller, wenn nicht gar älter, und trugen Uniformen der Schutzpolizei. Strampe war in SS-Schwarz gekleidet und hatte eine MP 40 dabei.

»Was wollen Sie denn mit einer Maschinenpistole?«, fragte Heller.

Strampe sah ihn emotionslos an. »Das ist meine Waffe, ich habe keine andere!«

Heller verkniff sich eine Bemerkung. Die anderen Männer waren mit normalen Dienstpistolen ausgerüstet, genau wie er. »Wie Sie wissen, suchen wir einen Mann, der vermutlich zwei Frauen umgebracht hat. Ich vermute, dass er seine Opfer bei Fliegeralarm in ein Versteck lockt und tötet. Bisher hielt er sich nur in diesem Viertel auf. Zeugen berichten von seltsamen Geräuschen …«

»Herr Kriminalinspektor?«, meldete sich einer der Männer.

»Bitte!«

»Das heißt, wir sollen bei Vollalarm keinen Schutzkeller aufsuchen?«

Heller nickte und sah den Männern nacheinander in die Augen, doch offenbar hatte keiner von ihnen ein Problem damit. Die glauben tatsächlich an Churchills Tante, dachte er, daran, dass der englische Premier die Stadt verschonen würde, weil seine Tante hier angeblich wohnt. Einen Moment huschte ein Schmunzeln über sein Gesicht und verwirrte vor allem Unterscharführer Strampe.

»Wenn Sie einen Verdächtigen sehen, rufen Sie ihn an. Laut und deutlich. Halt, stehen bleiben, Polizei! Sollte der Angerufene versuchen, sich daraufhin zu entfernen, dürfen Sie von der Schusswaffe Gebrauch machen.«

»Der Obersturmbannführer sagte, es soll sofort geschossen werden!«, warf Strampe ein.

Heller sah ihm fest in die Augen. Vor solchen Leuten muss man sich fürchten, dachte er. Diese jungen Kerle, die nichts anderes gelernt haben, als dass der Führer immer recht hat.

»Die Leute müssen aber wissen, dass sie stehen bleiben sollen«, erklärte er in sachlichem Tonfall. »Ich habe notiert, wer in welchen Straßen patrouilliert. Vermeiden Sie einen regelmäßigen Rhythmus, gehen Sie verschiedene Wege. Wenn Sie sich begegnen, passen Sie auf, dass Sie sich nicht gegenseitig erschießen. Bei einem Vorkommnis verwenden Sie Ihre Trillerpfeifen. Wenn Sie schießen müssen, zielen Sie tief! Haben Sie das verstanden?«

»Hat das einen Zweck?«, fragte Strampe frech.

Heller wusste, es würde keine Antwort geben, die der junge SS-Mann akzeptierte. Deshalb strafte er ihn mit Schweigen.

Seit Jahren schon wurde die Stadt verdunkelt. Kein Straßenlicht brannte, sämtliche Fenster waren versiegelt mit Verdunklungsrollos, schwarzem Papier oder schweren Gardinen. Autos und Fahrräder fuhren mit abgedunkelten Scheinwerfern, manche ganz ohne Licht. Schon so oft war Heller durch die finsteren Straßen und Gassen gegangen, dass er sich kaum noch erinnern konnte, wie die nächtliche Stadt in Friedenszeiten ausgesehen hatte, das Glitzern und Blinken am gegenüberliegenden Elbhang, gerade zur Weihnachtszeit, wenn die Leute Kerzen und Schwibbögen in die Fenster stellten.

Es herrschte noch reger Verkehr. Viele kamen von ihren Spätschichten aus den Fabriken. Die meisten waren zu Fuß, wer ein Fahrrad besaß, war glücklich. Neue Fahrräder gab es nicht. Autos waren selten. Alles wirkte normal, alltäglich. Doch etwas hatte sich geändert. Man lief schneller, sprach gedämpfter, lachte kaum. Es war eine Stumpfheit bei den Menschen zu spüren, die bedrückte. Heller ging langsam, die Schultern hochgezogen, den Kragen des Mantels hochgeklappt, den Schal so fest um den Hals, dass er ihn fast würgte. Er hatte heute lange Unterhosen und ein zweites Paar Strümpfe an. Trotzdem spürte er die Kälte. Er lief schneller.

So würden sie ihn nicht bekommen, wusste Heller. Warum hatte er Klepp nach Männern gefragt? Damit er seinen Posten rechtfertigte? Damit er seine Position nicht verlor? Seine Lebensmittelkarten? Nein. Er konnte nicht zulassen, dass jemand willkürlich mordete und sie nichts taten, um den Mörder zu fassen. Was wäre das dann noch für ein Land, dieses Deutsche Reich?

Bis morgens um fünf sollte die Schicht gehen, und Heller wusste, was er den Männern und sich selbst zumutete. Es war ihm jetzt schon eiskalt und dabei war er noch keine Stunde unterwegs. Zweimal war er Borman bereits begegnet.

»Keine besonderen Vorkommnisse«, hatte der gemeldet und ihre Wege hatten sich wieder getrennt. Nun wurde es Nacht und eine Wolkendecke schob sich vor den Mond. Heller nahm die Fürstenstraße, wollte sie hinunterlaufen bis zur Klinik, dann nach links die Pfotenhauerstraße bis zur Gneisenaustraße, wo der kleine Bursche wohnte, dem der Spaß am Kriegspielen wohl verdorben worden war. Rechts in der Manteltasche lag die Pistole in seiner Hand. Den Griff zu fühlen wirkte beruhigend auf Heller. Links hielt er die Taschenlampe, der er vorsorglich die rote Blende aufgezogen hatte.

1. Januar 1945, Nacht

Heller blieb stehen. Sieben Tage und Nächte waren nun schon vergangen. Erfolglose Tage, sinnlose Nächte.

Er leuchtete kurz seine Uhr an. Sie zeigte siebzehn Minuten nach Mitternacht. Das neue Jahr hatte begonnen und er hatte es nicht bemerkt. Vor zweieinhalb Stunden hatte es den zweiten Alarm des Abends gegeben und er war noch immer nicht aufgehoben. Vielleicht war die Entwarnung wieder nur durch das Radio verkündet worden. Oder es gab keine Entwarnung. Heller sah hinauf in den sternenklaren Himmel, der so hell war, dass er Schatten warf. Da war nichts, die wenigen Flaks schwiegen. Hatten sie einen Schutzengel? Vielleicht doch Churchills Tante? Dass er überhaupt einen Gedanken daran verschwendete, Heller schüttelte den Kopf. Seine Sohlen klackten auf dem granitenen Gehsteig, sein Atem kondensierte zu weißen Wölkchen. Vor einer Stunde waren ihm Wetzig und Borman begegnet. Anscheinend liefen sie entgegen der Weisung gemeinsam. Heller wollte ihnen das nicht verübeln. Sie hielten tapfer durch, während Elkan ersatzlos ausgefallen war. Er hatte sich krankgemeldet. Strampe war schon nach zwei Nächten abkommandiert worden. Es war ganz offensichtlich, dass er Klepp darum gebeten hatte.

Heller sah sich um. Klepp wohnte hier in der Nähe des Großen Gartens. In einem Haus, dessen Besitzer neununddreißig oder vierzig schon enteignet worden war.

Plötzlich sah Heller einen Mann. Unwillkürlich hielt er

den Atem an. Es musste die Kreuzung Müller-Berset- und Laubestraße sein. Der Mann bewegte sich nicht und stand seltsam steif an die Hauswand gelehnt, als ob er jemandem auflauerte.

»Hallo, wer ist da?«, rief Heller.

Keine Regung. Heller ging langsam näher, blieb jedoch auf der anderen Straßenseite. In seinem Mantel hatte er die Pistole fester gefasst, entsicherte sie mit einer Daumenbewegung.

»Wer sind Sie?«, fragte Heller lauter, doch die Person rührte sich nicht. »Verstehen Sie mich?« Heller nahm die Pistole aus dem Mantel, hielt sie dicht an seine Seite gepresst, der andere sollte sie nicht gleich sehen.

»Hier spricht die Polizei. Rühren Sie sich nicht von der Stelle!« Rasch überquerte Heller die Straße und lief auf den Mann zu. Auf halbem Weg erkannte er erst seinen Irrtum. Jemand hatte dort eine Standuhr abgestellt. Im Schein der Taschenlampe sah er das zerbrochene Holz und das zertrümmerte Uhrwerk. Heller spürte, wie die Anspannung aus ihm wich. Langsam steckte er die Waffe weg und setzte seinen Weg fort.

Er schlief noch keine zwei Stunden, als es an der Wohnungstür klingelte. Heller hörte Karin zur Tür gehen. Er hörte sie flüstern und das Gespräch wollte kein Ende nehmen. Karin redete eindringlich auf den Besucher ein. Heller wälzte sich herum, konnte sich nicht entscheiden, ob die Müdigkeit oder die Neugier Oberhand gewinnen sollte.

»Herr Kriminalinspektor, es ist sehr dringend!«, rief der Besucher in die Wohnung herein.

»Das ist eine Unverschämtheit!«, schimpfte Karin aufgebracht. Heller quälte sich aus dem Bett, warf seinen Morgenmantel über und zog die Hausschuhe an.

»Ich habe ihm gesagt, wie nötig du deinen Schlaf brauchst«, rief Karin.

»Ist schon gut«, brummte Heller. »Wer sind Sie?«, fragte er den Mann an der Tür.

»Ich bin von der Klinik, Sie sollen bitte kommen.« Der Mann drehte verlegen seine Mütze in den Händen. »Es tut mir leid, Ihnen Unannehmlichkeiten zu bereiten!«

»Wer hat Sie geschickt?«, fragte Heller.

»Professor Ehlig!«

Heller sah den Mann fragend an.

»Bitte, es ist sehr dringend! Ich soll Sie unbedingt herholen. Ins Krankenhaus!«

Karins Hand fuhr eiskalt in seine. Er wusste sofort, was sie fürchtete. Einer ihrer Söhne. In der Klinik? Was hatte das zu bedeuten? War es schlimm, oder hieß es, sie könnten von Glück sprechen?

Heller überlegte nicht lang. »Haben Sie ein Fahrzeug?«

Allein der Blick genügte als Antwort. Natürlich stand kein Fahrzeug zur Verfügung. Sanft schüttelte er Karins Hand ab und ging ins Schlafzimmer, um sich anzukleiden. Doch bevor er ging, nahm er sie noch einmal fest in den Arm. »Es sind nicht die Jungen. Karin, hörst du, mach dir keine Hoffnung!« Das hatte er sich überlegt zu sagen, während er sich anzog. Es genügte, wenn er sich Hoffnungen machte.

Karin nickte wortlos. Er ließ sie los und folgte dem Boten die Treppe hinab.

Es war ein eiliger Fußmarsch bis zur Klinik. Die Kälte konnte Heller nicht munterer machen. Allein der Gedanke, einer seiner Jungen könnte überhaupt in Dresden sein, hatte ihn elektrisiert.

Der Anblick der Menschen vor dem Krankenhaus machte Heller sprachlos. Dicht gedrängt standen oder lagerten sie an den Mauern des Gebäudes. Es gab kaum ein Durchkommen. Man hörte schweres Husten, Stöhnen, Kindergeschrei, man roch Auswurf, Eiter, Blut – ein bestialischer Gestank lag über allem. Einen ganz kurzen Moment glaubte Heller, man hätte ihn dreißig Jahre zurückversetzt. Er sah den einen und anderen hoffnungsvollen Blick auf sich ruhen. Anscheinend erzeugte er in seinem langen Mantel einen gewissen Eindruck von Autorität. Es war ihm fast unangenehm. Sein Begleiter bemerkte sein Zögern.

»Warten Sie nur ab, es sind noch Millionen auf dem Weg. Der Gefechtslärm ist schon in Breslau zu hören. Wenn die Russen so weitergehen, sind sie in ein paar Wochen hier, dann gnade uns Gott.«

»Seien Sie still!«, fuhr Heller ihm über den Mund.

Schweigend bahnten sie sich den Weg zu einem der Gebäude. Am Eingang trat ihnen ein Ordnungspolizist entgegen. Hellers Begleiter zeigte einen Ausweis, erklärte, wer Heller war, und der Uniformierte ließ sie ein.

Innen verschlug es ihm fast den Atem, so verdorben war die Luft in den Gängen. Überall standen Betten herum, die trotzdem nicht ausreichten, denn die Kranken lagen auch auf dem Boden, auf Feldbetten, Deckenlagern. Es roch aufdringlich nach Desinfektionsmitteln, nach Äthylalkohol, nach Urin.

»Da lang!«

Heller folgte dem Mann, so schnell das möglich war, quetschte sich an Bettgestellen vorbei, presste sich an die Wand, um Krankenschwestern oder einen Arzt vorbeizulassen. Endlich erreichten sie ein Zimmer, dessen Tür geöffnet war. Eine Oberschwester stand neben dem Schreibtisch, an dem ein erschöpft aussehender älterer Mann saß.

»Das ist der Professor«, erklärte Hellers Begleiter und verzog sich.

»Sie sind Heller?«, fragte Ehlig. Heller nickte knapp. Sofort wandte sich der Professor wieder der Oberschwester zu.

»Wie gesagt: nur noch die dringlichsten Fälle, Kinder vor allem, sagen Sie das den Doktoren. Alle anderen sollen an die Lazarette verwiesen werden. Verkürzen Sie die Aufnahmeprozedur auf das Nötigste. Und weisen Sie Hofmann noch einmal darauf hin, dass es uns an allem mangelt, an Penicillin vor allem. Er soll dem nachgehen, sogar in Berlin, gern in meinem Namen. Danke.« Die Schwester presste sich einen Stapel Papiere gegen die Brust, drückte sich an Heller vorbei aus der Tür. Der Professor erhob sich, nahm Heller beim Arm.

Wortlos liefen sie bis ans Ende des Ganges, vor der letzten Zimmertür blieben sie stehen. Vertraulich beugte sich jetzt der Professor zu Heller.

»Man hat mir gesagt, Sie wären der richtige Ansprechpartner. Dies war einmal unser Sterbezimmer. Doch wie Sie sehen, brauche ich hier jeden Platz, und deshalb war dieser Raum nun mit vier Betten belegt, aber in diesem Fall musste ich eine Ausnahme machen.« Er öffnete die Tür und ließ Heller eintreten. Eine Schwester, die an dem Bett Wache hielt, sah auf.

»Puls extrem schwach, Atmung wie zuvor, mit Pulmotor. Morphium höchste Dosierung. Keinerlei Anzeichen von Bewusstsein.«

Heller hörte kaum, was die Schwester sagte. Er starrte auf das Bett, in dem ein bandagiertes Etwas lag. Die Verbände waren an unzähligen Stellen durchgeblutet. Die Beatmungsmaschine keuchte rhythmisch, das Mundstück und eine breite Binde über den Augen verdeckten fast das ganze Gesicht, und nur das blonde Haar wirkte normal, menschlich und trotzdem irritierend fremd zwischen all dem Weiß.

Erwin war blond.

Der Professor wandte sich an Heller. »Es gibt keine Hoffnung für sie. Man fand sie heute Morgen bei der Tennisanlage im Waldpark. Sie hing dort, an Balken gebunden, nur noch Fleisch und Blut. Der Platzwart, der einen Rundgang machte, entdeckte sie in einem aufgebrochenen Geräteschuppen. Er glaubte sie tot, und trotz ihres Zustandes behielt er die Nerven, rief vom Vereinsheim aus die Polizei. Als er zu ihr zurückkehrte, sah er, dass ihr Herz schlug.«

Sie, dachte Heller, sie. Nicht Erwin, nicht Klaus. Es ist eine fremde Frau. Er atmete aus. Sein Herzschlag beruhigte sich.

»Er konnte es … sehen? Das Herz?«

Der Professor nickte. »Unvorstellbar, für mich als erfahrenen Arzt. Ich habe schon schlimmste Verbrennungen gesehen oder Abschürfungen, doch dass ein Mensch nach einer solche Tortur noch lebt, schien mir bisher unmöglich. Ihre Lunge lag frei, stellen Sie sich das vor! Aber: Sie lebt. Da sie aber zweifellos in den nächsten Stunden den Verletzungen erliegen wird, habe ich gegen eine Bluttransfusion gestimmt. Es wäre Verschwendung.«

»Warum dann aber all diese Mühe?«, stöhnte Heller.

Der Professor legte seltsam vertraulich seine Hand auf Hellers Schulter. »Warum? Weil sie ein Mensch ist, nicht wahr? Und weil ich die Last der Verantwortung nicht allein tragen kann!«

Heller sah den Professor an und versuchte hinter den Sinn der letzten Botschaft zu gelangen. Dann atmete er tief ein.

Der Professor nickte. »Soweit ich weiß, suchen Sie einen Mörder, einen, der so etwas mindestens schon einmal getan hat und möglicherweise bald wieder tun wird. Sie haben es mit einem Psychopathen zu tun, dessen müssen Sie sich bewusst sein. Das macht der nicht zum Spaß, das ist pathologisch, ich meine, der Täter empfindet etwas bei der Sache. Können Sie dem folgen?«

Heller erwiderte nichts. Er sah nur diese halb tote Frau vor sich. Jetzt galt es, ihre Qualen zu verlängern, auf die vage Hoffnung hin, sie könnte einen Hinweis geben, falls sie dazu überhaupt in der Lage wäre. Und was müsste er fragen, was?

»Wir müssten die nächste Morphiumdosis auslassen und warten, bis sie bei einem gewissen Bewusstseinsgrad angelangt ist, auf dem sie ansprechbar ist. Doch ob sie Sie verstehen würde, ob sie antworten könnte, wenigstens nicken ... ich kann es Ihnen nicht voraussagen, Herr Heller ... Herr Kriminalrat.«

»Inspektor«, verbesserte Heller automatisch.

»Wäre es ein Soldat an der Front, ich gäbe ihm einen Gnadenschuss.«

Heller kannte das, er hatte so etwas erlebt. So nah, so direkt, wenn das schwere Gas morgens in die Gräben gesickert war und einer der Unerfahrenen es eingeatmet hatte.

»Ansonsten?«, fragte Heller, ohne den Blick von der Schwerstverletzten lösen zu können. So viel gäbe es zu fragen. Kannte sie den Mann? Wie alt war er? Wie sah er aus, wo kam er her, was versprach er ihr, wie sprach er, wohin ging er? Würde ihm selbst das helfen, in einer Stadt, die gerade mindestens doppelt so viele Menschen beherbergte wie sonst und wo das Chaos Alltag war? Wie würde er jemals hier jemanden finden können?

Heller warf einen Blick auf die Krankenschwester und bemerkte erst jetzt, dass sie die ganze Zeit über die Hand des Opfers gehalten hatte. Die Schwester war jung und hatte doch schon so viel Elend gesehen. Sie war ganz grau im Gesicht. Das ist die Angst, dachte Heller, Angst machte Gesichter grau, Angst und Erschöpfung.

»Verzeihen Sie, ich habe nicht verstanden.« Heller sah den Professor an, der etwas gesagt hatte.

»Wir stellen den Pulmotor ab.«

Heller trat an die andere Seite des Bettes. Aus den Verbänden ragten drei Finger heraus, schmale Finger mit kurz geschnittenen Fingernägeln. Heller riss sich zusammen. Es war wichtig, dass er zu den Opfern eine gewisse Distanz wahrte. Weder tote noch lebendige Opfer wollte er zu nahe bei sich wissen, denn dann ließen sie ihn nicht los und folgten ihm nach Hause, verkrochen sich in die dunklen Ecken des Schlafzimmers und raubten ihm nachts mit ihrem Flüstern den Schlaf.

»Dann tun Sie das. Und bitte veranlassen Sie, dass sie nachher zu Doktor Schorrer gebracht wird.«

»Schorrer, ja?«, fragte der Professor tonlos. »Haben Sie viel mit ihm zu tun? Mir scheint er als einer, dessen Glaube an den Endsieg wohl verloren gegangen ist. Das wirkt sich nicht sehr gut auf die Moral der Leute aus. Ein Volk muss auch harte Zeiten durchstehen können. Das trennt die Spreu vom Weizen. Lassen Sie sich nur nicht allzu sehr von ihm vereinnahmen. Doktor Schorrers Versetzung hierher nimmt sich mir doch wie ein persönlicher Rückzug aus. Aber Bangemachen gilt nicht, Heller. Dieser Krieg ist längst nicht verloren. Schwester Ilka, Sie haben gehört, was zu tun ist. Und Sie wissen, dass alles, was gesprochen wurde, diesen Raum nicht verlässt.« Der Professor wandte sich zum Gehen, sah Heller fragend an.

»Ich will mir ihr Haar noch ansehen«, log Heller schnell, woraufhin der Professor das Zimmer achselzuckend verließ.

Heller setzte sich auf die Bettkante. »Schwester Ilka?«

Die Krankenschwester sah ihn aus glasigen Augen an.

»Was wissen Sie vom Angstmann?«

Die Schwester senkte ihren Kopf, als wollte sie Heller nicht ins Gesicht sehen. »Er schleicht um die Häuser. Er ist kein Mensch. Er ist ein Tier. Manche sagen, ein Affe aus dem Zoo. Ein Orang-Utan.«

Heller nahm die drei schmalen Finger der halb toten Frau und legte sie in seine Hand, presste sanft die andere darauf. »Würde ein Affe ein Messer bei sich tragen?«, fragte er.

»Mensch aus dem Wald, heißt es, glaube ich. Orang-Utan. Weiß ich, was er kann und was er denkt?«

»Und warum sollte er das tun?«

»Vielleicht mag er sich rächen, dass er eingesperrt war all die Jahre.«

»Es wär Ihnen lieb, wenn es der Affe wäre!«

Die Schwester nickte und beide hielten sie nun die Hände des Opfers. »Denn wenn es der Affe nicht wär, müsste es ein Dämon sein. Wissen Sie, Herr Kriminalinspektor, mein Vater, der war im Kriege. Und im Winter siebzehn, da sagte er, wären in der Nacht Dämonen aus den Bombentrichtern gekrochen und hätten sich derer angenommen, die verwundet auf dem Schlachtfeld liegen geblieben waren. Und die hätten begonnen zu schreien und hätten gefleht, der Herrgott möge ihnen Gnade erweisen, nach ihren Müttern hätten sie geschrien und …«

»Es ist genug! Hören Sie auf!«, rief Heller.

Erschrocken sah Schwester Ilka ihn an.

»Bitte hören Sie auf«, wiederholte Heller leise. Er wollte das nicht hören. Nicht hier und nicht jetzt. »Schalten Sie das grässliche Gerät ab, und dann wollen wir ihr hinüberhelfen. Möchten Sie beten?«

Die Schwester nickte. Sie beugte sich zu dem Gerät, schaltete es aus, und mit einem letzten lauten Fauchen verstummte es. Dann faltete sie stumm ihre Hände zum Gebet. Heller hielt die Hand der sterbenden Frau und strich ihr sacht übers Haar. Wenn er vielleicht nie wieder etwas von seinen Söhnen hören würde, so wünschte er ihnen wenigstens, dass es eine solche Hand gäbe, die sie aus dem Leben geleitete.

1. Januar 1945,
Mittag

»Karin, es sind nicht die Jungen!«

Er hatte den ganzen Umweg auf sich genommen, um ihr das zu sagen. Karin kniff die Lippen zusammen. Heller sah ihr an, dass sie nicht wusste, ob sie sich darüber freuen oder ob sie enttäuscht sein sollte.

»Es ist besser so, glaub mir. Die beiden sind schlau, sie können auf sich aufpassen.« Warum er immer Dinge sagen musste, die ihn selbst nicht trösten konnten? Dieses letzte Fauchen der Maschine wollte ihm nicht aus dem Kopf gehen.

Karin nickte heftig und schüttelte damit ihre Starre ab. »Ein weiterer Mord?«

»Ja.« Mehr brauchte sie jetzt nicht wissen.

»Du wirst also wieder gehen? Du brauchst Schlaf! Und Essen!«

Heller zog sie zu sich heran. »Ich muss zum Tatort.«

Karin seufzte und sah ihn an. »Ich weiß, aber lass mich dir wenigstens ein Brot machen.«

»Dort ist es«, schnaufte der Platzwart und stieß weiße Wolken in die kalte Luft. Er deutete auf ein paar Baracken am anderen Ende der Anlage. »Ich war nur zur Vorsicht hier. Es sind viele Fremde in der Stadt. Tennis hat seit Jahren keiner mehr gespielt.«

»Sagen Sie, Sie sind doch Glöckner, der Hauswart im Schwesternheim!«

»Ja natürlich, Herr Kriminalinspektor!« Der Mann tat, als sei das selbstverständlich.

»Aber was tun Sie hier?«

»Ich schaue ab und zu vorbei. Ehrenamtlich, sozusagen. Schon seit Jahren!«

»Wie oft kommen Sie hierher?«

Glöckner schürzte die Lippen. »So einmal die Woche.«

»Regelmäßig?«

»Nein, wie es auf dem Weg liegt.«

»Warum ist kein Polizist hier?« Schlimm genug, dass er Glöckner fragen musste.

»Die befahlen mir, Stellung zu halten.«

Sie mussten über die gesamte Anlage laufen, an den gesperrten und abgedeckten Tennisplätzen vorbei, weg vom Vereinsheim. Hinter den Geräteschuppen gab es nur Maschendrahtzaun, dahinter Wald. Glöckner warf beim Gehen sein rechtes Bein vor.

»Tragen Sie eine Prothese?«, fragte Heller.

Glöckner klopfte an das Bein, es hörte sich hölzern an.

»Unfall im Rangierwerk. War früher Eisenbahner.«

Jetzt standen sie vor der Schuppentür, und Glöckner zeigte beharrlich darauf, als ob Heller sie jetzt noch verfehlen konnte. Heller sah jedoch zuerst auf den roten Ascheboden. Hunderte Spuren gab es dort, doch sie waren zertreten und verwischt. Keiner hatte sich die Mühe gemacht, den Tatort zu sichern. Mit der Fußspitze angelte Heller nach der Tür, schaffte es, den Fuß in den Spalt zu schieben, und zog sie auf.

Fast der ganze Boden war voller Blut. Es war gefroren und von Reif überzogen. Achtlos waren die Rettungssanitäter darin herumgelaufen. Die Stricke, mit denen die Frau angebunden gewesen war, hatten sie abgeschnitten, die Enden hängen gelassen.

Heller betrat den Schuppen und nahm eines der Strickenden, betrachtete den Knoten. Es war ein ganz einfacher Doppelknoten, kein Schifferknoten, an dem man eine Spur hätte festmachen können. Der Strick schien derselbe zu sein wie bei Klara Bellmann.

Die Kleidung des Opfers war in eine Ecke geworfen. Heller bückte sich, um das Bündel aufzuheben. Sorgfältig untersuchte er Stück für Stück. Es gab keinerlei Hinweise auf die Identität des Opfers. Nicht einmal ein eingenähter Name. Er zog sein Notizbuch heraus und blätterte ein paar Seiten zurück. Jetzt wusste er wenigstens, dass es nicht die Kleidung von Agneschka Piotrowski war.

Die Unterhose fehlte. Die Unterhose des letzten Opfers war am Tatort gewesen, die von Klara Bellmann ebenso. Heller notierte auch das.

»Das Schloss war aufgebrochen?«

»Einfach abgeschlagen. Es war nicht schwer gesichert. Sie sehen ja, nur Harken und Schubkarren hier.«

Heller sah sich noch einmal um und ließ sich viel Zeit dabei, doch es fiel ihm nichts auf, nicht einmal ein Zigarettenstummel. »Was ist das?«, fragte Heller auf einmal, ging wieder nach draußen und bückte sich. Eine glänzende münzgroße Stelle im roten Sand hatte seine Aufmerksamkeit erregt. Heller strich mit den Zeigefinger darüber. Es war Eis. Vorsichtig kratzte er es vom Boden, sah kleine eingefrorene Bläschen. Er ging in die Hocke und suchte nach weiteren Stellen. Er musste nicht lange suchen.

»Speichel«, schlussfolgerte Heller.

»Da haben die Sanitäter hingespuckt. Ich vielleicht«, gab der Platzwart zu bedenken.

»Sehen Sie hier«, spannte Heller den Mann mangels besserer Alternativen ein. Er brauchte nur jemanden, an dem er seine Theorien probieren konnte. »Dies hier ist nicht einfach hingespuckt. Das ist Speichelfluss.« Heller nahm wieder etwas auf, ließ es eine Weile in seiner Hand schmelzen, roch daran, zerrieb es. »Speichel!«, bestätigte er.

»Ein Hund, ein großer?«

»Ihrer? Zeus.«

»Der war nie mit mir hier!«

»Nie?«

»Sehen Sie? Keinerlei Spuren von Hundepfoten. Die Sache ist mir nicht geheuer!«, sagte der Platzwart leise und schaute sich um, als fühlte er sich beobachtet.

Heller ging darauf nicht ein, betrachtete nachdenklich das Zaunstück hinter den Geräteschuppen. Das Gebüsch war zertreten worden, der Maschendrahtzaun verbogen. Heller ging näher heran. Ein roter Wollfaden fiel ihm auf, der an einem Drahtende hängen geblieben war. Mit spitzen Fingern nahm er ihn ab, klappte sein Buch auf und legte den Faden hinein.

Doktor Schorrer stand ganz offensichtlich kurz vor einem körperlichen Zusammenbruch. Unter seinen Augen waren dunkle Ringe zu erkennen, seine Wangen waren eingefallen. Doch er hielt sich nach wie vor kerzengerade und zeigte keinerlei Schwäche. Er wirkte allerdings aufgebracht, als müsste er seinen Zorn zügeln. Er stand vor seinem Zimmer. Sein Haus war ebenso voll wie das von Professor Ehlig. Die Luft war zum Schneiden, es gab kein Wort zu viel unter dem Personal, keine Sekunde des Stillstands. Heller erwartete eine Standpauke über die Vergeudung seiner Arbeitszeit, doch Schorrer schwieg und winkte Heller mit einer Handbewegung zu sich.

»Sehen Sie das?«, fragte Schorrer, erwartete aber offenbar keine Erwiderung. Er deutete vage um sich herum. »Sehen Sie das? Unser deutsches Volk!« Forsch marschierte er los und führte Heller in den Keller, dorthin, wo sie schon Klara

Bellmann aufgebahrt und untersucht hatten. Hier war es ruhiger, Schwestern huschten vorbei, nickten Schorrer zu. »Das sind wir nun geworden. Notstand überall, unhaltbare Zustände, wir zerreißen alte Laken für Binden und Putztücher, Medikamente nur im äußersten Notfall, kein Penicillin. Ich sage Ihnen, Heller, das ist längst noch nicht alles. Die Leute sehen hin und sehen doch nichts, sie glauben, sie leiden Not, doch sie werden ihr blaues Wunder noch erleben. Dies ist noch nicht die Hölle, wie viele glauben, nicht einmal eine Vorhölle. Wenn das Ende erst naht, werden die Dämonen aus ihren Löchern kriechen …«

»Jetzt fangen Sie auch noch damit an!«, unterbrach ihn Heller.

Doktor Schorrer blieb stehen. »Verzeihen Sie. Ich meine keine wirklichen Dämonen. Doch jeder hier spricht davon, die Leute sind völlig irre. Volksgenossen, dass ich nicht lache. Das deutsche Volk. Eine Ansammlung von geistig Verblödeten!«

»Doktor Schorrer!«, mahnte Heller mit gedämpfter Stimme.

Schorrer fasste sich, lief weiter und drückte dann mit beiden Händen die Flügel einer Doppeltür auf. Mit Schwung betrat er den Sektionssaal. »Raus hier, alle!«, befahl er, und zwei Schwestern, die an einer Spüle verschiedenes Gerät reinigten, verließen hastig den Raum.

»Was kann man auch erwarten«, fuhr Schorrer ansatzlos, doch mit gedämpfter Stimme fort. »Haben Sie die neuesten Plakate gelesen? Haltet aus, die Wunderwaffe kommt! Dass ich nicht lache. Neulich belauschte ich ein Gespräch, zwei Landser erzählten, Hitler habe eine unterirdische Stadt gebaut, in die wir uns zurückziehen. Alle Welt baut darauf, dass Churchill und Stalin in Streit geraten. Doch ich sage Ihnen, die haben Europa schon aufgeteilt und unser Reich kommt darin nicht mehr vor!«

»Doktor Schorrer, mäßigen Sie sich. Professor Ehlig scheint schon nicht gut auf Sie zu sprechen zu sein.«

»Ehlig! Wussten Sie, dass er einer der Ersten war, der in die NSDAP eingetreten war? Hitler kennt er persönlich! Nazi bis ins Mark. Von dem können Sie keine Vernunft erwarten!«

Heller legte dem Doktor die Hand auf den Oberarm. »Jetzt reicht es aber, Sie bringen uns ja in Lebensgefahr!«

»Schon gut. Kommen Sie mit!«

Schorrer durchmaß den Raum, stieß eine zweite Tür auf. In diesem Raum lag das dritte Opfer auf dem Seziertisch. Gnädigerweise hatte Schorrer ein weißes Tuch darüber ausbreiten lassen. Auch jetzt sah Heller nur den blonden Haarschopf.

»Dasselbe Bild wie beim vorhergehenden Opfer. Wieder sehr scharfe Messer, große und kleine, das kann man an verschiedenen Stellen erkennen. Möglicherweise sogar der Einsatz einer Schere. Ich will Ihnen den Anblick ersparen. Sie können meinem Urteil da vertrauen. Auch bei den Augen dasselbe. Unzweifelhaft derselbe Täter. Mir ist aber etwas aufgefallen, und ich gebe zu, ich bin ein wenig ärgerlich über mich selbst, denn ich weiß nicht, ob ich das letzte Opfer dahingehend gründlich genug untersucht habe. Ich zeige es Ihnen an einer Stelle, wo man es gut sehen kann.« Schorrer bewegte sich zum Fußende und schlug die Decke so weit zurück, dass die Füße der Leiche bloß lagen. An ihnen war die Haut noch unversehrt. Die Zehenspitzen allerdings waren schwarz, erfroren in der Nacht.

»Hier, sehen Sie!«

Heller kam näher und beugte sich hinunter. »Bissspuren?«

Schorrer nickte. »Es gibt noch weitere Stellen. Ich meine mich erinnern zu können, dass Sie mich beim Fall der Bellmann fragten, ob ein kannibalischer Akt vorläge, und ich habe Sie recht schroff abgewiesen. Dies tut mir leid.«

Heller öffnete seinen Mantel und nahm sein kleines Notizbuch heraus. Er begann, so gut es ihm möglich war, die Bissspuren nachzuzeichnen. Die Stellung der oberen Schneidezähne war markant: Der eine Schneidezahn stand fast im rechten Winkel zu dem anderen.

»Aber das sind nur Bisse, von Kannibalismus kann doch keine Rede sein.«

»Nun, das kann ich nicht einfach beurteilen.« Schorrers Halsschlagader war geschwollen. Er schien noch immer sehr aufgebracht und kämpfte um seine Beherrschung.

»Und das andere Opfer?« Heller betrachtete seine Zeichnung, fügte noch eine winzige Änderung hinzu.

»Längst schon eingeäschert.«

»Gestatten Sie?«, fragte Heller und deutete auf das Kopfende. Schorrer machte ihm Platz. Heller schlug das Tuch zurück und sah nun zum ersten Mal das Gesicht der jungen Frau. Es zeigte noch die Abdrücke der Beatmungsmaske und der Binden um die lidlosen Augen.

»Früher glaubte man, in den Augen der Toten sei das letzte Bild wie eingebrannt. Deshalb stachen die Mörder früher ihren Opfern nachträglich die Augen aus, weil sie fürchteten, erkannt zu werden. Dieser Mörder hier scheint gesehen werden zu wollen.«

Klepp rieb sich mit beiden Händen über das Gesicht, nachdem Heller seine Ausführungen beendet hatte. Er schwitzte und roch, als wäre er seit ein paar Tagen nicht aus der Uniform gekommen. Heller hatte lange auf ihn warten müssen, er sei bei einer Befragung, hatte die Sekretärin, Frau Bohle, gesagt. Mit wunden Fingerknöcheln war Klepp dann ins Büro gekommen, hatte sich schwer in seinen Stuhl fallen lassen und Heller erinnerte sich plötzlich wieder an den Blutfleck an der Wand des Vernehmungsraums.

»Angebissen? Kannibalismus? Lassen Sie das nicht an die Öffentlichkeit gelangen!« Klepp benahm sich, als hätte er mittlerweile einhundert wichtigere Probleme.

»Das war eine Sache einzig zwischen mir und Schorrer. Ich habe einen Wollfaden gefunden, der mir verdächtig schien.«

»Zeigen Sie mal her!« Klepp streckte die Hand aus. Heller klappte sein Buch auf und Klepp nahm den Faden mit spitzen Fingern, betrachtete ihn und legte ihn wortlos zurück.

»Direkt beim Tatort habe ich auch Speichelspuren gefunden. Da muss jemand einen beachtlichen Speichelfluss gehabt haben. Spuren von einem Tier konnte ich nicht entdecken, doch Glöckner, der Platzwart, besitzt einen Hund. Ich habe Oldenbusch angewiesen, die Fußspuren vor Ort aufzunehmen. Ich will nur hoffen, es regnet nicht in den nächsten Stunden.«

»Oldenbusch, gut. Der wird übrigens nächste Woche abkommandiert!«

»Abkommandiert?« Heller glaubte, in Klepps Augen eine gewisse diebische Freude erkennen zu können.

»Unser Volk braucht jetzt jede Hand, die eine Waffe bedienen kann.«

Heller war fassungslos. Mit Oldenbusch würde ihm der letzte fähige Mann verloren gehen. Aber Klepp redete schon weiter.

»Speichelspuren also? Ein Mensch?«

Heller schwieg, denn mittlerweile kannte er Klepp gut genug, um eine Frage von einer einfachen Wiederholung zu unterscheiden, mit der Klepp Zeit zu schinden versuchte, um dann eine seiner Suaden abzulassen.

»Heller, dies ist die Stunde des deutschen Volkes, des wahren deutschen Volkes. Was Sie hier erleben, ist das Ergebnis davon, was geschieht, wenn sich eine rein arische Rasse mit minderwertigen Rassen durchmischt. Sie wird unterwandert und schwach. All die Menschen, die hier in unsere Stadt kommen, die ihre Heimat den Russen überließen, die sich weigerten, zu kämpfen für ihr Vaterland, all das ist minderwertiges Menschenmaterial. Gut genug, um auf den Feldern zu arbeiten, jedoch nicht stark genug, um unserer Rasse dienlich sein zu können. Er schleicht also durch die Nacht, schnauft und geifert, gierig nach weißem Fleisch. Ein Untermensch, ein Affe. Tausende von denen gibt es in der Stadt, sehen Sie sich nur um. Deutsche sollen das sein und unterscheiden sich kaum von den Slawen und Mongolen, keiner von denen kann einen Stammbaum vorweisen. Das ist unser Fanal, Heller, wir sind es, die kämpfen müssen. Die Itaker haben uns nur Unglück gebracht, die Rumänen haben uns Stalingrad gekostet, und all diese Rand- und Volksdeutschen wollten nur profitieren von unserer Kraft. Nun kommen sie zu uns, wollen beschützt werden. Das ist unser Kampf, Heller, die letzte Schlacht, und so möge das Ihre Schlacht sein, Sie gegen diesen speicheltropfenden, grunzenden Untermenschen.«

Klepp sah seinen Untergebenen erwartungsvoll an. Als dieser allerdings weiterhin schwieg und ihn ausdruckslos ansah, hob er die Augenbrauen. »Was werden wir also jetzt tun?«, fragte er.

Heller hatte diese Frage kommen sehen und war doch nicht in der Lage gewesen, sich vorher eine Antwort zurechtzulegen.

»Ich stelle Ihnen noch mehr Leute zur Verfügung. Ausgediente Polizisten. Dreißig Mann. Und Strampe.« Klepp ließ nicht locker.

»Strampe? War der nicht unabkömmlich?« Heller ärgerte sich. Er wollte diesen jungen Mann nicht.

»Er ist es noch, doch in diesem Fall ist er mein Auge und mein Ohr vor Ort. Glauben Sie etwa, ich kenne nicht die

Gerüchte? Das lenkt die Leute nur vom Kampf ab! Ich will endlich Ordnung in diesem verdammten Viertel. Die Männer werden bewaffnet, mit Karabinern. Wer keinen Schein hat und sich bei Alarm auf der Straße aufhält, ist verdächtig. Sorgen Sie für Ruhe, verstehen Sie, keine Faxen mehr. Ergebnisse. Prüfen Sie offene Haustüren, durchsuchen Sie Dachböden, Keller, verlassene Häuser, bewachsene Grundstücke. Irgendwo muss ein Unterschlupf sein!« Klepp erhob sich.

»Noch was, Heller, mir sind mehrere Juden abhandengekommen, nachdem sie einen Marschbescheid bekommen hatten, dort im Viertel. Darunter eine arische Mutter mit zwei Judenbälgern. Die kann nicht weit sein. Gehen Sie, los, Heller!«

Heller erhob sich von seinem Stuhl.

»Heller!«, sagte Klepp und sein Tonfall war bedrohlich. In seinem Blick war plötzlich eine gewisse Verschlagenheit aufgetaucht.

»Sie haben sich in ein Verhör eingemischt! Was haben Sie sich erhofft?«

»Ich …«

»Und ich weiß aus sicherer Quelle, dass Sie der Gestapo mehrmals ins Handwerk gepfuscht haben.«

Heller bewahrte Haltung, so hatte noch nie jemand gewagt, ihm über den Mund zu fahren. Und gleichzeitig hallten Karins Worte in seinem Kopf. Halte nur noch ein wenig aus.

»Sie sind schwach! Sie sind nachgiebig. Vielleicht waren Sie einmal hart, 1915, doch jetzt sind Sie alt und verweichlicht. Wegen Leuten wie Ihnen kämpft das Deutsche Reich nun an seinen Grenzen ums Überleben. Weil Sie unterwandern, was der Führer erschaffen hat. Weil Sie schützen, was ausgemerzt werden müsste, weil falsches Mitleid Ihr Handeln bestimmt. Ich beobachte Sie. Finden Sie den Wahnsinnigen, finden Sie die Judenschlampe und ihre Bälger, und wenn Sie sie finden, verhaften Sie jeden, der ihnen auf irgendeine Weise geholfen hat, und sei es nur, dass er von nichts gewusst haben wollte. Die Starken müssen die Schwachen ausmerzen, sonst wird unsere Rasse untergehen, verstehen Sie das?«

»Ich verstehe, ausmerzen!« Heller nickte.

Klepp erhob sich an seinem Schreibtisch und sein Gesicht war rot und angeschwollen. »Haben Sie das verstanden? Hart, erbarmungslos, fanatisch bis zum Tode!«, kläffte er. »Gehen Sie mir aus den Augen!«

6. Januar 1945, Nacht

»Machen Sie das Feuer aus«, befahl Heller.

Verbittertes Schweigen war die Antwort. Mehrere Dutzend Augenpaare starrten ihn an. Wilde Gestalten, verhärmt, armselig, stinkend. Ihre Atemstöße dampften, ihre Füße und Hände waren mit Tüchern umwickelt. Hab und Gut auf Wagen verschnürt. Zugtiere gab es keine mehr. Der Walderseeplatz war voller Menschen. Die Bäume trugen keine Äste mehr in erreichbarer Höhe, denn die Leute waren verzweifelt auf der Suche nach Feuerholz.

»Das ist ein Befehl, machen Sie das Feuer aus! Wenn Sie meiner Anweisung nicht Folge leisten, muss ich Sie arrestieren!«

Heller stand selbst ganz dicht am Feuer, spürte dessen Hitze im Gesicht und wollte es so lang wie möglich auskosten.

Jetzt kam Bewegung in die Menschen, sie begannen zaghaft, das Lagerfeuer an seinen Rändern auszutreten, zogen größere Äste heraus. Sie schwiegen und Heller wusste, was sie über ihn dachten.

»Haben Sie sich bei der Sammelstelle am Bahnhof Strehlen gemeldet?«

»Da wurden wer wegjeschickt«, murrte jemand in die Dunkelheit.

»Das geht zu langsam!«, ermahnte Heller. »Schütten Sie Wasser drauf!«

»Das ist unser Trinkwasser«, wagte jemand einzuwerfen.

»Wasser gibt's am Fürstenplatz, machen Sie jetzt, ich befehle es!«

Jemand griff nach dem Eimer und schüttete mit einem Schwung das Wasser übers Feuer. Eine Dampfwolke voller Asche stieg zischend in die Luft, Heller trat hastig zurück, doch schon war er mit feinen Ascheteilchen bedeckt. Zornig begann er seinen Mantel abzuklopfen. Karin hatte ihn gerade erst gewaschen, nachdem sie zufällig an Seife gekommen war. Allein ihn zu trocknen, hatte sie Kohle für mehrere Tage gekostet.

Es hatte sogar einen Streit an der Kohlestelle gegeben, nachdem Karin für ihre Scheine mehr als einen Zentner bekommen hatte. Jemand beschwerte sich halblaut. »Schönen Tag noch, Frau Kriminalinspektor«, hatte der Kohlenverteiler sie verabschiedet und danach hatte keiner mehr gewagt, sich zu mokieren.

»Gehen Sie morgen zur Sammelstelle, dort gibt es eine medizinische Untersuchung und …«

»Dort jibt es nix mehr!«, unterbrach ihn eine dunkle Männerstimme mit schlesischem Dialekt.

Heller schloss den Mund. Ohne ein weiteres Wort zog er sich zurück und überließ die Leute der eiskalten Nacht. Wohl war ihm nicht dabei, er wusste, wie die Menschen froren, er selbst fror. Nachdem es einige Tage Temperaturen über null gegeben hatte, herrschte jetzt wieder bitterer Frost.

Heute hatte er in der Zeitung Hitlers Silvesterrede gelesen und sich gefragt, wie viele wohl diesem Geschwätz noch Glauben schenkten. Doch er wusste auch, dass man nur allzu gern seinen Worten glaubte. Die Menschen mussten glauben, warum sollten sie gerade jetzt damit aufhören, wo es doch am nötigsten war. Sonst müssten sie ihr ganzes Leben der letzten Jahre infrage stellen. Dann müssten sie sich fragen, was sie sich dabei gedacht hatten, als sie Hitler wählten, als sie wieder Lebensmittelkarten verteilt bekamen, als sie das erste Mal Metall abgeben mussten und Staatsanleihen kauften, als sie Pelze und Mäntel spenden mussten, als ihnen Tabak, Kaffee, Kohle, Benzin, Stoff und Seife rationiert wurden, als sie aufgefordert wurden, Kartoffeln nur noch mit Schale zu essen, als die ersten Todesmeldungen eintrafen und die nächsten, bis es schließlich so viele wurden, dass klar war, dass es jeden irgendwann treffen würde.

Heller ging in Richtung Fluss und kreuzte so die Streifenwege mehrerer seiner Männer, um deren Berichte und Meldungen aufzunehmen. Immer wieder mussten sie Flüchtlinge zwingen, ihre Feuer zu löschen, und Anwohner ermahnen, richtig zu verdunkeln. Nur der Angstmann hatte sich nicht gezeigt, auch nicht bei Vollalarm. War er abgeschreckt von den Patrouillen? Hing das nächste Opfer schon wieder unter einem Dach oder in einem Keller und war nur noch nicht gefunden?

Heller sah auf die Uhr, musste sie dazu dicht ans Auge halten. Viel zu schwach war das wenige Mondlicht. Fast Mitternacht.

Ungarn hatte die Seiten gewechselt, Deutschland den Krieg erklärt. In Budapest saßen fünfzigtausend Soldaten fest, die Stadt würde von den Russen in Schutt und Asche geschossen werden. Ob Klaus unter den Soldaten war?

An der Holbeinstraße wartete er. In den nächsten Minuten musste hier jemand erscheinen, Stunde null war ausgemacht. Heller trat lautlos auf der Stelle, drehte sich einmal um die eigene Achse. Er wusste nicht, aus welcher Richtung der Mann kommen würde. Er trug so viele Schichten wie nur möglich unter dem Mantel und doch fand die Kälte ihren Weg, schlich sich durch die Fußsohlen, in die Knöchel, die Beine hinauf in den Unterleib.

Da ertönte ein schriller Pfiff aus einer Trillerpfeife und

kurz darauf hörte man einen Schuss. Heller erstarrte und versuchte auszumachen, aus welcher Richtung das gekommen war. Erneut ein Pfiff. Der kam von Norden. Heller lief los.

Er kam bis zur Dürerstraße, da hörte er ein kurzes Knattern von einer Maschinenpistole. Strampe, wusste Heller, wechselte die Richtung, denn die Schüsse waren eindeutig von weiter hinten gekommen, vom Zöllnerplatz vielleicht. Jemand schrie: »Hier drüben!« Ein weiterer Pfiff. Eine Taschenlampe leuchtete auf, verlosch gleich wieder. Heller hastete die Zöllnerstraße entlang, in Richtung des Platzes, doch das Geschehen hatte sich wohl verlagert, plötzlich war es hinter ihm. Wieder Schüsse. Aus Pistolen. »Stehen bleiben!«, brüllte jemand. Heller bremste ab, rannte den Weg zurück, den er gekommen war. Plötzlich löste sich jemand aus einem Hauseingang, lief vor ihm weg.

»Halt!«, rief Heller, wollte zu seiner Pistole greifen. Da wurde die Straße plötzlich in grelles Scheinwerferlicht getaucht, ein Motorrad näherte sich. Heller wollte zur Seite ausweichen, doch der Fliehende vor ihm wich in seine Richtung aus. Von zwei Seiten kamen nun Hellers Leute aus der Holbeinstraße angerannt und schnitten dem Flüchtenden den Weg ab. Der kehrte um, lief direkt auf Heller zu. Das Motorrad bremste mit quietschenden Reifen, keine zwanzig Meter hinter ihm. Dann knatterte es. Von der Hauswand neben Heller spritzte der Putz, eine Fensterscheibe ging zu Bruch. Der Mann stürzte lautlos zu Boden. Trotzdem folgte ein zweiter, lang anhaltender Feuerstoß. Die Kugeln prallten von den Granitplatten ab, sirrten ziellos davon, schlugen in Haustüren und Wände ein. Heller warf sich zu Boden und versuchte, hinter einem Laternenpfahl Deckung zu finden.

»Stopfen!«, rief er. »Feuer einstellen.«

»Sie sind das, Heller?«, rief Strampe.

Heller stemmte sich hoch. »Du blöder Hund hättest mich beinah erschossen!«, fuhr er den jungen SS-Mann wütend an. »Hast du nicht gesehen, dass ich hier bin, und da hinten sind noch zwei Mann!«

Strampe gab sich demütig, senkte die Waffe. »Ich sah nur einen flüchten!«

»Ich bin ihm nachgerannt!«, schnauzte Heller. Er hatte die tödliche Kugel dicht an seinem Ohr vorbeisirren hören. »Machen Sie den Scheinwerfer aus!«, sagte er und versuchte seine Beherrschung wiederzuerlangen. Das Licht erlosch.

Steifbeinig ging er dann zu dem am Boden liegenden Mann und legte ihm prüfend die Finger an den Hals. Die zwei Hilfspolizisten und Strampe kamen dazu.

Heller sah zu Strampe hoch. »Tot!« Und dann fragte er in die Runde: »Bericht?«

»Ich lief die Fiedlerstraße entlang«, erklärte Fleischhauer. »Da hörte ich ein Fahrrad klappern. Halt, rief ich, stehen geblieben. Er erschrak, drückte aber in die Pedale. Ich lief ihm nach. Als ich ihn abbiegen sah in die Lortzing, pfiff ich. Ich wusste, dass Ullrich an der Holbein sein musste. Der Flüchtige versuchte in die Dürer rechts abzubiegen, stürzte aber, sprang auf und lief weiter. Daraufhin schoss ich.«

»Hat er nichts gesagt?«

»Nichts, nein. Dann kam Peter«, er deutete auf Strampe. »Als der Flüchtige das Motorrad hörte, sprang er in ein Grundstück, da habe ich noch einmal geschossen. Dann lief er in die Zöllner, ich lief gerade in die Schumann, um ihm den Weg eventuell abschneiden zu können. Peter folgte dem Flüchtigen in die Zöllner. Mehr weiß ich nicht, bin von da über die Holbein erst wieder hierhergelangt.«

Heller stellte sich vor Strampe. »Und Sie sehen, dass einer wegläuft, blenden auf und ziehen ab? Das ganze Magazin? Können Sie mir das erklären?«

Strampe senkte den Kopf. Doch Heller ließ sich nichts vormachen. Ihm war längst klar: Es hatte Strampe Spaß gemacht. Kein normaler Mensch verschoss ein ganzes Magazin in die finstere Nacht.

»Sie haben wohl schon viele umgebracht?«

Strampe hob den Kopf und schob trotzig das Kinn vor. Schon war die Demut verflogen. »Ich war unter Obersturmbannführer Klepp in Polen.«

Das sollte anscheinend als Erklärung genügen.

Heller wandte sich an die anderen Männer. »Lassen Sie den Toten in die Schießgasse bringen.« Er überlegte. »In meine Schreibstube. Wo ist eigentlich das Rad?«

»Ist noch da, wo er es liegen gelassen hatte.«

»Es ist im Beiwagen!«, verbesserte Strampe.

7. Januar 1945, früher Morgen

Man hatte Hellers Schreibtisch abgeräumt, ein paar Decken ausgebreitet, die das Blut aufnehmen sollten, dann hatten sie den Toten darauf aufgebahrt und sein Gesicht mit einem dünnen Tuch abgedeckt. Vier Kugeln von zweiunddreißig Schuss im Magazin hatten ihn getroffen. Ein Schuss direkt ins Herz , die anderen drei in Brust und Bauch.

Heller saß in seinem Stuhl, etwas abseits von seinem Schreibtisch. Er war erschöpft, und obwohl die Heizung warm war, fror er. Hoffentlich hatte er sich keine Erkältung eingefangen. Oldenbusch war da. Sein Marschbefehl hatte sich verzögert. Ihm blieben ein paar Tage mehr und eigentlich hätte er zu Hause bleiben können. Doch jetzt saß er im Stuhl auf der anderen Seite des Schreibtisches.

Klepp stand am Fenster, die Hände auf dem Rücken, und starrte zum Pirnaischen Platz hinüber, wo Straßenbahnen kreuzten und geschäftiger Verkehr herrschte. Vorm Gebäude wehten drei Hakenkreuzfahnen.

»Sehen Sie, Heller«, hob er plötzlich an zu sprechen und drehte sich zu den Männern um. »Haben Sie doch noch Erfolg gehabt. Von nun an ist Ruhe. Hervorragende Arbeit. Ein Franzose. Wer Frösche frisst, frisst auch kleine Mädchen. Hängen hätte man den müssen. Räumen Sie hier auf und dann können Sie sich endlich wieder wichtigeren Arbeiten widmen. Und Sie, Oldenbusch, kämpfen Sie für unser Deutsches Reich, für unsere Kinder, unsere Zukunft. Es ist ein epischer Kampf zwischen Gut und Böse und eines Tages wird die Welt uns dankbar sein, für unsere Aufopferung, dem Bolschewismus Einhalt geboten zu haben.« Klepp schritt auf die Tür zu und beide Männer wollten sich erheben. »Sitzen bleiben!«, bestimmte Klepp jovial und verließ den Raum.

Lange Zeit sprachen weder Heller noch Oldenbusch etwas.

»Wo soll es denn hingehen?«, fragte Heller schließlich. Darauf hatte Oldenbusch offenbar nur gewartet. Er erhob sich, nahm seinen Stuhl, umrundete den Tisch und setzte sich vertraulich dicht neben Heller.

»Gestern haben sie zwei totgeschlagen, im Vernehmungsraum vier und in der sieben. Der eine war ein älterer Mann, die andere soll eine Frau gewesen sein«, flüsterte er so leise, dass Heller sich anstrengen musste, alles zu verstehen.

Er wusste, dass so etwas geschah, wusste es schon lang. Er war ohnmächtig dagegen, es gab keine Möglichkeit zu intervenieren, ohne sein Leben zu riskieren. Außerdem wusste er nicht, ob er Oldenbusch trauen konnte. Er wollte ihm trauen, alles in ihm wollte dem Kriminaltechniker trauen, doch seine Vernunft verbot ihm das. Man durfte niemandem mehr Vertrauen schenken, nicht den Freunden, nicht den Nachbarn, nicht den Kollegen. Als korrekter Vorgesetzter hätte er eigentlich Oldenbusch umgehend erklären müssen, welchen Sinn es hatte, zwei Menschen beim Verhör totzuschlagen, dass es dem deutschen Volke nützte und dem Reich, und dass die Starken die Schwachen ausmerzen mussten. Allein dass er schwieg, galt schon als Verrat, und es gab Menschen, die deshalb ins KZ gekommen waren.

Oldenbusch überging Hellers Zögern und flüsterte weiter: »Klepp war gestern zweimal im Hauptquartier der Gestapo und hat von dort Inhaftierte mitgenommen. Einer ist beim Transport erstickt. Das ist ein Dreckshund! Ein richtiger Lump. Nehmen Sie sich nur in Acht vor dem, Max!

Wenn es hart auf hart kommt, knüpft der Sie am nächsten Baum auf.«

»Verdammt noch mal, Werner, seien Sie still. Ständig muss ich Leute ermahnen, still zu sein.«

»Was soll schon werden, mich schicken die in den Osten, da werde ich nicht in der Etappe landen. Die brauchen Kanonenfutter.«

»Letzte Nacht hat der Strampe ein ganzes Magazin auf mich abgeschossen.«

Die Blicke beider Männer wanderten zum Schreibtisch, auf dem der Erschossene lag.

»Aus der Hüfte hat er abgezogen. So nah bin ich dem Tod seit neunzehnfünfzehn nicht mehr gewesen.«

Von diesem Zwischenfall hatte Oldenbusch noch nichts gewusst. Erstaunt sah er Heller an. »Alle Achtung, Max, dafür scheinen Sie aber recht abgeklärt.«

»Ich war noch nicht zu Hause. Ich fürchte, wenn ich es Karin erzähle, lässt sie mich nicht mehr gehen.«

Oldenbusch verzog das Gesicht. »Das macht die Runde. Erzählen Sie es lieber selbst, ehe sie es auf der Straße erfährt.«

Heller konnte seinen Blick nicht von dem Toten lösen. Ein magerer Mann von achtundzwanzig Jahren, mit relativ langem Haar und einem stoppeligen Bart, der mit einer Schere gestutzt worden war. Einige Zähne fehlten ihm. Die Kleidung, ein brauner Mantel und graubraune Cordhosen, war alt und schon oft geflickt. Die Schuhe ausgetreten, aufgerissen und mit Bändern notdürftig zusammengehalten.

»Ein Franzose, nicht wahr? Kriegsgefangener?«

Heller schüttelte den Kopf. »Fremdarbeiter. Seit zweiundvierzig in Deutschland. War beim Bunkerbau beschäftigt, erst in Hamburg, dann in Wuppertal. Seit über einem Jahr in Dresden.«

»Warum ist er hier?«

»Seinen Papieren nach ist er im Krankenhaus beschäftigt. Offenbar reparierte er Geräte, vielleicht war er Mechaniker oder Ingenieur. Er hatte eine Genehmigung, sich nach zweiundzwanzig Uhr auf den Straßen zu bewegen, und durfte die Bahn benutzen.«

»Warum ist er geflüchtet?«

Heller erhob sich abrupt, ging zum Tisch. Oldenbusch folgte ihm. Heller schob die Aufschläge des speckigen Mantels beiseite. Er griff dem Toten ins Hemd und zog ein ledernes Bündel hervor, welches unter den Gürtel geschoben war. Er öffnete es und breitete es zu Füßen des Toten auf seinem Schreibtisch aus. Zwei Messer kamen zum Vorschein, ein recht großes, dreißig Zentimeter lang, und ein eher kurzes mit selbst geschnitztem Griff und einer kleinen Klinge. Heller nahm es und hielt es gegen das Licht.

»Ich könnte damit Papier in der Luft schneiden, so scharf ist es.« Mit diesen Worten legte er es zurück auf den Lederlappen. »Haben Sie die Fußabdrücke vom Tennisplatz dabei?«

Oldenbusch holte seine Ledertasche und zog ein Bündel Papiere daraus hervor. Schweigend machten sich die Männer daran, die Abzüge mit den Schuhsohlen des Toten zu vergleichen.

»Keine Übereinstimmung«, stellte Oldenbusch nach wenigen Minuten fest.

»Wissen Sie, ich weiß, es war eine gute Tat, sie sterben zu lassen. Doch in einem solchen Moment wie diesem, da wünschte ich, ich hätte wenigstens versucht mit ihr zu sprechen.«

»Dass die Schuhspuren nicht passen, muss nichts bedeuten. Auf dem Tennisplatz war alles verwischt. Er ist geflüchtet, das macht ihn wirklich verdächtig, hatte er doch alle Papiere dabei.«

»Bisher aber fand der Täter seine Opfer immer, wenn

Alarm war, und letzte Nacht war kein Alarm.« Heller betrachtete aufmerksam Oldenbuschs Gesicht.

»Die Wahrscheinlichkeit für einen Alarm liegt bei mehr als fünfzig Prozent. Er könnte darauf spekuliert und auf der Lauer gelegen haben.«

»Mit dem Fahrrad?«

»Herr Kriminalinspektor, halten Sie Ihre Skepsis zurück, überprüfen Sie seine Alibis. Wenn er im Krankenhaus arbeitete, musste er bei Alarm auch von irgendjemandem in einem der Keller gesehen worden sein. Wenn niemand ihn sah zum Zeitpunkt der letzten Tat und er kein Alibi hat, können Sie der Sache nachgehen.«

»Wissen Sie, Werner, als ich mich letzte Nacht über den Toten beugte, um seine Halsschlagader zu fühlen, da bin ich mir sicher, lag meine andere Hand auf seinem Bauch. Dies hier«, Heller zeigte auf die Messer, »habe ich dabei nicht gespürt.«

»Wer hat den Leichnam hierhergebracht?«

»Jemand forderte ein Fahrzeug an. Ich blieb, bis es kam. Dann luden sie ihn auf und fuhren davon. Es war dunkel. Erst eine Stunde später war ich hier.«

Beide starrten sie den Toten an.

Oldenbusch sprach als Erster. »Sie könnten sich irren, Max. Sie waren aufgeregt, wegen Strampe. Und das Rad? Was ist mit dem?«

»Das lasse ich überprüfen.« Heller verstummte. Die Zähne des Toten stimmten nicht mit den nachgezeichneten Bissspuren an den der Verstorbenen überein.

Oldenbusch wirkte nachdenklich und schüttelte den Kopf. Auf einmal schien er den Gedanken beiseitezuwischen und hielt Heller spontan die Hand entgegen.

»Max, es war mir immer ein Vergnügen!«

Langsam ergriff Heller die hingestreckte Hand, schüttelte

sie nicht, ließ sie aber auch nicht wieder los. Er suchte nach Worten. Er kannte Oldenbusch seit zehn Jahren und war oft streng mit ihm gewesen. Aber jetzt war er gerührt von dessen Geste. Was sollte er schon sagen, das nicht Heuchelei oder Wunschtraum war. Dort, wo Oldenbusch hinging, brauchte man keine Wünsche mitzunehmen.

»Mir war es ebenso eine Freude!« Schon wollte Oldenbusch ihm die Hand entziehen, eine Geste des Respekts, doch Heller hielt sie fest und legte bekräftigend seine andere Hand obenauf. »Kommen Sie wieder, Werner, ich brauche hier gute Männer wie Sie!«

Der Wind blies ihm hart ins Gesicht. Heller kämpfte verbissen, und trotz seiner Handschuhe waren ihm die Hände halb erfroren. Wie absurd, dass er nun mit einem Beweisstück zu einer Zeugin fahren musste. Doch Strampe wollte er auf keinen Fall als Fahrer bemühen. Klepp gegenüber hatte er den Vorfall in der Nacht verschwiegen und hatte auch keine offizielle Beschwerde eingelegt. Feig konnte man das nennen, denn es war reine Feigheit gewesen, die ihn nötigte, diese Schritte zu unterlassen. Oldenbuschs Worte hatten ihm die Bestätigung geliefert. Leuten wie Klepp und Strampe war alles zuzutrauen. Sie waren Mörder. Sie durften nur deshalb nicht so genannt werden, weil sie Volksverräter und Feinde umbrachten.

Heller bog in die Güntzstraße ab, um dem Wind auszuweichen, geriet in einen Strom Radfahrer, Kutschen und Menschen mit Handwagen, die von der Albertbrücke kamen oder zu ihr hinwollten. Etwas unsicher, weil er seit vielen Jahren nicht mehr Rad gefahren war, wich er Hindernissen aus, bog so schnell wie möglich wieder in eine Seitenstraße ab und erreichte so den Ort des nächtlichen Geschehens.

Die meisten Menschen hasteten an den Einschusslöchern in den Wänden vorbei, ohne sie zu bemerken. Viele trugen Mobiliar aus ihren Wohnungen. Man hatte damit begonnen, die Leute aufzufordern, die Innenstadt zu verlassen. Nur ein paar Jungs standen fasziniert an den Hauswänden, bohrten ihre Finger in die Löcher im Putz, versuchten die Kugeln herauszuklauben.

Das Blut des Franzosen auf dem Kopfsteinpflaster hatte jemand weggespült. Zwischen den Kopfsteinen war das Wasser zu weißem Eis gefroren. Heller stellte einen Fuß auf den Boden, versuchte sich die Szenerie noch einmal auszumalen. Wo Strampe gestanden hatte, wo der Flüchtige aus dem Hauseingang gekommen war. Beinahe ein Wunder, dass er selbst noch am Leben war.

»He, Jungens!«, rief Heller aus einer Laune heraus.

Die Burschen drehten sich zu ihm um. Allesamt waren sie Pimpfe.

»Warum seid ihr nicht in der Schule?«

»Geschlossen, keine Kohle zum Heizen«, antwortete einer.

»Was ist hier geschehen?«

»Die ham ein' totgemacht in der Nacht. Direkt unter meim Fenster!«, erzählte er stolz. »Gab ein wildes Geknatter. Wie bei Old Shatterhand.«

»Das war ein Spion, hat meine Mutter gesagt!«, posaunte ein anderer.

»Das war der schwarze Mann«, gab der Größte von ihnen vor zu wissen, höchstens zehn war er.

»Den schwarzen Mann kann man nicht erschießen, Dummkopp!«

Der Größte schüttelte den Kopf. »Jeder kann erschossen werden«, sagte er düster, steckte die Hände in die Hosentaschen und ging davon.

Heller stieß sich ab und trat wieder in die Pedale. Er hatte noch etwas vor, bevor er endlich nach Hause zu Karin fahren konnte, damit diese sich nicht mehr als nötig Sorgen machen musste.

Da Rita Stein noch nicht auf ihrer Station war, nahm Heller an, sie beim Schwesternwohnheim zu finden. Es war nicht leicht, durch das Krankenhausgelände zu gelangen, noch der kleinste Platz war durch Flüchtlinge belegt. Viele von ihnen hatten ihre Notdurft in den Büschen verrichtet, obwohl Schilder deutlich darauf hinwiesen, dies zu unterlassen. Bald musste Heller absteigen und das Rad zum Schwesternheim schieben. Gleich am Eingang, neben dem eine Familie mit drei kleinen Kindern lagerte, kamen ihm zwei Krankenschwestern entgegen. Sie lachten offenbar gerade über einen Scherz, hakten sich unter und gingen weiter. Heller wusste nicht, wohin mit dem Rad. Er befürchtete, es würde ihm gestohlen werden, wenn er es hier am Eingang einfach abstellte. Da ihm partout keine andere Lösung einfallen wollte, hob er es an und trug es die Stufen zum Eingang hinauf. Umständlich öffnete er die Haustür.

Im Gebäude war es auffallend ruhig. Vielleicht schlief eine Schicht, während die andere arbeitete. Seufzend blickte er auf die Treppenstufen vor sich und ergab sich seinem Schicksal.

Im dritten Stock stellte er keuchend das Rad im Gang ab und versuchte sich zu erinnern, wo Rita Steins Zimmer gewesen war. Er staunte über den blank gewienerten Linoleumboden, keine zwanzig Meter Luftlinie von all dem Flüchtlingselend da draußen. Heller nahm seine Mütze ab, orientierte sich nach rechts und ging an der großen Uhr und Hitlers Konterfei vorbei. Hier musste es sein, erinnerte er sich, die drittletzte Tür. Sie stand einen kleinen Spalt offen. Mit zögernden Schritten näherte er sich.

»Frau Stein? Schwester Rita?«, fragte er halblaut. Niemand antwortete, er hörte auch kein Geräusch. Vorsichtig zog er die Tür ein Stück auf, warf einen Blick durch den Spalt. Intuitiv griff er in die Manteltasche und holte seine Pistole heraus.

Zögernd betrat er den Raum, berührte mit der rechten Schuhspitze ein Bündel Kleidung auf dem Boden. Es war blutig. Die Tücher daneben auch. Der Kleiderschrank war offen, an einer Tür entdeckte er rot verschmierte Fingerabdrücke. Heller berührte einen der Abdrücke mit dem Zeigefinger, rieb ihn dann am Daumen. Das Blut war frisch. Er nahm eines der Tücher und steckte es in die Manteltasche. Langsam ließ er seinen Blick durch das Zimmer wandern. Er ging leicht in die Knie, sah unter die beiden Betten, schlich sich dann lautlos zum zweiten Kleiderschrank, atmete einmal durch und zog an der Schranktür. Sie war abgeschlossen. Leise verließ er das Zimmer wieder und blieb im Gang stehen. Mit angehaltener Luft lauschte er. Ein leises Geräusch, wie ein Würgen. Auf Zehenspitzen schlich Heller zur Waschraumtür und bückte sich, um durch das Schlüsselloch zu schauen, konnte aber nichts erkennen.

Jetzt hörte er es eindeutig. Jemand quälte sich. Oder wurde gequält. Sacht legte er die freie Hand auf die Klinke, drückte sie nach unten, zog die Tür auf, so langsam wie möglich, um jegliches Geräusch zu vermeiden. Der Waschraum war leer, doch ein Wasserhahn lief mit dünnem Strahl, ein blutiges Handtuch lag auf dem Boden.

Ein heiseres Krächzen ließ ihn aufschrecken, es kam aus der Richtung der Toiletten. Mit wenigen Schritten stand Heller vor den Kabinen, sah ein nasses Handtuch dort liegen und konnte nackte Füße unter einer Kabinentür erkennen. Kurzentschlossen riss er die Kabine auf.

Rita Stein, die vor dem Becken gekniet hatte, schrie auf vor

Schreck, sprang hoch und stürzte beinahe über die Toilettenschüssel. Mühsam hielt sie sich an der Kabinenwand aufrecht. Heller erstarrte, die Klinke in der einen, seine Pistole in der anderen Hand.

Die Krankenschwester war nackt und nass, ihr Haar aufgelöst. Sie sah müde und völlig erschöpft aus. Ein elendiges Gefühl von Beschämung und Schuld durchfuhr Heller, als ihm bewusst wurde, wie er ihren Busen und ihre Scham anstarrte. Was auch immer er jetzt tat, es war nicht mehr gutzumachen. Er bückte sich nach dem Handtuch, reichte es Rita und vermied, sie dabei anzusehen.

Sie riss es ihm unwirsch aus der Hand, hielt es sich vor den Körper. Sie war wütend auf ihn, erschrocken, genau wie er, doch offenbar war sie zu schwach, um ihrer Wut Ausdruck zu verleihen. Als sie die Kabine verlassen wollte, verlor sie einen Moment das Gleichgewicht und Heller blieb nichts anderes übrig, als sie aufzufangen, damit sie nicht hinfiel. So hielt er sie zwei, drei unendliche Sekunden lang, mit beiden Armen umschlungen, ihre nackte Haut an seinen Mantel gepresst, bevor sie sich mit ihrem Ellbogen den Weg freimachte und durch den Waschraum hinaus in den Gang stolperte. Dann hörte Heller ihre Zimmertür schlagen.

Geraume Zeit blieb er stehen, schloss die Augen, und noch immer brannte die Verlegenheit in ihm, ließ ihm die Ohren heiß werden. Der Anblick der nackten jungen Frau wollte ihn einfach nicht loslassen. Schließlich riss ihn der unangenehm saure Geruch aus den Gedanken. Er steckte die Waffe weg, ging in die Kabine, zog an der Spülkette und schloss die Tür. Dabei bemerkte er seine Mütze, die auf dem roten Steinzeugboden lag. Er fischte sie auf und ging langsam auf den Gang.

Es kostete ihn einige Überwindung, an Rita Steins Zimmertür zu klopfen. Ehe er etwas sagen konnte, wurde sie geöffnet. Vollständig angekleidet stand die Krankenschwester vor ihm.

»Sie müssen mir verzeihen, ich sah das blutige …«

»Es macht mir nichts. Ich stand nicht das erste Mal nackt vor einem wie Ihnen«, unterbrach Rita ihn schroff.

»Bitte?« Heller fühlte sich getroffen von diesen harschen Worten.

»Tut nichts zur Sache, verzeihen Sie!« Rita wollte durch die Tür.

Heller wollte sie festhalten, ließ aber sofort ihre Schulter wieder los. »Geht es Ihnen gut? Sie sehen sehr erschöpft aus. Und Sie haben sich erbrochen.«

»Verraten Sie es Ihrem Freund Schorrer nicht, aber es gibt Momente, da verlassen auch mich die Kräfte!«

Ihr Zynismus kränkte Heller. »Schorrer ist kein schlechter Mann!«, glaubte er sagen zu müssen.

»Nicht wahr, und man möchte meinen, er hätte mich wegen meiner Qualitäten auf seine Station versetzen lassen, doch offenbar ist er auf Brautschau. Das ist unmissverständlich klar geworden.«

»Es tut mir leid, aber ich weiß nichts von Schorrers Ambitionen. Grundsätzlich verübeln kann man ihm das aber nicht, oder?« Heller kam sich einfältig vor bei seinem unbeholfenen Gerede. Er plapperte nur, um zu verbergen, wie sehr er sich genierte. Er versuchte es noch einmal.

»Ich bin gekommen, um Sie etwas zu fragen. Da sah ich in Ihrem Zimmer die blutigen Sachen. Deshalb bin ich bei Ihnen einfach so hineingestürmt. Ich fürchtete, Ihnen wäre etwas geschehen.«

»Bei einer Notamputation hat eine junge Schwester versagt, eine Arterie wurde nicht ausreichend abgeklemmt, deshalb musste ich mich waschen und umkleiden. Dabei hat mich eine Schwäche überkommen.« Rita sah Heller mit klaren Augen an. »Ist es wahr, haben Sie den Techniker erschossen?«

»Den Techniker?« Er musste kurz überlegen, wen sie meinte. »Sie meinen Claude Bertrand. Nein, das war Strampe.«

»Alle nannten ihn den Franzos'. Und wer ist Strampe? Ich kenne keinen Strampe. Ich muss jetzt!«

»Bertrand floh letzte Nacht. Ich wollte nicht, dass er stirbt, aber er hätte nicht fliehen dürfen.«

»Nun, wer flieht, hat wohl Schuld!« Jetzt wollte Rita Stein wirklich an ihm vorbei. Mit vorgeschobener Schulter wich sie ihm aus und lief den Gang hinunter.

»Ist das Ihr Rad?«, rief ihr Heller hinterher.

Rita ging langsamer und blieb neben dem Rad stehen. Gedankenverloren klappte sie die Spange am Gepäckträger auf und ließ sie wieder zurückschnappen, fuhr mit einem Finger über einen Kratzer im Lack der Querstange. »Ja«, antwortete sie zögernd.

»Bertrand fuhr damit. Und er hatte in einem Lederbündel zwei scharfe Messer dabei.«

»Hatte er das?« Rita schaut Heller fragend an.

»Wissen Sie, ob er Kontakt zu Klara Bellmann pflegte?«

Rita schwieg.

»Schwester Rita, bitte!«

»Ja, sie hatten Kontakt. Freundschaftlich … wie es eben ist in diesen Zeiten.«

Das hatte sie ihm verschwiegen, als er sie Anfang Dezember nach den Kontakten der Bellmann fragte. Heller nahm sein Buch heraus und machte sich eine Notiz.

»Wohin gehen alle bei Alarm? Hier in den Keller?«

»Ja, oder in die Keller der jeweiligen Häuser. Aber es sind hunderte. Sie werden niemals erfahren, ob er in einem der Keller war. Alarm gibt es jeden zweiten Tag. Keiner wird sich an ihn erinnern.«

»Er wohnte aber hier!«

»Nicht im Haus, in der Marschall-Allee, im Souterrain. Ich weiß die Nummer nicht, es ist eine große weiße Villa. Man hatte ihm da ein winziges Zimmer zugewiesen.«

»Trafen er und Klara Bellmann sich da?«

Rita Stein schüttelte den Kopf. »Nie. Sie sprachen nur während der Arbeit miteinander. Wo sie sich noch trafen, weiß ich nicht.«

Das war eine ausweichende Antwort, doch Heller wollte nicht nachhaken, hatte er doch gerade ein winziges Stück Vertrauen der Frau wiedergewonnen.

»Meinen Sie, jemand hier im Gelände könnte deshalb eifersüchtig geworden sein?«

»Haben Sie jemand Speziellen im Sinn?«

»Ich will es von Ihnen hören!«

Wieder schüttelte Rita den Kopf. »Sie glauben also gar nicht, dass der Franzose es war?«

Heller seufzte und nahm das Rad. »Ich glaube nie!«

Das kleine Zimmer des Franzosen war kaum größer als eine der Zellen im Polizeipräsidium. Ein schmales Bett stand drinnen, davor ein kleiner Tisch, kein Stuhl. Eine nackte Lampe mit breitem Schirm von der Decke, ein schmaler Schrank in der Ecke. Ein Regal hing an der Wand, nur zwei dünne Eisengestelle, auf denen ein Brett lag. Auf diesem einige wenige Bücher in französischer Sprache und ein Stapel Briefe.

Heller schaute sie durch. Sein weniges Französisch reichte gerade aus, um zu entziffern, dass Bertrand seiner Mutter in Frankreich geschrieben hatte. Der Heimatort war Heller gänzlich unbekannt.

Heller legte die Briefe weg und musste sich jetzt wohl oder übel der roten Wolldecke auf dem Bett zuwenden. Zu schnell, zu offensichtlich war sie ihm schon beim Öffnen der Tür aufgefallen, kaum dass der Verwalter zur Seite getreten war.

»Hat er die schon lange?«, fragte Heller.

Herr Schubert, lang und dünn, mit dichtem Kaiser-Wilhelm-Bart, legte den Kopf schief. »Das weiß ich nicht.«

»Das wissen Sie nicht?«

»Ich war nie in seinem Zimmer.«

»Nicht einmal einen Blick haben Sie hineingeworfen, so im Vorbeigehen?«

»Schon, aber die Decke …?« Schubert hob die Schultern.

»Die müsste Ihnen doch aufgefallen sein.« Heller sah dem Mann fest in die Augen, entschloss sich dann aber doch, nicht weiter zu insistieren und besser das Thema zu wechseln. »Wie war er denn so? Ruhig? Hatte er Besuch?« Währenddessen zupfte er an einem losen Faden der dicken Decke, klappte sein Buch auf, nahm den Wollfaden vom Tennisplatz heraus und verglich sie im Licht.

»Nein, er war sehr still. Hat nie Ansprüche gehabt, ist nie auffällig gewesen oder hat sich abfällig geäußert.«

»Hatte er Frauenbesuch?«

»Das war verboten.«

Die Fäden waren im ersten Augenschein identisch. Heller legte beide in das Notizbuch.

»Hat er sich hier Essen machen können?«

Schubert schüttelte den Kopf. »Bekam er alles im Krankenhaus. Manchmal brachte er sich etwas mit. Brot meist.«

»Gab es Diebstähle im Haus? Hat jemand den Verlust von Messern beklagt?«

Schubert wusste nichts darüber.

»Besaß er ein Fahrrad?«

»Er hatte eines bekommen, vor einiger Zeit.«

»Eines bekommen?«

»Ja, das hat uns auch erstaunt. Doch er benötigte es wohl

für dringende Besorgungen, Ersatzteile für die Heizung, glaube ich.«

»Sie wissen nicht, seit wann er das Fahrrad besaß?«

Schubert zog die Schultern hoch.

»Seit einer Woche? Seit einem Monat? Länger?«

»Länger, will ich meinen.«

»Und wissen Sie, wie es aussah? War es ein Herrenrad? Welche Farbe? Hatte er zuerst ein anderes Rad?«

»An so etwas kann ich mich wirklich nicht entsinnen.«

»Und wenn Alarm war, nachts, war er dann mit im Luftschutzraum?«

»Er hatte sehr oft Spätschicht. Hat in der Heizung gearbeitet und Reparaturen ausgeführt. Deshalb hatte er einige Ausnahmegenehmigungen. Aber wenn er da war, saß er bei Alarm mit in diesem Keller.«

»Jedoch nicht immer?«

»Nicht immer.«

Heller griff noch einmal ins Regal, ließ mit dem Buchrücken nach oben die Seiten eines jeden Buches durch seine Finger flattern. Dann hob er die Wolldecke hoch, mitsamt der eigentlichen Schlafdecke, sowie die Matratze. Schließlich ging er zum Schrank, öffnete ihn, begann die Sachen zu durchsuchen. Er fand nur ein paar zusammengerollte Strümpfe, Unterhosen, lange Unterhosen, Arbeitshosen, verschiedene Pullover, eine Strickjacke. Pappkartons, weitere Briefe. Rasierzeug, Kamm, Zahnputzpulver. Eine kleine runde Plastikdose. Er öffnete sie, fand ein ungebrauchtes Kondom, es war mit seidigem weißem Pulver bedeckt. Talkum. Heller berührte es, rieb es zwischen den Fingerspitzen. Er kippte die Schachtel an, klopfte mit einem Finger gegen die Außenwand, wie bei einem Salzstreuer, sah, wie das weiße Pulver herausstaubte, sich als feiner Film auf den Schrankboden legte. Dann stellte er die Dose zurück. Er resümierte: kein Wetzstein, keine Kaufquittung für Messer, kein Fahrradöl. Keine Frauenhaare, kein Blut. Dafür aber dieses weiße staubige Pulver. Heller zog den Schrank ein Stück nach vorn, kippte ihn an und Schubert griff wortlos zu, damit Heller darunterblicken konnte. Aber weder unter dem Schrank noch auf ihm lag etwas, auch nicht unter dem Bett, nichts war an der Unterseite des Tisches angeklebt, kein geheimes Versteck im Kasten des Doppelfensters. Der Fußboden war aus Zement. Die Wände nicht hohl. Nun stieg Heller sogar mit einem Fuß auf das Bett, stützte sich an der Wand ab und sah oben auf dem Lampenschirm nach.

Heller schwitzte leicht und klopfte sich die Hände ab. »War irgendjemand anderes hier? In diesem Raum?«

»Nicht dass ich wüsste.« Das hieß nichts, das Zimmer war nicht abgeschlossen gewesen.

»Die Toilette?«

Schubert verließ das Zimmer, zeigte auf eine kleine Tür schräg rechts. Es war ein winziges Kämmerchen, ohne jedes Versteck. Heller stieg auf die Kloschüssel, hob den Deckel des Spülkastens an, krempelte dann den Ärmel zurück, fasste hinein. Nichts. Er schüttelte die Hand ab und stieg hinab.

»Was suchen Sie denn, wenn ich fragen darf?«

»Wenn ich es finde, sage ich es Ihnen.« Heller war wütend. Weil er nichts fand. Keine verdorrte Zunge, keine Lider, kein Hautfitzelchen, keine Damenunterhose.

»Haben Sie ein Telefon?« Er musste Oldenbusch bitten, die Leiche auf rote Wollfasern zu untersuchen.

»Oben im Foyer!«

Heller rannte fast hinauf, zum Apparat an der Wand, wählte Oldenbuschs Nummer. Niemand ging ans Telefon. Dann wählte er die Zentrale an, ließ sich mit Klepps Sekretärin verbinden, weil ihm niemand einfiel, den er sonst sprechen könnte. Nachdem er sein Anliegen vorgebracht hatte, schwieg er für eine Weile.

»Wie ist das möglich?«, fragte er schließlich mit versteinertem Gesicht und hörte doch gar nicht recht auf die Antwort. Denn egal, welche Umstände daran schuld waren, es änderte nichts an der Tatsache, dass man ihm gerade mitgeteilt hatte, dass die Leiche von Claude Bertrand verschwunden war.

»Dann rufen Sie dringend beim städtischen Bestattungsdienst an ...« Heller biss die Zähne aufeinander. »Frau Bohle, ich weiß, wie furchtbar viel Sie zu tun haben, aber dies ist wichtig. Veranlassen Sie, dass der Leichnam zurückgeführt wird. Danke!«

Heller hängte auf. Dann sah er Schubert stehen. »Der Vorgesetzte von Bertrand, wie hieß der?«

»Ewald Glöckner, soweit ich weiß.«

Heller merkte auf. »Glöckner, war der schon einmal hier?«

»Aber ja, wir spielen regelmäßig Skat zusammen.«

»Und Glöckner war es, der Bertrand für diese Besorgungen losschickte?«

»Das nehme ich an.«

»War Glöckner über die Affären im Schwesternheim unterrichtet, sprach er manchmal davon?«

Schubert schürzte die Lippen, wobei sich sein buschiger Bart bewegte.

»Dies dient allein meiner Arbeit.« Heller war es leid, das immer sagen zu müssen. Doch Schubert trug eine Parteinadel und er besaß keine.

»Es kam das eine oder andere Detail zur Sprache, ja.«

»Erwähnte er den Namen Klara Bellmann?«

»In Bezug auf Claude Bertrand?«

»Überhaupt?«

Schubert schüttelte den Kopf, doch Heller fragte sich, was

seine Gegenfrage dann erst bedeuten sollte. »Die Berlinerin!«, hakte er nach.

»Ah ja, die Berlinerin.« Schubert tat, als ginge ihm jetzt erst ein Licht auf. »Ja, er war einmal recht ungehalten, weil sie ihn bloßgestellt hatte. Das wollte er sich von einer wie dieser nicht gefallen lassen.«

»Einer wie dieser?«

Schubert zögerte und wusste anscheinend nicht, wie er sich da herausreden konnte. »Sie galt wohl als …«

»Flittchen?«, half Heller.

»So kann man es durchaus ausdrücken.«

»Was war das für ein Vorfall, bei dem sie ihn bloßzustellen versuchte?«

»Das hat er nicht genau gesagt!«

Das glaubte Heller ihm nicht, denn wenn Leute sich ungerecht behandelt fühlten, neigten sie eher dazu, in jeder Einzelheit darüber zu berichten. Vielleicht war der Mann zurückgewiesen worden von ihr, einem vermeintlich leichten Mädchen. Männer, die so eine Art von Abfuhr erteilt bekamen, waren nur allzu oft beleidigt und in ihrer Ehre gekränkt.

Zwei Stunden später saß Heller in seiner Schreibstube und starrte die Wand an. Sein Elan war verraucht. Glöckner war heute nicht mehr aufzufinden gewesen. Jetzt fühlte er sich ausgelaugt und unendlich müde, unsichtbare Gewichte zogen an seinen Armen.

Allein schon der Anblick der immer größer werdenden Flüchtlingsmassen hatte ihm die Kraft genommen. Die Russen kamen näher und näher, der Strom an Flüchtlingen würde nie abreißen. Und dann? Flüchteten sie selbst? Wohin?

Doch das war noch so weit weg, so unwirklich, er konnte

es sich nicht einmal ausmalen. Was ihn viel mehr beschäftigte: Der tote Franzose war verschwunden. Niemand wusste, wohin, und niemand wusste, wer veranlasst hatte, dass er weggebracht worden war.

Wenn er wenigstens einen Beweis dafür gehabt hätte, dass die Decke nicht erst vor wenigen Stunden in Bertrands Zimmer geraten war, hätte er akzeptieren können, dass dieser verdächtig war. Stattdessen blieben Zweifel. Die Zahnabdrücke passten nicht, und Bertrand schien nicht für absonderlichen Speichelfluss bekannt gewesen zu sein. Aber Heller hatte keine Ahnung, wie er seinen Zweifeln Ausdruck verleihen sollte, ohne sich in eine gefährliche Situation zu bringen. Er hatte das unweigerliche Gefühl, jemand manipulierte den Fall, und zwar jemand, der über ihm stand.

Er schreckte zusammen, als sein Telefon klingelte. Er nahm ab. Klepp erwarte ihn, sagte Frau Bohle.

»Dann ist das ja endlich vom Tisch!« Klepp grinste schief, während draußen über der Stadt die Sirenen den Voralarm ankündigten. »Einsamer Kerl, dieser tote Franzmann. Konnte nicht ertragen, dass deutsche Mädels mit ihm nicht anbändeln wollten. Viel zu schade, dass es ihn so glatt erwischt hat. Aber nun ist Ruhe, ich verspreche es Ihnen, Heller! Oder sind noch Zweifel?« Klepp sah ihn herausfordernd an.

Ich verspreche es Ihnen, wiederholte Heller für sich.

»Keine Zweifel«, war das Einzige, das laut auszusprechen er in der Lage war. Es war eindeutig, Klepp wollte keine Zweifel.

»Ich habe SS-Gruppenführer von Dahlen und auch Bürgermeister Nieland von Ihrer ausgezeichneten Arbeit berichtet, beide waren sehr zufrieden. Dementsprechend werden Sie nun mit einer verantwortungsvollen Aufgabe ausgezeichnet.

Sie werden die Koordination und Überwachung der Schanzarbeiten im östlichen Stadtgebiet von Dresden übernehmen. Dazu überstelle ich Sie vollständig der Ordnungspolizei. Frau Bohle wird Ihnen beim Hinausgehen die Pläne und Unterlagen überreichen, es ist Ihnen ein persönlicher Fahrdienst zugesichert. Soweit ich weiß, ist eine Kompanie Wehrmachtsfahrer mit Lastern und ein Trupp vom RAD eigens für die Arbeiten abgestellt, über diese können Sie verfügen. Ihr Vorgesetzter wird sein …«, Klepp schob Papiere hin und her, »… hier: Sturmbannführer Seibelt. Kennen Sie den?«

Heller nickte. Es war der reinste Hohn. Klepp demütigte ihn schamlos und Heller musste das aushalten. Er hatte keine Chance, den Posten abzulehnen.

»Nun …« Klepp hielt inne.

»Alarm!«, rief Frau Bohle aus dem Vorzimmer. »Vollalarm!«

»Na, dann wollen wir mal!« Klepp sah noch einmal nach seinen Papieren, da kam auch schon einer der Hausluftschutzwarte angerannt.

»Herr Obersturmbannführer, Sie müssen in den Keller!«

Klepp schnallte sich seinen Pistolengurt um, der über der Stuhllehne gehangen hatte.

»Kommen Sie, Heller!«, rief er munter.

Heller sah auf die Uhr. Früher Nachmittag. Keine typische Zeit für die Engländer. Die Amerikaner flogen am Tag. Er war nicht sehr aufgeregt, die Niedergeschlagenheit war noch viel zu groß. Er hoffte nur, dass Karin daheim im Keller war. Plötzlich regte sich schlechtes Gewissen in ihm. Seit der letzten Nachtschicht war er nicht nach Haus gekommen.

Im Flur waren überall schnelle, laute Schritte zu hören. Frau Bohle war schon längst im Keller. Ob die Amerikaner wussten, wo das Polizeipräsidium war, überlegte Heller, während auch er neben Klepp die Treppen hinablief.

»Verbünden müssten sie sich mit uns, um gegen die Russen zu gehen«, sagte Klepp halblaut.

Heller beschleunigte, denn der SS-Mann hatte nun zwei Stufen Vorsprung. »Bitte?«

»Sie haben schon richtig gehört! Der Bolschewismus ist das größte Übel auf Erden und die alliierten Westmächte werden es noch bereuen, sich mit den Russen verbündet zu haben. Anflehen werden sie uns, weiterzukämpfen, um dieser Untermenschen Herr zu werden.«

Nicht die Juden?, wollte Heller am liebsten fragen. Waren nicht die Juden das größte Übel? Natürlich schwieg er. Hoffentlich musste er nicht den ganzen Alarm über neben Klepp sitzen. Vielleicht gab es Entwarnung, ehe sie unten waren.

Vor dem Keller gab es Gedränge. Ohne dass Heller es hätte beeinflussen können, wurde er, weg von Klepp, in ein anderes Abteil geschoben. Dort fand er einen Platz am Ende einer langen provisorischen Bank.

»Herr Kriminalinspektor!«, grüßte ihn ein Mann in etwa seinem Alter höflich. Heller nickte ihm zu und versuchte sich zu erinnern, wer der Mann war.

»Durig. Wir waren eine Zeit lang unter dem alten Rust, Gott hab ihn selig, bei der Sitte zusammen.«

»Durig, ja, wie geht es Ihnen?« Heller konnte sich nur schwach an das Gesicht entsinnen. Seine Erinnerungen hatten an Schärfe verloren angesichts der gegenwärtigen Probleme. Zwanzig Jahre musste das jetzt her sein.

»Man schlägt sich durch. Hab von Ihrem Fall gehört. Sachen gibt's, was? Der Krieg lässt eine Menge Übel aufkochen. Obwohl, hat es nicht auch so eine Sache vor dem Krieg gegeben? In Berlin allerdings. Den Schlitzer nannten sie ihn. Ging sich wohl neununddreißig aus, soviel ich weiß.«

Berlin, dachte Heller.

Durig war ins Schwätzen gekommen. »Ich hörte, Sie sind jetzt unter Klepp.«

Heller stieß ihn an und deutete auf eine Person, die keine vier Meter entfernt mit dem Rücken zu ihnen auf einem Schemel saß. Zwar sprachen die Leute im Keller laut durcheinander, zu laut, so wie man pfiff in der Nacht, um seiner Angst Herr zu werden, doch der junge Strampe hatte bestimmt gute Ohren.

»Strampe«, flüsterte Durig, weil er Hellers Zeichen als Frage verstanden hatte.

»Ich weiß«, zischelte Heller.

»Klepps geballte rechte Hand, hat mal einer gesagt. Ein Bluthund. Wenn der erst einmal auf eine Spur angesetzt ist, lässt er nicht mehr los.«

Heller hätte Durig am liebsten die Hand auf den Mund gepresst. Strampe war starr, bewegte sich keinen Millimeter. Hörte er sie?

»Hat keine Eltern mehr, ist direkt aus dem Waisenhaus in die SS. Klepp hat den in Polen unter seine Fittiche genommen.«

»Durig, sind Sie eigentlich verheiratet?«, fragte Heller betont deutlich.

»Schon lang, habe zwei Kinder. Hab sie mit meiner Frau aufs Land geschickt, raus nach Dippoldiswalde. Ach, hören Sie, da kommt schon die Entwarnung. Wer weiß, wo sie ihr Zeug diesmal abgeladen haben.«

Durig erhob sich, während Heller noch sitzen blieb. Er wollte sehen, was Strampe tat, ob er sich umsah. Doch der junge SS-Mann stand auf, klopfte sich die Hose sauber, zog seine Jacke zurecht und verließ den Keller. Heller hatte er keines Blickes gewürdigt.

16. Januar 1945, später Vormittag

Wie erstarrt stand Heller da und beobachtete die Männer, die hier gruben. Ältere Männer mit gelben Sternen auf der Brust. Junge Männer, gefangene Rotarmisten, ausgemergelt, mit versteckter oder auch direkter Fröhlichkeit. Manche sangen, scherzten, verschwendeten ihre Arbeitskraft in Gräben, die sich kreuz und quer durch die Stadt zogen.

»Meister, Machorka!«, rief einer und lachte, obwohl er wusste, dass Heller nie eine Zigarette übrig haben würde.

Heller schenkte ihm ein Lächeln, eher ein kurzes Zucken mit den Mundwinkeln, und hing wieder seinen Gedanken nach.

Die pure Zeitverschwendung war diese Arbeit für ihn. Sie hätte leicht von einem der Aufseher getan werden können. Er lief nur herum, wusste nicht, ob und wie er mit den Juden sprechen sollte, überall standen Ordnungspolizisten, Zivilisten liefen vorbei, stumm und blind für alles um sie herum. Nur die Rotarmisten schienen als Einzige zufrieden mit ihrem Schicksal oder hatten sich wenigstens darin ergeben.

»Nicht traurig sein, Meister«, rief der junge Russe, »wenn du bist mein Gefangener, ich dir gebe Machorka!«

Heller sah auf.

»Ich bin nicht traurig, ich denke nach!«

»Ach so, hab ich probiert, denken. Aber davon man wird nix satt!« Der junge Russe zwinkerte Heller zu und widmete sich dann wieder seiner Arbeit. Heller schmunzelte. In dem Moment hörte man eine helle Stimme sich ereifern.

»Aufhängen müsste man euch Judenpack!« Ein Bursche stand bei den Juden. Er trug die Uniform der Hitlerjugend und war als Flakhelfer gekennzeichnet. Nicht mehr lange, und man würde ihn einziehen, fuhr es Heller durch den Kopf.

»Geh weiter, marsch!«, befahl Heller barsch. Bald war Mittag und ihm war nie wohl, wenn er seine Essensration aus der Großküche bekam, während die Juden kalte Kartoffeln aßen, die sie sich selbst mitgebracht hatten.

Plötzlich gingen die Sirenen an. »Fliegeralarm!«, rief einer der Ordnungspolizisten. »Bunker aufsuchen!«

»Juden raus hier!«, rief jemand wütend, als sie in den nahe gelegenen Bunker der Zeiss-Ikon-Werke einrückten. »Geht in den Judenkeller!«

Heller suchte sich einen Platz zwischen all den fremden Menschen. Er sah nicht auf, wollte nicht sprechen. In Gedanken war er bei Glöckner, bei Bertrand und bei Rita Stein. Hatte sie ihm alles erzählt über Klara Bellmann? Glöckners Fingerabdrücke müssten noch abgenommen und verglichen werden mit denen vom Fundort ihrer Leiche. Vom Krankenhaus fuhren jeden Tag Sanitätswagen zu den Flüchtlingslagern. Glöckner dürfte es nicht schwergefallen sein, mit einem dieser Transporte mitzufahren und sich mit einer der Schokoladentafeln eine junge Schlesierin zu ködern. Die Spurensicherung müsste jeden einzelnen Tatort noch einmal nach roten Fasern absuchen, Glöckners Keller ebenso. Heller starrte auf den Boden. Dann fiel ihm ein, dass er noch immer das Tuch aus Ritas Zimmer in seiner Manteltasche hatte, das zerrissene Laken, ausfranst an den Rändern und millimeterkurze weiße Fäden hinterlassend, genau wie in der Nase des zweiten Opfers.

»Was ist das?«, fragte Heller leise und horchte nun doch auf.

»Flugzeuge!«, erwiderte ein Mann aus einer hinteren Ecke. So still war es geworden, dass er Hellers leise Frage verstanden hatte. Ein Summen, wie ein großer Bienenschwarm, näherte sich. Und dann hörten sie Einschläge, fernes Rumpeln.

»Weit weg«, flüsterte jemand.

»Keine Flak!«, jemand anderes.

Das Summen wurde lauter, ließ den Keller vibrieren. Die Einschläge näherten sich nicht, blieben fern. Fern genug hoffentlich auch von Karin. Sie wollte heute in die Stadt gehen, schoss es Heller durch den Kopf.

Das Summen verklang. Die Sirenen gaben keine Entwarnung. Stattdessen kam im Radio die Meldung, dass ein zweiter Anflug sich näherte. Wenigstens hatten sie hier eines. Ohne Radio wären sie wie abgeschnitten von der Außenwelt. Die Stimmung war gedrückt, alle saßen da, die Köpfe zwischen die Schultern gezogen. Es war klar, dass die Fabriken die Ziele waren, egal ob sie Granaten, Lokomotiven, Nähnadeln oder Objektive herstellten. Ob die Russen noch immer lachten und sangen, fragte sich Heller. Da kam es wieder heran, ein leises Brausen, wie von einem beständigen Sturmwind. Lauter diesmal? Warum hörte man noch keine Einschläge? Und da waren sie schon. Heller zählte mit, gab aber bei einem Dutzend auf. Was bewarfen sie nur? Dann wusste er es: die Bahnhöfe!

Schließlich kam die Entwarnung, jetzt erst sah Heller auf die Uhr. Mehr als eine Stunde war vergangen.

»Heller? Ist ein Max Heller hier?«, rief jemand.

»Anwesend!«, antwortete Heller laut.

Ein Polizist kam ihm entgegen. »Befehl von der Ortsgruppenleitung Ost. Ihre Männer werden zum Räumen und Löschen abgezogen. Lassen Sie sie antreten. Laster kommen gleich.«

»Die Russen nur oder auch die Juden?«

Der Uniformierte zögerte. »Nur die Russen«, bestimmte er dann. »Die Juden sollen sich bei der Dienststelle melden.«

»Gab es Treffer? Wo?«

»Friedrichstadt!«, erwiderte der Polizist und deutete gen Westen, wo man schwarze Rauchwolken aufsteigen sah.

Mitten in der Nacht kam er heim. Nach einem zweiten Alarm, der ihn bis nachts um elf in einem Keller beim Postplatz aufgehalten hatte. Diesmal gab es keine Bomben. Doch was Heller gesehen hatte, hatte ihm gereicht. Seinen Russen hatte man nicht mehr zugetraut, als Scherben aufzukehren, Schaufenster, Türen und Scheiben notdürftig mit Brettern zu sichern, Löschwasser herbeizuschleppen, obwohl jede helfende Hand vonnöten gewesen wäre, nach Verschütteten zu suchen. Sie sangen nicht mehr, doch in ihren Augen glaubte Heller etwas lesen zu können. Ein gewisses Vergnügen, eine Schadenfreude.

Als er seine Wohnungstür aufschloss, kam Karin ihm schon entgegen.

»Ist es wahr, ein paar tausend Tote?«, fragte sie und umarmte ihn.

»Tausend etwa, ist aber nicht offiziell.«

Karin wusste: Was nicht offiziell war, war nur für sie bestimmt.

»Sie haben den Bahnhof Friedrichstadt und den Hauptbahnhof angegriffen.«

»Willst du etwas essen?« Sie hatte ihn losgelassen und blieb abwartend neben ihm stehen.

»Hast du noch?«

»Ich kann Bratkartoffeln machen. Lehmann hatte mir ein Stück Speck zurückgelegt. Und ich bekam heute sogar eine Jagdwurst und 200 Gramm Butter.«

Heller dachte kurz nach. »Nein, kein Geruch im Haus jetzt. Das machen wir am Sonntag, zum Mittag. Ich bin auch gar nicht so hungrig. Ich werde mich waschen und dann schlafen wir.«

»Max, heut ist Dienstag!«

»Gut, dann morgen Abend, nicht wahr.« Heller wunderte sich, dass Karin sich so benahm. Irgendetwas war anders mit ihr. Da war dieses kurze Zögern, dieser etwas zu lange Blick.

»Karin, was ist los?«

»Hast du nicht gehört? Magdeburg ist heute bombardiert worden, ganz furchtbar kaputt muss alles sein. Max, weißt du noch? Magdeburg!«

Heller nickte. Magdeburg war eine schöne Erinnerung, die sich immer mehr verflüchtigte. Wie ein Traum. Eine Reise im Mai, so unbeschwert, die Jungen, noch klein, bestaunten die Dampflok, die Menschen so freundlich. Jetzt war alles anders. Jetzt war Krieg. »Juden raus!«, hatte einer heute gebrüllt. Ein kleiner rotgesichtiger Mann, mit dünnem Haar und krummen Beinen.

Er spürte, wie Karin ihn von der Seite musterte, und strich ihr beruhigend über den Arm.

»Es ist noch ein wenig warmes Wasser auf dem Herd«, sagte sie leise und Heller ging sich waschen. Er sparte mit der Seife, wie immer in der letzten Zeit.

Vorhin war ein Wagen an ihm vorbeigekommen. Zehn Menschen hatten auf ihm gelegen. Oder mehr. Er hatte weggesehen. In seinem Leben hatte er genug Tote gehabt. Diese Bilder trug er schon seit dreißig Jahren mit sich herum. Und dann war diese Wand in der Adlergasse eingestürzt. Ein Knistern wie von Geschenkpapier. Ein grauenhaftes Geräusch. Wie sie alle gerannt waren und wie die graue Wolke sie eingeholt, sie erfasst hatte wie eine Meereswoge. Für einen Moment verharrte Heller in gebückter Haltung über der Waschschüssel. Tausend Tote. Und er sorgte sich um einen Mörder.

Heller schlug die Augen auf. Er lag auf dem Rücken, konnte sich nicht an ein Aufwachen erinnern und war sofort bei vollem Bewusstsein. Die Stille zischte in seinen Ohren. Das Herz schlug ihm in der Kehle, als wollte es aus ihm herausspringen. Um ihn herum war es dunkel. Nur ein schmaler Streif dort, wo das Fenster war. Das Verdunklungsrollo war nicht ganz geschlossen. Karin zog es immer ein wenig auf, wenn sie das Licht gelöscht hatten. Er hörte Karins Atem neben sich, er ging leise, gleichmäßig. Sie lag im Tiefschlaf.

Warum war er aufgewacht? Er hatte nicht von den Bomben geträumt und nicht von der Grube, die er seit Klaus' Erzählung nicht mehr aus seinem Kopf bekam. Er war auch nicht im Graben gewesen, wie es sonst oft im Traum geschah. Das Trommelfeuer, welches manchmal tagelang anhielt, war ausgeblieben.

Noch immer bewegte er sich nicht. Er wollte Karin nicht wecken, er wollte in die Nacht lauschen, hören, was anders war. Denn etwas war anders. Etwas war hier. Im Raum.

Heller kniff die Augen zu Schlitzen, damit man das Weiß der Augäpfel in der Dunkelheit nicht sah. Das hatte er als Kind bei Karl May gelesen. Old Shatterhand machte das, wenn er sich anschlich. Seltsam, dass ihm das gerade jetzt einfiel. Heller bewegte langsam seine Augen nach rechts, zur Tür, die langsam Konturen annahm. Ein helles Rechteck gegen die dunkle Tapete Sie stand offen. Sonst war sie immer geschlossen.

Heller spannte sich unter der schweren Daunendecke und überlegte fieberhaft, wo sein Mantel mit der Pistole war. Im Korridor, an der Garderobe. Er hatte noch nie in Erwägung gezogen, die Waffe zu sich ans Bett zu nehmen. Das bereute er jetzt.

Der nächste Weg wäre der zur Küche, wo es Messer gab. Doch alles war dunkel in der Wohnung. Viel zu dunkel.

Dann, ein Geräusch. Ein leises Klicken, als fiele ein Sandkorn zu Boden, ein feuchter Lidschlag, ein Schlucken mit trockener Kehle.

Hellers Herz schlug so hart, dass er meinte, es müsse bersten. Seine Haut spannte sich wie festes Tuch. Karin, dachte er, er würde für sie kämpfen.

Wieder ein Geräusch. Diesmal anders. Wie ein lang angehaltener Atemzug, der sich nicht länger unterdrücken lässt, ein weiches Zischen wie bei einem Parfümzerstäuber.

Vorsichtig öffnete Heller seine Augen ein wenig mehr, drehte sich unter der Decke um, als täte er es im Schlaf. Dann sah er an der Wand, im finstersten Schatten, eine Gestalt. Unscharf, weich an den Rändern. Sie schien fast durchsichtig. Heller erstarrte. Seine Brust begann zu schmerzen. War das der Gegner? Der Angstmann? Versteckte er sich im Schatten, zusammengekauert, auf dem Boden?

Nein, er glaubte nicht an Geister. Und schon gar nicht daran, dass der Angstmann ihm nach Haus gefolgt war.

Er musste handeln, solange der Eindringling ihn schlafend wähnte. Bis zehn zählen und dann angreifen.

Langsam begann Heller zu zählen, im Rhythmus seiner Atemzüge. Eins, zwei, drei, vier …

»Er lässt sich nicht totmachen!«, flüsterte da ein Stimmchen, fast lautlos und doch ganz nah an seinem Ohr. Kalter Atem blies Heller ins Gesicht. Entsetzt riss er die Augen auf. Eine Fratze starrte ihn an mit riesigen Augen.

Heller schlug zu. Und er traf. Etwas kreischte auf.

Karin fuhr auf. »Was? Max! Was ist los?«

Da hatte sich Heller schon aus dem Bett gestürzt und warf sich auf den Eindringling. Der kämpfte, strampelte, schrie. Auch Heller schrie und legte sich mit all seinem Gewicht auf den Gegner. Jemand zerrte an ihm, brüllte ihn an: »Max! Max, hör auf!«

Das war Karin. Sie drängte sich an ihm vorbei und schaltete das Licht an. Heller stierte auf die Gestalt, die wimmernd unter ihm lag.

Es war die Zinsendorfer, die die Hände vors Gesicht geschlagen hatte und heftig aus der Nase blutete. Ihr Nachthemd und ihr Morgenmantel waren rot. Heller sah auf seine Hände, die voller Blut waren. Langsam erhob er sich und Karin kniete sich neben die Frau, die wie wild ihre helfenden Hände wegschlug.

»Ihr könnt den Angstmann nicht totmachen! Ihr könnt ihn nicht totmachen. Er ist ein Dämon, er schleicht noch immer durch die Straßen. Schleicht herum und wispert und kichert. Und eines Tages, da kommt er uns holen. Uns alle!«

»Ruhe, verdammt noch mal, Sie dummes Weib!«, fuhr Heller sie an. Er war wütend auf sie, dass sie es wagte, sich einzuschleichen, in ihre Wohnung, in ihre privatesten Räume und in seine Ängste. Er war drauf und dran, ihr eine Ohrfeige zu verpassen. Stattdessen aber erhob er sich.

»Verdunkeln!«, brüllte da jemand auf der Straße.

Karin sprang auf und schloss das Rollo.

Die Zinsendorfer wischte sich über das Gesicht, verschmierte Blut über ihre Wangen und ins Haar. »Ich bin nicht still!«, zischte sie und Blut spritzte auf Hellers weiße Bettwäsche. »Er ist da draußen, ein dunkler Dämon, ein Höllenwesen.«

»Ich lasse Sie einweisen, wenn Sie nicht Ihr Maul halten, Sie sind ja geisteskrank!«

»Sagen Sie es ihm, sagen Sie es!«, kreischte die Zinsendorfer und zeigte auf Karin, die wie erstarrt am Fenster stehen geblieben war.

Einen kurzen Moment trafen sich ihre Blicke, und Heller sah, wie seine Frau mit sich kämpfte, wie sie versuchte, nicht nachzugeben. Die Zinsendorfer keuchte und schluchzte hysterisch zu seinen Füßen.

»Was sollst du mir sagen?«, fragte Heller.

Karin öffnete den Mund, schüttelte dann knapp den Kopf.

»Gehört haben wir ihn, alle haben ihn gehört!«, gurgelte die Zinsendorfer.

»Wen?«

»Den Dämon!«

Blitzschnell bückte sich Heller zu der blutenden Frau am Boden und packte sie wütend. »Ruhe jetzt!«, drohte er und als er sie wieder losließ, fiel ihr Kopf unsanft zu Boden. »Ihr habt ihn gehört?«

Karin ließ die Schultern sinken und sah betreten zu Boden.

»Was? Was habt ihr um Himmels willen gehört?«

Karin wollte die Hände heben, ließ sie aber kraftlos wieder fallen. »Das war während des Alarms. Wir saßen im Keller. Alle waren still. Alle hatten Angst, dass heute was kommen würde, nachdem sie mittags schon da gewesen waren. Und dann hörten wir ihn, als stünde er in unserem Haus, als kletterte er die Treppen hinauf. Der Leutholdt wollte gleich raus und nachschauen. Doch dann bekam auch er es mit der Angst zu tun!«

»Karin, was genau habt ihr gehört?«

»All das eben«, sie machte eine verzweifelte Geste, »all das, was die Leute erzählen. Er lachte, laut, wie verrückt, in einer wahnsinnigen Freude. Tobte, heulte wie ein Wolf. Dann weinte er.«

»Ja, er weinte«, flüsterte die Zinsendorfer.

»Deshalb habe ich sie aufgenommen, Max. Weil sie doch so eine furchtbare Angst hatte. Ich sagte ihr, sie dürfte zu uns kommen.«

»Das hättest du mir sagen müssen!« Es war seine Schuld gewesen. Er hatte nicht weiter nachgefragt. Karin war nicht wegen Magdeburg so betroffen gewesen. Sondern wegen des Angstmanns.

»Also gut!« Heller richtete sich auf, zog seinen Schlafanzug zurecht und knöpfte die aufgesprungenen Knöpfe zu. Dann half er der Zinsendorfer auf. »Waschen Sie sich. Karin, mach bitte Tee!«

Seine Frau blickte rasch auf. »Was hast du vor?«, fragte sie und wusste die Antwort doch schon.

13. Februar 1945, Nacht

In seinen Ohren gellte das nervtötende Geheul der Sirenen. Vollalarm.

Heller rannte über das Kopfsteinpflaster. Rutschte aus und kämpfte sich verbissen weiter. Er wollte seine Kraft nicht mit Rufen vergeuden. Schon oft hatte es Alarm gegeben in den letzten vier eisigen Wochen, in denen er Nacht für Nacht durch die Straßen gelaufen war, trotz der stummen Blicke seiner Frau, die ihn baten, daheimzubleiben. Natürlich hätte er bei ihr bleiben sollen, anstatt einem Phantom durch die rabenschwarzen Gassen der Johannstadt nachzujagen.

Heller sprang auf den Gehweg, die frostigen Hände zu Fäusten geballt.

Das endlose Heulen war allgegenwärtig und durchdringend. Es fuhr in die Knochen und ins Hirn, es ließ kaum andere Gedanken zu. Dämonengesang. Und es schien kein Ende zu nehmen.

Schon wieder hatte er den Mann aus dem Blick verloren. Wohin jetzt? Nach links. Heller schrammte mit seiner Schulter an der Hausecke entlang, geriet aus dem Tritt, fing sich wieder. Schweiß brannte ihm eiskalt im Gesicht, die Zähne wollten zerspringen vor Kälte, die Nasenlöcher froren ihm zu. Es herrschte beißender Frost. Unwirsch fuhr er sich mit der Hand über das Gesicht. Dumpf hämmerte ein Schmerz hinter seiner Stirn, der stärker wurde, jedes Mal, wenn die Absätze seiner Schuhe auf die Granitplatten schlugen. Seine Mütze hatte er längst verloren. Der Mantel hing schwer auf seinen Schultern und die Mantelschöße schlugen ihm um die Beine. Der Mann vor ihm trug nur Hosen und ein weißes Hemd. Sein Oberkörper war von Dampf umgeben, der wie erstarrt in der Luft hängen blieb. Heller lief durch ihn hindurch, noch ehe er sich verflüchtigte. So nahe war er ihm. Atmete seine Luft. Konnte ihn beinahe greifen.

Diese Sirenen. Höllengeheul. Angsteinflößend. Man hätte schreien mögen, nur um es nicht mehr hören zu müssen.

Zweimal schon hatte er es aus der Ferne vernommen, das seltsame Kichern und Jaulen. Er war den Geräuschen gefolgt, hatte immer wieder gelauscht, ohne Erfolg. Doch es hatte ihn darin bestärkt, nicht aufzugeben, nach all den langen eisigen Nächten, in denen nichts geschah, außer dass er stummen, apathischen Menschen begegnete.

Und diesmal war er ganz nah an ihm dran. Diesmal hatte er ihn beinahe schon gehabt. Er hatte sein Geheul gehört, gerade als der Voralarm verstummt war. »Komm«, hatte der Angstmann geflüstert. »Komm her. Komm her zu mir! Süßes hab ich für dich«, hatte es gesäuselt, »feine Sachen, süße Sachen! Komm nur, sei Liebkind.« Heller hatte sich angeschlichen, ihn gestellt in der Finsternis und schon den Stoff eines Hemdärmels in den Fingern gespürt, sich darin verkrallt. Doch er hatte sich losgerissen und Heller mit dem Handrücken eine schwere Ohrfeige verpasst.

Heller taumelte und schmeckte Blut im Mund, aber er hetzte dem anderen weiter hinterher durch die Düsternis der verdunkelten Straßen. Liefen sie im Kreis? Ein Haus sah wie das andere aus, mit hohen finsteren Wänden. Kein Licht. Keine Menschenseele. Die Menschen saßen alle in den Kellern, zusammengepfercht, voller Angst, schicksalsergeben. Es war, als wären sie allein auf der Welt. Nur er und der andere. Jäger und Gejagter.

Im letzten Augenblick wich Heller einer Straßenlaterne

aus, touchierte sie schmerzhaft mit dem Ellbogen, verlor kurz das Gleichgewicht und fiel ein paar Meter zurück.

Hellers Augen brannten. Er keuchte und gierte nach Sauerstoff. Doch der andere gab nicht auf. Er dampfte, bewegte sich massig, ungelenk. Den wackelnden Kopf weit im Nacken, das Kinn nach vorn gestreckt. Sein Atem ging stoßweise, abgehackt. Er sah sich nicht um, rannte, als ob der Teufel hinter ihm her sei. Hat denn der Teufel Angst vor dem Teufel?

Plötzlich vibrierte der Boden. Zehn Meter mochten es sein, die sie noch trennten. Doch der rechte Fuß schmerzte so heftig, dass Heller inzwischen stark humpelte und die Zähne zusammenbeißen musste, um nicht bei jedem zweiten Schritt zu stöhnen. Lange würde er das nicht mehr durchhalten. Mit kältestarren Fingern griff er in die Manteltasche, umfasste die Pistole, fühlte sie aber kaum. Er wollte sie herausziehen, aber sie verhedderte sich im Futter.

Wütend zerrte er an der Waffe, riss sie hin und her und plötzlich war sie frei. Er fasste die Waffe mit beiden Händen. »Stehen bleiben!«, schrie er. »Ich schieße!«

Das Geheul der Sirenen ebbte ab. Keine Entwarnung? Und dieses andere Geräusch, diese Vibration? War das Gewittergrollen? Der flüchtende Mann wagte jetzt doch einen kurzen Blick zurück, lief dann aber umso schneller weiter. Die Arme holten wild aus, sein Atem ging stoßweise, keuchend.

Heller zielte im vollen Lauf. Der Schuss, ein kurzer scharfer Knall. Funken flogen von den Gehwegplatten. Der andere stolperte, stürzte. Heller war sofort bei ihm, wollte sich auf ihn werfen. Doch ein Fuß traf ihn vor den Magen, trieb ihm den Atem aus der Lunge. Schon war der Mann aufgesprungen und stürzte los, rannte um sein Leben.

Heller schnappte nach Luft. Ihm wurde schwarz vor Augen, doch seine Wut war stärker. Gekrümmt, mit schmerzenden Eingeweiden lief er los, in der Hand die Pistole. Er würde ihn nicht entkommen lassen. Beim nächsten Mal würde er nicht auf die Beine zielen.

Obwohl die Sirenen jetzt verstummt waren, dröhnte es noch immer in seinen Ohren. War es sein Blut, das da rauschte und ihn zittern ließ? Oder waren es Flugzeuge? Dann traf ihn ein Schlag vor die Beine. Er stürzte schwer, schlug der Länge nach hin, riss sich die Handballen auf. Doch die Pistole hielt er fest. Der Gegner trat nach ihm, traf die Nieren und Hellers angezogenes Knie. Dann ließ er ab und floh. Heller zielte im Liegen, drückte zweimal ab. Traf.

Heiser schrie der Getroffene auf. Sein weißes Hemd färbte sich dunkel. Heller sprang auf. Seine Chance. Das Dröhnen wurde lauter. Rollte heran wie ein Orkan. Füllte den Himmel aus, ließ die Erde beben.

»Kommen Sie!«, rief plötzlich jemand aus einem Hauseingang heraus und stellte sich ihm in den Weg.

»Nicht! Aus dem Weg!«, fuhr Heller ihn an und wollte sich vorbeidrängen.

Doch der Mann fasste ihn am Arm. »Kommen Sie, hier rein! Sie müssen hier weg! Es ist ernst!«

»Nein!« Heller versuchte sich von dem Griff zu befreien. Leuchtmarkierungen am Himmel erhellten die Straße. »Ich bin Polizist!«, rief er und sah dabei im geisterhaften Lichtschein, wie der, den er verfolgt hatte, sich immer weiter entfernte, bis er um die nächste Häuserecke verschwand. Das war kein Dämon, kein Monster gewesen. Ein Mensch nur. Blutend und voller Angst.

»Hören Sie nicht?«, fragte der Mann eindringlich, und Heller gab auf.

Es war ernst. Bitterer Ernst.

Flakfeuer. Sporadisch, beinahe wirkungslos gegen diese Wolke aus Stahl und Sprengstoff. Alles war an der Front.

Geschossgarben flogen in den Himmel, Scheinwerferstrahlen fingerten durch die Nacht, fanden erste Ziele, bissen sich an ihnen fest. Die Häuser versperrten Heller die Sicht, doch über den Dächern im Westen erschien ein unnatürlicher Lichtschein. Verzögert erreichten Paukenschläge seine Ohren. Rasten heran. Es pfiff und kreischte.

»Kommen Sie endlich!«, schrie der Mann und riss wieder an Hellers Arm.

Jetzt folgte ihm Heller, und noch ehe sie den Keller erreichten, hörten sie den Donner heranrollen. Eine ungeheure Druckwelle schmetterte die Tür zu und ließ Fensterscheiben zersplittern.

»Herr im Himmel!«, brüllte der Luftschutzwart, schubste Heller an sich vorbei, stieß und drängte ihn die Treppe hinunter.

Heller verfehlte die letzte Stufe, stolperte, fiel gegen eine Wand und krabbelte schließlich auf allen vieren durch die Tür. Fünf, zehn, fünfzehn, zwanzig harte Schläge hintereinander verhinderten, dass er auf die Füße kam. Hinter ihm schlug die Tür zu und wurde verriegelt. Heller sah auf, blickte im Licht zweier nackter Glühbirnen in eine Reihe verzerrter Gesichter, in panische Augen, aufgerissene Münder. Inmitten der Menschen, die sich in dem kleinen Raum vor den nackten Wänden drängten, saß ein Kind im Indianerkostüm. Was für ein absurder Anblick. Fasching, fiel Heller in dem Moment ein. Und schon näherte sich die nächste Folge harter Einschläge, der zehnte barst in unmittelbarer Nähe. Augenblicklich ging das Licht aus. Heller riss den Mund auf. Kleine Steinchen rieselten auf ihn herab. Er schmeckte Staub und Blut, und was er zuerst für ein Klingeln in seinen Ohren hielt, war das Geschrei der Frauen und Kinder. Doch schon ging es im Getöse der nächsten Bomben unter. Das war der Augenblick, in dem Heller, der schon einmal in einem Krieg gewesen war und dem kein Gott mehr Trost spendete, mit seinem Leben abschloss. Er dachte an Karin. Es schmerzte ihn, nicht bei ihr sein zu können. Er hätte sie in den Armen gehalten, ihr Trost gespendet, ihr für all die Jahre gedankt. Mit ihr zusammen hatte er sterben wollen, anstatt hier mit völlig fremden Menschen.

Doch selbst für diese Gedanken war kein Platz mehr. Was nun folgte, raubte ihm alle Sinne, das Gefühl für Zeit und Raum. Ohrenbetäubend explodierten im Sekundentakt Bomben, ließen keine Zeit zum Atmen, keine Zeit zum Denken. Explosionen erschütterten den Keller, warfen die Menschen willenlos hin und her. In Hellers Ohren schrillte es grell, sein Blut hatte aufgehört zu fließen.

Das Bersten und Beben fand kein Ende. Ein erneuter Einschlag ganz in der Nähe ließ alle Geräusche um ihn schwinden. Nur ein schrilles Pfeifen blieb in seinen Ohren zurück. Jetzt, dachte er, jetzt. Der Tod holt sich, was er im Graben nicht bekam.

Wie lang das ging, wusste er nicht. Vielleicht hatte er die Besinnung verloren, vielleicht den Verstand. In weiter Ferne glaubte er Menschen wahrzunehmen, hörte sie husten, weinen und stöhnen. Das konnte nicht sein, das war einfach nicht möglich, hier lebte niemand mehr. Auch nicht er.

Doch dann fühlte er wieder, spürte Beton unter seinem Bauch, schmeckte Metall und Gesteinsstaub, hustete, spuckte, versuchte sich hochzustemmen. Sein Kopf war so unendlich schwer, er war kaum in der Lage, ihn vom Boden zu heben. Etwas lief ihm von den Ohren über das Gesicht. Er tastete an seinen Hinterkopf, fand eine warme, klebrige Stelle – Blut.

Schließlich stach der Lichtstrahl einer Taschenlampe in die Finsternis. Heller blinzelte, sah nichts als weißen Nebel. Staub, der sich nicht legen wollte, verschwommene Bewegungen darin, wie Menschen, die in Seifenlauge schwebten. Furchtbaren Durst hatte er. Jemand fasste ihn an, drehte ihn unsanft auf den Rücken. Der Lichtstrahl blendete ihn für eine Sekunde, um ihn dann halb blind zurückzulassen. Mühsam versuchte er, sich wieder auf den Bauch zu drehen, um sich auf allen vieren aufzustützen. Dabei stieß er sich hart den Kopf an, tastete in der Dunkelheit herum, fand Halt an einem Betonbrocken. Er zog sich hoch, tat einen Schritt, trat auf etwas Weiches. Sand knirschte zwischen seinen Zähnen.

»Entschuldigen Sie«, sagte er, doch er hörte seine eigene Stimme nicht.

Stattdessen nahm er ein Rauschen wahr, eine Berührung, vage Handbewegungen im schwachen Zwielicht der Lampe. Brausen, das sich zu Worten verdichtete. Plötzlich schüttelte ihn jemand. Die heftige Bewegung ließ ihn rücklings gegen eine Wand kippen.

»Helfen Sie! Wir müssen raus!«, verstand er endlich. Er stieß sich von der Wand ab, folgte dem Schemen, der geduckt durch die staubige Luft huschte, duckte sich selbst. Mit Fingerspitzen tasteten sie sich an der Wand entlang. »Da drüben!«

»Klemmt!«, schrie jemand.

Heller wollte anfassen und mithelfen, die Tür aufzuziehen, aber er fand keinen Griff, keinen Halt. Schon ließen die Männer ab.

»… ausgraben müssen«, verstand Heller, und die Klingel schrillte weiter in seinem Kopf.

Ausgraben, dachte er, unmöglich.

»Wird schon jemand kommen«, versuchte jemand zu beruhigen.

»Wer denn, blöder Hund?«, fluchte ein anderer. »Hörst du nicht?«

Es wurde ganz still für einen Moment. Unter dem Schrillen in seinen Ohren kam etwas heran wie eine große Welle, ein Grollen. Heller kannte das Geräusch. Es brannte. Jetzt erst nahm er die Wärme wahr, die von der Tür ausgestrahlt wurde.

»Haben wir einen Hebel? Oder eine Eisenstange?«, fragte er. Er hörte sich selbst kaum, doch was er sagte, schien Gehör gefunden zu haben. Die Männer schwärmten aus.

»Hier. Hierher …«, rief einer. »Kommt!«

Heller folgte dem Ruf, der Strahl der Taschenlampe huschte durch den Raum, verfing sich schließlich an dem Betonbrocken, an dem er sich hochgezogen hatte. Daneben, halb darunter, lag der Luftschutzwart. Der Lichtstrahl hielt sich nicht an ihm auf, huschte hoch zur Kellerdecke, aus welcher der Brocken herausgebrochen war. Schon stieg einer der Männer hinauf, langte mit bloßer Hand in das Loch, sprang aber schnellstens wieder weg und brachte sich in Sicherheit, als eine Lawine aus Gestein, Schutt und Holz hinabstürzte.

Erneut wallte Staub auf, hüllte sie vollkommen ein. Heller schob seinen Mantelkragen vor Mund und Nase, atmete trotzdem Staub, spürte, wie dieser sich in seinen Haaren verfing, auf die Haut legte, seine Nase verstopfte. Seine Kehle wurde rau, Räuspern und Spucken half nichts. Das Durstgefühl war auf einmal übermächtig.

»Wir müssen hoch!«, befahl jemand. »Dalli!« Das Husten im Keller vervielfachte sich.

So kann man auch sterben, im Staub ersticken, dachte Heller. Jetzt kamen die Frauen und Kinder, stolperten, tasteten, betäubt, wie blind. Es wollten alle raus! Nur schnell weg hier. Niemand schrie mehr, in stummer Panik drückten und drängten sie. Weiße Gesichter, die sich dem Loch in der Decke entgegenstreckten, bleiche Gestalten, mit Staub auf Haaren und Schultern, darunter der kleine Indianer.

Heller versuchte, nicht an Wasser zu denken, kaltes Wasser, klares Wasser. Er bückte sich, nahm das Kind hoch, reichte es dem Mann, der wieder auf den Betonbrocken geklettert war. Der Mann nahm ihm den Jungen ab, schob ihn durch das Loch.

»Nächster! Wo ist der Egon?«

Heller half, hob noch ein Kind und noch eines, das viel zu schwer für ihn war. Sein Rücken schmerzte. Die Frauen konnte er nicht heben. Ein zweiter Mann kam dazu, stemmte und schob, packte an, ohne jedes falsche Schamgefühl. Als alle oben waren, ging der Mann mit der Lampe herum.

Heller wartete.

»Alle raus!«, rief der Mann. »Ist der Alfred oben? Die Hannah?«, rief er dann und bekam eine positive Antwort.

Jetzt war Heller dran. Nur mit Mühe konnte er auf den Gesteinsbrocken klettern. Er musste hinknien und ihm wurde schwindlig, als er nach oben sah. Sein Nacken schmerzte noch mehr als der Rücken. Ein Stein musste ihn dort getroffen haben.

»Los nun!«, drängte der Mann neben ihm. »Wenn Sie oben sind, müssen Sie mir helfen.« Dann bückte er sich zur Räuberleiter. Heller trat auf die ihm dargebotenen Hände, fühlte sich in die Höhe gehoben, breitete die Arme aus und suchte nach Halt. Er wurde am Kragen hochgezerrt. Hitze empfing ihn. Achtlos ließ man ihn zur Seite raus. Er stolperte und stürzte in den Schutt. Jetzt wurde auch der letzte Mann aus dem Loch gezerrt.

»Köhler?«, fragte einer.

»Der ist tot«, war die kurze Antwort, und eine Frau schrie auf.

»Wohin jetzt?«

»Zur Elbe!« Die Ersten kletterten schon über den Schutt, der einmal ihr Haus gewesen war und sich rings um sie herum meterhoch auftürmte.

Heller betrachtete sie wie ein Außenstehender. Er gehörte nicht dazu, sie nahmen ihn nicht mit, er musste nicht tun, was sie sagten. Ehe er begriffen hatte, dass es klüger gewesen wäre, mitzugehen, war er allein. Allein in einer ihm völlig fremden Welt. Das war nicht mehr seine Stadt, nicht mehr sein Stadtviertel, nicht mehr die Straße, die er vorhin entlanggerannt war. Es schien nicht einmal mehr sein Planet zu sein.

Es war eine Hölle aus Hitze und Donner, aus grellem Licht und dunklem Schatten, in dem schwarze Teufel hockten, die Menschen verschlangen. Ein Grollen wie ein nie endendes Gewitter, ein Heulen und Saugen, Sturm zerrte an seinem Jackenrevers, an seinen Haaren, ein heißer Orkan, der auch ihn entzünden wollte. Eine Feuerwalze raste durch die Schluchten, fingerte in wilden Spiralen in den Himmel. Heller versuchte sein Gesicht abzuschirmen, spürte, wie die glühende Luft seine Haut austrocknete, wie seine Haare schmolzen, wie sie seine Augen fressen wollte. Das ist völliger Irrsinn, dachte er, hier gibt es keinen Weg. Kein Hinauf und Hinab. Kein Hinüber. Kein Entkommen. Es war die Hölle.

Er brauchte ewig, um aufzustehen. Klopfte seine Kleidung ab, tastete dann aus purer Gewohnheit nach der Pistole. Als hätte er unendlich viel Zeit. Sie war in seiner Manteltasche. Er war am Leben, aber die Welt um ihn herum gab es nicht mehr. Er fühlte sich seltsam leer, wie gelähmt. Eingefrorene Gedanken. Aber er konnte hier nicht allein bleiben, nur mit dem toten Luftschutzwart unter seinen Füßen, deshalb kletterte er den Schuttberg hinauf. Zwei, drei Meter oder mehr musste er steigen, ehe er über den Grat blicken konnte.

Feuer loderte, wohin er auch sah. Vereinzelte Gestalten eilten ziellos durch das Inferno, wie aufgeschreckte Tiere stolperten, stürzten, rappelten sie sich hoch, kreuzten ihre Wege, schlossen sich zusammen und trennten sich sogleich wieder. Einen erfassten die Flammen. Er wälzte, wand sich und verging wie eine Strohpuppe im Feuer. Andere wurden vom Sturm zu Boden gerissen und von einem Feuerwirbel eingesaugt. Unendliche Schuttberge türmten sich auf, in grelles, zuckendes Orange getaucht, einzelne Verpuffungen, lächerlich wie platzende Seifenblasen, brechendes Holz und Gestein unter ihm. Eine einzelne Hauswand, die das Bombardement überstanden hatte, fiel keine hundert Meter vor ihm scheinbar lautlos in sich zusammen. Die Staubwolke wurde von der kochend heißen Luft sofort in die Höhe gesogen und mischte sich in die rotbraunen Feuerwolken am Himmel. Eine Straße war nirgendwo mehr zu erkennen. Und über ihm noch immer das Grollen der Motoren, als summte der Teufel eine Melodie.

Heller schmeckte Asche und Blut. Kaum öffnete er den Mund, schien ihm die Zunge zu verdorren. Er konnte nur noch durch die Schlitze zwischen seinen Fingern etwas sehen. Er warf sich den Mantel über den Kopf und lief langsam vorwärts. Er stieg über die Reste des Hauses hinweg, zog sich hinauf, rutschte wieder ab ins Leere, fiel schmerzhaft auf die Rippen.

Dann änderte er die Richtung, ein umgestürzter Schornstein versprach mehr Halt, mehr Vorwärtskommen. Auf ihm kriechend schaffte Heller zwanzig Meter, dann fiel der Schuttberg steil ab und mündete in einen Bombenkrater. Heller schob die Beine über die Kante, suchte mit den Fußspitzen nach Halt, dann spürte er, wie unter seinen Füßen etwas nachgab. Der Hang kam ins Rutschen. Heller ließ los und wurde nach unten gerissen. Glühend heiße Gesteinsbröckchen rieselten ihm in Kragen und Ärmel. Er schrie auf und blieb dann liegen, lag bäuchlings am schwelenden Kraterrand. Verbissen hielt er sich an abgerissenen Rohren fest, die aus der Erde ragten, zog sich hoch und benutzte sie als Tritt und gelangte so hoch auf die Straße. Als er weiterlief, verhedderte er sich auf einmal in brennenden Gardinen, die von der Explosion aus den Fenstern gefetzt worden waren und wie glühende Vögel herumflatterten. Abermals fiel er hin, befreite sich dann strampelnd von dem Stoff, rollte sich zur Seite, ertastete Kopfsteinpflaster, riss die Hände zurück, denn der Boden war unerträglich heiß und glitzerte von Millionen Glassplittern.

Eine Frau hastete an ihm vorbei, trat ihm blind auf den Knöchel. Sie fing ihren Sturz ab, eilte panisch weiter, ein Kind an der Hand hinter sich herziehend. Heller hob seine Hand. Doch sie bemerkte ihn nicht. Nur das Kind drehte im Weiterlaufen seinen Kopf zu ihm um. Für einen Augenblick sahen Heller und das Mädchen sich in die Augen.

Das brachte Heller wieder zu sich. Wohin soll ich gehen?, dachte er. Zur Elbe, war ein guter Gedanke. Auf den breiten Elbwiesen sollte Schutz genug sein. Doch wo war der Fluss?

Dort, wohin die Frau mit dem Kind gelaufen war? Da gab es kein Weiterkommen. Die Straße war aufgerissen. Den Krater zu umgehen war vielleicht möglich, doch ringsherum war Feuer. Heller konnte kaum aufstehen, denn der Orkan zerrte an ihm, wollte ihm den Mantel vom Leib reißen. Nur auf Knien kam er voran. Das Kopfsteinpflaster war so heiß, dass er seine Hände mit den Ärmeln des Mantels schützen musste. Aus den wenigen noch stehenden Gebäuden loderten, angefacht vom Sturm, die Flammen meterweit auf die Straße. Heller sah Laternen, die butterweich wurden und umkippten. Er hatte völlig die Orientierung verloren. War hier die Holbeinstraße oder waren sie zur anderen Seite hinausgeklettert? Waren das Bäume, die dort brannten? Wo hatten die gestanden? Plötzlich sah er eine Gestalt aus einem

Schutthaufen auf sich zukriechen. Nach einigen Metern kam sie auf die Beine und taumelte mit kurzen, tippelnden Schritten auf ihn zu.

»Wo sind wir hier?«, wollte Heller fragen, aber der Sturm riss ihm die Worte aus dem Mund. »Sind Sie …?«, setzte er noch einmal an, doch verstummte dann. Die Frau im langen Wintermantel, unter dem sie nur ein Nachthemd trug, sah mit ausdruckslosem Blick durch ihn hindurch, die Haare auf ihrem Kopf waren versengt, selbst ihre Augenbrauen waren verschwunden. Ihr Mantel qualmte. Mit aufgerissenen Augen und weit aufgesperrtem Mund wollte sie an ihm vorbei. Wohin wollte sie? Hinter ihm gab es doch nur Feuer und Schutt.

»Nein, warten Sie!«, rief Heller und wollte sie an der Schulter berühren. Die Frau krächzte heiser auf, drehte sich zu ihm um und kippte steif nach hinten weg. Heller ging auf die Knie, um ihr aufzuhelfen, doch sie war tot. Jetzt erkannte er sie. Er hatte ihr gerade noch aus dem Keller geholfen.

Heller wandte sich ab. Eine Welle der Übelkeit und Angst breitete sich in ihm aus. So wollte er nicht sterben. Er wollte gar nicht sterben.

Da sah er einen Gullydeckel. Vielleicht könnte er sich darin verstecken, dachte er, kroch zu ihm hin, schob mit den Füßen einen Mauerbrocken weg und griff mit den Fingern in die Löcher. Dann schrie er auf. Aus der Kanalisation fauchte kochende Luft und verbrühte ihm die Finger.

Der Schmerz war es, der ihm seine Benommenheit nahm. Jetzt spürte er mit jeder Faser seines Körpers, was geschehen war, wie es an ihm zerrte, wie Flammen nach immer neuer Nahrung suchten. Wie sich ihm die Haare kräuselten, die heiße Luft seine Lunge schrumpfte und seine Augen austrocknen wollten und wie der Sauerstoff schwand. Um ihn herum gaben immer mehr Mauerreste nach, überschütteten die Straße mit Schutt und Glas. Unüberwindbar waren die Berge, die sich auftürmten. Doch wohin war die Frau mit dem Kind verschwunden? Ihr zu folgen schien seine einzige Chance. Er kroch jetzt dicht am Boden, den Mantel über dem Kopf, doch die Hitze des Straßenpflasters war schier unerträglich. Eine plötzliche Eingebung ließ ihn in seinem Mantel nach der Pistole suchen, um sie wegzuwerfen. Sie war so heiß, dass die Haut an seiner Hand augenblicklich Blasen warf. Als er es wagte, den Kopf unter dem Mantel vorzustrecken, fingen seine Haare sofort Feuer. Er schlug sich mit den Händen auf den Kopf und warf sich den Mantel wieder über. Vielleicht hätte er die Waffe behalten sollen, ging es ihm durch den Kopf. Damit hätte er seinem Elend womöglich ein Ende setzen können.

Dann sah er den Kellerabgang rechts von sich. Er raffte sich auf, rannte geduckt auf das Feuer zu, welches aus den Erdgeschossfenstern des Hauses schlug, stürzte sich blindlings die Treppe hinunter, kam hart auf und fand sich vor einem offenen Eingang wieder. Dort kroch er hinein, schnappte nach Luft, doch alles, was er einatmete, waren heiße Gase. Er hörte ein hohes Pfeifen, schrill wie ein kochender Teekessel. Heller verspürte einen scharfen Luftzug, überlegte nicht lang, tastete sich in der Finsternis voran. Er kroch dem Pfeifen nach, fand einen Wanddurchbruch zum nächsten Haus. Er erhob sich, stolperte blind mit ausgestreckten Armen voran, fand einen nächsten Durchbruch, stürzte über etwas Weiches, Lebloses.

»Hallo?« Heller stand wieder auf, tastete sich weiter voran. Nach einem Dutzend weiterer Durchbrüche erkannte er vor sich einen Lichtschimmer. Er schätzte, dass er mehrere hundert Meter vorangekommen war, einen ganzen Straßenblock vielleicht. Außer Atem erreichte er den Ausgang. Dort lagen lauter schwarze Bündel. Als er genauer hinsah, erkannte er, dass es Tote waren. Sie sahen aus, als schliefen sie, die Haut in den Gesichtern wie Pergament. Um hinauszugelangen, würde er über sie hinwegklettern müssen. Aber es ging nicht anders, er musste hier wieder raus. Soviel er auch atmete, er konnte nicht genug Sauerstoff bekommen. Verzweifelt warf er sich nach vorn und kroch über die Toten.

Endlich draußen, stand er auf einer großen Kreuzung. Hier fand das Feuer nicht genügend Nahrung, trotzdem warf ihn eine Sturmbö sofort zu Boden. Heller kroch in den Schutz einer Litfaßsäule, an der die angeklebten Plakate schwelten und verglühten, ohne Feuer zu fangen. Er hatte keine Ahnung, wo er sich befand. Nichts um ihn herum kam ihm bekannt vor. Die Säule knackte und knirschte vor Hitze, als wollte sie gleich zerspringen. Heller kroch weg von ihr. Doch wohin sollte er jetzt gehen?

Er musste sich irgendwie einen Überblick verschaffen, dachte er, eine Ahnung bekommen, wo die rettende Elbe sein könnte. Rechts von ihm war ein Haus bis auf seine Grundmauern eingestürzt, die Balken des Dachstuhls standen kreuz und quer zwischen Ziegeln und Mauerresten. Auf allen vieren begann Heller hinaufzuklettern. Mehrmals brach das lose Gestein unter ihm zusammen, rollte hinunter und riss ihn zurück. An einem Mauerrest hielt er sich fest, balancierte mehrere Meter auf einem Balken, ging wieder auf allen vieren weiter. So kam er langsam voran, vorbei an zertrümmerten Möbeln, Gardinenfetzen, an einem einzelnen Ski. Als er sich auf ein scheinbar festes Brett stützen wollte, sackte dieses unter seinem Gewicht ab. Ein Mauerstück kippte, stürzte in das Loch und riss alles mit, was ihm in den Weg geriet. Heller warf sich zur anderen Seite, suchte nach Halt, fand ihn an einem steil in die Luft ragenden, abgerissenen Wasserrohr. Plötzlich war da noch ein anderes Geräusch. Wie ein Rufen. Heller robbte in Richtung eines Loches, das zwischen den Trümmern klaffte. Mit gesenktem Kopf lauschte er.

Da schreien welche, dachte er.

»Ich …« Er musste sich räuspern. Ich hole Hilfe, hatte er sagen wollen. »Haltet aus!«, rief er stattdessen so laut er konnte und krächzte doch nur.

»Hilfe! Helft uns doch!«, schrie jemand in panischer Angst.

Heller konnte ihnen nicht helfen. Die Leute da unten waren unter zehn Meter tonnenschwerem Schutt begraben. Es war unmöglich, etwas für sie zu tun. Er musste sich selbst helfen. Höher hinauf musste er, auf den Gipfel dieses Schuttberges, um sich zu orientieren.

»Haltet aus, gleich kommt Hilfe!«, rief er noch einmal. Dann kletterte er weiter, tastete sich voran, probierte Balken und Mauerreste. Irgendwann, nach einer gefühlten Ewigkeit, war er oben angekommen und blickte sich um. Voller Entsetzen sah er: Die ganze Welt brannte.

Heller wandte den Blick ab und starrte einige Sekunden in den blutroten Himmel, bevor er es wagte, noch einmal auf die Stadt zu blicken. Er konnte nicht glauben, was er da sah. So weit das Auge reichte, brannte die ganze Stadt. Rings um ihn nur Krater und Berge von Schutt, lodernde Feuer. Schwarze Rauchwolken stiegen in den Himmel und wurden von den Hitzestürmen zerrissen. Und noch immer brummten Motoren hoch über ihm, flogen Leuchtgeschosse in den Himmel, und noch immer zerbarsten Bomben in grellen Lichtblitzen, während das Geräusch ihrer Detonation in dem Tosen ringsherum unterging. Er schloss die Augen in dem verzweifelten Versuch, das unermessliche Grauen von sich fernzuhalten. Es brannte ihm heiß in der Brust und ein klägliches Schluchzen kam aus seiner Kehle. Plötzlich riss er sich den Jackenärmel hoch und sah mit Tränen in den Augen auf die Uhr.

Sie war stehen geblieben, er lachte hysterisch auf. Wie lange hatte es gebraucht, um aus einer kalten, stillen Kriegswinternacht ein Inferno zu machen? Gerade noch hatte er einen Mörder durch die Straßen verfolgt und jetzt gab es diese Straße nicht mehr, es gab nichts mehr um ihn herum. Die Welt war ein brennender Trümmerhaufen.

Karin! Heller fuhr auf. Um Gottes willen, wie mag es Karin ergangen sein?

Hastig, wie elektrisiert, sah er sich um. Da drüben, wenn eine Bö den schwarzen Rauch zerriss, erkannte er einen Kirchturm. Das könnte die Trinitatiskirche sein. Also müsste direkt hinter ihm … Heller drehte sich so schnell um, dass er den Halt verlor. Er kippte nach vorne und schlug hart auf, doch das war egal. Irgendwo dort in diesem Feuersturm musste Gruna sein, sein Viertel, sein Haus, keine drei Kilometer von hier.

»Karin! Oh Gott, Karin!«

Besessen von dem Gedanken, dass Karin seine Hilfe brauchte, schlimmer noch, dass sie glauben musste, er sei tot, hastete er den Schuttberg wieder hinunter. Rechts von sich erkannte er eine breite Straße, das Pflaster war aufgerissen, die Steine wild übereinandergeworfen, einige wenige Autos, die am Straßenrand gestanden hatten, glühten weiß. Bäume waren abgebrochen wie Streichhölzer und lagen quer auf der Straße. Heller erkannte Straßenbahnschienen, hochgerissen und verbogen wie Draht. An denen konnte er sich vielleicht orientieren. Er musste nur irgendwie auf diese Straßenseite hinuntergelangen. Ziellos kletterte er zuerst nach links, dann nach rechts, fand etwas, das ein Seil zu sein schien, und griff danach. Erschrocken zog er die Hand zurück, denn es war eine abgerissene Stromleitung. Dann aber langte er wieder hin, es war unwahrscheinlich, dass sie noch unter Strom stand. Ein paarmal zog er fest daran, doch als er sich an dem Kabel herablassen wollte, gab der Schutt, in dem es hing, nach und er stürzte in die Tiefe. Mehrmals schlug er auf und blieb wie betäubt liegen.

Da näherten sich schnelle Schritte. Jemand zerrte wild an Heller. Mühsam versuchte er, die Augen zu öffnen. Alles summte und schmerzte in ihm.

»Stehen Sie auf! Stehen Sie doch bitte auf!« Ein Junge von etwa zwölf Jahren in einem offenen Wehrmachtsmantel und der Uniform des Deutschen Jungvolks schüttelte ihn, sein Gesicht war von Tränen und Ruß verschmiert, ein viel zu großer Stahlhelm hing tief in seinem Gesicht. »Meine Mama!«, schrie er.

Heller ließ sich von ihm aufhelfen und schüttelte benommen den Kopf. »Komm!«

Doch der Junge riss immer weiter an ihm. »Ich muss zu meiner Mama!«

»Es wird ihr gut gehen!«, sagte Heller und er kam sich wie ein erbärmlicher Lügner vor. »Ich muss … wir müssen zur Elbe, auf den Wiesen sind wir sicherer.« Er nahm den Jungen bei der Hand. Der klammerte sich fest, krallte sich in Hellers Jackenärmel.

»Unser Haus ist weg und alle sind liegen geblieben und bewegen sich gar nicht mehr!«, schrie er verzweifelt.

»Ich weiß, Junge, aber wir müssen trotzdem los. Komm jetzt!« Und Heller zog ihn hinter sich her, wie die Mutter vorhin das kleine Mädchen.

»Warum machen die das denn?«

»Dahin!« Heller deutete nach vorn, nur um den Jungen abzulenken. Doch der hatte schon gesehen, was er nicht hätte sehen sollen, heulte auf, wollte einen großen Bogen um die verkohlten Überreste machen, die einmal Menschen gewesen waren. So viele lagen hier, und Heller hatte keine Zeit, ihnen allen auszuweichen. Er stakte mit großen Schritten über sie hinweg, den Jungen fest an der Hand.

»Warum mach'n die'n das? Diese Schweine«, brüllte der Junge und würgte, als müsste er gleich erbrechen. »Was ham wir denen denn getan?«

Heller blieb stehen und rüttelte den Jungen, bis dieser endlich seine Augen von den Toten abwandte und ihm ins Gesicht sah. »Sei still und lauf!«, fuhr er ihn an. »Was meinst du, heult der deutsche Soldat im Angesicht des Feindes so wie du gerade?«

Was für ein dummes Argument das doch war, dachte er sich, aber immerhin brachte es den Jungen zur Räson. Er schluckte schwer, schnappte nach Luft und versuchte, die Schluchzer zu unterdrücken, die seinen ganzen Körper erbeben ließen. Heller wusste nur zu gut, wie deutsche Soldaten vor Angst brüllend und schlotternd im Graben liegen blieben, und es widerte ihn an, dass er den Jungen schon zweimal belogen hatte. Doch der Junge musste mit ihm gehen, er konnte ihn nicht zurücklassen. Man konnte nie sicher sein, ob nicht noch mehr Flugzeuge kamen, die in der Nacht ihre Bomben einfach dort abwarfen, wo sie das Feuer leuchten sahen. Wortlos rannte Heller wieder los und der Junge folgte ihm.

Wieder erreichten sie einen Platz. Da explodierte eine Zeitzünderbombe. Bäume knickten um, glühendes Gestein flog um sie herum. Ziegelsplitter regneten auf sie herab. Heller sah sich nach Deckung um.

»Weißt du, wo wir sind?«

»Fürstenstraße!« Der Junge schnappte nach Luft und keuchte. Fürstenstraße, dachte Heller, unmöglich. All diese Ruinen, lächerliche Überbleibsel menschlicher Behausungen. Der Große Garten, schoss es ihm durch den Kopf. Die Tiere im Zoo, die armen Tiere.

»Hören Sie bitte«, flehte der Junge, »im Krankenhaus ist meine Mama! Sie ist Krankenschwester.« Er wollte sich losreißen, doch Heller hielt ihn fest.

»Wie heißt du, Junge?«

»Stölzel, Bernhard.«

»Bernhard, wir müssen ...« Er verstummte. Was soll man sonst tun?, dachte er. Ich muss zu Karin, er will zu seiner Mutter.

»Bitte! Bitte! So lassen Sie mich doch.«

Er ließ den Jungen los, der sofort davonrannte. Wieder war Heller allein. Hunderte Zeitungsblätter aus einem zerstörten Kiosk wirbelten durch die heiße Luft, lösten sich in der Hitze auf, die dünnen Zweige der Bäume verglühten knisternd. Eine kleine Gruppe Menschen, scheinbar aus dem Nichts gekommen, lief stumm an ihm vorbei. Sie hatten sich Decken über die Köpfe geworfen. Niemand beachtete ihn, jeder war in seinem Elend mit sich allein. Ein alter Mann zog mit einem Handwagen die Straße entlang. Von dem Hut auf seinem Kopf war nur die Krempe geblieben, sein gesamter Rücken lag blank, die Kleidung war vom Feuer verzehrt. Wäre er bei vollem Bewusstsein gewesen, müsste er schreien vor Schmerzen. Er zog und zerrte verbissen, wenn die kleinen Rädchen sich im Schutt verhakten. Es machte keinen Sinn. Was er zog auf seinem Wägelchen, in sich gekrümmt wie ein Embryo, war hoffnungslos verloren. Allein käme er viel schneller voran. Seine einzige Chance zu überleben wäre, den Wagen stehen zu lassen.

Auch er würde allein wahrscheinlich besser vorankommen, wusste Heller. Aber er wischte den Gedanken sofort beiseite. Er würde weiter elbaufwärts laufen, zum Stadtteil Gruna. Doch wohin er auch sah, es gab nur Feuer und Vernichtung. Aber er hatte keine Wahl. Max Heller lief los, noch lebte er und er musste Karin finden.

Heller schlug sich über Blasewitz bis nach Striesen durch und musste weite Umwege machen. Was sonst ein kurzer Spaziergang gewesen war, kostete ihn mehr als eine Stunde. Überall aus den Kellern krochen die Menschen auf die Straßen. Einige standen nur da, starrten fassungslos in das Inferno. Andere reagierten pragmatisch, begannen in den zerstörten Häusern nach Überlebenden zu graben. Einige Uniformierte gaben Kommandos, erste Tote wurden auf die Straße getragen, während andere versuchten, ihre Habe zu retten, und Kommoden, Geschirr oder Wäsche auf die Straße schleppten. Heller hetzte weiter, immer schneller, je näher er Gruna kam. Er vergaß den Schmerz in seinem Knöchel, ignorierte das Brennen in seinem Hals. Der Druck in seiner Brust wurde größer, sein Magen wurde zu einem Stein. Er versuchte, nicht daran zu denken, was er gesehen hatte. Versuchte, sich nicht auszumalen, was mit Karin geschehen sein konnte. Doch immer wieder sah er sie in Gedanken ersticken und verbrennen und immer schrie sie seinen Namen.

Als er sich über die Bergmannstraße der Schandauer Straße näherte, verlangsamten sich seine Schritte, bis er schließlich stehen blieb. Er brachte nur ein heiseres Stöhnen heraus. Alles das, was einmal sein Viertel gewesen war, war dem Erdboden gleichgemacht. Die Außenwände einiger Häuser standen noch, wie Kulissen in einem Theater. Der Feuersturm tobte hunderte Meter hoch, das Holz der Dachstühle glühte rot, Funkengarben sprühten wie Vulkanausbrüche. Eine Straßenbahn stand beinahe unversehrt auf der Kreuzung, doch es gab kein Gleis mehr, auf dem sie hätte fahren können.

Ein paar Menschen humpelten ihm entgegen. Niemand weinte, niemand schrie. Außer dem dumpfen Donner, welcher sich langsam entfernte, und dem Grollen der Feuer herrschte nun unheimliche Stille. Auch die Sirenen schwiegen. Heller verlor mit einem Mal jede Kraft in seinen Beinen. Er musste sich setzen. Zwei Rotkreuzhelferinnen eilten an ihm vorbei, beachteten ihn aber nicht. Wie er da saß, auf einem Stück Bordstein, das einen halben Meter aus dem Boden gerissen worden war, wurde auf einmal alles in ihm grau, die Geräusche waren ganz weit weg. Sein Blick trübte sich, als versuchten seine Augen ihn abzuschirmen, ihn zu schützen vor zu viel Elend und Trostlosigkeit. Er fühlte nichts mehr. Sein eigener Geruch stieg ihm nun in die Nase, das verbrannte Leder seiner Schuhe, die verschmorte Wolle, die abgesengten Haare. Blut, Fleisch, Staub, Angst, Tod.

»Max?«

Beinahe schüchtern hörte es sich an. Ungläubig. Heller sah auf. Karin stand vor ihm. Sie trug ihre Hausschuhe, den langen grauen Rock und eine halb verbrannte Strickjacke. Ihr Haar war staubgrau, ihre Gesicht schwarz von Ruß und ein Auge zugeschwollen. Langsam erhob er sich.

»Max?«, fragte sie noch einmal, als ob sie es nicht glauben konnte. Heller nickte stumm, nahm ihre Hand und strich mit seinem Daumen über ihren Handrücken. Dann berührte er ihr Gesicht, tastete vorsichtig über ihr Haar. »Max, ich musste … Ich kann gar nicht …« Sie verstummte. Denn es gab nicht genügend Worte, um zu beschreiben, was geschehen war.

Heller zog sie an sich und Karin presste ihr Gesicht in seine Halsbeuge.

Und so standen sie.

Zweiter Teil

16. Mai 1945, früher Vormittag

Seltsam, dachte Heller, wie die Menschen sind. Die Menschen. Ich selbst. Es dauert nicht lange und alles wird zur Normalität.

»Was denn nu, gehen Se weiter!« Jemand drängte sich an ihm vorbei. Es war sehr warm, schon am frühen Vormittag, der Himmel wolkenfrei. Auf der Loschwitzer Brücke wimmelte es von Menschen. Nachdem alle anderen Innenstadtbrücken noch einen Tag vor dem Kriegsende gesprengt worden waren, war das Blaue Wunder zu einem Verkehrsknotenpunkt geworden. Wer auf die andere Seite der Elbe wollte, musste eine der Fähren benutzen oder diese eine Brücke.

Heller ging weiter. Den Rucksack mit dem leeren Henkelmann drin hielt er in der Hand. Seit einer Woche waren die Russen in der Stadt. Eine einfache Proklamation, ausgehängt am 10. Mai an allen öffentlichen Plätzen, hatte ihn arbeitslos gemacht. Der gesamte Polizeiapparat war aufgelöst.

Zu tun hatte er trotzdem genug. Es galt Essen heranzuschaffen, für sich und Karin, und für Frau Marquart, in deren Wohnung sie einquartiert worden waren. Sie wohnten jetzt auf dem Weißen Hirsch, in Hörweite einer Villa, die von russischen Offizieren okkupiert worden war. Nacht für Nacht gab es da Gesang und Schüsse, die von übermütigen Russen in den Nachthimmel abgegeben wurden.

Auch daran gewöhnte man sich, genau wie an die weiten Wege, die Suche nach Feuerholz für die Brennhexe und nach

Lebensmitteln und an den Anblick von Soldaten der Sowjetarmee und der zerstörten Stadt.

Heller blieb stehen und drängte sich dicht ans Geländer, um niemandem im Weg zu sein. Wir sollten froh sein, noch zu leben, dachte er. Doch war man das? War man froh? Und klagen müssten wir, angesichts der vielen Toten und der Zerstörung all unserer barocken Bauten, der Kunstschätze und Gemälde. Klagte jemand? Weinte man? Um seine Nachbarn und die Menschen in der Straße? Um seine Freunde Hans und Armin mit ihren Frauen? Nein, man dachte nicht darüber nach. Man sprach nicht darüber. Niemand sprach darüber. Tagelang hatten sie die Toten auf Scheiterhaufen verbrennen müssen, um ihrer Herr zu werden. Und die Erhängten an den Laternen? *Ich bin ein Volksverräter*, stand auf dem Schild, das einer von ihnen um den Hals trug. *Ich habe mit den Juden paktiert.* Und der junge Soldat, hingerichtet wegen Feigheit vor dem Feind, nur Stunden vor der Kapitulation? Niemand sprach darüber.

Es musste doch weitergehen, immer weiter, sagten die Leute. Vorwärtsblicken, die Tage, die Jahre einfach aus dem Gedächtnis verschwinden lassen. Es nützt ja nüscht, meinten sie und zuckten mit den Achseln. Der Krieg ist verloren, aber niemand beklagte das. Hitler war beinahe nur noch ein Gespenst. Unvorstellbar, dass jemand wie er eine ganze Nation in den Wahnsinn getrieben hatte. Dass er nun tot war, darüber sprach niemand. Im Gegenteil, es war, als hätte sich ein schwerer Deckel gehoben, als wäre eine Last von den Menschen genommen worden. Als vor einigen Tagen das Verdunklungsgebot aufgehoben wurde und sie seit Jahren die ersten beleuchteten Fenster gesehen hatten in der Nacht, da hatte Karin geweint vor Glück.

»Dawai, dawai!«, rief jetzt jemand und man hörte Gelächter. Am Ende der Brücke standen drei Russen, die spöttisch zu Heller blickten und winkten, er solle nicht stehen bleiben.

Heller ging weiter. Der Anblick der zerstörten Stadt war ihm schon fast vertraut. Auf Karins Bitten waren sie noch in der Bombennacht aus der Stadt geflohen. Ein Sanitäter vom Sicherheits- und Hilfsdienst hatte ihnen die Augen mit Borwasser gespült, von einem Laster der NSV hatten sie ein wenig Verpflegung bekommen. Sie wollten bei seinem Cousin in Langebrück unterkommen, erlebten den zweiten Angriff noch in Sichtweite, Hand in Hand, den dritten am nächsten Tag aus sicherer Entfernung. Am übernächsten Tag hatte Heller sich von einem SHD-Luftschutzfahrzeug nach Dresden bringen lassen und sich zum Dienst gemeldet. Auch damals hatte alles weitergehen müssen. Sie hatten ihn auf die Straße geschickt. Es gab viel zu tun, aus ganz Sachsen waren Beamte geordert worden. Klepp, Strampe, Frau Bohle und viele andere waren im Polizeipräsidium umgekommen, das mehrere Volltreffer erhalten hatte. Im April waren die Amerikaner noch einmal gekommen, hatten ihre Bomben auf die Rangierbahnhöfe und das Reichsbahnausbesserungswerk geworfen.

»Stoi!«

Heller sackte das Herz in die Hose. Die Russen hatten sich ihm jetzt in den Weg gestellt. Sie waren kaum älter als zwanzig. Einer war Asiate, die Soldatenmütze saß an seinem Hinterkopf wie angeklebt.

»Papjiere!«, forderte ihn einer auf. Der andere riss ihm den Rucksack aus der Hand, zog ihn auf, um hineinzusehen. Er nahm den leeren Henkelmann heraus, durchwühlte den Rucksack und warf das Kochgeschirr gleich wieder hinein.

Heller hob bedauernd die Hände. Er merkte, dass die Leute um ihn herum sich auf einmal viel hastiger zu bewegen schienen. »Keine Papiere. Verbrannt. Feuer.« Er deutete auf das Stadtgebiet hinter den Russen.

»Faschist!«, fluchte der zweite, schmiss den Rucksack hinter sich und der Mongole grinste fröhlich.

»Nein, kein Faschist!« Heller schüttelte den Kopf. Kam sich wie ein Heuchler vor, schließlich hatte er sich zwölf Jahre lang in dieses System eingefügt. Und sein provisorisch ausgestellter Polizeiausweis war beim Einmarsch der Sowjetarmee auf Karins Drängen hin im Ofen verglüht.

Der erste Russe trat noch näher. »Soldat! Faschistsoldat. Ess, ess«, zischte er und stellte sich hinter Heller.

»Nein, kein Soldat. Bein kaputt! Neunzehnfünfzehn.« Heller hob sein rechtes Bein und zog das Hosenbein hoch, um seine Narbe zu zeigen.

»Nix Faschist, nix Soldat, nix Krieg, nix Hitler!«, äffte ihn der Russe hinter ihm nach. Dann gab er Heller einen harten Stoß zwischen die Schulterblätter, der ihn zwischen den beiden anderen hindurchstolpern ließ. Die wichen beide aus und Heller fiel auf die Knie. Hastig nahm er sich seinen Rucksack. Die Soldaten lachten und fluchten auf Russisch. Und Heller, der froh sein musste, so davongekommen zu sein, hatte dennoch das Bedürfnis, alles richtigzustellen. Er war kein Nazi gewesen, und er hatte weder Hitler noch den Krieg gewollt.

»Geh doch weiter, Mann!«, mahnte jemand, half ihm hoch und zog ihn untergehakt gleich mit sich. Schnellen Schrittes drängte der Mann Heller über den Schillerplatz. Heller ließ sich beinahe willenlos mitziehen. Außer Sichtweite der drei Rotarmisten hielten sie an.

»Maxl, alte Funzel, biste davongekommen!« Sein Gegenüber schaute ihn mit lachenden Augen an. Erst jetzt betrachtete Heller seinen Retter richtig. Aber er konnte das Gesicht nicht einordnen.

Der Mann nahm die Schiebermütze vom Kopf. »Ich bin's, der Fritz. Kennst du mich nicht mehr? Vom Kegeln in der Post. Gut Holz!« Er schüttelte Heller heftig die Hand.

»Fritz.« Das schien so weit weg, wie aus einem anderen Leben.

»Unsere Kegelbahn ist hin. Wir kegeln jetzt in Radebeul, Seestraße, Sonnabendmittag immer, komm vorbei, aber pst! Und lass dich nicht von den Russen einsacken.« Fritz zwinkerte, haute ihm derb auf die Schulter und ging weg, ohne auch nur eine Erwiderung abzuwarten.

Kegeln, dachte Heller, rieb sich geistesabwesend die Schulter und schüttelte den Kopf. Was für ein absurder Gedanke.

Er hatte heute etwas ganz anderes vor. Etwas, das ihn nicht schlafen ließ, seit er das erste Mal daran gedacht hatte. Er wollte zu seinem früheren Wohnhaus zurückkehren. Er wollte den Weg nachgehen, den er in jener Nacht gegangen war. Und er wollte die Häuserzeile finden, deren Bewohner ihm das Leben gerettet hatten, weil sie die Mauerdurchbrüche geschaffen hatten. Er musste das tun. Vielleicht half ihm das, seine Albträume loszuwerden.

Der Anblick der Ruinen hatte inzwischen seinen Schrecken verloren. Eine sah aus wie die andere. Alle waren rot und grau. Erstaunlich, wie wenig von einem Gebäude übrig blieb. Einst ein Haus mit sechs Stockwerken, Heim für zwölf Familien oder mehr, war nun ein Schuttberg, nicht viel höher als vier, fünf Meter. In jener Nacht waren sie ihm wie Gebirge vorgekommen. Die großen Straßen waren wieder passierbar. Einige Stromleitungen waren notdürftig repariert. Was geborgen werden konnte, war geborgen. Alles andere musste warten, bis die Zeit dafür gekommen war. Kreuze markierten Keller, in denen noch Verschüttete lagen. Irgendwo hinter einem der wenigen noch bewohnbaren Häuser klopfte jemand einen Teppich.

Mit Kreide hatten Überlebende und Suchende die Mauern der Gebäude beschrieben. Angeleimte Zettel lösten sich nach

Wochen durch Wind und Regen. Hunderte verzweifelte Botschaften, denen man nicht ansah, ob sie ihren Adressaten gefunden hatten oder längst der Hoffnungslosigkeit anheimgefallen waren:

Fam. Lehmann wohnt jetzt bei Schulte, Laubeg. Ufer, Stephan Müller lebt, Dornblüth.str. 12, Hildegard Summschuh – wo bist du? T., Erna mit Kindern nach Dipps. Inge, lebst du? M.

Heller ließ sich Zeit, wollte sich vorbereiten auf das, was er zu sehen bekommen würde. Sein Heimatviertel Gruna und auch Johannstadt hatte er gemieden in all der Zeit. Er war am Stadtrand damit beschäftigt gewesen, Blindgänger zu markieren, Lebensmittel zu verteilen, Vermisstenmeldungen aufzunehmen, Arbeitstruppen einzuteilen, Flüchtlinge umzuleiten. Die meisten waren aus Schlesien gekommen. Sie wussten nur Schlechtes über die Russen zu erzählen. Manche sollten zurückgeschickt werden. Tausende Schicksale, Geschichten von Frost, Angst und Hunger. Elend. Manchmal wollte man am liebsten die Augen und die Ohren schließen und nie wieder öffnen.

Und dann stand er da, wo Karin und er sich gefunden hatten. Wäre sie einen anderen Weg gegangen oder er, oder hätten sie sich nur um eine Minute verpasst, womöglich hätten sie sich nie wiedergesehen. Er erkannte den Bordstein, auf welchem er gesessen hatte und der in Wirklichkeit ein Stück Hauswand war. Die Mauer dahinter schien jeden Moment umkippen zu wollen. Fast wöchentlich brach bei Sturm oder Regen noch ein Gebäude zusammen. Die Laterne daneben hatte er in dieser Nacht gar nicht wahrgenommen. Sie war verbogen, neigte sich tief zur Straße, als verbeuge sie sich. Die Straßenbahn war entfernt worden. Kaum vorstellbar, wie sie das geschafft hatten. Heller lief weiter und auf einmal wurde ihm bewusst, dass er noch immer dieselben angesengten Schuhe trug, noch denselben Mantel, verschmort, voller Brandlöcher. Ein abgerissener alter Mann, grau, unscheinbar, ausgezehrt. Seine Verletzungen, die er in der Nacht kaum wahrgenommen hatte, Brand- und Schnittwunden, waren gerade erst verheilt.

Sein Wohnhaus war, wie alles ringsum, vollständig eingestürzt. Allein die linke Hauswand stand noch, ragte steil nach oben in den Frühjahrshimmel. Heller legte den Kopf in den Nacken und konnte die Wand seines Wohnzimmers erkennen, an welcher die Vitrine gestanden hatte. Der Keller war durch einen Bombentreffer auf der Straße seitlich aufgerissen. Heller ging in die Knie und warf einen Blick in das finstere Loch. Kaum zu glauben, dass Karin es geschafft hatte, hier herauszuklettern. Alle anderen hatten die Explosion nicht überlebt, kein Einziger von ihnen. Was wohl mit ihm geschehen wäre, hätte er in jener Nacht auch in dem Keller Schutz gesucht?

Heller zwang sich, das nicht als Schicksal zu betrachten. Sie hatten Glück gehabt. Mehr nicht. Er entdeckte etwas auf dem Boden vor sich und bückte sich danach. Geschmolzenes Glas. Sein Mantel war voll davon gewesen. Seine Hosen hatten in Fetzen gehangen. Das Metall seines Gürtelverschlusses und die Klammern seiner Sockenhalter hatten sich ihm ins Fleisch geschmort. Die Uhr mit geschmolzenem Uhrwerk und gesprungenem Glas hatte er wegwerfen müssen.

Unentschlossen blieb er stehen und betrachtete den Trümmerberg. Ob er es wagen konnte, darin herumzuklettern? Karin wusste nicht, dass er hier war, er hatte es absichtlich verschwiegen. Was er sich hier erhoffte, wusste er nicht. Vielleicht würde er jemand Bekannten wiedersehen, vielleicht würde er auch etwas finden, ein Andenken, Bilder, Geschirr, ein Stück aus dem geerbten Service von Karins Mutter. Irgendetwas, womit er ihr eine kleine Freude machen konnte, und sei es einer der Nussknacker, die sie nach dem Weihnachtsfest noch nicht aus der Vitrine entfernt hatten. Er dachte an seine Söhne, von denen nun alle Fotos und Briefe verloren gegangen waren.

Heller stand unschlüssig vor den Haustrümmern, versuchte einen Weg zu entdecken. Schließlich gestand er sich ein, dass sein Vorhaben zu gefährlich war. Er konnte sein Leben doch nicht aufs Spiel setzen – wegen einer Sentimentalität.

Er beschloss, auf dem direkten Weg Richtung Stadtzentrum zu laufen. Nach wenigen Minuten erreichte er die Fürstenstraße. Vor ihm lag nun der Stadtteil Johannstadt. Heller rieb sich das schweißnasse Genick. Die Bomber hatten eine kilometerbreite Schneise völliger Zerstörung hinterlassen. Ganze Straßenzüge waren ausradiert. Kein einziges Haus war stehen geblieben. Nur der Turm der Trinitatiskirche, an dem er sich orientiert hatte, erhob sich über dem Trümmerfeld. Das Kirchenschiff war ausgebrannt. Kaum vorstellbar, dass hier überhaupt jemand überlebt hatte.

Erstickt. Verbrannt. Zerrissen. Erschlagen. Hitzeschock. Die deutsche Bürokratie schaffte es, sogar das Grauen einer Statistik zuzuführen. Noch während viele in ihren Kellern verschüttet waren und auf Rettung hofften und noch während die letzten Brände schwelten, hatte die Behördenmaschine begonnen zu zählen, zu katalogisieren, abzumessen, einzuordnen.

Plötzlich bedauerte Heller, hierhergekommen zu sein. Es machte keinen Sinn. Er konnte diese Bombennacht nicht rekonstruieren, er konnte nicht nachvollziehen, wo er entlanggeirrt war. Er hätte besser daran getan, seinen Rucksack mit Essbarem zu füllen, und wenn es nur Löwenzahnblätter gewesen wären. In den Flüchtlingslagern wurden um diese Zeit meist Lebensmittelrationen verteilt. Dort ging es chaotisch zu und es gab fast immer Gelegenheit, etwas abzustauben.

Zur Elbe hin sah er das Gelände des Krankenhauses, von dem er wusste, dass es getroffen, aber nicht völlig zerstört war. Vielleicht gab es dort etwas zu essen.

Auf dem Weg dahin raste ein russischer Militärlaster an ihm vorbei. Auf seiner offenen Ladefläche saßen Soldaten mit Gewehren und Maschinenpistolen. Das war die neue Polizei. Und die war wenig zimperlich. Er hatte davon gehört, dass sie am Hauptbahnhof auf Menschen geschossen hatten, die versuchten, Lebensmittel aus einem Waggon zu stehlen.

Junge Männer standen unter Generalverdacht, Angehörige der Wehrmacht gewesen zu sein. Die Leute erzählten, es hätte Verhaftungen gegeben. Abtransporte in sibirische Kriegsgefangenenlager. SS-Leute wurden erschossen.

Als Heller das Krankenhaus gegen Mittag erreichte, brannte die Sonne auf ihn runter. Er schwitzte. Auf dem Gelände herrschte geschäftiges Treiben. Gerade wurden Behelfsgleise für eine kleine Bahn verlegt. Russen überwachten gelangweilt den Fortgang der Arbeiten. Ein Seilbagger schaufelte die Trümmer eines zerstörten Hauses zusammen. Andere, besser erhaltene Gebäude wurden seit Wochen schon wieder für den Krankenhausbetrieb genutzt. Irgendwo wurde Essen gekocht. Der Geruch verursachte Heller ein spürbares Ziehen im Magen.

»Herr Kriminalinspektor!«

Heller drehte sich hastig um. Ein junger Mann mit Krücken steuerte freudig erregt auf ihn zu. Ihm fehlte ein Bein. Trotz der Wärme trug er einen alten abgewetzten Wehrmachtsmantel, von dem jegliche Abzeichen und Knöpfe entfernt worden waren. »Herr Kriminalinspektor Heller?«

»Nur noch Herr Heller.«

»Seibling, Heinz. Erinnern Sie sich? Ich bin doch ein Freund vom Klaus. Vom DSV Guts Muts!«

Jetzt erkannte Heller in ihm einen von den Fußballfreunden seines Sohnes. Sein Blick fiel auf dessen Beinstumpf.

»Na, mit Fußball ist's vorbei«, bemerkte Seibling trocken. »Hab ich mir in Frankreich zugezogen. Partisanen. Haben Sie vom Klaus gehört?«

Heller richtete sich auf. Wusste der Mann etwas? »Was ist mit ihm?«

»Ich meine, wissen Sie, wo er ist? Lebt er noch?«, berichtigte sich der junge Mann.

Heller atmete leise aus. Der plötzliche Gedanke an seine Söhne war wie ein heißes Stechen durch seinen Körper gefahren. Er wünschte inständig, glauben zu können, sie lebten noch. Zu lang hatte er nichts mehr von ihnen gehört.

»Ich habe Sie erschreckt, nicht wahr? Verzeihen Sie, das war nicht meine Absicht, Herr Kriminalinspektor.«

»Bitte. Ich bin kein Polizist mehr. Es gibt keine Polizisten mehr.«

Seibling nickte. »Ich dachte, Sie wären wegen der Frau hier.«

»Wegen welcher Frau?«

»Na, diese Krankenschwester, von heute Morgen. Die war erst ein paar Tage hier. Man hat sie tot in einem Keller gefunden. Ganz furchtbar zugerichtet. Aber die Russen …« Seibling hielt inne, da ihm das letzte Wort allzu abschätzig über die Lippen gerutscht war, und sah sich um. »Die Russen haben den, der sie umgebracht hat, gleich mitgenommen. Den haben die bestimmt schon aufgehängt.« Nun hob er die Stimme. »Wenn Sie mal was vom Klaus hören, richten Sie ihm doch meine Grüße aus. Ich werde wohl in der Albertstadt eine Unterkunft bekommen.«

Heller nickte. Was mussten seine Söhne nur denken,

wenn sie von der Bombardierung hörten. Sie würden das Schlimmste vermuten.

»Moment, warten Sie!«

Seibling, der sich schon abgewandt hatte, drehte sich geschickt auf dem einen Bein zu ihm um.

»Einen haben sie verhaftet?«, fragte Heller noch mal nach.

»Der hat gesagt, er hätte sie nur gefunden. Ich denke, der ist blöde.«

»Blöde?«

»Na, der hat sie wohl zerhackt. Mehr weiß ich auch nicht. Sie wissen ja, was Leute erzählen.«

»Welche Leute?«

Seibling hob eine Krücke und beschrieb mit ihr einen weiten Bogen. »Die Leute hier.«

»Und Sie sagen, sie war eine Krankenschwester?«

Seibling nickte. »Die war aus Breslau, hatte sich freiwillig als Krankenschwester gemeldet. Ich habe sie ein paarmal hier gesehen.«

»Der Angstmann«, flüsterte Heller. Aber der musste tot sein. Wie hätte er dem Bombenhagel entkommen können? Außerdem war er angeschossen.

»Bitte, was sagten Sie?«

Heller sah auf. »Nichts. Und Sie sagen, jemand wurde festgenommen?«

»Angeblich war der voller Blut, über und über. Bestimmt ist er verrückt geworden an der Front. Ich kenne welche, die sind verrückt geworden.« Seibling lachte, als wär's ein großer Spaß. Plötzlich winkte er. »He, Towarischtsch!«, schrie er.

Aus einer Gruppe Sowjetsoldaten, die gerade von einem Laster absaßen, winkte einer zurück, nahm die Maschinenpistole in Anschlag. »Bapbapbapbapbap«, imitierte er eine Salve.

Seibling ließ die Krücken fallen und griff theatralisch nach seinem amputierten Bein, sprang auf dem anderen vor und zurück und brachte die Russen damit zum Lachen. Dann beendete er die Vorstellung und hob eine Krücke auf. Heller bückte sich nach der anderen.

»Wenn man essen möchte, muss man sich Freunde machen, Herr Kriminalinspektor!«, flüsterte Seibling vertraulich und zwinkerte ihm zu. Mit den Krücken weit ausholend humpelte er den Russen entgegen.

Max Heller sah ihm nach, wie er von einer Zigarette zwei Züge nehmen durfte und etwas in Papier Eingewickeltes zugesteckt bekam.

Doch seine Gedanken waren ganz woanders. Er hatte nicht mehr an den Angstmann gedacht ab dem Moment, als er in den Keller gestürzt war. Er hatte ihn völlig vergessen gehabt. Und nun sollte ausgerechnet er diese Nacht überstanden haben? Und die Russen haben ihn verhaftet? Einfach so?

Es geht mich nichts mehr an, zwang sich Heller zu denken. Ein Mörder war verhaftet und würde seine Strafe erhalten. Seine, Hellers, Aufgabe war es jetzt, Lebensmittel zu beschaffen, Kartoffeln, Grieß oder sogar ein wenig Fleischgrütze in sein Kochgeschirr zu bekommen. Er sollte dem Essensgeruch folgen und sehen, ob er etwas abbekam, durch Geschick und Bettelei.

Zwei Hausecken weiter entdeckte er eine Gulaschkanone, auf der ein Soldat mit einer Kelle hockte. Weitere Soldaten lehnten an der Mauer oder standen abseits, die Maschinenpistolen mit Trommelmagazin im Anschlag, um das Geschehen zu kontrollieren. Hundert Menschen oder mehr standen schweigend in einer Schlange. Jeder hoffte für sich, dass noch etwas übrig sein möge, wenn er an der Reihe war. Ohne etwas vorzeigen zu müssen oder zu bezahlen, bekam jeder eine Kelle Grütze in Topf oder Schüssel. Heller stellte sich an.

Mit kleinen Schritten ging es vorwärts und der Russe musste schon tief in den Kessel langen, da standen immer noch dreißig Leute vor Heller.

»Jeden Tag kommen die zu einer anderen Zeit«, murrte jemand hinter ihm.

»Bei denen laufen die Uhren eben anders.«

»Oder gar nicht!« Verhaltenes Lachen breitete sich aus.

Heller drehte sich um. »Haben Sie von dem Mord gehört?«, fragte er den alten Mann hinter sich. Vielleicht wusste er mehr. In diesen Zeiten schienen Gerüchte wie ein Lebenselixier.

Der Mann deutete mit dem Kinn vage in Richtung Johannstadt. »Die sollen sie in den Ruinen gefunden haben, irgendwo da drin, in einem Keller.«

»Eine Krankenschwester?«

Der Alte wies nun auf ein Gebäude rechts von ihnen, dessen kaputte Fenster man mit Holz und Pappe behelfsweise ausgebessert hatte, um sie wenigstens nachts schließen zu können. »Fragen Se da, wenn Se's interessiert. Nu gehn Se weiter!«

Heller schloss schnell auf. Als er an der Reihe war, gab ihm der Russe einen Schlag Grütze ins Kochgeschirr und bespritzte dabei Hellers Hand. Ungerührt winkte er ihn weg. Heller ging zur Seite, leckte sich die Hand ab und verschloss dann den Henkelmann. Das langte als Mahlzeit für Karin und Frau Marquart.

Ohne weiter nachzudenken ging er dann auf das Krankenhausgebäude zu.

Ein russischer Soldat stellte sich ihm energisch entgegen. »Was willst du?«

»Den Oberarzt sprechen! Professor Ehlig.«

»Njet! Geh weg!«

Heller traute sich nicht, dem Soldaten zu widersprechen, entfernte sich ein paar Schritte und blieb dann unschlüssig stehen.

»Sind Sie krank oder verletzt?«, sprach ihn eine ältere Krankenschwester an, die aus dem Gebäude gekommen war. Sie wirkte übernächtigt und ausgezehrt.

»Ich wollte etwas über die Tote erfahren. Die Frau von heute Morgen.«

»Mein Gott, die arme Erika. Sie kam aus Schlesien und hatte eine Unterkunft beim Hauptbahnhof. Es ist nicht ratsam, als Frau allein in der Stadt unterwegs zu sein.«

»Und der, den die Russen verhaftet haben?«

»Der ist Heizer bei uns gewesen, seit Mitte Dezember. Nein, Mitte Januar erst. Ein junger Mann aus dem Osterzgebirge. Nicht wehrtauglich, steifes Bein oder so. Der war immer sehr ruhig. Er muss sie in die Ruine gelockt haben. Vielleicht hatte er Essen gestohlen und sie … na, Sie wissen schon.«

Heller wusste, was sie meinte. Wenn man hungrig war, tat man alles Mögliche für etwas Essen.

»Mitte Januar. Wissen Sie, ob er vorher schon in der Stadt war?«

»Ich habe den das erste Mal gesehen, da war er schon zwei Wochen bei uns.«

Heller nickte. Die Erinnerung an die nächtliche Streife im Januar verursachte in ihm regelrechtes Unwohlsein. »Wo genau es geschehen ist, wissen Sie nicht?«

»Warum wollen Sie das denn eigentlich alles wissen?« Die Frau verschränkte die Arme vor der Brust.

Heller hielt es jetzt für angemessen, ein kleines Opfer zu bringen. Er griff in seinen Mantel und holte aus einem zerknitterten Päckchen in seiner Innentasche eine Zigarette hervor. »Ich bin … war Kriminalist.« Er reichte sie der Krankenschwester, die die Zigarette sofort nahm und in ihrem Kittel verschwinden ließ.

»Von der Polizei. Lassen Sie das mal die Russen nicht hören.«

Heller wedelte fordernd mit der Hand.

Die Schwester ging darauf ein. »Also am Dürerplatz haben sie sie in einem Keller gefunden, an der Ecke zur Reißigerstraße. Er rief um Hilfe.«

»Wer?«

»Uhlmann. Der Heizer.«

»Er rief um Hilfe und die Russen haben ihn verhaftet?«

»Russische Effizienz.«

Diese Art von Effizienz kannte Heller allzu gut. Die war nicht russisch. »Die Tote? Ist die hier? Erika, wie weiter?«

»Erika Kaluza. Haben die Russen mitgenommen.«

»Und der Name des Heizers? Uhlmann?«

»Uhlmann, Erwin. Aber glauben Sie mir, der ist hin. Die haben längst kurzen Prozess gemacht.«

Heller klopfte aus alter Gewohnheit an seine Tasche. Doch sein Notizbuch und seinen Stift hatte er in der Bombennacht verloren.

Es dauerte nicht lange und er hatte sich in der Steinwüste verirrt. Zwar hatte er ein Straßenschild auf dem Boden gefunden, welches ihn vermuten ließ, er befände sich auf der Dürerstraße, doch genauso gut hätte es einen Kilometer weit durch die Luft geflogen sein können. Seine einzige Orientierung war wieder der Turm der Trinitatiskirche. Auf einer größeren Fläche angelangt, die weniger von Trümmern übersät war, vermutete er den Dürerplatz. Aber er hatte keine Ahnung, wo die Reißigerstraße sein sollte. Er sah zwei kleine Jungs, die Zigarettenkippen von der Straße aufklaubten. Als er sich ihnen näherte, rafften sie noch hastig ein paar Kippen an sich und rannten dann davon. Heller fand Spuren im Staub, von Stiefeln und den Rädern eines Lastkraftwagens. Dann sah er das Loch, das in einen Keller unter einem Trümmerberg führte. Er bückte sich, um etwas zu erkennen. Doch es war zu dunkel. Wenn er etwas sehen wollte, musste er da hinuntersteigen. Lange zögerte er. In seinen Träumen, in denen er immerzu rannte und doch immer wieder vom Feuer eingeschlossen wurde, fand er sich jedes Mal in einem dieser Keller wieder und konnte doch keinen Ausweg finden. Schließlich fasste er sich ein Herz, atmete tief durch, fuhr sich mit der Hand über sein stoppeliges Kinn und zwängte sich in der Hocke durch den engen Mauerdurchbruch.

Dieser Keller hatte niemandem das Leben gerettet. Seine Wände waren schwarz von Ruß und es stank furchtbar nach gekochtem Teer. Der Boden war sandig. Schwarze Gesteinsbrocken und von der Hitze verformte Stahlträger lagen kreuz und quer, ließen für einen großen Mann wie Heller keinen aufrechten Gang zu. Doch er musste nicht weit gehen und entdeckte schnell die Stelle, an der die Frau gefunden worden war, zwischen den Trägern hängend. Von einer Sekunde auf die nächste war es wieder da, dieses Gefühl der Unruhe, der Druck, der auf seinem Herzen und seiner Lunge gelegen und ihn einen Monat lang des Nachts auf die Straße getrieben hatte, dieses Wissen, trotzdem nicht genug getan zu haben. Schwarz zeichnete sich das geronnene Blut auf dem Sandboden ab. Alle anderen Spuren waren verwischt und zertreten.

Der Täter war gefasst.

Aber sollte dieser Mann wirklich die Bombennacht überlebt haben? Ganz ohne schützenden Keller, verletzt von einer Pistolenkugel? Und wieso sollte er um Hilfe gerufen haben, um dann zu warten, bis die Russen eintrafen? Hatte man ihn zufällig ertappt? Hatte er nur versucht sich herauszureden? Heller wollte sich damit einfach nicht zufriedengeben.

Mit dumpf schlagendem Herzen und schmerzendem Magen kroch er aus dem Kellerloch. Er hatte ein schlechtes Gewissen, jetzt schon, seiner Frau gegenüber. Denn er kannte sich selbst gut genug und wusste, was er sich einmal vorgenommen hatte, das würde er auch umsetzen. Und das, was er sich in diesem Moment vorgenommen hatte, würde ihn in Teufels Küche bringen.

Er musste diesen Uhlmann sehen.

16. Mai 1945, Nachmittag

»Hören Sie, Herr Seibling!«, rief Heller nun schon zum dritten Mal und lief dem jungen Mann nach, der sich eben vom Krankenhaus mit eleganten Krückenschwüngen in Richtung Elbe bewegte. Heller war froh, ihn doch noch gefunden zu haben, zwischen all den Menschen, die hier arbeiteten oder herumlungerten. Nun aber hatte er Mühe, den Beinamputierten einzuholen, ohne dabei auffällig ins Rennen zu geraten. Noch einmal wollte er die Russen heute nicht auf sich aufmerksam machen.

»Herr Seibling! Heinz.«

Endlich hörte der junge Mann ihn und blieb stehen. Mit freundlichem und offenem Gesicht wartete er auf den heranhastenden Heller. Der konnte nun endlich langsamer gehen und nutzte die letzten Meter, um eine weitere Zigarette aus der zerdrückten Packung zu nehmen.

»Bitte schön«, bot er sie dem jungen Mann an. Der nahm sie dankbar, kramte aus seiner Manteltasche eine Zündholzschachtel und zündete sie an. Er tat einen tiefen Zug, hob dann anerkennend die Augenbrauen und betrachtete den Glimmstängel.

»Bulgaria Sport. Wo haben Sie die denn aufgetrieben?«

Heller lächelte. »Die ältere Dame, bei der wir wohnen, hatte keine Verwendung mehr dafür. Ihr Mann war im Herbst vierundvierzig gefallen.«

Seibling grinste. »B-is U-nser L-ieber G-uter A-dolf R-egiert I-n A-llen S-taaten P-olitik O-hne R-oten T-error!«, zitierte er lachend und schwenkte zu jeder Silbe die Kippe wie ein Dirigent. »Kennen Sie den noch?«

Heller rieb sich den Nacken und sah sich unsicher um. Mit solchen Sprüchen hatte er noch nie etwas anfangen können. Aber er wollte es dem jungen Mann nicht übel nehmen. Denn der schien trotz seines fröhlichen Auftretens genügend Sorgen unter seinem langen Mantel mit sich herumzutragen.

»Sagen Sie, Heinz, wo bringen denn die Russen solche Leute hin? Können Sie das bei Ihren russischen Freunden herausfinden?«

Seibling nahm noch einen Zug, nickte, lachte und hustete. Wedelte mit einer Hand vorm Gesicht. »Ich weiß es«, stieß er hervor. »War selbst schon da. Hab versucht einen Offizier zu bestehlen. Das war kein guter Gedanke. Kennen Sie den Heidehof? Das Hotel an der Bautzner Straße?«

Die andere Elbseite. Heller nickte. Ein weiter Weg zu Fuß, um rechtzeitig wieder heimzukommen. Ein Fahrrad wäre jetzt Gold wert. Doch sein Fahrrad lag begraben irgendwo unter Trümmern, und eines zu benutzen, ohne Genehmigung, war strafbar.

Seibling runzelte die Augenbrauen. »Sie wollen doch da nicht hin?«

Heller griff noch einmal in seine Jacke. »Für Sie. Vielen Dank!« Er gab dem Mann noch eine Zigarette. Karin sollte das besser nicht erfahren. Lebensmittel hätte er dafür bekommen sollen. Informationen machten kein bisschen satt.

»Bitte!« Seibling hatte nach seinem Handgelenk gegriffen und sah auf einmal sehr ernst aus. »Herr Heller, lassen Sie das. Ich weiß, Sie sind ein guter Mann. Ich hab das von dem Goldmann Thomas gehört. Aber die Russen wissen das nicht. Die machen Ihnen den Garaus und zwinkern nicht mal dabei.«

Das war nichts Neues für Heller. Er brauchte diesen Hinweis nicht. Was die Leute allerdings von der Goldmann-Sache wussten und vor allem, woher sie es wussten, das hätte ihn interessiert. Er hatte nichts weiter getan, als im November vierundvierzig der Mutter von Thomas Goldmann einen kleinen Hinweis zu hinterlassen, dass die Gestapo ihren Sohn verhaften wollte. Nur weil er für diese Drecksäcke nichts übrig hatte und die Goldmanns kannte, nein, verbesserte er sich, eigentlich nur, weil er die Goldmanns kannte, hatte er etwas gesagt. Doch angesichts des Misstrauens, das Klepp ihm gegenüber gehegt hatte, schien dies weitaus gefährlicher gewesen zu sein, als Heller jemals vermutet hätte. Wenn schon die Russen den Ruf hatten, nicht zimperlich zu sein, dann hatten diese Widerlinge von der Gestapo noch ganz andere Methoden gehabt.

»Das mit dem Goldmann war gar nichts. Und ich will diesen Uhlmann nur einmal sehen. Vielleicht sprechen.«

»Bitte, Herr Heller, wie wollen Sie das denn anstellen? Da wimmelt es nur so von Soldaten, niemand geht da freiwillig hin. Da kommt man nicht mehr raus.«

Heller klopfte Seibling an den Oberarm. »Sie selbst sind rausgekommen.«

»Ja, aber nur, weil ich albern bin. Immerzu. Ich bin ein Clown. Die lachen über mich und stoßen mich um. Sogar mein Bein habe ich beim Faxenmachen verloren. Sie aber, Sie sind kein Clown. Und das alles nur wegen einem Mörder? Sie kennen diesen Uhlmann doch gar nicht.«

»Und wenn er nun kein Mörder ist?«

Seibling verzog das Gesicht. »Na, wenn schon. Herr Heller, so viele sind weggeblieben. Und wie viele sind in Sibirien? Wegen dem einen Kerl müssen Sie doch Ihre Freiheit und Ihr Leben nicht riskieren.«

»Nein, mein lieber Heinz. Die einen kegeln schon wieder, die anderen klopfen ihre Teppiche, als wäre nichts geschehen. Zu viele sind umgekommen. Es kommt auf jeden Einzelnen an, verstehen Sie das? Das war schon immer so, denn die Masse besteht nun mal aus Individuen. Auch wenn man zwölf Jahre lang versucht hat, uns vom Gegenteil zu überzeugen. Sagen Sie, Heinz, wo wohnen Sie? Für den Fall, dass ich Sie noch einmal sehen will.«

Seibling hob eine Krücke und deutete auf das riesige Trümmerfeld.

»In den Trümmern?«

»Da hab ich meine Verstecke«, sagte er. »Meine Schätze«, raunte er und grinste verschwörerisch.

»Fürchten Sie nicht, bestohlen zu werden?«

»Ich habe meinen Schutzgeist!«

»Das glauben Sie jetzt aber nicht.«

»Doch, mein lieber Herr Heller. Da geht was um, sagen die Leute. In den Ruinen haust es. Ich glaub an keinen lieben Gott mehr, aber wo so viele sterben, bleibt immer was zurück!«

Als Heller vor dem ehemaligen Gasthaus Heidehof stand, gingen ihm die Worte Seiblings noch einmal durch den Kopf. Beinahe zwei Stunden hatte er gebraucht, um aus dem zerstörten Stadtteil über die Elbe und am Wasserwerk hinauf zur Bautzner Straße zu gelangen.

Auf dem Körnerplatz war ihm der Gedanke gekommen, zuerst hinauf zum Weißen Hirsch zu laufen, um Karin Bescheid zu geben. Doch ihm war klar, dass sie ihn niemals hätte gehen lassen, und vielleicht hätte er dann Angst vor der eigenen Courage bekommen.

Nun betrachtete er das Chaos rund um das große Gebäude, inner- und außerhalb des provisorischen Bretterzauns, der mit Stacheldraht verstärkt war, die an- und abfahrenden Geländewagen und Laster, die knatternden Motorräder der

Kuriere, die dunkle Abgaswolken ausstießen. Der Lärm war unerträglich. Es roch nach Diesel, Abgasen, Essen und Zigarettenrauch. Von den Torposten, die den Schlagbaum bewachten, wirkten manche gelangweilt, andere aufmerksam. Befehle wurden gebrüllt, dazwischen hörte man Gelächter. Junge Frauen trieben sich am Zaun herum, ignorierten die oft von derben Handgreiflichkeiten begleiteten Werbungen der einfachen Rotarmisten und versuchten die Offiziere auf sich aufmerksam zu machen.

Zwei Lastkraftwagen bremsten scharf vor dem Tor und wurden nach einem Wortwechsel auf das Gelände gelassen. Heller reckte den Hals, um zu sehen, was da vor sich ging. Mehrere Soldaten waren unter der Plane hervorgesprungen und stießen ein halbes Dutzend mit den Händen auf den Rücken gefesselter Männer herunter, die von je zwei Rotarmisten unter den Achseln gegriffen und ins Haus gezerrt wurden.

Heller sah auf die Uhr, die Frau Marquart ihm überlassen hatte. Es war schon vier Uhr nachmittags, er hatte noch nichts gegessen, außer dem kleinen Kanten Brot mit einem Streifen altem Speck am Morgen. Sein Magen knurrte, aber wenn er rechtzeitig vor Einbruch der Dunkelheit daheim sein wollte, musste er jetzt handeln.

Morgen würde es zu spät sein. Morgen würde ihn der Mut verlassen haben. Morgen könnte dieser Uhlmann schon tot sein, wenn er es nicht jetzt schon war. Heller holte tief Luft, einmal, noch einmal. Dann ging er los.

Gelangweilt sah ihm der junge russische Soldat am Tor entgegen. Er trug kein Gewehr, hatte allerdings eine Pistole in Cowboymanier in sein Koppel gesteckt. Heller räusperte sich.

»Ich möchte gern den Kommandanten sprechen«, sagte er mit belegter Stimme.

Der Russe verzog abschätzig die Mundwinkel, ließ aber nicht erkennen, ob er ihn verstanden hatte.

Heller stellte sich etwas strammer hin und hoffte auf eine feste Stimme. »Entschuldigen Sie, mein Herr, ich möchte gern den Kommandanten sprechen.«

Der Russe neigte fragend den Kopf. »Mein Cherr?«, wiederholte er. Dann rief er seinem Kameraden etwas zu. Während des darauf folgenden Gesprächs sah Heller immer wieder von einem zum anderen und hoffte, einen heiteren Tonfall zwischen den beiden heraushören zu können. Doch es klang ernst. Ein dritter Soldat mit Offiziersmütze kam dazu, mit einem herrischen Auftreten und auf dem Rücken verschränkten Händen. Das hatte er sich bei deutschen Offizieren abgeschaut, dachte Heller, oder aber dieses Gebaren steckte in solchen Menschen drin.

»Probljem?«, fragte er.

»Ich möchte den Kommandanten sprechen. Ich bin wegen Erwin Uhlmann hier.«

»Errrwin Ullmann? Du sein Errrwin Ullmann?«, fragte der Offizier.

»Nein, er ist hier inhaftiert. Ich möchte gern mit dem Kommandanten sprechen.«

»Was geht dich an Errrwin Ullmann? «

Heller atmete noch einmal durch. »Ich bin sein Vater.«

Der Offizier stieß Heller vor die Brust. »Geh!«

Heller senkte den Kopf und vermied es, dem Offizier in die Augen zu sehen. »Ich möchte bitte den Kommandanten sprechen, es ist sehr wichtig!«

Der Offizier zückte seine Pistole. »Umdrehen!« Er nahm Heller den Rucksack ab. »Papjiere!«

»Ich habe keine, ich muss aber unbedingt den Kommandanten sprechen.« Heller sprach leise und hoffte, dass man ihm seine Angst nicht anmerkte.

»Papjiere!«, brüllte der Russe herrisch.

Da öffnete sich in dem Gebäude ein Fenster und ein Mann rief etwas. Der Offizier drehte sich um, sah hinauf und erwiderte etwas auf die Frage des Mannes. Heller, der nichts verstanden hatte, sah unsicher zu den beiden Soldaten. Einer zwinkerte ihm zu.

Mit einem Mal fuhr der Offizier herum und packte Heller wütend an der Schulter. Wortlos zerrte er ihn auf das gesperrte Gelände und durch den Eingang, durch den auch die Inhaftierten verschwunden waren. Heller versuchte, so wenig wie möglich Widerstand zu leisten, und wehrte sich auch nicht, als er grob die Treppe hinaufgeschubst wurde. Leise fluchend hämmerte der Offizier oben an eine Tür, aber wagte offenbar nicht, sie ohne Befehl zu öffnen. Als von drinnen eine Stimme ertönte, riss er die Tür auf, machte eine militärische Meldung und stieß Heller in den Raum hinein.

Vor nicht allzu langer Zeit musste der Raum ein großer Speisesaal gewesen sein. Kronleuchter hingen von der Decke, die Wände waren bis auf Brusthöhe vertäfelt, darüber konnte man Wandmalereien erkennen. Jagdszenen, Landschaftsidyllen. Mitten durch den Raum war ein Strick gespannt, an dem diverse Decken hingen, die wohl als Raumteiler dienen sollten. Im vorderen Bereich stand ein einzelner Schreibtisch, an dem ein junger Soldat saß und mit ungeschickten Fingern auf eine Schreibmaschine eindrosch. Ein Telefon klingelte unaufhörlich, und mit Engelsgeduld nahm der Soldat den Hörer ab, während er mit einem Finger weiterschrieb, sagte etwas und legte wieder auf. Im nächsten Moment sprang die Tür krachend auf und ein junger Mann betrat mit energischem Schritt den Raum. Er trug eine braune Uniformhose und statt der typischen Soldatenjacke eine schwarze Lederjacke. Seine schwarzen Stiefel glänzten poliert. Er war groß und schlank, unter seiner ledernen Schirmmütze war strohblondes Haar zu erkennen, seine hellgrauen Augen blickten ernst. Es war eindeutig ein Politkommissar und Heller wusste, was man mit gefangenen Kommissaren getan hatte im Krieg. Man hatte sie augenblicklich erschossen.

Der Mann stutzte, als er Heller erblickte. Fragend blaffte er den Sekretär an, woraufhin hinter dem Deckenvorhang plötzlich ein weiterer Mann erschien. Heller erkannte in ihm sofort den Mann am Fenster wieder. Er war ein hoher Offizier, Heller konnte den Dienstrang nur erahnen, aber offenbar war es der Kommandant. Die Männer unterhielten sich kurz, und Heller wurde in den hinteren Abschnitt befohlen. Die Russen setzten sich, er musste stehen.

»Wer sind Sie, was wollen Sie?«, fragte der junge Kommissar in erstaunlich gutem Deutsch.

»Mein Name ist Heller …«

Der Offizier unterbrach ihn augenblicklich.

»Sie lügen! Sie haben der Wache gesagt, Sie wären Vater von einem Uhlmann!«

»Das habe ich gesagt, um hineingelassen zu werden«, gab Heller zu. »Ich bin Kriminalpolizist gewesen …«

»Polizist?«, fragte der Politkommissar und erhob sich. »Mantel ausziehen!«, befahl er. Der Kommandant sah ausdruckslos zu. Heller zog seinen Mantel aus. »Hemd ausziehen!«

Heller zog das Hemd aus. Sofort begann der Kommissar, seine Arme zu untersuchen. »Was?«, fragte er und zeigte auf Hellers frisch verheilte und alte Narben.

»Krieg 1915. Eine Granate. Und dann Bomben. Hier.« Heller zeigte zum Fenster hinaus auf die andere Elbseite.

»SS!«, flüsterte der Kommissar. Der Kommandant brummte.

»Nein, ich war Kriminalist. Ich war einem Mörder auf der Spur.«

Der Kommissar verzog das Gesicht. »Einem Mörder? Ihr alle …«

»Samoltschi!«, sagte der Kommandant, und der Kommissar schwieg augenblicklich.

»Heute wurde ein Mann verhaftet. Erwin Uhlmann. Angeblich hat er eine junge Frau ermordet. Ich glaube das aber nicht.«

Der Kommandant sagte etwas auf Russisch.

»Sie glauben nicht, dass er der Mörder ist?«, fragte der Kommissar und setzte sich wieder.

Dieses Dreiecksspiel war lächerlich. Es war offensichtlich, dass der Kommandant Deutsch verstand und bestimmt auch sprechen konnte. Heller wandte sich jetzt direkt an den Kommandanten.

»Hören Sie, Herr General, ich will Ihnen nicht zur Last fallen. Ich möchte nur nicht, dass ein unschuldiger Mann bestraft wird, ohne dass wir sicher wissen …«

»Wir sind sicher!«, knurrte der Kommandant. »Er wird hingerichtet, morgen früh!«

Gut, dachte Heller. Gut, ich habe es versucht. Mehr kann ich nicht tun. »Darf ich mich anziehen?«, fragte er. Er wollte nicht unterwürfig erscheinen, was nicht einfach war in der Situation. Der Kommandant nickte und der Kommissar begann, heftig auf ihn einzureden.

»Generalmajor Medvedev möchte wissen, warum Sie glauben, es ist der falsche Mann!«, sagte er dann.

»Die Umstände passen nicht.«

»Waren Sie bei der Gestapo?«

»Nein, niemals!«

»Waren Sie in der Faschistenpartei? NSDAP? SS? SA?«

»Nein.«

»Haben Sie Juden ermordet? Wissen Sie, was ein KZ ist?«

»Das weiß ich«, erwiderte Heller zögernd. »Aber ich habe niemanden ermordet.« Heller fühlte sich elend.

»Sie haben keine Papiere, waren Polizist, leugnen, bei der SS und NSDAP gewesen zu sein, und kommen hierher, wegen einem fremden Mann, weil Sie sein Leben schützen wollen?« Der junge Russe schüttelte ungläubig den Kopf.

Heller konnte nur nicken und biss sich auf die Lippen. Hoffentlich würde Karin nie erfahren, was er hier machte, schoss es ihm durch den Kopf.

Wieder sprach der Kommissar auf Medvedev ein. Doch der blieb ungerührt. Ohne Vorankündigung sprang der Kommissar plötzlich auf.

»Kommen Sie«, bestimmte er und schaute Heller auffordernd an. »Ich heiße übrigens Saizev, Alexej Saizev.«

»Max Heller«, erwiderte Heller automatisch und folgte dem jungen Mann aus dem Zimmer.

Generalmajor Medvedev sah demonstrativ zum Fenster hinaus.

»Nun kommen Sie schon!« Saizev packte Heller grob am Arm.

Er konnte nicht viel älter als Klaus sein, dachte Heller. Mitte zwanzig.

»Dorthin!« Der Kommissar brachte Heller in einen Raum, in dem fünf Soldaten an Schreibmaschinen und Funkgeräten saßen. Sie blickten erstaunt auf, als Heller an ihnen vorbei zum Fenster geschubst wurde.

»Da, sehen Sie!«

Heller sah hinaus in den diesigen Tag. Er sah die Elbe und die Vogelwiese am anderen Ufer, braun und verbrannt, übersät mit Bombenkratern, mit Baracken und Zelten, mit Flüchtlingswagen. Dahinter die Kulisse der zerbombten Stadt.

»Und?« Saizev boxte Heller aufs Schulterblatt.

Heller wusste nicht, was der Russe hören wollte, und schwieg. »Das da ist Tula!« Saizev trat neben ihn.

»Ich verstehe nicht.«

»Ich bin geboren in Tula, so groß wie diese Stadt. Ihre Stadt. Viel Industrie. Tula ist zerstört, sieht aus wie das da!« Saizev sah ihn von der Seite an. »Ein Deutscher?« Er zuckte mit den Achseln und deutete eine Pistole an. »Bumm! Die da!« Er zeigte auf die Soldaten. »Die alle da töteten Deutsche. Medvedev tötete Deutsche. Deutsche sind mir egal, verstehen Sie? Auch Erwin Uhlmann ist mir egal und die Frau, die tot ist.«

Heller schaute ihn an. Er verstand, was er meinte, aber er wollte es nicht zeigen.

Saizev kam dicht an ihn heran. Er roch nach Zigaretten und Leder. »Ich traue Ihnen nicht«, sagte er leise. »Keine Papiere, nichts. Ich werde Sie beobachten!« Dann wirbelte Saizev herum. »Rabotaitje!«, brüllte er die Soldaten an, die sofort geschäftig weiterarbeiteten.

»Dawai!«, befahl er Heller.

Schweigend gingen die beiden Männer die Treppen hinab. In den Gängen herrschte unablässiges Treiben. Ständig wurden sie von Soldaten überholt, Melder rannten ihnen entgegen, dauernd wurde etwas vorbeigetragen, Schreibmaschinen, Essen, Funkgeräte, Wasser. Ab und zu sah man Männer und Frauen, die mit gefesselten Händen abgeführt wurden. Aus dem Keller hörte Heller Schreie.

Genau dorthin führte ihn Saizev. Sie gingen durch einen erleuchteten Kellergang, in dem es bestialisch stank. Heller warf verstohlene Blicke in die Kellerabteile, die mit Holz- oder Metallgittern verschlossen waren. Zu Dutzenden saßen dort Inhaftierte auf Stroh.

»Verräterschwein!«, rief ein älterer Mann. Saizev ging ungerührt vorbei, Heller zögerte einen Moment. »Totschlagen müsste man dich, du Lump!«

Saizev blieb vor einer Zelle stehen. »Uhlmann?«

Ein junger Mann schreckte auf, schob sich an der Wand hoch. Ein Bein war steif.

»Halt aus, Junge!«, flüsterte jemand.

Ein Wächter schloss die Tür auf und der Gefangene trat ängstlich nach draußen. Er war ein großer junger Mann, der etwas zu Übergewicht neigte. Ein widerlicher Geruch strömte von ihm aus und er hatte Blut an Händen und im Gesicht. Das Blut des Opfers?

»Nun!« Saizev sah Heller fordernd an.

»Hier?«, fragte dieser und Saizev kniff die Lippen zusammen.

»Sie sind Erwin Uhlmann?«

»Ich hab die nicht umgebracht, sagen Sie denen das bitte!« Der Junge versuchte krampfhaft, nicht zu weinen, doch man sah ihm seine Verzweiflung und Erschöpfung an.

»Sie sind der Hauptverdächtige. Stehen Sie Rede und Antwort. Was haben Sie getan, warum hat man Sie bei der Toten gefunden?« Heller schlug seinen offiziellen Verhörtonfall an.

»Ich habe in den Trümmern nach Holz gesucht und nach Verwertbarem. Ich habe doch nichts mehr. Ausgebombt. Keine Arbeit. Verstehen Sie das? Ich war Heizer in der Klinik. Ich war in der Nacht unterwegs, tagsüber patrouillierten die Russen.«

»Sie sind ein Plünderer!«

»Nein, bitte, ich will doch nur … ich brauch doch etwas zum Tauschen! Es war gegen Morgen. Es wurde langsam hell. Ich hörte Geräusche und hab mich versteckt. Aber das waren so … ich weiß nicht, glauben Sie mir!«

»Ja, was denn?«

»Das waren keine normalen Geräusche. Grunzen und seltsame Töne, Wörter wie aus einer anderen Sprache!«

»Was denn für eine Sprache? Französisch? Russisch? Schlesisch vielleicht?« Heller wurde fast ungeduldig, weil der junge Kerl sich so unbeholfen und schwerfällig ausdrückte.

»Nein, keine echte Sprache, ganz anders, mehr so ein Schnalzen und Kichern. Ich bin dann sogar näher herangeschlichen. Dann habe ich leider ein Geräusch gemacht und da rannte etwas davon!«

»Etwas? Haben Sie es denn gesehen?«

»Nur in der Ferne. Es sprang über den Schutt und die Steine. Dann ging ich noch weiter, dahin, wo es wohl vorher gewesen war ... Das müssen Sie mir jetzt glauben ... ich erschrak ganz furchtbar, denn da war die Frau ... und obwohl ihr die ... die ... Haut abgezogen war, lebte sie noch. Sie röchelte so schrecklich, starrte mich an. Und dann hab ich um Hilfe gerufen. Helft, helft, hab ich gerufen. Und dann kamen Soldaten und die haben mich verhaftet.«

»Er hatte ein Messer!«, sagte Saizev wie zur Erklärung.

Uhlmann sah ihn entsetzt an. »Ja, aber doch nur ein kleines, gerade drei Zoll.«

Saizev sah ihn ungerührt an. »Und Blut war da. Überall!«

»Aber ich wollte ihr doch nur helfen.«

»Wo waren Sie am 13. Februar?«, fragte Heller.

»Im Keller, im Krankenhaus. In der Frauenklinik. Da waren viele. Und so viele sind verbrannt.« Uhlmann schüttelte den Kopf und lachte plötzlich laut auf. Heller kannte das schon. Wenn das Entsetzen zu groß war, um es zu begreifen, reagierte man so.

»Gut!«, bestimmte Saizev und schob Uhlmann in die Zelle zurück. Dann wandte er sich an Heller. »Drei Tage gibt Ihnen der Kommandant, dann wird er gehängt«, sagte er, ohne Rücksicht darauf zu nehmen, ob Uhlmann sie hörte. »Sie erscheinen hier morgen früh um sieben! Kommen Sie noch einmal hoch, ich gebe Ihnen den Passierschein.«

»Und das Opfer?«, fragte Heller. »Die Frau, wo ist sie?«
Saizev zuckte mit den Achseln.

»Mehr gab es nicht.« Heller holte den Henkelmann heraus und stellte ihn auf den Tisch.

Karin öffnete ihn und schüttete den Inhalt in einen Topf. »Hast du gegessen?«, fragte sie und Heller nickte. Es wurde schon dunkel. »Du lügst. Das seh ich dir doch an. Frau Marquart konnte ein Brot bekommen, ich mache ein paar Schnitten, ich habe alten Speck ausgekocht.«

Heller zog es den Magen zusammen. Er war erschöpft und doch zu aufgewühlt, um müde zu sein.

»Weißt du noch, Max, im Krieg, als wir glaubten, Not zu leiden und hatten doch noch alles. Honig, Kartoffeln, Butter, Marmelade. Nun freuen wir uns über ein Stück Zucker.« Karin hatte das Töpfchen auf den kleinen holzbefeuerten Herd gestellt und rührte den Inhalt langsam um.

Frau Marquart kam ins Zimmer.

»Sie sind ja wieder da!«, rief sie ehrlich erfreut, als sie Heller sah.

Karin drehte sich um und sah ihn streng an. »Max, warum warst du in der Kommandantur?«

Heller brauchte nicht zu fragen, woher sie das wusste. Er war wahrscheinlich gesehen worden, und die Nachricht hatte sich blitzschnell verbreitet. Karin brauchte er nichts vorzumachen.

»Es gab einen weiteren Mord. Sie glauben, den Täter zu haben, doch der ist es nicht.«

Karin nickte und schwieg.

»Sie wollen mir tatsächlich helfen, den Fall aufzuklären. Stell dir das mal vor, Karin.« Mehr musste er nicht sagen.

»Letzte Nacht haben sie die Tochter von Walthers drangehabt. Wollte sich umbringen deshalb, das arme Kind«, plapperte die Marquart in die Stille hinein. Sie war wirklich eine liebe Frau, Heller mochte sie gerne, aber sie spürte einfach nicht, wann es an der Zeit war, den Mund zu halten und zu gehen.

Karin nahm den Topf vom Herd und kam zum Tisch. »Frau Marquart, wir brauchen noch Kerzen. Bestimmt wird der Strom bald abgestellt.«

Das war genau das richtige Stichwort gewesen, denn die Frau ging sofort weg, um welche zu holen. Karin sah Heller vorwurfsvoll an.

»Ich habe im Keller tausend Ängste ausgestanden. Nicht wegen mir, Max, wegen dir! Um dich habe ich mir Sorgen gemacht.« Sie hob streng den Kopf. »Und jetzt, da alles überstanden scheint, der Krieg, diese Nazis, da gehst du einfach zu den Russen, wo du doch genau weißt, wie sie mit den Leuten umspringen. Mit ehemaligen Beamten, mit Polizisten wie dir. Du bist so ein verdammter Dickkopf!« Karin verschränkte energisch die Arme und sah Heller schweigend an. Heller sagte kein Wort, hielt aber dem Blick seiner Frau stand. Lange Zeit sahen sie sich so an. Dann ließ Karin die Arme sinken und atmete hörbar aus.

»Vielleicht kannst du ja über die Jungen etwas erfahren.«

Heller nahm ihre Hand und streichelte ihr liebevoll über die Wange. Karins Haar war nachgewachsen, ihre Haut wirkte nicht mehr so grau und fahl. Trotz all des Elends um sie herum hatte das Kriegsende sie aufblühen lassen. Die Nachricht von Hitlers Tod hatte sie schweigend aufgenommen und doch schien es, als wäre ihr eine Last von der Seele genommen.

»Ich will es versuchen.«

17. Mai 1945, sieben Uhr morgens

Dieser auffällige schwarze DKW F7 Cabriolet, in dem Saizev auf ihn wartete, war Heller gar nicht recht. Der junge Kommissar saß auf dem Beifahrersitz und verwies Heller auf die Rückbank.

»Wohin?«, fragte der Russe, fast fröhlich, voller Elan.

»Ich möchte zur Klinik, direkt da auf der anderen Elbseite.«

»Eine junge Frau hat mir letzte Nacht vom Angstmann erzählt!« Saizev schien belustigt.

»Ich habe ihm diesen Namen nicht gegeben.« Heller staunte. Wie sich das herumgesprochen hatte.

Sie kamen nur langsam voran. Der Fahrer hupte wild und hektisch und fuhr ungeschickt wie ein Anfänger. Wütend sahen die Leute dem Auto nach und Heller blieb nichts anderes übrig, als unangenehm berührt starr geradeaus zu sehen. Auf dem Blauen Wunder ging es nur im Schritttempo vorwärts. Die Brücke war mehrmals getroffen worden und die Fahrbahn nur notdürftig geflickt.

Saizev drehte sich um. »Haben Sie sich nie gefragt, warum diese Brücke noch steht?«

Heller wusste es nicht und schwieg.

»Die sollte eigentlich auch gesprengt werden, doch das wurde sabotiert.« Saizav lachte laut.

Ob er betrunken war?, fragte sich Heller. Die russischen Offiziere in der Villa oberhalb von Frau Marquarts Haus betranken sich jede Nacht bis zur Besinnungslosigkeit.

Beim Krankenhaus herrschte dieselbe rege Betriebsamkeit wie am Vortag, obwohl es noch sehr früh war. Seibling war nirgends zu sehen. Saizev sprang aus dem Wagen. »Wohin nun?«

Heller deutete auf das ausgebrannte Haus, in dem offensichtlich niemand wohnte. »Dorthin, vermute ich. Ich suche einen Mann, der hier Hausmeister war. Ewald Glöckner. Danach muss ich erfahren, wo die Tote gelebt hat.« Heller sah sich um. Sein Gefühl sagte ihm, dass er beobachtet wurde. Doch inmitten der vielen Menschen war es unmöglich, etwas auszumachen.

Heller steuerte auf die Ruine des Schwesternheims zu und hielt eine Krankenschwester an. »Entschuldigen Sie bitte, kennen Sie einen gewissen Glöckner, den Hausmeister?«

»Ich bin noch nicht lange genug hier«, erwiderte sie und wollte Saizev ausweichen. Doch der ergriff ihren Arm und zerrte sie zu sich heran.

»Wo ist der Chefarzt?«

Heller legte seine Hand besänftigend auf Saizevs Arm.

»In diesem Gebäude, zweiter Stock!« Die Krankenschwester zeigte nach hinten und ihre Hand zitterte.

Saizev ließ sie los und sie beeilte sich, wegzukommen.

Heller ärgerte sich über das grobe Vorgehen des Russen. »So können Sie das nicht machen! Und der Chefarzt wird nicht wissen, wer der Hausmeister ist, geschweige denn, wo der sich aufhält.«

»Geschweige denn …?« Saizev hatte diese Formulierung offensichtlich nicht verstanden. »Ich glaube nicht, dass Sie die Zeit haben, um sich auf Ihre Art durchzufragen! Wer ist die dort?«, fragte er unvermittelt. »Da steht eine neben dem verbrannten Baum, links an der schwarzen Mauer.«

Heller drehte sich langsam um. Er sah eine junge Frau, die einen grauen Mantel mit schwarzen Ärmelaufschlägen und eine weiße Strickmütze trug. Als sie sah, dass sie bemerkt worden war, verschwand sie hinter den Trümmern.

»Keine Ahnung, wer das ist.« Heller schob sich die Schiebermütze hoch und wischte sich den Schweiß von der Stirn. Es war noch nicht einmal acht Uhr und doch war es schon sehr heiß. Dann erblickte er Seibling. »Herr Seibling! Heinz!«, rief er. Der Gerufene wollte Heller zuerst freundlich winken, wandte sich dann aber ab, als er Saizev sah, und versuchte eilig auf seinen Krücken davonzukommen. Saizev schnaubte.

»Stoi!«, brüllte er und holte seine Pistole aus dem Holster. Ringsherum erstarrten die Leute augenblicklich. Auch Seibling blieb stehen. Dann drehte er sich langsam um und wartete mit gequältem Lächeln, dass Heller und Saizev zu ihm kamen.

»Bitte! Lassen Sie ihn«, bat Heller den Russen, der offenbar handgreiflich werden wollte, und drängte sich vor ihn.

»Heinz, verzeihen Sie.« Seibling war genauso dreckig wie am Tag zuvor, sein Hals und sein Gesicht waren schwarz, ebenso die Hände und auch seine Zähne. »Ich habe nur eine Frage. Kennen Sie Glöckner, den Hausmeister? Er hat im Schwesternheim gewohnt. Ist er umgekommen?«

Seibling wollte den Kopf schütteln, dann hellte sich seine Miene plötzlich auf. »Die Hausmeister haben eine Werkstatt im Gebäude 19. Das ist beinahe unversehrt. Im Keller.«

»Besten Dank!« Heller wollte schon gehen, als Seibling ihn noch aufhielt.

»Schönen Freund haben Sie jetzt«, flüsterte er, »das sind die Schlimmsten!«

Heller machte sich freundlich los und folgte Saizev, der schon einige Schritte voraus war und an dessen Mienenspiel nicht auszumachen war, ob er das gerade gehört hatte.

Der Weg war nicht weit zum Haus 19 und die Menschenmenge teilte sich respektvoll vor Saizev, der herrisch ausschritt. Die Werkstatt war schnell gefunden, und die Männer dort sprangen erschrocken auf, als der Russe die Tür aufstieß, so sehr steckte der militärische Drill noch in ihnen.

»Ich suche Glöckner!«

Niemand antwortete.

Drohend legte Saizev seine Hand auf die Pistole. »Antwort!«, donnerte er.

»Der ist abgehauen, am achten«, verriet der Älteste, ein Mann von mindestens siebzig Jahren.

»Hatte er noch seine Wohnung?«, fragte Heller.

»Nee, ausgebrannt, das ganze Schwesternheim.«

Saizev sah Heller auffordernd an. »Nu, i tschas?«

Heller überlegte. Glöckner lebte also noch, war aber verschwunden. Angesichts der allgemeinen Umstände würde es unmöglich sein, ihn zu finden, sofern er sich überhaupt noch in der Stadt aufhielt. Blieben also die Speichelspuren und die seltsamen Laute.

»Wir müssen uns den letzten Tatort ansehen. Und müssen erfahren, wo das letzte Opfer gewohnt hat!«, sagte er mit entschlossener Stimme, um vor dem Russen seine Ratlosigkeit zu verbergen.

»Gut, der Fahrer kümmert sich darum und wir gehen zum Tatort!«

Nachdem er den Fahrer instruiert hatte, zündete Saizev sich eine Zigarette an. Heller versuchte, die Marke zu erkennen. Saizev deutete den Blick falsch und bot Heller eine an.

»Sind Sie einverstanden, wenn ich sie nehme, ohne sie zu rauchen?«, fragte Heller. Saizev nickte knapp und schüttelte geschickt eine Zigarette aus der Schachtel. Heller nahm sie und steckte sie sorgfältig weg.

»Dienen Sie sich den neuen Herren an?«

Heller drehte sich um. Diese Stimme wieder zu hören hatte er nicht zu hoffen gewagt.

»Schwester Rita!«, rief er, doch der prüfende Blick der Krankenschwester dämpfte seine Freude. »Ich tue weiterhin nur meine Arbeit.«

Rita Stein war schmaler geworden, ihre Gesichtszüge noch ein wenig härter. Er wollte sich gar nicht vorstellen, welches Leid sie hatte sehen müssen. »Eine junge Schwester wieder, habe ich gehört.«

Heller nickte. »Erika Kaluza.«

»Kenne ich nicht. Soll es derselbe gewesen sein? Der Jud aus Berlin?«

Heller erwiderte nichts.

Als habe sie gemerkt, zu weit gegangen zu sein, wurde die Miene der Krankenschwester etwas weicher. »Ist es nicht vollkommen verrückt? So viele Bekannte hab ich verloren, so viele liebe Menschen, und andere wurden verschont. Die Nazis, die Kriegsgewinnler und dieser Verrückte da draußen. Der Angstmann. Wir hatten ihn schon alle vergessen, nun ist er wieder da. Plötzlich will ihn jeder gesehen und gehört haben.«

»In der Bombennacht ist er vor mir weggelaufen. Ich hatte ihn fast. Ich habe ihn sogar angeschossen.«

»Nazis?«, fragte Saizev, der sich bis jetzt zurückgehalten hatte. Er bot Rita eine Zigarette an, doch diese lehnte ab. »Kennen Sie Nazis?«

Rita machte eine knappe Handbewegung. »Alle hier und keiner! Und niemand weiß was. Sie wissen ja, eine Krähe hackt der anderen kein Auge aus. Und Professor Ehlig, ein glühender Hitlerverehrer, stellt sich gut mit Ihren Leuten. Er diniert mit Generaloberst Schischkow. Kennen Sie den?«

Heller schaute sie bewundernd von der Seite an. Diese Frau zeigte absolut keine Angst vor dem Russen.

Saizev nickte und zog an seiner Kippe. »Er ist ein Held!«

»Die Helden von heute sind die Verbrecher von morgen.« Sie spuckte die Worte regelrecht aus. Die Krankenschwester riskierte viel.

»Und Doktor Schorrer?«, versuchte Heller zu moderieren.

Saizev nahm Ritas Respektlosigkeit gelassen hin. »Die Geschichte wird entscheiden. Wer ist dieser Schorrer? Ein Arzt?«

»Er half bei der Obduktion der Leichen. Doktor Schorrer war Frontarzt in Polen, ließ sich hierher versetzen. Er hat sich mir gegenüber negativ über die Nationalsozialisten geäußert. Professor Ehlig und er waren nicht gut aufeinander zu sprechen«, beeilte sich Heller zu erklären.

Rita lächelte etwas schief. »Manch einer weiß eben, zur rechten Zeit auf den richtigen Zug aufzuspringen. Ich muss jetzt weiter, der Dienst ruft.« Sie wollte sich schon umdrehen, da überraschte sich Heller selbst, indem er schnell ihre Hand nahm und sie länger drückte, als unbedingt notwendig gewesen wäre. »Es freut mich, dass Sie alles überstanden haben.«

Und dann überraschte sie ihn, indem sie ihm widerstandslos ihre Hand überließ und ein wenig rot wurde im Gesicht. »Freut mich auch, Sie gesund zu sehen!«

»Geben Sie zu, Sie wissen nicht, was Sie tun sollen«, stellte Saizev trocken fest. Tatsächlich hatte Heller am Tatort keinerlei Spuren oder Hinweise entdecken können, die ihm weiterhelfen würden. Selbst wenn es Speichelspuren gegeben hatte im Sand, die waren inzwischen längst eingetrocknet oder verwischt. Ratlos stand er in dem rußgeschwärzten Gewölbe, in dem die Frau gefunden worden war. Saizev stand am Eingang und rauchte.

»Uhlmann sagte, das Opfer hätte noch geatmet«, murmelte Heller.

»Ich weiß es nicht. Heller, ich habe erst durch Sie von dem Fall erfahren. Fragen wir die Genossen, die Uhlmann festgenommen haben.«

»Ich müsste ins Krankenhaus und herauskriegen, wer Erika Kaluza kannte. Diese Personen müsste ich dann vernehmen. Ich hoffe, Ihr Fahrer konnte etwas erreichen.«

Unwillig schnippte Saizev den Zigarettenstummel aus dem Kellerloch. »Es dauert alles zu lang.«

»So funktioniert nun mal eine Ermittlung. Solange wir keine andere Spur haben, müssen …«

Saizev brachte Heller mit einer Handbewegung zum Verstummen. Er winkte ihn heran und flüsterte: »Da ist sie wieder.« Dann trat er zurück in den Schatten und zeigte nach draußen. Heller erkannte die junge Frau im grauen Mantel wieder. Sie verbarg sich zwischen einigen großen Mauerresten und einer mindestens drei Meter hohen Wand, die jederzeit einbrechen konnte. Ihre weiße Mütze hatte sie abgenommen.

Heller war es nun, als ob er das Gesicht doch schon einmal gesehen hatte. Aber er wusste nicht, wo.

»Ich trau der nicht!«, knurrte Saizev und zog seine Pistole. Heller wusste sofort, was der Russe damit meinte: Saizev traute ihm nicht.

»Suchen wir einen anderen Ausgang. Wir schleichen uns an. Dorthin!« Der Russe deutete ins Dunkel. Heller schüttelte den Kopf.

»Ich kann da nicht rein«, gab er zu.

»Sie müssen!«

»Bitte, verstehen Sie das, ich kann das nicht, ich …« Ein regelrechter Schmerz legte sich auf Hellers Brust.

Saizev streckte den Arm aus und drückte die Mündung seiner Waffe genau auf die schmerzende Stelle. »Hören Sie, Nemez, ich war einen halben Tag in einem Schützenloch verschüttet gewesen und ich bin fast verrückt geworden. Aber ich lebe noch. Meine Mutter ist vor meinen Augen von einer deutschen Granate zerfetzt worden und meine Schwester wurde gehängt von Leuten wie Ihnen, die nur ihre Arbeit machen. Sie folgen mir jetzt und dann helfen Sie mir die Frau zu fangen, sonst muss ich glauben, Sie stecken mit ihr unter einer Decke. Also?« Saizev stieß noch einmal fest zu und Heller strauchelte.

»Hören Sie, ich könnte Ihr Vater sein!«, murmelte Heller verärgert..

»Mein Vater ist auch tot!«, zischte Saizev. »Also?«

»Gehen Sie voran«, bat Heller leise.

Der Russe trat zurück und grinste. »Aber natürlich.«

Es roch nach Tod und Verwesung. Sie krochen durch ein schmales Loch und tasteten sich blind voran. Sie schoben die Füße vorwärts, ohne sie vom Boden zu heben. Ein Klammer legte sich um Hellers Brust und presste sie zusammen, bis ihm die Luft wegblieb. Aus der Ferne hörte er Detonationen, die lauter wurden, und Schreie. Schreie aus einem anderen Krieg, die ihn bis heute begleiteten. Seine Stiefel versanken wieder im tiefen Schlamm, saugten sich fest, er kam nicht mehr vorwärts. Er spürte Hände, die nach ihm griffen, die ihn festhielten, die wollten, dass er hierblieb, in dem Keller, in dieser Gruft, die nach Ruß stank, nach verbranntem Fleisch und Haaren. Heller biss sich auf die Lippen, versuchte ruhig zu bleiben, zu atmen, obwohl die Luft plötzlich voller Chlorgas war, beißend, giftig. Er griff sich an den Hals, das Trommelfeuer setzte ein. Plötzlich klatschte Schlamm auf ihn herab. Jemand packte ihn am Hals, Heller keuchte entsetzt.

Doch es war nur Saizevs Hand, die ihn schüttelte.

»Kommen Sie, ich habe einen Ausgang gefunden.« Er zog Heller hinter sich her. Der stolperte vorwärts, unter seinen Füßen knirschte es und etwas brach wie trockenes Geäst und zerstob in der Luft. Dann plötzlich sah er wieder etwas. Licht. Panisch schnappte er nach frischer Luft.

Saizev sah ihn prüfend an. »Gehen Sie hier herum, ich da! Versuchen Sie, ihr den Weg abzuschneiden!«

Heller kroch aus dem Loch. Sie waren auf der anderen Seite des zerstörten Häuserblocks herausgekommen. Heller atmete befreit auf, die Panik war ihm in die Knochen gefahren, mehr noch als in der Bombennacht. Er knöpfte seinen Mantel auf, nahm die Mütze ab, versuchte, sich zu beeilen, doch Trümmer versperrten immer wieder seinen Weg. Gerade mal ein schmaler Pfad lag frei zwischen den Schuttbergen. Jeder Windstoß konnte Mauern zum Einsturz bringen. Der Schmerz in seinem Knöchel kam zurück, als hätte allein die Erinnerung ihn wieder geweckt, dreißig Jahre nach seiner schweren Verwundung.

Der Straßenzug erschien ihm endlos lang. Er konnte sich gar nicht vorstellen, einmal diese Strecke durch die Keller zurückgelegt zu haben. Heller sah sich um. Plötzlich war das Poltern und Herunterbrechen von Stein zu hören. Er fuhr herum, verpasste aber die Frau um Armeslänge. Offenbar hatte sie in einem Versteck nur darauf gewartet, dass er vorbeilief. Nun rannte sie ein Stück die Straße hinab. Im nächsten Moment kam Saizev über einen Schuttberg, sprang und rutschte hinab. Schon war die junge Frau in einem Loch in den Trümmern verschwunden. Saizev sprintete ihr nach, doch dann stoppte er. Es war nicht klug, der Frau in einen Keller zu folgen, vielleicht in einen Hinterhalt.

»Warum haben Sie sie laufen lassen?«, bellte der Russe wütend, als er zu Heller zurückkehrt war. »Wenn sich herausstellt, dass Sie unter einer Decke stecken, lasse ich Sie beide erschießen! Kommen Sie jetzt und erzählen Sie mir, was sie über diesen Professor Ehlig wissen. Und was es heißt, dass eine Krähe einer anderen kein Auge aushackt.«

17. Mai 1945, kurz nach Mittag

»Schon wieder Sie?«, fragte Schwester Rita, als Heller auf dem Krankenhausgelände auf sie zusteuerte. In der Hand hielt sie einen Kanten Brot. Sie schaute Heller an und brach dann die Hälfte ab und reichte ihm das Stück. Heller wollte ablehnen, doch die Schwester hielt ihm das Brot wortlos und hartnäckig hin, bis er es ihr abnahm.

Heller setzte sich erschöpft neben sie auf das niedrige Mauerstück. Das Brotstück war klein, er hätte es mit zwei Bissen aufessen können, aber er steckte sich nur eine Krume in den Mund. Saizev war weggegangen, um Professor Ehlig zu sprechen. Heller war klar, dass es dem Russen weniger um die Aufklärung des Mordes als um das Aufspüren versteckter Nazis ging. Auch sein Fahrer hatte angeblich nichts über Erika Kaluza herausfinden können.

»Furchtbare Geschichten höre ich jeden Tag«, sagte die Krankenschwester. »Haben Sie von den KZs gewusst?«

Heller nickte. Viele Juden, die nach Theresienstadt geschickt worden waren, wusste er, waren schon nach wenigen Wochen an Typhus oder Herzversagen gestorben. Selbst Junge und Gesunde. Was dort wirklich geschah, war offensichtlich.

Rita Stein sah ihm fest in die Augen. »Die haben da Menschen getötet, mit System. Nicht hunderte. Tausende. Ich habe Patienten hier, KZler, die sind nur noch Skelette. Die werden sterben und man kann ihnen nicht mehr helfen. Bei den meisten versagen die Nieren. Und Dinge erzählen die. Von Hunger und Durst und Folter.« Rita ließ den Kopf sinken und kaute auf einem Stück Brot herum. »Und Sie? Was macht Ihr Fall? Kommen Sie weiter?«

Heller seufzte. »Alles ist vernichtet, jedes Indiz. Der Russe traut mir nicht. Am liebsten ginge ich der Sache Bellmann noch einmal nach, bei Gelegenheit werde ich mich bei deren Verwandten noch einmal umsehen. Sie müssten überlebt haben. Deren Viertel ist ganz gut davongekommen. Wissen Sie was von dem Glöckner?«

Rita nickte. »Nach der Bombardierung half der, wo er konnte. Am Tage, bevor die Russen kamen, verschwand er dann.«

»Ob er in der Stadt geblieben ist?«

»Wozu?«

»Seine Frau? Sein Hund, Zeus?«

»Beide tot.« Die Schwester sah vor sich auf den Boden.

Heller betrachtete die Krankenschwester nachdenklich. Irgendetwas hatte sich in den letzten vier Stunden geändert. »Haben die Russen Ihnen etwas angetan? Geht es Ihnen nicht gut?«

Rita griff in ihre Kitteltasche und holte einen Umschlag heraus.

»Habe ich vorhin erhalten. Ein Kriegsheimkehrer hat es mir zukommen lassen.« Es war ein gelber Briefumschlag, den sie Heller gab. Das Papier hatte einen langen Weg hinter sich. Es war ein Foto darin, auf dem ein kleines abgestecktes Areal mitten im Sand mit lauter weißen Kreuzen zu sehen war. An manchen hingen Wehrmachtshelme. Auf einem Kreuz stand fein säuberlich geschrieben: *Ofwbl. Helge Stein, 25. Aug. 1908–20. Feb. 1943*.

Etwas berührte sanft Hellers Schulter. Es war Ritas Stirn.

Sie hatte sich also doch Illusionen gemacht.

Eine Weile saßen sie da und Heller wagte nicht, sich zu

rühren. Dann richtete Rita sich unvermittelt auf und wischte sich hastig über das Gesicht.

»Gut, dass er nicht sehen und hören muss, was hier vor sich geht«, sagte sie nun bestimmt und nahm Heller das Foto aus der Hand und steckte es zurück in den Umschlag. »Ich habe mich vorhin für Sie umgehört und eine Schwester gefunden, die mit der Toten befreundet war. Sie arbeitet im Haus 7 in der Augenambulanz. Das Haus ist zur Hälfte zerstört, man hat einen Noteingang auf der Elbseite eingerichtet.«

Rita reichte Heller einen Zettel mit einem Namen. Irma Braune. »Falls Sie mich noch einmal benötigen, ich wohne jetzt im Haus 14, wie die meisten Schwestern, bis das Schwesternheim wieder instand gesetzt ist. Im dritten Obergeschoss, am Gangende rechts.«

»Tut mir leid, ich kann sie nicht finden«, sagte die Stationsschwester, eine kräftige Frau um die fünfzig.

»Müsste sie da sein?«

»Dem Plan nach, ja. Und sie war auch schon da. Heute Morgen erzählte sie mir, dass die Polizei sie wegen Erika befragen wollte. Möglicherweise ist sie jetzt dort?«

»Wo?«, fragte Heller skeptisch.

»Bei der Polizei!«

»Ich bin die Polizei«, sagte Heller. »Wann haben Sie Irma Braune zuletzt gesehen?«

»Ganz sicher vor zwei Stunden. Später? … Nein, nicht dass ich wüsste.«

»Wo wohnt sie?«

»In Räcknitz, soweit ich weiß, sie wohnte doch mit der Erika zusammen. Ich müsste nachsehen!«

Heller sah sie auffordernd an. Er gewann das Blickduell, die Frau ging ins Schwesternzimmer.

»Das müsste die Zeunerstraße sein. Da ist ein Schild.« Heller deutete über die Schulter von Saizev, der dem Fahrer ein paar Anweisungen gab. Der eigentlich recht kurze Weg durch die Stadt hatte sie beinahe eine Dreiviertelstunde gekostet. Zu Fuß wären sie wohl schneller gewesen.

Auch hier Zerstörung, wohin Heller blickte. Mehr als die Hälfte der Häuser war ausgebrannt, andere eingestürzt. Doch die Menschen hatten sich notdürftige Unterkünfte gebaut. Bretterverschläge, Buden, Zelte. Andere hatten sich in den Wohnungen eingerichtet, verschlossen die zersplitterten Fenster mit Pappen oder Holzbrettern. Wäsche trocknete an Leinen, Kinder spielten zwischen den Trümmern. An den Hauswänden die unvermeidlichen Botschaften Überlebender, mit Kreide und weißer Farbe gemalt. Die Straßen waren soweit geräumt, damit Fahrzeuge passieren konnten.

»Ich suche Nummer acht!«, sprach Heller eine ältere Frau an. Die zeigte ihm das Haus.

Als der Wagen hielt, sprang Saizev mit heraus, hielt sich aber im Hintergrund und überließ Heller das Fragen.

»Wohnen hier eine Irma und eine Erika?«, fragte Heller einen alten Mann, der vor dem Haus Ziegel klopfte und säuberlich stapelte.

»Die sin arbeeten.«

»Leben noch Verwandte von Erika hier?«

»Nee, die sin alleene hier.«

»Haben Sie in den letzten Tagen hier Fremde gesehen?« Jetzt hätte Heller gerne ein Bild von Glöckner dabeigehabt.

»Sin ständig Fremde hier. Die ham uns Ausgebombte einquartiert, obwohl wir selbst ausgebombt sind!«

»Hatten die beiden Frauen Männerbesuch? Ein Mann vielleicht, der stark humpelte, der eine Beinprothese trug?«

Der Alte verneinte kopfschüttelnd. »Nischt gesehn.«

»Kann ich mir ihre Wohnung ansehen?«

»Sicher, im ersten rechts. Vorsicht, auf dem Absatz ist ein Loch.«

Die Wohnung der Frauen bestand aus zwei Zimmern. Türen gab es nicht mehr, die Fenster waren kaputt. Einzig Decken und Gardinen verhinderten, dass es allzu sehr zog. Die Tapete an den Wänden war verglüht. Zwei Matratzen lagen auf dem Boden nebeneinander, in einer Truhe fand Heller die wenige Habe der Krankenschwestern. Auf einem Stuhl stand eine Waschschüssel, in einem Krug daneben war noch ein wenig Wasser. Unter den Matratzen fand Heller ein paar Briefe, unter der Truhe schließlich noch zweihundert Reichsmark.

»Das ist doch kein Zufall, dass die Braune weg ist, oder?«, sagte Heller vor dem Haus zu Saizev.

Der Russe winkte ab. »Die hat jetzt Angst und ist abgehauen. Aber sie wird nicht ewig wegbleiben. Ich werde Posten platzieren, hier und im Krankenhaus.«

Sie mussten nicht lange warten, bis eine motorisierte Streife kam. Saizev bedeutete dem Laster anzuhalten und ließ zwei Soldaten abspringen.

»Los, zurück zum Krankenhaus!«, befahl er dann.

Die Fahrt zurück dauerte noch länger. Die Straßen waren verstopft von unzähligen Menschen und Fahrzeugen. An den Stromleitungen fanden langwierige Reparaturarbeiten statt. Sowjetsoldaten verteilten Lebensmittel. Ganze Menschentrauben bildeten sich um die Suppenküchen. Genauso viele standen mit Blecheimern und Schüsseln um die Wassertanks herum. Weiter westlich stieg eine große Staubwolke auf. Dort war wahrscheinlich wieder eine Hauswand eingestürzt, oder man hatte sie eingerissen. Beinahe wöchentlich detonierten Blindgänger. Immer mehr Russen kamen in die Stadt, wurden entweder stationiert oder in andere Städte weitergeleitet. Diese Kolonnen von Lastern, Panzern und von Pferden gezogenen Panjewagen mischten sich unter die noch immer endlosen Flüchtlingsmassen, die nun noch versuchte, in den Westen zu gelangen. Und immer wieder gab es Raub, Plünderung, Vergewaltigung, Mord. Heller wollte nicht nachdenken über den Irrsinn, stattdessen musste er immerzu an den Wasserkrug im Zimmer der Krankenschwestern denken. Die Sonne brannte auf das Auto mit dem offenen Verdeck. Heller, der seit Stunden nichts mehr getrunken hatte, verging fast vor Durst, aber er wollte das Saizev gegenüber nicht zugeben.

Sie näherten sich dem Krankenhaus, das wie eine Oase in der Trümmerwüste vor ihnen auftauchte, obwohl es selbst fast vollständig zerstört worden war. Es wurde immer voller auf den Straßen und es gab kaum noch ein Vorankommen. Die Sowjetarmisten hatten alle Hände voll zu tun, den Verkehr zu regeln, Laster einzuweisen und die Wagen ihrer Offiziere durchzuwinken.

Im Schritttempo lenkte der Fahrer den Wagen in die Fiedlerstraße zum Haupteingang, fuhr im Slalom um Bombentrichter, holperte über notdürftig geflickte Löcher, hupte ausdauernd, fluchte und schrie. Saizev nahm es mit stoischer Gelassenheit, während Heller, der bereits Kopfschmerzen hatte, am liebsten ausgestiegen wäre, um zu Fuß weiterzugehen.

Plötzlich platzte die Frontscheibe und der Fahrer sackte zusammen. Der Wagen schoss unkontrolliert nach vorne, stieß gegen einen Karren und der Motor starb ab. Erst jetzt hörte Heller die Schüsse.

»Runter!«, schrie Saizev, öffnete die Beifahrertür und ließ sich hinausfallen. Wieder schlug eine Salve ins Auto ein, ein Reifen platzte, ein zweiter, im Motor begann es zu zischen.

Heller hatte sich zwischen die Sitzbänke geklemmt, fühlte

sich jedoch schutzlos ausgeliefert. Auch er wollte raus aus dem Wagen, doch dazu hätte er sich aufrichten und aus der Deckung herauskommen müssen. Schon zerfetzte eine weitere Kugel die Rückenlehne des Fahrersitzes und der Fahrer, den Heller für tot gehalten hatte, stöhnte noch einmal auf und kippte zur Seite. Wieder peitschten Schüsse. Jetzt schoss Saizev offenbar mit seiner Pistole zurück, und auch Gewehrschüsse waren zu hören.

Heller wagte vorsichtig, den Kopf zu heben. Die Menschen hatten sich auf den Boden geworfen, krochen in Deckung, andere rannten blindlings davon. Da sah er es in einiger Entfernung zwischen den Trümmern blitzen. Und schon schlugen die Kugeln rings um das Auto ein und in die Mauer hinter ihnen. Jemand schrie getroffen auf.

»Granate!«, rief Saizev. Schon platzte die Handgranate. Heller hatte sich wieder zwischen die Sitze geduckt und hielt sich die Hände über den Kopf. Splitter prasselten an die Seitenwand des Autos. Ein einzelner Schuss fiel, noch einer. Dann war mit einem Mal Ruhe. Irgendjemand brüllte etwas auf Russisch.

Saizev rappelte sich auf und auch Heller wagte sich aus der Deckung.

Inmitten der Trümmer sah er jemanden liegen. Da, wo der Angreifer ihnen aufgelauert hatte, war er aus seiner Deckung gekippt. Doch noch wagte sich niemand vor. Der Schütze konnte Komplizen haben oder sich nur tot stellen. Saizev rief einen Befehl, machte den Soldaten Zeichen und zwei, drei von ihnen gingen geduckt vorwärts und umkreisten den Mann.

Aus dem Augenwinkel bemerkte Heller, dass sich jemand aus dem Schatten eines abgebrannten Baumes löste und mit hastigem Schritt auf den Attentäter zurannte. Es war die junge Frau im grauen Mantel.

»Stoi!«, brüllte Saizev und schoss in die Luft. »Stehen bleiben. Bleiben Sie weg!«

Doch die junge Frau war schon bei dem Mann auf dem Boden angelangt, zerrte wild an dessen Jacke, sah dann auf und rannte angesichts der sich bedrohlich nähernden Sowjetsoldaten panisch zurück in die Trümmer.

Heller kletterte mühsam aus dem zerstörten Auto und beugte sich kurz zu dem toten Fahrer, der mit aufgerissenen Augen in den blauen Himmel starrte. Dann ging er rasch zu dem toten Attentäter.

Saizev hatte dem Mann bereits die Schmeisser aus der Hand gerissen und zwei Handgranaten sichergestellt. Der Tote trug einen unscheinbaren grauen Anzug und eine Schiebermütze, die ein Kopfschuss ihm heruntergefetzt hatte.

»Ich wollte ihn lebend! Verdammt«, fluchte Saizev.

Heller beugte sich hinunter, ignorierte Blut und Hirnmasse und drehte den Kopf des Toten zu sich. »Ich kenne den. Das ist Strampe, Peter Strampe. Eigentlich müsste der schon längst tot sein.«

»Wie?« Saizev hielt sich die Schulter. Durch seine Finger sickerte Blut.

»Es hieß, er und mein Vorgesetzter Klepp seien mit vielen anderen beim ersten Bombardement ums Leben gekommen.«

»Nun, was den da betrifft, hat man sich wohl geirrt. Warum hat er uns angegriffen? Galt das Ihnen?« Saizev blutete mittlerweile immer stärker. Bestimmt hatte er Schmerzen, aber er zeigte es nicht.

Heller beugte sich noch einmal zu dem Toten und sog den Geruch von dessen Jacke ein. »Riechen Sie das?«

Saizev ging auf die Knie und ließ sich von Heller das Jackenfutter ans Gesicht halten.

»Seltsam, nicht? Wie Leichenhalle!«

»Vielleicht hat er die Kleidung von einem Toten an.« Saizev schüttelte sich und stand auf.

Heller erhob sich ebenfalls. Er musste an die Nacht denken, in der Strampe das ganze Magazin seiner MP verschossen hatte. Und an das Fahrrad in dessen Beiwagen. Ob es überhaupt das Rad des Franzosen gewesen war? Seltsam, wie sehr Klepp daran gelegen war, den Fall schnell ad acta zu legen. In Gedanken versunken stand Heller da. Dann sah er plötzlich auf.

»Kommen Sie, Saizev, Sie müssen zu einem Arzt. Unterwegs erzähle ich Ihnen von Klepp.«

»Gut, bringen Sie mich zu diesem Schorrer!«

Doktor Schorrer ließ nicht erkennen, ob er sich darüber freute, Heller lebend wiederzusehen. Er wirkte distanziert und fragte auch nicht, warum sie ausgerechnet ihn aufgesucht hatten.

Saizev zog sich aus. Sein Oberkörper war eher drahtig als muskulös. Auf seinem Rücken befand sich eine große ausgeheilte Brandnarbe. Schorrer zog sich Gummihandschuhe über und desinfizierte die Schusswunde. Die Kugel hatte ihn oberhalb des rechten Schlüsselbeins getroffen und den Schultermuskel glatt durchdrungen.

»Schwein gehabt!«, murmelte Schorrer.

Der Russe schwieg, beobachtete den Doktor ungerührt.

»Ich muss nähen«, befand der Arzt.

»Tun Sie das.«

Schorrer ließ sich von der anwesenden Schwester das Besteck reichen und nähte zuerst die Rückenwunde mit wenigen Stichen. Saizev verzog keine Miene.

»Waren Sie in der NSDAP?«, fragte er Schorrer unvermittelt, als der Arzt sich vor ihn setzte, um das Eintrittsloch der Kugel zu inspizieren.

»Nein.« Schorrer musste wissen, um was es ging. Aber er ließ sich nichts anmerken und ging seiner Arbeit professionell und schnell nach.

»Bei der SS?«

»Ich war Oberarzt in einem Feldlazarett in Polen. Ich bin in der Etappe hängen geblieben«, sagte Schorrer betont ruhig.

Saizev hob den Kopf. »Waren Sie jemals an den Einsätzen der Waffen-SS beteiligt gewesen?«

»Nein, niemals, die hatten ihre eigenen Sanitätseinheiten.«

»War es Ihnen leichtgefallen, sich nach Deutschland versetzen zu lassen?«

»Nun, erstens bin ich nicht mehr der Jüngste, ich habe meinem Land nicht nur in diesem Krieg gedient. Und zweitens müssen Sie sich nicht erst anschießen lassen, um mich zu verhören. Ich komme gern ins Hauptquartier und bin auch jederzeit zu einem Gespräch in meinen bescheidenen Räumen bereit. Wollen Sie mich jetzt bitte meine Arbeit machen lassen?«

Der Russe fingerte eine Zigarette aus seiner Jacke, steckte sie sich in den Mund und sah dann Heller auffordernd an. Der wiederum blickte zu Schorrer. Unmerklich nickte dieser. Mit einem Streichholz zündete Heller Saizevs Zigarette an. Der zog zweimal tief, verzog das Gesicht und wollte Schorrer den Glimmstängel anbieten. Der Arzt schüttelte den Kopf. »Ich rauche nicht.«

Saizev zog noch einmal. »Kennen Sie Obersturmbannführer Klepp?«

»Ja, ich kannte ihn. Habe gehört, er sei umgekommen.«

»Möglicherweise nicht!«

Schorrer hielt für einen kurzen Moment inne. »Aha?«

»Strampe, sein Adjutant, oder besser gesagt, Fahrer und Leibwächter, hat uns vorhin beschossen. Von dem hieß es auch, er sei tot«, erklärte Heller.

Der Arzt ließ sich von ihm Mull und Binden reichen und begann Saizev zu bandagieren. »Das war die Schießerei vorhin. Ich hab es gehört. Klepp, soso. Hat also seinen Posten verlassen, fahnenflüchtig geworden. Und das als Obersturmbannführer. Die schlimmsten Großsprecher gehen zuerst.«

»Klepp meinte zuletzt zu mir, man müsse sich mit den Amerikanern verbünden, um …« Heller verstummte. Saizev lachte auf und wedelte mit der Hand, sie sollten fortfahren, das Gespräch schien ihn zu interessieren.

Schorrer schnaubte. »Klepp wusste, der Wind wehte aus dem Osten. Der hatte einiges auf dem Kerbholz. Wenn er nur halb so verschlagen war, wie ich vermute, dann hat er sich rechtzeitig davongemacht, um seine Haut zu retten. Ich habe erst kürzlich von einem Juden gehört, Klepp wäre der schlimmste Bluthund in Dresden gewesen.«

»Sie meinen also, er hat sich abgesetzt? Warum ist Strampe dann noch hier? Warum schießt er auf mich?«

Schorrer war jetzt fertig mit dem Bandagieren und hob die Hände. »Wie ich Ihnen schon im Winter sagte, ich bin Arzt und kein Detektiv. Vielleicht hatte Strampe noch eine Rechnung offen mit Ihnen oder aber …«

Saizev hatte sich erhoben und war dabei, sein Hemd wieder anzuziehen. »Oder Klepp ist noch hier und hat etwas zu verbergen! Herr Heller, wissen Sie, wo Klepp wohnte?«

»Soviel ich weiß, in der Königsteinstraße. Aber wir müssen vorher unbedingt noch herausfinden, ob Irma Braune wieder aufgetaucht ist!«

17. Mai 1945, Abend

Die Krankenschwester Irma Braune war nicht wieder an ihrem Arbeitsplatz erschienen. Außerdem stellte sich heraus, dass der Wagen durch Strampes Schüsse fahruntauglich geworden war, und auf die Schnelle fand Saizev keinen Ersatz. So blieb ihnen nichts anderes übrig, als sich zu Fuß auf den Weg zu machen.

Hellers rechter Knöchel sandte ihm längst wieder schmerzhafte Signale. Da half auch die Suppe und die dicke Scheibe Weißbrot nichts, die Saizev ihm besorgt hatte. Das Brot hatte er nicht gegessen, damit er es heute Abend Karin mitbringen konnte.

Der eigentlich kurze Weg geriet für Heller zu einer Herausforderung. Lediglich schmale Pfade waren geräumt zwischen den Trümmern, oft führte der kürzeste Weg über die Trümmer hinweg. Als sie die Königsteinstraße erreicht hatten, war es später Nachmittag geworden und Heller musste damit rechnen, wegen der Sperrstunde heute nicht mehr nach Hause zu kommen.

Den ganzen Weg über hatte er noch über Strampes Überfall nachgedacht. Er war sich ziemlich sicher, der Angriff hatte ihm persönlich gegolten, und sein Leben hatte er nur dem unglücklichen Fahrer zu verdanken, der den Kugeln im Weg gewesen war. Musste er sich jetzt in Acht nehmen und hinter jedem Mauervorsprung, in jeder Nische einen Scharfschützen vermuten, der Strampes Auftrag zu Ende führen wollte? Verstohlen sah sich Heller nach allen Seiten um.

»Sie humpeln«, bemerkte Saizev, der eine Zigarette nach der anderen rauchte, weshalb ihnen seit geraumer Zeit einige Kinder folgten, die sich um die halb aufgerauchten Kippen balgten, kaum dass der Russe sie weggeschnippt hatte. »Verletzung aus dem Krieg?«

Heller nickte. »1915 in Belgien. Ich habe ihr wohl mein Leben zu verdanken, sie brachte mich heim.«

Saizev nickte wieder, und langsam glaubte Heller, dass er das immer machte, wenn er etwas nicht verstanden hatte. Sein Knöchel war damals von einem Holzstück durchbohrt worden, so groß wie ein Brotmesser. Einige Zeit hatte es so ausgesehen, als ob sie den Fuß abnehmen müssten. Das wäre es ihm wert gewesen, nur damit er endlich wegkam aus dem Graben.

»Haben Sie Kinder?«

»Zwei Jungen.« Heller war stehen geblieben. »Da drüben müsste es sein.« Er deutete auf eine große Villa, deren Dach zum Teil eingestürzt war.

»Wo sind Ihre Söhne?« Saizev ließ nicht locker.

»Klaus war in Russland. Erwin wurde vierundvierzig in die Ardennen geschickt.«

»Gut.« Mehr sagte Saizev nicht dazu. Dann drehte er sich blitzschnell um und zückte seine Pistole. »Verschwindet! Weg!«, fuhr er die Kinder an. Die machten auf dem Absatz kehrt und rannten davon.

Klepps Villa hatte drei Stockwerke. Ein großes verwildertes Grundstück umschloss das Haus. Zwei hohe abgebrannte Pappeln standen im Garten. Die Zäune waren umgeknickt, sämtliche Fensterscheiben zersplittert. Gardinen hingen aus den Fenstern, gerade so, als wäre der Bombenangriff gestern erst gewesen. Ein Teil des Daches war eingestürzt und mit ihm ein Stück der Außenwand. Beinahe sah es aus, als hätte ein riesiges hungriges Wesen ein Stück herausgebissen. Noch während der letzten Kriegsmonate war das Gebäude gut beschützt gewesen. Plünderer mussten mit der Todesstrafe rechnen. Doch seitdem die Sowjetarmee die Stadt besetzt hielt, waren Häuser wie dieses schutzlos.

Saizev betrat über den umgekippten Holzzaun das Grundstück und begann, das Haus langsam zu umrunden. Heller folgte ihm mit einigem Abstand. Es beunruhigte ihn, dass sie vollkommen ohne Deckung waren, sollte jemand in der Villa auf sie lauern.

»Ich weiß nicht recht, was ich mir erhofft habe«, gab Saizev zu, nachdem sie wieder vor dem Eingang standen. Bis auf den zerstörten Bereich war die Villa nach derzeitigen Maßstäben bewohnbar. Die Nähe zum Großen Garten und das weitläufige Grundstück hatten es vor dem Feuersturm bewahrt.

»Warum sollte Klepp sich versteckt haben? Das wäre nicht typisch für einen Mann von der SS, nicht wahr?«

Nein, Klepp hatte nicht typisch gehandelt für einen SS-Mann. Heller wusste, der Parteiapparat, die Polizei unter der SS-Führung, sämtliche Ämter hatten nach den Bombenangriffen sofort reagiert, hatten geholfen, organisiert, verpflegt. Es waren sogar extra Leute aus Berlin nach Dresden gesandt worden, um bei der Koordination zu helfen. All das hatte wunderbar funktioniert. Dass führende Parteigenossen und SS-Leute dagegen oftmals als Erste vor dem anrückenden Feind geflohen waren, hatte sich schnell herumgesprochen. Doch so früh wie Klepp, fast drei Monate vor dem Kriegsende, hatte sich wohl keiner abgesetzt. Entweder hatte Klepp auf ein viel schnelleres Ende spekuliert oder er hatte etwas vor seinen eigenen Leuten zu verbergen gehabt.

»Kommen Sie, wir gehen da jetzt rein!« Saizev sprang die ersten Stufen hinauf.

»Lieber wäre mir, ich hätte eine Pistole«, murmelte Heller.

»Damit Sie mir in den Rücken schießen können?«, schnaubte der Russe. Er zog seine Waffe, entsicherte sie und pirschte sich geduckt in den Vorsaal.

Es war wirklich ein kleiner Palast, in dem Klepp gewohnt hatte. Der Vorsaal machte seinem Namen alle Ehre. Der Boden war mit schwarzen Granitplatten ausgelegt, zwei geschwungene Treppen führten hinauf zu einer Balustrade im ersten Obergeschoss. Große Doppeltüren führten zu einem Salon auf der linken und einem Arbeitszimmer auf der rechten Seite. Spuren im Staub gaben Hinweise auf streunende Tiere und Menschen, vermutlich Obdachlose und Hungernde, die auf der Suche nach Essbarem waren. Es gab kein Indiz dafür, dass Klepp lebte.

Saizev drückte sich an die linke Wand und sicherte die Treppenaufgänge. Er machte Heller ein Zeichen, dass er nichts Verdächtiges ausmachen konnte. Sie begannen ihren Rundgang durch das Erdgeschoss. Während das Arbeitszimmer beinahe unversehrt war – sogar eine Hakenkreuzfahne und eine Hitlerbüste befanden sich noch an ihren Plätzen –, waren die Küche und das Waschhaus vollkommen zerstört. Die Decken darüber waren eingestürzt. Im Salon waren die Schranktüren der Büfetts aufgerissen, sämtliches Geschirr und die Gläser fehlten oder waren zerschlagen. Der Tisch war von eingestürztem Mauerwerk zertrümmert worden.

Dann waren sie wieder im Foyer angelangt. Saizev winkte und zeigte nach oben. Heller folgte ihm leise die Treppe hinauf. Oben befanden sich die Wohnräume der Klepps. Große helle Räume, allesamt leer geräumt oder geplündert. Auch hier überall Fußspuren im Dreck. In den Schlafzimmern fehlten das Bettzeug und die Matratzen. Die Kronleuchter waren von der Decke gestürzt. Überall lagen Papiere verstreut auf dem Boden. Heller bückte sich nach ihnen, erkannte alte Steuerbescheide, Versicherungsunterlagen, nutzlos für ihn.

Saizev wirkte verärgert. »Hier wohnt doch keiner mehr. Ich glaube nicht, dass sich Klepp hier aufhält. Sinnlos, hier herumzuklettern. Sehen Sie, die Treppe nach oben ist kaputt.«

Heller wollte noch nicht aufgeben. Er kniete sich in den Dreck und sah unter Schränke und Betten. Dann stellte er sich auf einen Stuhl. »Aber niemand hat sich hier eingenistet. Das ist verwunderlich. Jeder bewohnbare Flecken, jedes Haus wird genutzt, die Plätze unter den Brückenbögen sind übervölkert. Und das Haus hier steht leer?«

»Was erwarten Sie denn, hier zu finden?«, fragte Saizev.

»Ich erwarte nie etwas, sonst finde ich nur das, was ich finden will.«

Saizev nickte und schüttelte gleich darauf abfällig den Kopf. »Meine Partei findet, was sie finden will.«

Heller musste sich ein Grinsen verkneifen. Auf einem der Kleiderschränke hatte er gerade eine Holzschatulle entdeckt, in die er gern hineingesehen hätte. Ohne Saizev.

»Kommen Sie, Alexej, jetzt sind wir einmal hier, lassen Sie uns das Licht noch nutzen und gründlich nachsehen in jedem Raum.« Heller hoffte, den Russen so für kurze Zeit loszuwerden.

»Dann gehe ich hoch, Väterchen. Wenn Sie etwas hören, dann schreien Sie nicht gleich. Verstecken Sie sich besser.« Der Russe verschwand.

Heller ärgerte sich über dessen Überheblichkeit, aber wenigstens konnte er jetzt unbeobachtet die flache Kiste vom Schrank nehmen. Sie war nicht verschlossen. Es lagen Fotos und Briefe darin. Heller nahm einzeln jeden Brief heraus, las ihn an und blätterte in ihnen. Es waren Liebesbriefe von Klepp an seine Frau Magdalena. Wie sehr er sie vermisste, hatte er aus Polen geschrieben, ihre Stimme, ihr Lachen. Dazwischen fanden sich kleine Gedichte, schwülstige Vierzeiler, voller Rosen, pochender Herzen und ewiger Liebe. Heller staunte, dass der zynische Herrenmensch Klepp offenbar auch eine ganz andere Seite gehabt hatte. Das hätte er ihm nie zugetraut. Er hob die Fotos ins schwächer werdende Tageslicht und erkannte auf ihnen Klepp in Uniform, im Unterhemd, Klepp mit Jagdgewehr, mit totem Reh, Klepp auf einem Schützenwagen mit Schutzbrille. Klepp, dem ein hoher Offizier die Hand schüttelte, Klepp mit einer Kuh und mit sechs Männern vor einem ländlichen Haus, Klepp in der Berufsbekleidung eines Fleischers, weiß mit Schürze, und mit einer Schweinehälfte in jeder Hand, breitbeinig posierend wie ein Gewichtheber. Außerdem noch Hochzeitsbilder mit einem jungen schlanken Klepp in Uniform, seine Frau ganz in Weiß, hochgeschlossen, Kragen bis zum Kinn, ein weiches Gesicht.

Plötzlich hörte Heller etwas. Er legte die Fotos hin und schlich zur Tür. Doch es war nur Saizev, der auf dem Dachboden rumorte.

Heller ging zurück ans Fenster und nahm sich die letzten Bilder vor. Er begann noch einmal von vorn. Auf den Bildern, die Klepp im Krieg zeigten, glaubte er, Strampe zu erkennen. Mit kindlichen Gesichtszügen unter schwarzem Stahlhelm sah er trotz seiner Größe wie ein kleiner Junge aus. Nun sortierte Heller sämtliche Fotos aus, die ihm nicht nützlich erschienen, und hielt zum Schluss nur noch das Bild von Klepp mit den Männern vor der Fleischerei in der Hand. Fünf von denen waren ältere Männer, mit kräftigen Schnauzbärten und Bürstenschnitt. Ein junger Mann stand im Hintergrund, offenbar ein Lehrling. Einer der Älteren schien Klepps Vater zu sein und ganz links am Rand sah man das Gesicht eines Jungen von dreizehn, vierzehn Jahren, verlegen lächelnd, unsicher, ob er dazugehören durfte. Heller beugte sich noch weiter ins Licht. Das Bild war leicht überbelichtet und schon ein klein wenig vergilbt.

»Wenn Sie sich noch weiter hinauslehnen, schießt Ihnen noch jemand in den Kopf!«

Heller erschrak und warf dem jungen Russen einen ärgerlichen Blick zu.

»Schauen Sie nur«, rief Saizev. Er steckte beide Hände in seine Hosentaschen, zog sie wieder heraus und streckte sie Heller entgegen. Sie waren gefüllt mit Ketten, Ringen und Münzen. »Gut versteckt auf dem Dach unter den Holzbrettern. Da liegt noch viel mehr. Scheint, als ob der Obersturmbannführer sich bei der Ausrottung der Juden bereichert hat. Da ist der Kriegskasse Hitlers wohl einiges vorenthalten worden. Viele Geldbündel liegen da, Silberbestecke, Kerzenständer, Uhren, Porzellan. Alles, was das Herz begehrt. Ein richtiger Schatz.«

Saizev verteilte seine Ausbeute wieder auf die Taschen. »Ist er deshalb untergetaucht, weil er befürchtete, dass man all das nach der Bombardierung finden könnte? Und nun will er seinen Schatz nicht zurücklassen. Heller, Sie hören gar nicht zu. Was ist mit Ihnen?«

Heller betrachtete immer noch das Foto in seinen Händen, und plötzlich war ihm, als knisterten die Wände. Als hätten sie noch nicht in jeder Ecke nachgesehen, als wäre da noch etwas verborgen im Schatten. Nicht wie seinerzeit die Zinsendorfer, die in ihrem Wahn an seinem Bett gelauert hatte. Etwas wirklich Gefährliches. Er hielt dem Russen das Foto hin. »Der hier, ganz links. Das ist der, den ich verfolgt und angeschossen habe.«

»Sie sind sicher? Hier ist er noch Kind.«

Heller nickte. Ihm war, als beobachtete ihn jemand mit kaltem Blick.

Saizev nahm das Foto an sich, faltete es und steckte es ein. »Es ist spät. Wir müssen sehen, wie wir heimkommen.«

»Wo wohnen Sie denn?«, fragte Heller.

»Ich …«, begann Saizev, hob dann aber warnend die Hand, legte den Finger auf den Mund. Lautlos griff er nach seiner Waffe. Dann bewegte er sich zur Tür und lauschte. Er winkte Heller zu sich heran. »Hören Sie das?«

Heller drehte seinen Kopf. Es war still, sehr still. Die Sonne war längst hinter den Ruinen verschwunden. Bald war Ausgangssperre. Wer ein Zuhause hatte, war jetzt dort angekommen oder sollte zumindest für die Nacht einen Unterschlupf gefunden haben.

Doch da war ein Geräusch.

»Es kommt von unten!«

Saizev ging leise die Treppe hinab. Im Erdgeschoss war alles ruhig.

»Im Keller waren Sie noch nicht«, flüsterte Heller.

»Der Eingang außen war verschüttet«, flüsterte Saizev zurück.

»Es gibt bestimmt einen zweiten Zugang durch das Haus.« Heller führte den Russen in die zerstörte Küche, fand eine kleine, weiß lackierte Holztür und hinter ihr den Kellerabgang. Er langte automatisch zum Lichtschalter, doch natürlich gab es keinen Strom. Auf der obersten Stufe stand eine Petroleumlampe. Saizev schüttelte sie, es plätscherte leise und er zündete den Docht an.

Gemeinsam gingen sie in den Keller. Die Wände bestanden aus Sandstein, die winzigen Fenster waren mit Lumpen verstopft. Teppiche lagen herum, Decken, Kissen. Kinderspielzeug aus Holz. Schüsseln in den Ecken, braunes Wasser darin oder Schlimmeres, es stank stark nach Ammoniak. Ein Lederball, Knochen, Kleidungsstücke, alles wild durcheinander. Heller bückte sich und hob etwas auf. Es war eine

Damenunterhose. Dann griff er nach dem Ball. Es waren eindeutig Bissspuren im Leder zu erkennen. Auch das Holzspielzeug war zerkaut.

Saizev nahm ihm die Unterhose ab. »Glauben Sie, das ist von einem Opfer?«

»Unmöglich, das zu beweisen«, murmelte Heller.

Saizev hob die Lampe, ging ein paar Schritte. »Hier ist niemand.«

Da hörten sie plötzlich ein gedämpftes Stöhnen, so nah, dass sie beide augenblicklich beiseitesprangen. Es kam eindeutig von unten. Saizev übergab Heller die Lampe und begann, mehrere Lagen Decken und Teppiche vom Boden zu reißen. Schließlich fand er noch eine Schicht lose Teerpappe. Als er diese entfernte, entdeckten sie eine Klappe, die in den Boden eingelassen war. Sie war aus schwerem Holz gezimmert. Ein großer Schieber verriegelte sie. Saizev öffnete den Riegel und stemmte die Klappe nach oben. Darunter erkannte man ein winziges Verlies von höchstens zwei Kubikmetern. Widerlicher Gestank stieg nach oben, beide Männer hielten sich die Hände vor Nase und Mund. Saizev nahm die Lampe und leuchtete nach unten. Auf dem feuchten Boden, inmitten undefinierbarer Lumpen, lag die junge Frau im grauen Mantel, die ihnen schon zweimal entwischt und deren Gesicht Heller bekannt vorgekommen war. Ihr Haar war verklebt von Schlamm und Blut, ihr Mund, die Augen fest verbunden. Die Hände waren auf dem Rücken gefesselt, die Beine zusammengebunden.

»Haben Sie keine Angst! Wir helfen Ihnen!«, rief Heller. Er ging auf die Knie und versuchte, nach der Frau zu greifen. Doch das funktionierte nicht. Wohl oder übel musste er in den Gestank hinuntersteigen. Der schlammige Untergrund saugte an seinen Schuhen. Heller griff der Frau unter die Arme, zerrte sie hoch, bis Saizev nach ihr fassen konnte, gemeinsam hievten sie sie hinauf. Heller beeilte sich, aus dem Loch herauszukommen. Die Vorstellung, der Deckel könnte zuschlagen und er würde eingesperrt sein, versetzte ihn in helle Panik. Hektisch zog er sich aus dem Loch, half Saizev, der Frau die Fesseln abzunehmen, kümmerte sich um die Augenbinde und den Knebel. Kaum war ihr Mund frei, schrie sie auf, schnappte hysterisch nach Luft, ihre Augen rollten panisch, sie griff nach Hellers Armen und seinem Hals, als suchte sie Halt, wie eine Ertrinkende.

»Ruhig, Sie sind sicher! Wie heißen Sie, wer hat Sie hierher verschleppt?« Saizev nahm sein Klappmesser und zerschnitt die Stricke an den Beinen.

Beim Anblick des Messers begann die Frau nach Heller zu schlagen. Mit wilden Tritten versuchte sie sich von dem Russen freizumachen, der wiederum versuchte, ihrer Beine wieder Herr zu werden.

»Nun beruhigen Sie sich doch. Ich bin von der Polizei!«

Doch die Frau hörte nicht auf. Sie strampelte sich frei und trat die Lampe in die Grube, wo sie erlosch. In der plötzlich eintretenden Dunkelheit bekam Heller einen heftigen Schlag ins Gesicht. Dann rannte die Frau davon, nur ein Schemen in der sich gegen die Finsternis abzeichnenden Kelleröffnung. Heller und Saizev waren gleichzeitig bei der Treppe. Saizev drängte sich an Heller vorbei.

»Stoi!«, rief er. »Stoi!« Heller war dicht bei ihm, rannte im Erdgeschoss sofort nach links zum Fenster, um der Frau den Weg abzuschneiden. Doch sie war schneller und hatte die Straße schon erreicht. Der Russe legte die Waffe an.

»Nicht schießen, um Himmels willen! Warten Sie, Fräulein! Bitte, Fräulein, laufen Sie doch nicht weg«, rief Heller der Frau hinterher.

Saizev fluchte, denn die Frau war in den Ruinen verschwunden.

»Stehen bleiben!«, rief da eine fremde Stimme in gebrochenem Deutsch. Rotarmisten auf Patrouille.

Saizev antwortete etwas auf Russisch und rief die Streife herbei. Er sah Heller bedeutsam an. »Lassen Sie uns noch mal in den Keller sehen. Wir haben wohl Ihren Angstmann gefunden. Zumindest seine Höhle!«

Die Rotarmisten leuchteten mit ihren Taschenlampen in das Loch. Saizev ließ sich hinuntergleiten und seine Stiefel versanken einige Zentimeter im Schlamm. Heller sah auf seine eigenen Schuhe runter und schüttelte sich unwillkürlich.

»Das ist Erde, nur gegraben, kein Zement.« Mit den Fingern rieb Saizev an den Wänden. »Und sehen Sie?« Er zeigte angewidert auf einen langen Knochen. »Da sind noch mehr.«

»Menschliche Knochen?«

»Ich bin nicht sicher. Hielt er hier seine Opfer gefangen?«

»Dann müsste Klepp davon gewusst haben.« Warum dann die Knochen, fragte sich Heller, gab es noch mehr Opfer?

Saizev nickte und stemmte sich aus dem Loch. An den Kanten streifte er sich Schlamm von den Stiefeln. »Kennen Sie jemand, der die Knochen untersuchen kann?«, fragte er.

»Da fällt mir wieder nur Schorrer ein!«

»Das ist gut, den will ich mir sowieso etwas näher anschauen.«

»Hat der Professor Sie auf die Spur gebracht? Der war selbst ein glühender Hitlerverehrer!« Heller verstummte. Das war etwas von den Dingen, die er sich geschworen hatte nie zu tun. Sollte man ihn befragen, als Zeuge, würde er nach bestem Wissen und Gewissen aussagen. Doch alles andere war Denunziation unter dem Verdacht der Vorteilsaneignung. Und denunziert wurde wahrlich genug in den Jahren des Dritten Reiches.

»Sie sind naiv, Herr Heller, wenn Sie glauben, dieser Schorrer wäre ein guter Mann. Das entschuldigt Sie für Ihr Verhalten im Deutschen Reich. Ihre Naivität.«

Solches Gerede machte Heller wütend, ausgerechnet von einem jungen Mann wie Saizev, der selbst glaubte, was seine Partei diktierte, aber er beherrschte sich und verbiss sich eine Antwort.

Plötzlich zischte etwas leise. Alle sahen nach oben, wo ein Sowjetsoldat stand und etwas auf Russisch flüsterte. Saizev winkte Heller zu sich und sie gingen gemeinsam leise hinauf. In gebückter Haltung folgten sie dem Soldaten und kauerten sich unter ein Fenster. Mittlerweile war es Nacht geworden. Die Sterne blinkten, flüchtige Wolken leuchteten hell im Mondlicht auf.

Da hörten sie es. Es klang wie das Schnaufen eines Tieres. Steine rollten. Jemand kicherte leise, gurgelte.

Heller hob vorsichtig den Kopf über den Sims. Nur schwach zeichnete sich der nächste Trümmerberg ab. Es raschelte im hohen Gras, die Zweige in den Büschen schienen sich zu bewegen, dann hörte man ein Räuspern. Noch einmal. Lauter. Und wieder ein Schnaufen.

»Was ist das?«, fragte Saizev leise.

Heller antwortete nicht und horchte in die Dunkelheit. Plötzlich glaubte er zu hören, dass jemand laut den Speichel einsaugte. Und schließlich weinte jemand. Es war ein lautloses Klagen, das Wimmern eines Kindes.

Saizev gab dem Soldaten leise eine Anweisung, der daraufhin wegging. Im nächsten Moment bewegte sich Saizev ohne Vorankündigung in die andere Richtung. Obwohl er vorsichtig war, trat er in paar Steine los. Augenblicklich verstummten draußen die Geräusche. Man hörte hastige Schritte, Zweige brechen und das tönerne Poltern von Ziegelsteinen. Heller hockte sich verärgert unter das Fenster. Warum musste Saizev immer so ungeduldig sein? Wäre es nach Heller gegangen, hätte man gewartet und still beobachtet. Nun war wieder eine Chance vertan. Enttäuscht lehnte er den Kopf an die Wand. Jetzt merkte er erst, wie hungrig er war, vor allem aber, wie müde. Doch sobald er die Augen schloss, vermischten sich die Eindrücke des Tages zu einem Wirrwarr aus Autofahrten, Schießereien, Geschrei und dem beklemmenden Gefühl, lebendig begraben zu sein. Kein Wunder, dass die junge Frau so panisch gewesen war. Trotzdem wünschte er, sie hätte sich besonnen.

Saizev kehrte zurück und sprach mit dem Soldaten. Heller rieb sich die Müdigkeit aus dem Gesicht. Diese verdammte Sprache. Er musste lernen, sie zu verstehen.

»Der ist weg!« Saizev ließ sich neben ihn fallen, schnippte sich eine Zigarette aus der Schachtel und zündete sie an.

»Haben Sie etwas gesehen?«

»Er humpelte stark!«

»Humpelte?« Heller fiel der Hausmeister Glöckner mit seiner Prothese ein.

Saizev schwieg und rauchte.

»Ich habe befohlen, das Haus zu bewachen. Hier in der Nähe gibt es eine Kaserne, dort übernachten wir.«

»Ich wollte eigentlich heim«, widersprach Heller leise.

»Nix mehr heim!«

In der Dunkelheit verlor Heller die Übersicht. Da auch weiter südlich in Dresden alles zerstört war, erkannte er kaum einen Straßenzug wieder, ahnte nur, wo der Hauptbahnhof lag. An manchen Hausecken brannten Lagerfeuer. Mehrmals wurden sie angehalten, bis sie schließlich ein Haus erreichten, welches das Bombardement überstanden hatte. Es war ein großes Gebäude mit vier Stockwerken, das zur Universität gehören konnte. Draußen standen bewaffnete Posten. Die Soldaten lachten, rauchten und tranken offenbar auch reichlich. Saizev marschierte mit beeindruckender Selbstverständlichkeit hinein. Heller folgte ihm dicht auf den Fersen. Ihm war nicht wohl in seiner Haut. Sie stiegen die Treppe hinauf und betraten einen großen Saal. Rauchschwaden hingen in der Luft, es stank nach Schnaps und ungewaschenen Männern. Die Lautstärke war unerträglich. Jeder trug eine Waffe, manche torkelten durch die Gegend, andere waren in ihrem Suff schon halb bewusstlos. Heller zog böse und spöttische Blicke auf sich. Doch Saizev gab sich ungerührt und stieß einen Mann derb beiseite, weil er ihnen den Weg nicht freigeben wollte.

»Hier, sitzen bleiben!«, befahl er Heller und platzierte ihn in einer Ecke an einen Tisch. Heller setzte sich und versuchte, die Blicke zu ignorieren. Es dauerte eine kleine Ewigkeit, bis Saizev zurückkam und eine große Schüssel Suppe hinstellte. Aus einer Jackentasche holte er zwei Löffel und ein Stück Brot, das er teilte. Dann setzte er sich Heller gegenüber und begann zu essen.

»Nu was?«, fragte er und zeigte auf den zweiten Löffel. Erst jetzt verstand Heller, was er meinte, und begann, aus derselben Schüssel zu essen.

In der Suppe war erstaunlich viel Fleisch, aber so zäh und ungewohnt, dass Heller es gar nicht hinunterbekam. Es würgte ihn beinahe und er hielt inne, um ausgiebig zu kauen. Saizev rief etwas. Ein Mann kam mit einer Flasche an, die er Heller gab. Als dieser einen großen Schluck nahm und sich dann verschluckte, weil er Wasser vermutet und Wodka bekommen hatte, brüllten die umstehenden Soldaten los vor Lachen. Saizev schmunzelte vergnügt und trank selbst ein Viertel der Flasche leer.

Es wurde spät. Heller saß benommen auf seinem Stuhl, todmüde und doch nicht in der Lage einzuschlafen. Immer wenn er kurz davor war einzunicken, klirrte etwas oder jemand schoss in die Luft. Saizev schlief vorne übergebeugt auf dem Tisch, den Kopf auf die Arme gelegt. Heller fühlte sich bei diesem Anblick plötzlich schmerzhaft an seine Söhne erinnert. Wo und wie würden sie gerade schlafen?

Dann wurde es plötzlich laut auf der Straße. Heller zuckte zusammen und hätte sich am liebsten die Ohren zugehalten. Schliefen die denn niemals?

Dann ging alles sehr schnell. Zwei junge Frauen wurden in den Raum gestoßen. Der einen hatten sie schon die Bluse zerfetzt und sie versuchte vergeblich mit beiden Armen ihre nackte Brust zu bedecken. Ein paar Soldaten zerrten den Frauen die Röcke herunter.

»Mama!«, schrie eine und wurde mehrstimmig nachgeäfft. Einer packte sie und schubste sie auf einen Tisch. Einige Soldaten drängten heran, andere verließen den Raum, doch die Mehrheit blieb und schaute zu.

»Nein, bitte, ich bin schwanger, ich hab ein Kind im Bauch, bitte nicht!«, schrie die junge Frau in höchster Angst. Das andere Mädchen war bereits in Ohnmacht gefallen.

Heller war ohne lange zu überlegen aufgesprungen. »Aufhören!«, rief er. »Stoi! Sofort aufhören!« Schlagartig war Ruhe eingekehrt. Nur die Frau schluchzte.

»Was du?«, knurrte ein Soldat und kam mit offener Hose und einer MP im Anschlag auf Heller zu. »Du tot, Faschist!«

Heller sah ihm unverwandt in die Augen. Er hatte angefangen, er musste es beenden. »Hören Sie auf damit! Es ist Ihnen verboten! Sie machen sich strafbar!«

»Ich nix verstehen, Hitlerjunge! Ihr kaputt machen Russland. Mein Vater kaputt, mein Bruder kaputt. Stadt kaputt. Jetzt ich mache Deutschland kaputt, versteh? Dich kaputt, Frau kaputt! Damit!« Er hob das Gewehr an. »Damit!«, und er zeigte auf sein Genital. »Noch ein Wort und du tot!«

»Ich kann das aber nicht zulassen! Kommissar Saizev!

Alexej!« Heller sah zu Saizev und bemerkte, dass er längst wach war und alles beobachtet hatte. Nun erhob er sich träge, und der entblößte Soldat wich zurück.

»Wissen Sie, Heller, diese Männer hier haben alles gesehen! Sie sind seit vier Jahren im Krieg, ohne Urlaub, ohne Briefe, ohne zu wissen, ob die Eltern noch leben. Sie haben tote Frauen und Kinder, tote Greise, verbrannte Städte gesehen. Diese Männer hatten Hunger, Durst, Verletzungen, und jeder, der ihnen zum Freund geworden war, ist gefallen, von einer deutschen Kugel oder einer deutschen Granate getötet. Und nun kommen sie hierher, und sie sind Sieger, sie haben den Teufel besiegt, und sie essen und trinken und nehmen sich, was sie wollen. Wollen Sie das verbieten?« Ganz ruhig hatte Saizev das gesagt und Heller dabei angesehen. Doch Heller gab sich nicht geschlagen.

»Saizev, Sie sind Offizier! Sie dürfen das nicht zulassen. Die da können doch nichts dafür!« Heller zeigte auf die Mädchen. Doch er hatte Saizev falsch eingeschätzt. Mit einer schnellen Bewegung sprang der ihn an, packte ihn am Mantelkragen und schleuderte ihn gegen die Wand.

»Niemand kann was dafür!«, brüllte er und seine Spucke besprühte Hellers Gesicht. »Ein ganzes Volk wählt Hitler. Und plötzlich hat keiner was gewusst, hat keiner was getan, haben alle nur Befehle ausgeführt. Alle sind sie Opfer. Hauptsache, alles hat immer seine deutsche Ordnung.« Wütend versetzte er Heller einen weiteren Stoß. Dann wirbelte er herum und brüllte den Soldaten an. »Samoltschi i odewaisja!«

Ein Murren ging durch den Raum. Saizev wiederholte barsch den Befehl. Dann ging er zu den Frauen, riss sie hoch und stieß sie zu Heller.

»Da, beschützen Sie sie!«, schnauzte er, spuckte einmal aus und stürmte aus dem Raum.

Die Frauen drängten sich an Heller. Die Nackte schlang

ihre Arme um seinen Hals, ihr Körper bebte vor Angst, die andere wirkte apathisch und geschockt.

»Es ist gut!«, flüsterte Heller und wollte die Kleidung der Nackten aufheben. Doch die Frauen klammerten sich verzweifelt an ihn und ließen ihn nicht gehen.

»Hier, nehmen Sie meinen Mantel.« Heller zog seinen Mantel umständlich aus und legte ihn der nackten Frau um. Dann nahm er die Frauen rechts und links und schob sie Richtung Tür. Ein Soldat baute sich vor ihm auf, die Mündung seines Gewehrs zeigte auf Hellers Gesicht. Heller sah hoch. Der Soldat deutete auf Hellers linken Arm, an dem die Uhr, die Frau Marquart ihm überlassen hatte, zu sehen war.

Heller band sie ab und gab sie dem Russen, der zufrieden abzog.

»Es ist gut jetzt«, sagte Heller noch einmal, doch er hatte keine Ahnung, wie er die Nacht überstehen sollte.

18. Mai 1945, Morgen

Doktor Schorrer wartete, bis Saizev den Raum verlassen hatte. Der Russe wollte zur Toilette, was Heller gut nachvollziehen konnte. Die Toilette in der provisorischen Kaserne war eine Zumutung gewesen.

Schorrer erhob sich, ging zur Tür und schloss sie.

»Bringen Sie jetzt jeden Tag diesen Russen an?«, fragte er unfreundlich.

»Ich mache meine Arbeit und bin auf seine Unterstützung angewiesen.«

»Sie haben ihn zu mir gebracht und nun hat er mich im Visier.«

»Haben Sie sich denn etwas vorzuwerfen?«

»Darum geht es nicht, Heller. Der will seinen Nazi haben. Ehlig kann er nicht haben, solange der sich mit den russischen Obrigkeiten gut stellt, also hängt er sich an mich. Sie sind doch nicht so naiv zu glauben, dass es hier um Gerechtigkeit geht. Glauben Sie wirklich, der Mann hilft Ihnen bei den Ermittlungen? Saizev will sich profilieren, er will seinen Orden. Die sind doch keinen Deut besser, als unsere Parteigenossen es gewesen sind!«

Heller war zu müde, darauf etwas zu erwidern, auch wenn es ihn ärgerte, schon zum zweiten Mal naiv genannt zu werden. Er legte stattdessen die in ein großes Tuch eingewickelten Knochen auf den Tisch, die sie in dem Verlies gefunden hatten, und schaute Schorrer auffordernd an.

Schorrer zog sich Gummihandschuhe über und begann, die

Gebeine zu sortieren. »Dies hier, eindeutig eine Elle. Hier ein Stück Oberschenkelknochen, abgebrochen. Das hier könnte Schwein sein. Oder von der Kuh. Und die hier, Rippen vom Mensch!« Der Arzt hielt sich die zwei gebogenen Knochen an den Körper, dort wo sich seine Rippen befanden. »Sehen Sie hier.« Schorrer deutete auf Kratzspuren an den Knochen. »Messerspuren, wenn mich nicht alles täuscht, jemand hat daran geschabt. Und dies könnten Spuren von menschlichen Zähnen sein.« Schorrer machte ein angewidertes Gesicht, obwohl ihn sicher nichts so schnell schrecken konnte.

Heller betrachtete die Bissspuren genauer, in der Hoffnung, die Stellung der Schneidezähne zu erkennen. Resigniert gab er auf, so kam er da nicht weiter.

»Klepp hatte in seiner Villa einen Kellerraum und darunter ein Verlies. Darin fanden wir Blut-, Kot- und Urinspuren. Wir gehen davon aus, dass im Keller jemand hauste. Ich habe außerdem ein Foto gefunden … Saizev hat es jetzt.«

Die Männer sahen sich schweigend an.

»Die Menschen …«, sagte Schorrer plötzlich nachdenklich. »Man müsste meinen, schlimmer geht es nicht mehr. Der Krieg verloren. Deutschland zerstört. Der Gröfaz tot. Doch trotz all der Not, sie wirken befreit.«

Heller nickte.

»Geb's Gott«, fuhr Schorrer fort, »dass dieser Impuls eine Weile anhält. Harte Zeiten werden noch auf uns zukommen. Der nächste Winter. Wollen hoffen, dass es kein zweiter Steckrübenwinter wird.«

Saizev kündigte mit lautem Stiefelschritt seine Rückkehr an und platzte im nächsten Moment ins Zimmer.

»Ich brauche das Foto«, sagte Heller.

Saizev holte es hervor und gab es ihm.

»Kennen Sie da jemanden?«, fragte Heller und zeigte Schorrer das Foto.

Schorrer betrachtete das Bild und zog die Mundwinkel abschätzig nach unten.

»Ludwig Klepp. Rudolf Klepps Sohn. Einundzwanzig oder zweiundzwanzig müsste er jetzt sein.« Sein Finger deutete auf den schüchternen Jungen am linken Bildrand.

»Woher wissen Sie das?«

»Er war einundvierzig beim Unternehmen Barbarossa dabei, wurde dann heimgeschickt und nach ärztlicher Untersuchung als kriegsuntauglich eingestuft. Schwer nervenkrank. Um nicht zu sagen, völlig blöde.«

»Völlig blöde?«

Schorrer wischte mit der flachen Hand seine Tischplatte sauber. »Klepp war das durchaus sehr unangenehm. Am liebsten hätte er ihn verstoßen, hielt ihn für verweichlicht. Er hat angeregt, ihn zum Arbeitsdienst zu melden. Seine Frau hat da wohl stark interveniert.«

»Woher …«

»Er war hier und bat mich um Hilfe, kaum dass ich die Stelle hier angetreten hatte. Ludwig hatte schweren Durchfall, Klepp vermutete Ruhr. Dabei erfuhr ich die Geschichte. Sehr verstört, der junge Mann. Wollte sich erst nicht anfassen lassen. Er zuckt dauernd unkontrolliert, und bei lauten Geräuschen sprang er auf und lachte dabei ganz irre. Klepp hat ihn von der Öffentlichkeit stets ferngehalten.«

»Damit rücken Sie jetzt erst raus?«, fragte Heller vorwurfsvoll.

»Ich wusste doch nicht, dass Sie den Klepp auf dem Kieker haben.«

»Wie sah er denn aus? Welche Statur hatte er?«

»Eine Statur wie sein Vater, schwammig, würde ich sagen. Ungelenk. Breites Gesicht, dunkles Haar, glaube ich.«

»Meinen Sie denn, er wäre fähig zu solchen Morden? Immerhin haben Sie ihn ja kennengelernt.«

Schorrer antwortete nicht gleich. Er fuhr sich durch das graue Haar. »Woher weiß man schon, wozu jemand fähig ist? Es könnte schon sein. Sein Vater war Fleischer. Vielleicht ging er bei ihm in die Lehre, so könnte er den Umgang mit Messern gelernt haben. Nach dem zweiten Opfer rief mich Klepp übrigens persönlich an und fragte nach dem Fortgang der Untersuchungen. Vor allem fragte er nach Ihren Erkenntnissen.«

»Warum haben Sie mir das nicht gesagt?«, fragte Heller verärgert. Klepp hatte sich bei Schorrer erkundigt. War er ihm bei seinen Ermittlungen zu nahe gekommen? Hatte Strampe wirklich das Magazin leer geschossen in dieser eisigen Nacht im Januar mit der Absicht, den flüchtigen Franzosen zu treffen, oder hatte er eigentlich ihn treffen sollen?

»Sie wissen, wie Professor Ehlig hinter meinem Rücken gegen mich agitierte. Ich wollte mir ein wenig den Rücken freihalten und hoffte, dass Klepp mir gewogen sein würde, falls es hart auf hart käme. Sie wissen, man konnte keinem mehr trauen. Rette sich, wer kann, ist meine Devise. Und bitte tun Sie nicht entrüstet, Sie leben es mir doch gerade vor!«

»Was heißt, auf dem Kieker haben?«, fragte Saizev auf dem Weg zu Klepps Villa.

Heller lief mühsam neben ihm her. Er mochte es sich selbst nicht eingestehen, doch die weiten Wege zu Fuß wurden ihm immer mehr zur Belastung. Sein Frühstück war eine klumpige Milchsuppe gewesen, eine latente Übelkeit machte sich in ihm breit. Außerdem wurde sein schlechtes Gewissen gegenüber Karin regelrecht übermächtig.

»Eine Redensart. Es bedeutet, jemand ins Auge gefasst zu haben. Wahrscheinlich ist das berlinerisch.«

Saizev sah ihn mit hochgezogenen Augenbrauen fragend von der Seite an.

»Jemanden unter Verdacht zu haben«, konkretisierte Heller. »Meinen Sie nicht, wir könnten einen fahrbaren Untersatz finden? Und mehr Leute, wenn möglich, deutsch sprechende? Und ich würde gern zu Hause Bescheid geben.«

Saizev sagte nichts. Er hatte offenbar nicht vor, Heller auch nur eine der Bitten zu erfüllen.

»Wenn wir Ludwig auflauern wollen, müssen die Posten bei der Villa abgezogen werden.« Heller zeigte sich unbeeindruckt von Saizevs eisigem Schweigen. Aus dem Augenwinkel hatte er seitlich von ihnen eine Bewegung wahrgenommen. Wenn ihnen zwischen den Trümmern jemand folgte, würden sie es kaum bemerken. Strampes fehlgeschlagener Angriff vom Vortag steckte Heller noch tief in den Knochen. »Und er darf nicht totgeschossen werden!«

Saizev nahm sich eine Zigarette. »Glauben Sie mir, ich habe das größere Interesse daran, dass der Kerl am Leben bleibt.«

Natürlich, Saizev ging davon aus, dass Rudolf Klepp lebte, und den wollte er kriegen. Ob Ludwig der Psychopath war, den sie suchten, war für ihn nur Nebensache. Und Heller musste das recht sein, er musste nehmen, was er bekommen konnte. Und derweil machte sich Karin wahrscheinlich große Sorgen um ihn und hatte nicht einmal etwas zu essen, weil er nichts verdiente und keine Marken bekam. Sie hätten nach Langebrück ziehen sollen, aufs Land.

»Herr Heller, Herr Kriminalinspektor!« Eine Frau kam auf ihn zu. Heller zuckte zusammen. Warum rief sie seinen Namen so laut? »Herr Heller!« Sie war vielleicht fünfzig oder älter, hatte ein Tuch um den Kopf gebunden und trug ein selbstgenähtes Kleid aus grobem Stoff. »Ich bin doch die Hedwig, Hedwig Borcher.«

Heller lief langsamer und erkannte jetzt die frühere Nachbarin aus dem Nebenhaus.

»Frau Borcher!«

»Meinen Otto haben sie verhaftet! Ich weiß gar nicht, wo sie ihn hingebracht haben. Seit zwei Tagen ist er weg. Dabei hat er doch gar nichts getan!«

Otto war Ortsgruppenleiter der NSDAP gewesen, wusste Heller.

»Herr Heller, Sie sind doch ein guter Mann. Sagen Sie denen das, Otto ist auch ein guter Mann. Er hat so vielen geholfen. Hat nie was Böses gemacht!« Jetzt wollte sie sich an seinen Arm hängen. Schon sahen sich Leute nach ihnen um. Saizev lief ungerührt weiter.

»Der hat doch nie einer Fliege was zuleide getan! Ich bitte Sie, ich flehe Sie an!«

Ja, der gute Otto hatte sich sofort die Wohnung im ersten Stock unter den Nagel gerissen, kaum dass die Grünbaums weggebracht worden waren. Da hat keiner etwas dazu gesagt. Sonst hätte jemand anderes die Wohnung bekommen. Borcher, Leutholdt, sie alle hatten nichts getan.

»Frau Borcher, lassen Sie mich. Ich kann da nichts tun.« Warum log er nicht einfach, nur damit sie ihn losließ? Er hätte ja auch sagen können: »Ja, ich will sehen, was ich tun kann.«

»Herr Heller, die bringen ihn vielleicht nach Sibirien.«

»Frau Borcher, wir sind in wichtiger Polizeiangelegenheit unterwegs. Lassen Sie mich jetzt bitte in Ruhe.«

Endlich ließ die Frau ihn los und sah ihn enttäuscht und sogar ärgerlich an. Heller drehte sich nicht noch einmal um zu ihr, sondern beeilte sich, Saizev einzuholen.

Bei Klepps Haus ließ Saizev die Posten abtreten. In der Nacht war nichts Auffälliges mehr geschehen.

Sie hatten vereinbart, sich nicht in der Villa zu verstecken. Heller fand einen Platz in einer Ruine gegenüber der Villa, hinter einem Mauervorsprung, etwa in Höhe des ersten Stockwerks. Saizev war in das unmittelbare Nachbarhaus der Villa geklettert. Sie achteten darauf, dass sie Blickkontakt hatten.

Heller musste sich zusammenreißen, dass die Müdigkeit ihn nicht übermannte.

Es war mitten am Vormittag. Weiter hinten auf der Straße hatte man eine provisorische Wäscheleine gespannt, und eine Frau saß daneben und bewachte die nasse Wäsche, ein Laken, zwei Unterhosen, Strümpfe. Auf der anderen Seite wurde auf einem primitiven Ofen im Freien gekocht. Kinder spielten mit Reifen, beschossen sich mit Stockgewehren, hüpften »Himmel und Hölle«. Das Laub in den Bäumen raschelte, aus den abgebrannten Baumstümpfen sprossen Zweige und neues Grün. Das Gras wuchs nach. Es hämmerte und jemand schippte. Ein entlassener Landser mit grauem Rucksack tastete sich mit vorsichtigem Schritt durch die schmale Gasse zwischen zwei eingestürzten Häusern. Heller sah ihm hinterher. Da winkte Saizev plötzlich energisch und deutete auf zwei Bäume in ihrer Nähe, zwischen denen ein großer Mann in weißem Hemd und Strickjacke stand, als wollte er sich gerade erleichtern. Doch er stand nur da und starrte vor sich hin. Dann ging er weiter. Heller sah, wie er einen großen Bogen machte und den Weg über die Rückseite des Grundstücks nehmen wollte. Er machte Saizev ein Zeichen. Der verstand sofort und zog sich in den Schatten zurück. Nun versperrte die Villa Heller die Sicht. Er kletterte den Schuttberg hinunter und lief gemächlich über die Straße, um keinen Verdacht zu erregen. Dicht an die Hauswand gepresst, schlich er sich rechts um die Villa. Der Mann in der Strickjacke zeigte sich nicht. Heller musste weiter vorgehen und hätte nur zu gern gewusst, wo Saizev jetzt gerade war. Dann klapperte es leise im Haus. Heller konnte nicht erkennen, was im Haus vor sich ging. War Saizev da drin? Plötzlich hörte er einen Schuss.

»Heller!«, rief Saizev.

Im nächsten Moment stürzte sich jemand aus dem Fenster, landete schwerfällig und ungeübt auf seinen Füßen. Dabei verlor er eine Pistole. Jetzt erkannte Heller Ludwig Klepp. Heller griff ihn an, gerade als er sich nach der Waffe bücken wollte. Ludwig sah ihn, wollte ausweichen, doch Heller ahnte seine Bewegung, dann stürzten beide in den Schutt- und Scherbenberg, rangelten heftig um die Waffe, bis es Heller gelang, sie ins hohe Gras zu treten.

»Alexej!«, rief er keuchend.

Ludwig schlug ihm den Unterarm ins Gesicht und sprang auf. Doch Heller hielt ihn am Bein fest. Klepp hieb ihm ein Knie an den Kopf und konnte sich damit aus Hellers Griff befreien.

Aus dem Haus hörte man Schüsse. Mit verschwommenem Blick sah Heller, wie Ludwig davonrannte, Haken schlagend wie ein Hase, seine Arme wirbelten wie Windmühlenflügel. Heller stemmte sich hoch und lief hinterher, dabei blieb er nicht ohne Absicht genau in der Schusslinie.

Hinter dem Garten war ein Schuttberg. Den würde Ludwig nicht ohne weiteres überwinden können. Doch schon sprang der den Hügel hinauf, teilweise auf allen vieren, blieb mit seiner Jacke hängen und zerriss sie und trat Steine los, die Heller entgegenrollten.

Saizev sprintete heran und überholte Heller.

»Runter! Da lang, Weg abschneiden!«, befahl der Russe. Heller ließ sich hinabrutschen und rannte rechts einen schmalen geräumten Weg entlang und behielt dabei Ludwig stets im Auge. Als der Heller bemerkte, wechselte er die Richtung und rannte weg von der Straße. Nun musste Heller doch wieder in die Ruinen hinein, was er eigentlich vermeiden wollte.

»Saizev?«, rief er.

»Hier!«, hallte es aus den Trümmern.

Heller erklomm noch einmal einen Hügel, stand unsicher auf Ziegeln und Holz. In einiger Entfernung sah er das weiße Hemd Ludwigs zwischen Mauerresten verschwinden. Saizev war zwanzig Meter hinter ihm. Steine stoben unter seinen Füßen weg wie Geröll. Er rief etwas auf Russisch. Ludwig stolperte, verschwand, dann sah ihn Heller in einen Keller klettern. Saizev rannte an dem Loch vorbei.

»Nein, Alexej!«, rief Heller. Der Russe stoppte, sah sich nach Heller um. Der war schon den Schuttberg heruntergesprungen, hatte sich die Hand an einem scharfkantigen Holz aufgerissen und stand jetzt keuchend neben dem Russen.

Heller deutete auf das Loch.

»Ob es einen Durchgang gibt?«, flüsterte der Russe.

Heller wusste das auch nicht, doch er vermutete, dass die vielen Einfamilienhäuser und Villen nicht unterirdisch miteinander verbunden waren. Dann hatte er eine Idee. Er langte nach einem faustgroßen Steinbrocken.

»Ludwig Klepp, kommen Sie mit erhobenen Händen heraus! Ich warne Sie, der Russe hat eine Granate!«

»Rauskommen!« Saizev spielte gleich mit, wagte sich jedoch nicht direkt vor das Loch. »Sonst Granate! Ich zähle bis drei. Ras, twa, tri!«

Heller warf den Stein in das Loch.

Ludwig Klepp brüllte auf, kroch panisch zum Loch und drängte nach draußen. Saizev packte sofort zu und zerrte den jungen Mann heraus. Er warf sich auf ihn, tastete ihn nach Waffen ab, drehte ihn auf den Bauch und bog ihm die Arme auf den Rücken. Ludwig keuchte noch immer panisch.

Heller bückte sich, zerrte Klepps Hemd aus der Hose und zog den Hosenbund nach unten. Saizev sah ihn fragend an. Heller nickte zufrieden. Die Narbe über den Nieren war eindeutig, dies war der Mann, den er in der Bombennacht angeschossen hatte.

»Steh auf!«, befahl Saizev. Er hatte seine Waffe gezogen und hielt sie auf Ludwig Klepp gerichtet. Der erhob sich umständlich und unbeholfen und streckte dann wie ein Kind die zitternden Hände in die Luft.

»Nicht schießen, bitte, bitte, bitte nicht schießen.« Seine Mundwinkel zuckten, die Augenlider flatterten, wie in Erwartung eines lautes Knalls. »Hab nichts getan, nie, keinem Russen nicht, niemandem. Bin ein Taugenichts. Wollte doch nur schauen.«

Doch schlagartig wirbelte er herum und schlug Saizev die Waffe aus der Hand. Heller griff nach Ludwig, erwischte ihn am Handgelenk.

»Liegen lassen!«, rief eine harte weibliche Stimme.

Heller drehte sich um. Eine Frau war aus dem Schatten eines Mauerstücks getreten, sie trug Männerhosen, eine Wehrmachtsuniformjacke und ein grünes Barett auf dem Kopf. In den Händen hielt sie eine Schmeisser. So wie sie auftrat, wusste sie mit der Maschinenpistole umzugehen.

Saizev verharrte halb in der Hocke, weil er gerade im Begriff war, seine Pistole aufzuheben. Langsam erhob er sich und ließ die Frau nicht aus den Augen.

»Hände hoch, alle beide. Ludwig, komm her!«

Heller hielt noch immer Ludwigs Handgelenk fest. »Sind Sie seine Mutter? Magdalena Klepp?« Auf den Hochzeitsbildern hatte sie so weich ausgesehen, nun wirkte sie hart und kämpferisch.

»Lassen Sie ihn gehen!«, wiederholte die Frau, ohne auf Hellers Frage zu antworten. Doch er war sich nun sicher, dies war die Frau von Rudolf Klepp.

»Haben Sie seine Waffe?«, fragte Saizev Heller leise.

»Die liegt beim Haus«, murmelte Heller. Saizev sah ihn zweifelnd an.

Magdalena Klepp herrschte die beiden Männer an. »Ruhe!

Gehen Sie sofort auseinander!«, befahl sie. »Heller, gehen Sie zur Mauer!«

Heller tat, wie ihm befohlen wurde.

»Diese Familie hat schon genug Leid erfahren. Lassen Sie den Jungen in Ruhe. Er hat nichts Unrechtes getan!«

»Das muss sich herausstellen.«

»Seien Sie still, Heller, solche Leute wie Sie sind schlimmer als Feinde. Sie haben das große Ganze nicht erkannt! Und jetzt arbeiten Sie für den Feind, für den Bolschewismus, genau wie Rudolf sagte. Komm endlich her, Ludwig!«

Der junge Mann nickte folgsam und ging zu seiner Mutter.

»Ihr Sohn ist ein Mörder«, wagte Heller zu sagen.

»Gar nichts ist er, er hat nur Angst. Er ist für Krieg nicht geschaffen. Sie beide gehen jetzt vor mir her! Los, da lang. Und Ludwig, nimm die Pistole da!«

»Wohin gehen wir?«, fragte Heller.

»Haben Sie denn gar keine Idee?«

In das Verlies, durchfuhr es Heller mit wildem Schreck. O Gott, alles, nur nicht das!

»Lassen Sie die Hände oben, über dem Kopf. Wenn einer Mätzchen macht, schieß ich.«

Saizev ging voran und hielt wortlos die Hände über dem Kopf. Dann kam Heller und hinter ihm lief Magdalena Klepp mit ihrem Sohn.

»Los, schneller!«, befahl sie. Heller sah, wie der Russe sich heimlich umschaute. Im nächsten Augenblick schon hechtete er zur Seite, warf sich ohne lange zu überlegen in einen tiefen Krater und war spurlos verschwunden, ehe die Frau reagieren konnte.

»Sehen Sie, Heller, Ihr treuer Freund, weg ist er. Jetzt muss ich mir für Sie etwas anderes einfallen lassen. Gehen Sie da links hinein!«

Ein großes dunkles Loch in einer aufgebrochenen Kellerwand tat sich vor ihm auf. Würde sie ihn dort drin erschießen wollen?

»Rein mit Ihnen! Machen Sie schon. Ludwig, du musst aufpassen. Dem Russen trau ich nicht. Erschieß ihn, wenn du ihn siehst.«

Heller war gerade dabei, sich mühsam in das Loch hineinzutasten, als Saizev plötzlich aus einer dunklen Nische heraus Magdalena angriff. Er riss sie zu Boden und verpasste ihr zwei Schläge. Beide rangelten um die Waffe.

»Ludwig, tu doch was!«, schrie sie.

Doch der junge Mann war sichtlich überfordert mit der Situation, zielte ungelenk mit seiner Pistole auf Saizev, konnte jedoch nicht schießen, ohne auch seine Mutter zu treffen. Heller bückte sich nach einem Brett, das vor ihm am Boden lag, wirbelte herum und schlug es Ludwig an den Kopf.

Der junge Klepp ging zu Boden. Heller entriss ihm Saizevs Pistole und half dem Russen dann, die tobende Frau zu überwältigen, die sich mit erstaunlicher Gewalt zur Wehr setzte. Es bedurfte der Kraft beider Männer, ihr endlich die Waffe zu entreißen. Wütend fuhr sie Saizev mit den Fingernägeln übers Gesicht und riss ihm zwei heftige Schrammen. Saizev wusste sich nicht anders zu helfen, als dass er der Frau die Faust ins Gesicht schlug, woraufhin sie bewusstlos zu Boden sank.

Saizev klaubte seine Schirmmütze auf, die er beim Kampf verloren hatte, erhob sich fluchend und spuckend und schüttelte seine Schlaghand aus.

»Waffe her!«, verlangte er von Heller und streckte auffordernd seine Hand aus. Heller übergab ihm die Pistole mit dem Griff voran. »Die andere haben Sie nicht?«, hakte Saizev misstrauisch nach.

»Ich sagte doch schon, die liegt beim Haus.«

»Ich rate Ihnen, nicht zu lügen«, knurrte der Russe.

Heller seufzte und öffnete seinen Mantel, unter dem er sein einziges Hemd trug, welches nun völlig durchgeschwitzt und verdreckt war. Er kehrte die Taschen seines Mantels nach außen, erst dann gab sich Saizev zufrieden. Dann tastete er die immer noch bewusstlose Frau nach weiteren Waffen ab, steckte sich ein Klappmesser und eine Handvoll Munition aus deren Jackentasche ein.

Ludwig Klepp kam als Erster zu sich. Als er sah, wie der Russe an seiner Mutter herumriss, stöhnte er auf und wollte ihr zu Hilfe kriechen.

»Keine Bewegung!«, befahl Heller. »Los, sag schon, was weißt du von den toten Frauen? Was ist das für ein Verlies in eurem Haus, hast du sie da drinnen eingesperrt?«

»Nein, ich hab sie nicht getötet, da sind keine Frauen drin. Nein, das stimmt nicht.« Ludwig zuckte unkontrolliert, sein ganzer Oberkörper bebte.

»Da war eine Frau drin. Ihr habt sie eingesperrt da!«

»Nein, die war nur … sie hat uns nachspioniert.« Ludwigs Lider flatterten, er sagte nicht die Wahrheit und das fiel ihm schwer.

»Du bist geflüchtet in der Bombennacht. Warum bist du weggelaufen?«

»Ich hatte Angst!«

»Aber du weißt, wer ich bin?«

Ludwig nickte. »Ein Polizist.«

»Und du wusstest das auch in der Bombennacht im Februar?«

Wieder nickte der junge Mann. Von dem Schlag mit dem Brett hatte er eine dicke Beule am Kopf, die aufgeplatzt war und zu bluten begann. Ludwig griff sich an die feuchte Stelle und seine Augen weiteten sich vor Schreck, als er das Blut sah.

»Warum bist du weggelaufen? Hattest du ein Mädchen bei dir, eine junge Frau?«

»Sag ihm nichts!« Magdalena Klepp war jetzt zu sich gekommen. Doch Saizev zerrte sie hoch, drehte ihr einen Arm auf den Rücken und hielt ihr mit der anderen Hand den Mund fest zu.

»Er wird ihr nichts tun, Ludwig! Also, warum bist du weggelaufen?« Heller versuchte, dem rabiaten Russen mit Blicken Einhalt zu gebieten. Der junge Klepp sollte jetzt nicht abgelenkt werden.

»Vater sollte nicht wissen, dass ich draußen war!«

»Lieber lässt du dich erschießen?«

Ludwig nickte ernst. »Vater ist sehr wütend auf mich, denn ich bin eine Schande. Ich sollte nicht aus dem Haus gehen.«

»Warum aber warst du dann draußen, wenn dein Vater dir es verboten hatte?«

»Nur so.«

Heller sah den jungen Mann misstrauisch an. »Wo warst du in den letzten Nächten?«

»Hier in den Trümmern. Ich suche nach Essen und schlafe in einem Verschlag, oder hier im Haus.« Eine Hand Ludwigs begann unkontrolliert zu zittern, doch er bemerkte es nicht.

»Wo warst du in der Nacht vor drei Tagen? Als wieder eine junge Frau umgebracht wurde?«

»Auch hier.«

»Und du hast nicht Erika Kaluza aus dem Krankenhaus gelockt?«

Ludwig sah verlegen lächelnd zu Boden. Dann schüttelte er den Kopf, während sich Magdalena Klepp unter Saizevs festem Griff vergeblich sträubte.

»Du hast sie nicht niedergeschlagen, sie in einen Keller geschleppt und aufgeschnitten?«

»Aufgeschnitten?«, fragte Ludwig, als hätte er das Wort noch nie gehört.

»Ihr die Haut abgezogen?«

Ludwig wollte dagegen ankämpfen, doch seine Lippen verzogen sich zu einem breiten Lächeln.

Heller ging noch einen Schritt näher zu ihm hin und ließ ihn keinen Augenblick aus den Augen. »Hast ihr die Lider abgeschnitten, damit sie dich sieht, damit sie sehen kann, was du ihr antust. Hast sie ausbluten lassen wie ein Schwein!«

Ludwig grinste. »Schweine, denen schlägt man den Schädel ein, hängt sie an den Beinen auf«, erklärte er, »sticht in die Halsschlagader!«

»Bist du in die Lehre gegangen bei deinem Vater?«

»Bei Großvater.«

»Und du hast gelernt mit Messern umzugehen? Das muss gelernt sein, nicht wahr?«

»Scharf müssen die Messer sein, immer ganz scharf!«

»Waren die Frauen nicht an den Beinen aufgehängt?«, fragte Heller.

Ludwig schüttelte den Kopf.

Heller beugte sich vor und flüsterte: »Bist du der Angstmann? Los, sag! Sag's mir. Sei nur nicht bescheiden.«

Ludwig kicherte und das Zucken unter seinen Augen verstärkte sich. »Ich mag es, wenn Leute Angst haben. Sonst habe ich immer Angst. Immer. Vor den Russen hatte ich ganz furchtbare Angst und vor dem Knallen. Und vor Vater hab ich Angst.«

»Ludwig, hast du die Frauen umgebracht? Klara Bellmann?«

»Ja, Klara Bellmann!«

»Und die andere?«

»Ja, die andere auch!«

»Und wie hieß die?«

»Weiß ich nicht!«

»Ich habe im Keller eine Unterhose gefunden, von einer Frau. Ist die von einer der toten Frauen?«

»Ich denke schon. Ja!«

»Ludwig, wussten deine Eltern davon?«

Nun schüttelte er heftig den Kopf. »Nein, gar nichts!«

Das war gelogen, sah Heller. Ludwig wollte seine Eltern schützen, wenigstens seine Mutter. »Du lügst, sie wussten davon. Sie wussten, du bist der Mörder, und sie wollten dich beschützen, damit du nicht aufgehängt wirst.«

»Nein, Herr Heller, ich mag nicht aufgehängt werden. Bitte, mich haben sie doch immer nur gehänselt, weil ich so dick bin und weil ich so langsam laufe und weil ich mir die Ohren zuhielt, wenn der Russe schoss. Und sie sagten, ich bin feige vor dem Feind und kein guter deutscher Soldat und eine Schande. Und Freunde habe ich nie gehabt. Nie wollte jemand spielen mit mir, wissen Sie. Und mein Vater, der wollte mich gar nicht mehr haben.« Ludwigs Augen füllten sich mit Tränen.

»Zeig deine Zähne!« Heller griff ihm ans Kinn, presste ihm die Finger zwischen die Kiefer und sah sich die Zähne an. Die Schneidezähne standen beide schief. Es bedürfte eines genauen Abgleichs, doch es gab ja nichts mehr zum Abgleichen.

»Und diese andere Schwester, Irma Braune heißt sie, seit gestern ist sie verschwunden, war sie auch hier im Verlies?«

»Ich glaube, die kenne ich nicht.«

»Ludwig, die Knochen im Verlies, von wem sind die?« Dann drehte sich Heller irritiert zu der aufstöhnenden Magdalena Klepp um. Entsetzt sah er, wie Saizev, der die Frau zu Boden geworfen hatte, über ihr kniete und ihre Arme auf den Rücken verdrehte hatte.

»Was tun Sie denn da?«, rief Heller.

»Ich finde heraus, wo Klepp ist!« Saizev setzte erneut an, woraufhin die Klepp noch lauter stöhnte und die Augen so weit verdrehte, dass nur noch das Weiße zu erkennen war.

»Sie werden ihr die Arme brechen!«, empörte sich Heller und presste Ludwig, der seiner Mutter zu Hilfe kommen wollte, die flache Hand auf die Brust.

»Das macht mir nichts! Los, sprechen Sie!«

Ludwigs Mutter stöhnte nur, Speichel lief ihr aus dem Mundwinkel. Als Saizev sie abrupt losließ, fiel ihr Kopf willenlos in den Dreck. Sofort presste der Russe ihr ein Knie ins Kreuz, nahm ihre Hand und brach ihr ohne Vorwarnung den kleinen Finger.

Sie schrie grell auf, was ihren Sohn alarmierte, der an Heller vorbei zu ihr hinkriechen wollte. Saizev zog die Waffe. »Zurück! Heller, verdammt noch mal, das ist Ihre Aufgabe!«

»Alexej, hören Sie auf! Das ist Folter!«

»Sie wissen nicht, was Folter ist, Sie alter dummer Mann.«

»Was soll das? Fangen Sie nicht wieder damit an. So geht das nicht.«

»Doch, das geht so und ich rede so oft von Folter, wie ich will. So haben es die Deutschen getan, so haben sie Partisanen gefoltert, damit sie ihre Genossen verraten. Ich will wissen, wo ihr Mann ist, denn ich weiß, er ist in der Stadt. Und vielleicht morgen schon schießt er auf Sie, Heller, und dann wünschten Sie, ich hätte ihr jeden Finger gebrochen, damit sie ihn verrät.«

»Aber dann sind Sie doch keinen Deut besser als die anderen. Wenn Sie sich genauso verhalten, wo ist dann noch der Unterschied?«

»Rache ist der Unterschied!«

»Saizev, überlegen Sie doch mal, an wem rächen Sie sich? Niemals an den Tätern, immer nur an anderen Menschen!«

»Ihr alle seid Täter!«

»Saizev, Sie wissen, was ich meine!«

»Also gut, Sie dreimal verfluchter Moralprediger, hol Sie der Teufel«, fluchte Saizev, erhob sich und zog die Pistole aus dem Gürtel. Er schoss in die Luft und rief etwas auf Russisch.

»Wir lassen sie beide ins Hauptquartier bringen und verhören Sie dort nach Ihren moralisch einwandfreien Methoden. Sie werden sehen, diese Frau wird schweigen wie ein Grab, denn sie weiß, sie hat nur zu verlieren, nichts zu gewinnen.«

»Wir werden sehen.« Vielleicht gab es eine Möglichkeit, an ihre Vernunft zu appellieren.

»Sperren Sie mich nicht ein, bitte!«, flüsterte Magdalena Klepp.

»Warum nicht?«, fragte Heller. »Nennen Sie uns den Aufenthaltsort Ihres Mannes, dann können wir darüber reden!«

Jetzt, da ihr Haar unter ihrer Kopfbedeckung zum Vorschein gekommen war, machte es ihre Züge weicher.

Magdalena ließ den Kopf sinken. »Sie verstehen das nicht, Sie können das nicht verstehen. Tun Sie ihm nichts, bitte, tun Sie ihm nichts!«

18. Mai 1945, gegen Mittag

»Was ist mit Ihnen?«, fragte Saizev. Er rauchte und schaute kurz zu Heller, der neben ihm herging.

»Warum hat sie das gesagt? ›Tun Sie ihm nichts.‹«

Sie waren auf dem Weg ins Krankenhaus. Saizevs Wunde war beim Kampf mit Magdalena Klepp wieder aufgerissen. Jetzt hatte er seine Jacke ausgezogen. Der Verband war blutdurchtränkt und er musste starke Schmerzen haben, aber er ließ sich nichts anmerken. Heller wunderte sich, wie stoisch Saizev neben ihm herlief. Vor einer halben Stunde waren sie losgegangen, gleich nachdem Magdalena und Ludwig Klepp abgeführt worden waren.

»Weil sie Angst um ihren Sohn hat«, sagte Saizev.

Er grüßte eine Militärstreife, um die sich eine Kindertraube gebildet hatte. Die Soldaten lachten und verteilten Schokolade an die Kinder, die sich verbissen darum rangelten.

Heller schwieg und dachte nach, bis sie im Krankenhaus angekommen waren.

»Sie wieder?«, fragte Schorrer, zu dem sie sofort durchgelassen worden waren. Dann sah er das blutige Hemd des Russen und machte sich unvermittelt an die Arbeit.

»Haben Sie Ludwig Klepp gefunden?«, fragte er Heller über die Schulter hinweg, während er Saizevs Verbände abnahm.

»Ja, haben wir. Und seine Mutter.«

Schorrer hielt kurz inne. »Sollte Klepp wirklich noch leben? Und ist er womöglich noch in der Stadt?«

»Hatten Sie nicht selbst diesen Gedanken schon mal geäußert?«, fragte Saizev. Er saß blass und erschöpft auf der Behandlungsliege, und fast war Heller erleichtert, dass man ihm die Strapazen nun doch ansah. Auch Saizev war nur ein Mensch.

Schorrer schnaubte. »Ja, aber warum sollte er so dumm sein? Er hätte sich doch wenigstens zu den Amerikanern absetzen können. Zeit genug hätte er gehabt.«

Saizev war inzwischen ganz weiß im Gesicht geworden. Schorrer musste dies bemerkt haben, doch er arbeitete konzentriert weiter.

»Vielleicht ist er ja einer dieser Unverbesserlichen«, sagte der Russe leise. »Wo genau waren Sie in Polen?«

»Bei Warschau«, seufzte Schorrer. »In einem Vorort war ein großes Lazarett eingerichtet. Sie sollten sich jetzt schonen, mein lieber Freund. Ihre Verletzung ist keine Lappalie. Noch dazu die Hitze und die Anstrengung. Eine Entzündung kann Sie umbringen.«

»Es geht schon«, murmelte Saizev und wischte sich den Schweiß von der Stirn.

»Vielleicht wollen Sie sich hinlegen, ein paar Minuten nur. Ich kann Ihnen meinen Ruheraum zur Verfügung stellen.«

Saizev schüttelte erst den Kopf, doch dann willigte er ein. »Also gut. Heller, besorgen Sie sich etwas zu essen. Mit Ihrem Schein werden Sie sicher etwas bekommen.«

Draußen erschlug einen die Hitze fast. Der Bagger arbeitete ununterbrochen. Die Dieselabgase der Notstromaggregate vermischten sich mit dem aufgewirbelten Staub. Klebriger Schweiß stand auf Hellers Stirn. Er sah sich nach Seibling um, den er vielleicht zu Karin hätte schicken können, damit sie endlich Nachricht von ihm erhielt und wusste, dass es ihm gut ging. Und er hielt auch nach Rita Ausschau. Aber er entdeckte keinen von beiden.

Bei einer Volksküche außerhalb des Krankenhausgeländes bekam er gegen entsprechende Marken und eins fünfzig Reichsmark eine Brotschnitte, eine Suppe und einen Becher Tee. Er aß und trank im Stehen, schwitzte in seinem Mantel, traute sich aber nicht, ihn abzulegen, aus Furcht, er könnte gestohlen werden. Leute drängten an ihm vorbei, ein Mann beschwerte sich laut, zu wenig für seine Marken bekommen zu haben. Jemand war hinter Heller stehen geblieben und blieb auf Tuchfühlung.

»Entschuldigen Sie«, beschwerte sich Heller. Doch der Mann mit dem dichten Vollbart wich nicht zurück. Heller war sofort alarmiert. Trug der Mann womöglich ein Messer bei sich? War er einer von Klepps Leuten? Es wäre kein Problem für ihn, ihn hier abzustechen und in der Masse unterzutauchen. In seiner Panik fasste Heller den Löffel, den er in der Hand hatte, fester und kam sich doch mit dieser Waffe geradezu lächerlich vor.

»Max, erkennen Sie mich nicht?«, flüsterte da der Mann.

»Wer sind Sie?«

»Aber ich bin es doch, der Werner!«

»Oldenbusch?« Jetzt erst erkannte Heller seinen früheren Kollegen, lachte erleichtert auf und umarmte ihn spontan und ganz gegen seine Art.

Oldenbusch flüsterte vertraulich: »Haben Sie Schwierigkeiten, Max? Wollen die Russen Ihnen ans Leder?«

»Nein, Werner, keine Sorge. Erinnern Sie sich an den Angstmann? Ich versuche noch immer, ihm auf die Schliche zu kommen. Und dafür muss ich mit den Russen zusammenarbeiten.«

»Der Angstmann? Treibt sich der Verrückte hier noch immer herum? Der müsste doch längst tot sein.«

»Das dachte ich auch. Aber jetzt haben wir eine Spur. Wir sind ihm dicht auf den Fersen.« Mehr wollte Heller ihm nicht verraten. »Aber erzählen Sie, Werner, wie sind Sie denn … wie haben Sie es geschafft, unbeschadet aus der Wehrmacht herauszukommen?«

»Max, bitte nicht so laut.« Oldenbusch sah sich vorsichtig um. »Ich halte mich zurück, bis sich hier alles beruhigt hat. Ich bin in Luga untergekommen. Krank bin ich geworden, kaum dass ich im Zug saß. Diarrhö. Ich war vollkommen dehydriert. Man vermutete Ruhr und schickte mich ins Lazarett. Wir wurden ständig verlegt. Und irgendwann war nur noch Chaos um uns herum. Ich bin einfach abgehauen und hielt mich die letzten Tage bei Bekannten versteckt. Seit Freitag bin ich wieder in Dresden und suche nach Verwandten und Bekannten. Ich habe auch nach Ihnen gefragt. Und da sagte mir einer, Sie seien mit den Russen unterwegs. Brauchen Sie Hilfe?«

Heller schüttelte lächelnd den Kopf. »Nein, Werner, halten Sie sich mal noch eine Weile bedeckt. Ich freue mich, Sie gesund und lebendig zu wissen. Und jetzt muss ich mich beeilen, dass ich zu meinem Russen zurückkehre.« Heller reichte Oldenbusch die Hand.

»Wo kann ich Sie finden, wenn ich fragen darf?«

»Bei Marquart im Rißweg, Weißer Hirsch.«

Oldenbusch lachte. »Weißer Hirsch, wo die sowjetischen Generäle wohnen? In der Höhle des Löwen, so kenne ich Sie, mein lieber Heller.«

Als Heller zum Klinikgebäude zurückkehrte, herrschte dort ein unbeschreibliches Chaos. Mehrere Lastkraftwagen der Roten Armee standen vor dem Eingang, Krankenschwestern wurden abgeführt und auf den Lastern saßen bereits Schwestern, die weinten oder bleich vor Angst vor sich hinstarrten.

»Die werden uns noch alle abführen und nach Sibirien bringen!«, schimpfte eine Frau, als Heller sich durch die Zuschauer drängte.

»Was ist los?«, fragte er einen Sowjetsoldaten und hielt ihm vorsorglich Medvedevs Passierschein vor die Nase. Der Russe zuckte nur mit den Schultern und deutete auf eine Frau, die über ihrer Sowjetarmistenuniform einen weißen Kittel trug.

»Was ist los?«, rief Heller ihr zu.

Sie antwortete ruppig etwas auf Russisch und stieß ihn beiseite. Der erste Laster startete und fuhr davon. Aber immer noch mehr Soldaten kamen aus dem Haus und führten Personal ab.

»Was ist hier los?«, fragte Heller jetzt eine Krankenschwester, die mit stolz erhobenem Kopf von einem Soldaten vorbeigeschubst wurde. Der Soldat drängte Heller von ihr weg.

»Die glauben, wir bringen Patienten um. Wir sollen alle verhört werden!«, rief sie ihm über die Schulter zu.

»Patienten?«

»Ja, die KZler!« Ein heftiger Stoß brachte die Krankenschwester zum Schweigen. Man hievte sie auf den Laster, schloss die Klappe, und auch dieser Laster fuhr sofort weg.

Heller stürmte ins Haus, direkt auf Schorrers Etage. Hier liefen lauter aufgeregte Menschen herum, aber Rita Stein und Doktor Schorrer waren nirgends zu finden. Heller hielt eine Schwester an. »Wo ist Doktor Schorrer?«

»Den haben die Russen mitgenommen.«

»Und der verletzte Politkommissar? Wo ist der? Der wollte in Schorrers Ruheraum.«

Die Schwester zeigte auf eine Tür. Heller stürmte hinein.

Saizev schlief tief und fest und ließ sich nicht einmal von heftigem Rütteln wecken. »Saizev, wachen Sie auf.« Schließlich schlug Heller ihm ins Gesicht und zog dessen Augenlider hoch. Doch die Pupillen zeigten keine Reaktion. Der Russe war nicht wach zu bekommen, seine Atmung ging flach und der Puls war kaum zu fühlen. Heller beeilte sich, eine Tasse Wasser aus einem Behälter im Gang zu holen, und spritzte es dem Russen ins Gesicht. Er rieb ihm damit den Hals und die Handgelenke ein. Endlich, nach einer gefühlten Ewigkeit begannen die Lider des Russen zu flattern. Er stöhnte und hob schwach die Hand.

»Woda!«, krächzte er. Heller holte noch einmal Wasser und half ihm, sich aufzurichten, damit er trinken konnte. Kaum war die Tasse leer, erbrach sich Saizev auf den Boden. Heller hielt ihn fest, damit er nicht von der Liege stürzte.

»Woda!«

Noch einmal ging Heller Wasser holen. Dieses Mal behielt Saizev es bei sich. »Jetzt geht es besser. Schlafen ist nicht gut«, stöhnte Saizev. »Wissen Sie, was Saizev heißt?«

Heller schüttelte den Kopf.

»Hase. Und ein Hase muss immer hüpfen.«

»Hoppeln. Unsere Hasen hoppeln.«

»Hoppeln. Noch so ein komisches deutsches Wort. Helfen Sie mir.«

Heller stützte ihn und half dem Russen auf die Beine.

»Man hat Krankenschwestern verhaftet. Es heißt, sie würden ehemalige KZ-Häftlinge umbringen. Schorrer ist auch weg. Rita wohl auch. Sie hat mir gestern noch gesagt, die Häftlinge wären kaum zu retten. Sie würden alle an Nierenversagen sterben.«

Saizev sah ihn verständnislos an. Er schien nichts von Hellers Erklärungen verstanden zu haben. Mühsam stützte er sich auf den Rand der Liege. »Wir müssen sowieso ins Hauptquartier.«

»Aber laufen können Sie nicht«, sagte Heller energisch. »Ich will sehen, ob uns jemand fahren kann.«

Das Hauptquartier war völlig überlaufen. Doch der Eindruck völligen Durcheinanders täuschte. Offenbar ging jeder einer Arbeit nach und wusste, was zu tun war. Saizev hatte sich erstaunlich rasch erholt von seinem Schwächeanfall oder riss sich zumindest vor den Genossen zusammen. Seine Jacke hatte er trotz der staubigen Hitze des frühen Nachmittags angezogen.

Jetzt stürmte er ohne zu klopfen in Medvedevs Büro und lieferte sich dort umgehend, über den Kopf von Medvedevs Sekretär hinweg, einen scharfen Wortwechsel mit einem Heller nicht bekannten Offizier. Die Männer mochten sich nicht, so viel war klar. Der Sekretär erhob sich eilig von seinem Platz und wich zum Fenster aus.

»Fragen Sie nach den Krankenschwestern«, wagte Heller einzuwerfen.

Saizev sah ihn wütend an. »Ich habe schon gefragt. Professor Ehlig hat sich bereits bei Generaloberst Schischkow beschwert über den Umgang mit seinem Personal. Die Leute werden befragt und wieder freigelassen. Sie müssen keine Angst haben um Ihre Volksgenossen.«

Der Offizier mischte sich wieder ein. Sein Ton war aggressiv. Er zeigte auf Heller und Saizev und war sichtlich bemüht, gegenüber dem zornigen Saizev seine Autorität zu wahren. Mehrmals glaubte Heller, die Namen Medvedev und Klepp zu hören. Der Offizier wehrte alle verbalen Attacken von Saizev mit demonstrativem Kopfschütteln ab. Hinter Heller wurde es plötzlich laut, als Wachsoldaten in den Raum stürmten. Aber die ließen sofort ihre Waffen sinken, als sie erkannten, dass zwei ihrer Vorgesetzten einen heftigen Disput austrugen. Heller verzog sich ebenfalls ans Fenster, um notfalls möglichst schnell aus der Schussbahn zu geraten.

»Was sagen sie?«, flüsterte er dem Sekretär Medvedevs zu.

Dieser hielt ein Bündel Papiere wie einen Schutzschild an seine Brust gepresst.

»Ovtscharov will nicht Saizev zu Frau lassen«, flüsterte der Mann.

»Zur Klepp?«

Der Sekretär zuckte mit den Schultern. »Ovtscharov ist von NKWD. Er sagt, Saizev ist zuständig für Politik, nicht für Nazisäuberung.«

Die Russen sagten noch viel mehr. Die Stimmung wurde immer aggressiver, bis Saizev sogar seine Pistole zog. Alle Mann im Raum wichen zurück. Auch der Offizier zog seine Waffe. Saizev sprach nun bedrohlich leise.

»Er droht, Ovtscharov anzuzeigen«, übersetzte der Sekretär für Heller. »Weiß, wo SS-Mann ist, will nicht sagen Saizev!«

Saizev sah nicht aus, als würde er lockerlassen. Nur Medvedev würde die Situation in den Griff bekommen.

»Wo ist der Generalmajor?«, flüsterte Heller.

»Essen. Offizierskasino.«

Heller sah aus dem Fenster. Da entdeckte er etwas. »Saizev!«, rief er.

»Halten Sie sich da raus, Heller!«, zischte der Russe.

»Alexej, lassen Sie«, versuchte Heller zu beschwichtigen und dem Russen mit einem Augenblinzeln ein Zeichen zu geben.

»Er weiß, wo Rudolf Klepp ist, und sagt es mir nicht!«, wütete Saizev weiter.

»Das macht nichts. Wirklich, Alexej! Der SS-Mann ist es nicht wert zu schießen.« Heller blinzelte wieder. Und endlich verstand Saizev, ließ seine Waffe sinken und murmelte Ovtscharov etwas zu, das diesen nur höhnisch grinsen ließ.

»Los, Nemez, wir gehen!«, befahl Saizev und Heller und er verließen den Raum.

Kaum waren sie aus der Tür, zog Heller den Russen zum nächsten Fenster. »Sehen Sie. Dort!«

Vor dem Tor des Geländes stand die junge Frau, die sie aus dem Verlies gerettet hatten, und sprach gerade mit einem Sowjetarmisten. Sie hatte einen weißen Verband um den Kopf, lachte und scherzte und ließ es zu, dass der Soldat sie am Hintern berührte. Sie legte ihm die Hand auf die Brust, sprach offenbar fließend Russisch, dann tuschelten sie. Der Soldat nickte, sah sich verstohlen um, flüsterte.

»Die fragt ihn aus. Ob er von Klepp weiß? Jetzt geht sie!«

Saizev nickte. »Los!«

Sie rannten los, die Treppen hinunter, wobei Saizev drei Stufen auf einmal nahm. Draußen pfiff er einen kleinen Geländewagen heran. Es war ein umlackierter VW Kübel. Heller behielt währenddessen die Frau im Blick, was aufgrund ihres leuchtend weißen Verbandes zuerst recht einfach war. Doch dann tauchte sie im geschäftigen Treiben auf der Bautzner Straße unter. Saizev winkte und Heller sah sich gezwungen, auf den langsam fahrenden Wagen aufzuspringen. Sie fuhren durch das Tor, bogen nach links ab und folgten der jungen Frau, die eilig die Straße hinunterlief.

Saizev ermahnte den Fahrer, langsamer zu fahren. Bei der Waldschlösschenstraße bog die Frau rechts ab. Der Fahrer folgte ihr mit einigem Abstand. Plötzlich war die Frau verschwunden. Saizev stellte sich auf seinen Sitz und sah sich um.

»Suka! Sie hat uns bemerkt!«

»Sie hat uns nicht einmal angesehen«, beschwichtigte Heller.

Dann geschah etwas, womit keiner von ihnen gerechnet hatte. Die junge Frau kam mit einem Fahrrad aus einer Hauseinfahrt gefahren, überquerte keine zehn Meter vor ihnen die Straße und bog wieder auf die Bautzner Straße ein, die geradewegs ins Stadtzentrum führte, und trat dabei heftig in die Pedale. Die sanft abfallende Straße beschleunigte ihre Fahrt noch. Schon war sie hinter der nächsten Hausecke verschwunden.

»Dawai, dawai, dawai!«, trieb Saizev den Fahrer an, der den Lenker herumriss, umständlich wendete und dann so heftig anfuhr, dass Saizev beinahe aus dem Wagen geschleudert wurde.

»Nun fahren Sie doch, Mann!«, drängte Heller, der vergeblich nach dem weißen Kopfverband der Frau im Getümmel suchte. Doch der Fahrer hatte es nicht leicht. Die Straße war verstopft mit Menschen und Autos, und wo sich ein Fahrrad leicht vorbeischlängeln konnte, musste der Kübel ausweichen oder warten, bis sich eine Lücke auftat.

»Dort!«, rief Heller. Er hatte sie entdeckt. Ihre Mantelschöße flatterten im Fahrtwind und sie trat unermüdlich fest in die Pedale. Ihr Abstand vergrößerte sich immer mehr. Bei der Diakonissenanstalt war ihr Kopf nur noch ein weißes Pünktchen unter vielen.

Heller tippte Saizev auf die Schulter. »Wenn sie in die Ruinen fährt, werden wir ihr nicht folgen können.«

Genau das hatte die Frau vor. Kaum hatte sie das Gebiet der Neustadt erreicht, bog sie in das Trümmerfeld der Tieckstraße ab, wich geschickt Mensch und Gestein aus und war im nächsten Moment verschwunden. Der Fahrer fuhr ihr, so weit es ging, hinterher. Dann wurde der Weg zu schmal und die Straße war zu zerstört, als dass sie weiterfahren konnten.

»Die will zur Elbe«, mutmaßte Heller.

»Nein, überlegen Sie. Sie hat den kürzesten Weg genommen. Wo kommen wir hin, wenn wir hier weitergehen?«

»Königsufer, Kaiser-Wilhelm-Platz! Lassen Sie den Fahrer hinunter ans Elbufer fahren«, rief Heller.

»Aber hier ist alles zerstört!«

»Dann zurück zum Rosarium, hinten bei der Löwenstraße. Ich zeige den Weg!«

Saizev war einverstanden, der Fahrer fuhr rückwärts, wendete wieder und fuhr dann flussabwärts an der Elbe entlang. Dort war die Verkehrssituation nicht viel besser. Im Rosengarten und auf den Wiesen kampierten sowohl Ausgebombte wie auch Flüchtlinge. Nur das andauernde Hupen des Fahrers trieb die Menschen auseinander.

Unterhalb der ausgebrannten Ministeriengebäude beim Carolaplatz mussten sie aufgeben. Saizev schlug wütend mit der Faust auf die Armaturen, der Fahrer schwieg, aus Angst vor Saizev.

Heller sah sich um. Er sah die zerstörte Silhouette der Stadt, die untergegangenen Dampfer, das völlig verschwundene Belvedere, die ausgebrannte Kunstakademie, die Reste der Frauenkirche und den einsam dastehenden Turm der Hofkirche. Er hielt den Anblick nicht lange aus und wandte sich ab, um nicht von seinen Gefühlen übermannt zu werden.

Und auf einmal wusste er, wohin die Frau wollte.

»Alexej, der Geruch!«

»Geruch?«

»Können Sie sich noch an den seltsamen Geruch der Jacke von dem toten Strampe erinnern? Die Schlachthöfe! Sie will zu den Schlachthöfen!«

Saizev fuhr herum. »Wo sind die?«

»Weiter unten am Ufer. Sie wird über den Fluss setzen wollen!«

Der Fahrer hatte schon verstanden und raste los.

Kurz vor der zerstörten Marienbrücke entdeckten sie die Frau, die sich am Elbufer suchend umsah. Der Wagen hielt mit einigem Abstand, Saizev und Heller stiegen aus. Saizev gab seinem Fahrer rasch eine Anweisung, woraufhin er davonfuhr.

»Klepp versteckt sich im Schlachthof?«, fragte der Russe skeptisch. In Deckung eines Pfeilers näherten sie sich langsam.

»Das ist gar nicht so dumm. Ein großes Gelände, zerbombt, unterkellert, es gibt Fluchtmöglichkeiten nach allen Seiten. Da! Sie hat ein Boot.«

Die junge Frau hievte umständlich ihr Rad in einen Kahn. Ein Mann saß an den Rudern.

Saizev und Heller rannten am Ufer entlang bis zum Verkehrshafen, wo kleine Boote festgemacht hatten, mit denen ihre Besitzer sich ihren Unterhalt verdienten. Schon war das Boot mit der Frau auf der Flussmitte mehrere hundert Meter weit hinabgetrieben.

Saizev stürmte das erstbeste Boot. »Raus!«, befahl er den Leuten, die gerade zusteigen wollten, beladen mit Koffern und Rucksäcken. »Wir müssen da rüber! Schnell!« Der Bootsbesitzer machte gar nicht erst den Versuch, einen Preis auszuhandeln.

Es dauerte eine Ewigkeit, bis sie ans andere Ufer gelangten. Inzwischen waren sie fast bis auf Höhe des Pieschener Hafens abgetrieben.

Saizev sprang aus dem Boot. »Kommen Sie, Nemez!«

Geduckt liefen sie zur Pieschener Allee, die parallel zum Schlachthofgelände verlief. Sie überquerten den Schlachthofring und standen bald mitten auf dem zerstörten Areal.

Das war riesig und unübersichtlich. Von der jungen Frau war nichts zu sehen. Sie konnte überall hier sein. Heller bekam Zweifel. Vielleicht hatte sie auch ein anderes Ziel gehabt? Hatte es Klepp wirklich gewagt, so nah am Stadtzentrum, in Reichweite der Sowjetkommandantur zu bleiben?

Ziellos kletterten sie über Schutt, durchwateten trübe Pfützen. Einige Gebäudeteile standen noch und boten unzählige Verstecke. Auch hier hatten Menschen versucht, Unterschlupf zu finden, hatten kleine Kochstellen aufgebaut, Feuerstellen geschaffen und aus Brettern Unterstände gezimmert. In anderen Bereichen des Schlachthofs wurde schon wieder gearbeitet, auch wenn es zurzeit kaum etwas zu schlachten gab. In Zivil hätte sich Klepp hier ohne weiteres unter die Leute mischen können und würde wohl kaum erkannt werden.

»Wollen wir uns trennen? Oder warten wir auf Verstärkung?«, fragte Heller und beobachtete Saizev unauffällig von der Seite. Dass der Russe so still war, gefiel ihm nicht. Lieber hatte er ihn laut und wütend. Doch Saizev reagierte nicht.

Plötzlich hob er den Kopf und stutzte. »Haben Sie das gehört?«, fragte er und machte Heller ein Zeichen, stehen zu bleiben. Er zeigte nach Westen. Heller schüttelte den Kopf.

»Ein Schuss! Ich bin sicher«, flüsterte Saizev und lief bereits in die Richtung.

Heller konnte dem Russen kaum folgen, der schnell und gewandt durch die Trümmerlandschaft kletterte. Plötzlich kauerte Saizev sich hin und winkte Heller heran.

»Da ist ein Zugang zum Keller«, flüsterte er und deutete um die Ecke.

»Wollen Sie da hinunter? Das ist Wahnsinn! Das ist ein Labyrinth!«

»Ich will das Nazischwein. Ich! Verstehen Sie das?«

»Das ist dumm«, entfuhr es Heller.

»Dumm ist es, einem Führer bedingungslos bis in den Tod zu gehorchen.« Saizev hatte das anscheinend ironisch gemeint, aber Heller hatte in diesem Moment überhaupt keinen Sinn dafür.

»Was tun Sie denn? Ist Stalin nicht auch Ihr Führer?«, brauste er auf.

Saizevs Kopf fuhr herum und die Männer schauten sich

unverwandt an. Heller hielt dem Blick stand, bis Saizev einlenkte.

»Also gut«, sagte er, »nehmen Sie.« Er holte aus seiner Jacke eine zweite Pistole heraus und drückte sie Heller in die Hand. »Eine Tokarew, in Tula gebaut, acht Schuss.« Dann kletterte er ohne weitere Worte durch die aufgesprengte Kellerdecke hinunter in die kühle Dunkelheit, aus der modriger Geruch drang, eine Mischung aus abgestandenem Elbwasser und Verwesung.

Erstaunt über diesen Vertrauensbeweis steckte Heller die Waffe in seine Tasche und kletterte Saizev seufzend hinterher. Über einen Schuttberg gelangten sie nach ganz unten, viel tiefer, als Heller zuerst vermutet hatte.

Kleine Steine lösten sich und rollten hinunter, während sie hinabstiegen.

Kaum hatten sie den Kellerboden betreten, versanken ihre Schuhe in Matsch und Schlamm. Es war kühl und tropfte und plätscherte wie in einer Höhle. Moos wuchs bereits auf dem Schutt, rings um kleine Lichtinseln herrschte tiefste Dunkelheit.

»Diese Richtung«, bestimmte Saizev. Jeder ihrer Schritte erzeugte ein unangenehm saugendes Geräusch im Schlamm. Bald schwand das Licht und Hellers Blick hangelte sich von Lichtpunkt zu Lichtpunkt, denn in größeren Abständen war die Decke durchgebrochen.

»Riechen Sie das?«, fragte Saizev flüsternd.

Heller roch gelöschtes Feuer, Dampf, vermischt mit Asche. Plötzlich ertönte ein Pfiff. Saizev und Heller gingen in Deckung und verharrten eine ganze Weile in der Position.

»Galt nicht uns«, sagte Saizev schließlich und ging weiter, die Pistole im Anschlag. Heller tastete sich mit der linken Hand an der glitschigen Kellerwand vorwärts, in der rechten hielt er die vorgestreckte Waffe.

»Wir müssen aufpassen. Das könnte ein Hinterhalt sein«, warnte er den Russen flüsternd.

Saizev reagierte nicht. Dann hörten sie einen Schrei. Eine Frau schrie auf vor Schmerzen. Saizev war jetzt unmittelbar neben Heller.

»Das ist der Hinterhalt«, raunte er. Wieder ein Schrei. »Sie wissen, dass wir da sind. Sie wollen uns locken.«

»Ich habe Ihnen schon vorhin gesagt, dass wir Verstärkung holen sollten.«

»Nun sind wir hier.«

Dieser Logik hatte Heller nichts entgegenzusetzen. Verärgert schüttelte er den Kopf, lief aber dem Russen notgedrungen weiter nach. Er starrte in die Schwärze um sich herum und suchte vergeblich einen Anhaltspunkt, an dem sich seine Augen festmachen konnten. Jetzt hatte er auch den Kontakt zur Wand verloren. Dann ertönte wieder ein Pfiff.

»Deckung!«, zischte Saizev und Heller warf sich in den Schlamm. Im selben Moment zerfetzte eine Gewehrsalve die Dunkelheit. Wasser spritzte, Mörtel und Gestein rieselten auf Heller hinab.

Der Hall verklang. Wieder war Stille und Finsternis. Von Saizev war weder etwas zu sehen noch zu hören.

»Alexej?«, flüsterte Heller. Sofort wurde wieder geschossen. Der Schütze musste sich rechts von ihm befinden, für ein, zwei Sekunden erhellte das Mündungsfeuer den Raum. Das reichte aus, damit Heller erkennen konnte, dass sie sich nicht mehr in einem Gang, sondern in einer riesigen unterirdischen Halle befanden, die von schweren baumstammähnlichen Säulen gestützt wurde. Saizev hat er auf die Schnelle nicht sehen können.

Dann war wieder Stille. Heller, der die Position des Schützen nun erahnen konnte, hob die Waffe, doch dann besann er sich. Es war viel zu gefährlich, auf Verdacht in die Dunkelheit zu schießen, das Blitzen seiner Waffe würde seine Position verraten.

»Das sind Sie, Heller!« Das war Rudolf Klepps Stimme.

Heller war zusammengezuckt, aber erwiderte nichts.

»Wegen Volksverrätern wie Ihnen haben wir den Krieg verloren. Menschen wie Sie haben uns in den Untergang gestürzt. Nun machen Sie gemeinsame Sache mit dem Iwan. Ich hätte Sie erledigen sollen. Hätte Sie aufknüpfen sollen am nächstbesten Baum.«

Heller blieb regungslos im Schlamm liegen. Das war seine einzige Chance.

»Denken Sie, wir wissen nicht Bescheid über Sie? Wir wissen, wo Sie wohnen, wo Ihre Frau gerade ist. Wir werden sie holen und mit ihr das machen, was man mit Verrätern macht.«

Heller brach der Schweiß aus. Er musste jetzt die Ruhe bewahren und durfte sich nicht provozieren lassen. Wo war Saizev? Warum sagte er nichts? Hatten sie ihn getroffen?

»Heller, dies hier ist mein Reich. Jetzt verstecken Sie sich, scheißen sich ein, wie Sie sich damals im Graben eingeschissen haben. Verrecken hätten Sie sollen dort, das war Ihnen vorbestimmt. Was waren Sie für ein Feigling! Haben sich aus der Affäre gezogen mit Ihrer kleinen Verletzung.«

Heller biss die Zähne zusammen.

»Heller, wir werden eine neue Welt erschaffen. Ihre beiden Jungs werden nicht umsonst gestorben sein! Ich werde nicht aufgeben, deshalb bin ich hier. Hier im Untergrund werden wir anfangen. Doch bald stehen wir wieder im Licht. Dann werden wir uns erheben, gegen die Bolschewiken. Und solchen Leuten wie Ihnen wird der Prozess …« Es knallte mehrmals. Klepp war verstummt.

Das Maschinengewehr knatterte los und bedeckte den Kellerboden mit unkontrollierten Salven. Ganze Steine flogen aus den Säulen. Heller presste sich auf den Boden. Dann war es wieder still und das Klingeln in Hellers Ohren hörte auf. Ein hastiges Klappern ließ erkennen, dass der ungeübte Schütze versuchte, einen neuen Patronengurt einzulegen. Dann hörte man hastige Schritte und ein heftiges Klatschen. Im nächsten Augenblick explodierte eine Handgranate dort, wo Heller das Maschinengewehr vermutete. Jemand begann zu brüllen und hörte nicht mehr auf. Vereinzelt wurden Schüsse abgegeben, und Heller robbte weiter, bis er eine Säule fühlte. Dort ging er in die Hocke und lauschte. Noch immer schrie der Verletzte, und Heller hätte sich am liebsten die Ohren zugehalten. Er bekam Klepps Worte nicht aus dem Kopf. Woher wusste der etwas über seine Söhne?

»Sie kommen hier nicht lebend raus, Heller, und wenn es das Letzte ist, was ich tue«, rief jetzt Klepp. Doch er hörte sich erschöpft an und keuchte schwer zwischen den Worten.

»Klepp!« Das war Saizev. Aus einer völlig anderen Richtung, als Heller vermutet hatte. Er lebte. »Wir haben Ihre Frau! Sie hat Sie verraten. Sie hat uns gesagt, dass Sie hier sind. Geben Sie auf! Sie will nichts mehr mit Ihnen zu tun haben.«

Klepp schwieg. Nur der Verletzte schrie, doch seine Stimme klang schwächer. Er gurgelte und röchelte.

»Ist das wahr, Heller? Heller, ist das wahr?« Klepp klang hysterisch. »Ich hab dieses Judenweib hier. Ich schneide ihr die Ohren ab, die Finger, jeden einzeln. Heller, hören Sie. Heller?«

In dem Moment schrie wieder die Frau. Heller sprang auf, rannte geduckt los und prallte gegen die nächste Säule. Schon wurde das Feuer eröffnet, er warf sich hin. Die Schüsse peitschten kreuz und quer durch den Raum.

»Feuer einstellen!«, hörte man Klepp rufen. Seine Stimme war jetzt erschreckend nah. »Hören Sie, Heller. Ein Geschäft. Das Mädchen gegen meine Frau.«

Heller biss sich auf die Lippen. Er konnte nicht antworten, ohne seine Position zu verraten. Auf diesen Handel würden sich die Russen niemals einlassen, so viel sollte Klepp wissen. Doch er wollte nicht auch noch den Tod dieser jungen Frau auf dem Gewissen haben. Er glaubte, sie stöhnen zu hören. Und Klepp blieb stumm, wartete ab. Heller war gefangen in absoluter Dunkelheit, zwischen zwei Säulen, mit lauter bewaffneten Gegnern um ihn herum.

»Obersturmbannführer?«, flüsterte plötzlich jemand und man hörte leises Getuschel. Und dann ging alles sehr schnell.

Ein grelles Licht flammte auf, es wurde geschossen und gebrüllt. Russisches Gebrüll. Heller presste sich sofort auf den Boden und warf die Pistole weg. »Hände hoch! Waffen weg!«

Ein ganzer Trupp Sowjetsoldaten war eingedrungen. Sie rannten geduckt im Scheinwerferlicht und feuerten kurze Salven ab. Als sie Heller entdeckten, stellte ihm einer den Fuß auf den Rücken und Heller spürte die heiße Mündung einer Waffe im Genick.

18. Mai 1945, früher Nachmittag

Die Sonne brannte Heller in den Nacken. Er saß auf einem Steinblock gleich neben dem Kellerzugang, durch den die Sowjetsoldaten eingedrungen waren, und hatte seinen nassen Mantel ausgezogen. Saizev stand etwas abseits, rauchte und betrachtete die Szenerie mit unbeweglichem Gesichtsausdruck. Einen Toten nach dem anderen trugen die Rotarmisten heraus. Sechs Männer, alle in ziviler Kleidung. Man hatte in den Katakomben ihren Unterschlupf gefunden, zusammen mit Lebensmittelkisten, Waffen und Panzerfäusten.

Einer von ihnen war Klepp. Er hatte sich einen Bart und das lockige Haar lang wachsen lassen und war sehr mager geworden. Auf der Straße hätte Heller ihn wohl nicht erkannt. Klepps Kehle war durchgeschnitten. Ganz offensichtlich Saizevs Werk. Das Messer hatte er neben dem Kellereingang im Sonnenlicht mit einem Tuch gereinigt.

Ein Militärlaster näherte sich, bremste scharf und wirbelte dabei Staub auf, der sich auf alle Umstehenden legte. Ovtscharov, der Offizier vom NKWD, stieg aus dem Fahrerhaus und ging etwas steifbeinig auf Saizev zu. Der schob sich die Schirmmütze frech ins Genick und erwartete ihn mit in die Hüfte gestemmten Armen. Ovtscharov schnaubte vor Wut. Er fragte Saizev etwas, der klopfte sich vielsagend mit dem Zeigefinger an die Nase und genoss offensichtlich seinen Erfolg.

»Lasst mich los!«, schimpfte die junge Frau. Zwei Soldaten führten sie aus dem Keller. Sie hielt sich den rechten Arm.

Aus ihrem Kopfverband lief Blut über das Gesicht. Saizev stellte sich ihnen in den Weg, sagte etwas und die Soldaten ließen die Frau los.

»Wer sind Sie?«, fragte Saizev.

Sie ignorierte ihn und ging stattdessen Heller an, der sich erhoben hatte. »Was mischen Sie sich ein? Das war meine Sache, meine ganz allein!«

»Wir haben nach Klepp gesucht, genau wie Sie!«, rechtfertigte er sich.

»Genau wie ich, das ist lächerlich. Was glauben Sie, wer Sie sind? Warum sind Sie nicht verhaftet? Sie sind genauso ein Dreckschwein wie Klepp!« Jetzt keifte sie die Rotarmisten an. »Los, verhaften Sie den, der ist genauso ein Mörder!«

Heller hob beschwichtigend die Hände. »Bitte, das stimmt nicht.« Woher nur kam sie ihm bekannt vor? Ovtscharov hatte bereits seine Pistole gezogen und packte Heller am Arm.

»SS?«, fragte er. »Du SS?«

»Nein, Saizev, sagen Sie ihm, das stimmt nicht. Sie haben gehört, was Klepp gesagt hat.«

Saizev drehte sich weg. »Ich weiß nicht, was stimmt. Kennen Sie Heller?« Die Frage galt der Frau.

Diese ging auf Heller zu und hielt ihm voller Zorn die Faust vors Gesicht. »Ja, ein Schwein, wie all die anderen auch. Und der da hat meine Eltern umgebracht, diese Bestie.« Sie zeigte auf den toten Klepp. »Aber selbst das haben Sie mir genommen. Selbst meine Rache!« Die Frau schwankte.

»Aber er hatte Sie doch in seiner Gewalt.« Beinahe wollte Heller die Arme ausstrecken, um sie aufzufangen, falls sie in Ohnmacht fallen würde.

Doch sie schrie ihn an. »Seien Sie endlich still, Sie Nazischwein!« Sie begann zu schluchzen und sank auf die Knie.

Ovtscharov gab einen Befehl und die Soldaten richteten ihre Waffen auf Heller.

»Hören Sie, ich bin nie ein Nazi gewesen«, sagte Heller eindringlich. »Ich kenne Sie. Helfen Sie mir, wo hab ich Sie gesehen?«

Die Frau sah auf und Blut lief über ihre Nase und tropfte vom Kinn.

Da fiel es Heller plötzlich wieder ein. »Sie waren in dem Verhörraum. Mit dem Gestapo-Mann. Ich war es, der geklopft hat.«

»Na und, was haben Sie dann gemacht? Haben Sie mir geholfen?«, fragte die Frau kraftlos. »Nein! Sie sind einfach gegangen!«

Heller schwieg und blickte zu Boden. Sie hatte recht.

Ovtscharov und Saizev begannen wieder zu diskutieren, doch dieses Mal in friedfertigerem Ton. Irgendwann nickte Saizev entnervt und widersprach kaum noch. Heller ahnte, was das zu bedeuten hatte: Er hatte seinen Teil getan und war nun für den Politkommissar nicht mehr von Wert.

»On nje faschist«, flüsterte die junge Frau.

Sie sah auf und streckte nach Halt suchend ihre Hand aus. »On nje faschist«, wiederholte sie. Saizev und Ovtscharov sahen sich an, doch niemand reichte der Frau die Hand. Schließlich beugte Heller sich zu ihr und nahm ihre Hand in die seine. Ovtscharov ließ ihn gewähren, wandte sich ab und verteilte seine Befehle. Saizev kam noch einmal zu Heller. »Damit Sie beruhigt sind: Ich werde diesen Uhlmann freilassen.«

Heller nickte zögernd.

»Sie sind nicht zufrieden?«, fragte der Russe.

»Mir will Magdalena Klepp nicht aus dem Sinn. Was sie sagte.«

Saizev verzog das Gesicht. »Kommen Sie, Heller, es ist jetzt gut. Können Sie nie zufrieden sein?«

Aber er wartete eine Antwort gar nicht ab, befahl seinen Leuten aufzusitzen, stieg selbst auf den Laster, tippte sich mit zwei Fingern an die Mütze und dann waren Heller und die Frau allein.

»Sie müssen mir helfen, mein Arm ist gebrochen«, sagte sie. »Ich hatte nicht einmal die Gelegenheit, auf ihn zu schießen. Da hatten sie mich schon entdeckt. Sie haben meinen Arm auf einen Stein gelegt und einer ist draufgetreten.« Sie schaute ihn an. »Wie heißen Sie eigentlich? Und wer sind Sie?«

»Max Heller, ehemaliger Kriminalinspektor«, stellte Heller sich vor.

»Ich heiße Constanze Weißhaupt. Sie müssen entschuldigen, ich war gerade sehr aufgebracht und durcheinander.«

»Es ist in Ordnung. Kennen Sie einen Arzt?«

Constanze schüttelte erschöpft den Kopf. »Ich bin in Radebeul bei einer Frau untergekommen. Sie hat mich aufgenommen die letzten drei Monate. Bestimmt kann sie helfen.«

»Ich kenne einen Arzt, aber wir müssten durch die halbe Stadt laufen.«

»Das halte ich aus.«

Sie machten sich auf den Weg.

»Sie sind Jüdin?«, fragte Heller nach einer Weile.

»Zur Hälfte. Mein Vater war arisch. Er weigerte sich, Mutter zu verlassen. Deshalb mussten wir im Judenhaus an der Tiergartenstraße wohnen. Er war Arzt, durfte nur noch für Juden praktizieren. Klepp hatte es auf ihn abgesehen, mein Vater war vermögend. Meine Mutter haben sie im Dezember letzten Jahres weggeschafft. Zwei Monate später ist sie an Tuberkulose gestorben, dabei war sie vorher kerngesund. Vater haben sie dann im Januar zur Gestapo bestellt. Er kam nie wieder.«

»Und von Ihnen wollten sie wissen, wo sein Vermögen ist?«

»Nachdem Sie das Verhör gestört hatten, ließen sie mich gehen. Ich bekam aber kurz darauf eine weitere Vorladung. Dann kam die Bombardierung. Da hab ich den Stern abgerissen und bin geflüchtet.«

»Und Sie wollten sich an Klepp rächen.« Das war eine Feststellung, aber eigentlich wollte er von ihr wissen, ob es das wert sei, sein Leben dafür zu riskieren.

Constanze Weishaupt hatte ihn verstanden. Sie sah ihm fest in die Augen.

»So einer wie der darf nicht davonkommen. Ich wollte ihn büßen lassen. Als ich Sie zufällig mit den Russen sah, da dachte ich, Sie würden denen helfen, Nazis zu jagen. Ich hoffte, Sie würden mich zu Klepp führen. Deshalb bin ich Ihnen gefolgt.«

»Haben Sie ihm damals die Schramme im Gesicht beigebracht?«

»Oh nein, das hätte ich nicht überlebt! Wenn man geprügelt wurde, musste man einfach nur stillhalten, bis sie müde wurden.«

»Wer hat Sie niedergeschlagen und in das Loch gesperrt?«

»Klepps Frau und ein junger Mann. Der sagte, sie müssten mich totmachen.«

»Und warum wollten Sie nicht mit mir sprechen?«

»Ich hatte Angst. Können Sie sich vorstellen, eingesperrt zu sein dort unten, lebendig begraben zu sein? Zu atmen, zu denken, bis zum Ende, ohne sich bewegen zu können?«

Heller hob bittend die Hand.

»Und wusste ich denn, auf welcher Seite Sie wirklich stehen? Zu viele sind plötzlich Russenfreunde, die noch ein paar Tage vorher die Hakenkreuzbinde trugen.«

»Sie sprechen Russisch?«

»Ich bin in Görlitz geboren. Mein Vater war dort bis vierunddreißig praktizierender Arzt und er hat immer gesagt, es könne nie schaden, Russisch zu sprechen. Wollen wir mein Rad suchen, und Sie fahren? Ich kann mich auf die Stange setzen.«

»Mit Ihrem gebrochenen Arm?«

»Immer noch besser als laufen.«

»In Görlitz. Aha?« Schorrer untersuchte Constanze Weißhaupts Arm. Wortlos hatte er Heller und sie in Empfang genommen. »Doktor Armin Weißhaupt? Ist mir nie über den Weg gelaufen, dabei müsste er beinahe mein Jahrgang sein. Ein glatter Bruch. Das kann Ihnen eine Schwester schienen. Dazu brauchen Sie meine Hilfe nicht.« Schorrer legte den Arm sanft ab und winkte eine Schwester heran. Die beiden Frauen gingen hinaus.

»Sind Sie Ihren Russen losgeworden?«

»Der ist zufrieden. Klepp ist tot.«

»Also doch.«

»Nein, ich will sagen: Klepp wurde vorhin getötet. Er hatte sich im Schlachthof versteckt mit einigen Leuten. Ich verstehe nicht, warum er nicht geflüchtet ist, noch ehe die Russen kamen.«

Schorrer überlegte. »Sich abzusetzen wäre nicht einfach gewesen für ihn. Er war recht bekannt. Man hätte ihn der Fahnenflucht bezichtigt und ihn standrechtlich erschossen. Vielleicht war es nur ein kurzer Moment, der ausreichte, um sich falsch zu entscheiden. Es war gar keine schlechte Idee, den eigenen Tod vorzutäuschen, zumal damals damit zu rechnen war, dass die Russen innerhalb weniger Tage nach Dresden vorstoßen würden. Dass sie sich an Breslau festbeißen und dann auf Berlin konzentrieren würden, war nicht unbedingt abzusehen. Wie hätte er danach auftauchen sollen? Und was wäre mit seiner Frau und seinem Sohn passiert? Mir scheint dies recht plausibel.«

Heller langte nach dem Wasserkrug und goss sich ein. Er fühlte sich ausgelaugt, unglaublich müde und sein Magen schmerzte vor Hunger.

»Aber wusste denn die ganze Familie von den Opfern? Ließ Magdalena Klepp es zu, dass Sohn oder Mann auf solche Art mordeten?«, fragte er dennoch weiter.

»Nun, Frauen können unbarmherziger sein als Männer«, wusste Schorrer.

»Und wo ist Irma Braune? Hätten wir sie nicht auch in Klepps Haus finden müssen?«

»Braune? Wer ist das?«

Heller winkte ab. Er hatte keine Kraft, das zu erklären.

»Wurden Sie heute auch mit abgeführt?«, fragte er stattdessen.

»Allerdings, und alle Welt glaubt, das hätten wir Ihnen zu verdanken.« Schorrer tippte mit den Fingerspitzen auf seine Schreibunterlage.

Daher das reservierte Verhalten, dachte sich Heller.

»Nein, damit habe ich nichts zu tun. Ich war selbst überrascht. Rita Stein war auch dabei?«

Schorrer richtete sich auf. »Nein, die war nicht dabei.«

»Nicht?«

»Haben Sie Interesse an ihr?«

Heller fiel ein, dass Rita Stein ihm von Schorrers Werben um sie erzählt hatte. Vielleicht hatte er die Hoffnung noch nicht aufgegeben.

»Nein, ich kenne sie nur zufällig. Ich bin außerdem verheiratet, seit fünfundzwanzig Jahren.«

»Ich mag den Arzt nicht«, flüsterte Constanze. Heller begleitete sie nach draußen. Er hatte beschlossen, sie zu Karin zu bringen. Erstens war es unmöglich, bis nach Radebeul zu gelangen. Zweitens hoffte er auf ihr Rad.

»Er kommt mir vor wie einer von denen.«

»Von den Nazis?«

»Sein steifes Gehabe, seine Distanz. Er ist ein Kriegsgewinnler. Er leidet bestimmt keinen Hunger. Der hat bestimmt irgendwo seine Reserven. Und er kann Arzneimittel verkaufen und Verbandszeug. Außerdem wundert es mich, dass er meinen Vater nicht kannte. Görlitz ist wahrlich kein zu großer Ort und Vater traf sich beinahe wöchentlich mit den Ärzten. Sie kamen zu uns und ich saß immer dabei und lauschte. Ein Schorrer war bestimmt nicht unter ihnen.«

»Was kann ich tun?«, fragte Heller.

Constanze dachte eine Weile nach. »Wahrscheinlich nichts. Es bleibt nicht aus, dass Leute wie er überleben und ihr Auskommen finden.«

18. Mai 1945, später Nachmittag

Karin war wütend und verärgert. Doch sie zeigte es nicht. Kommentarlos betrachtete sie seinen verdreckten Mantel. Sie begrüßte Constanze höflich und verlor kein Wort darüber, dass nun noch Essen für eine weitere Person besorgt werden musste. Sie stellte eine Schüssel Kartoffeln auf den Tisch, in der Schale gekocht, klein, mit fauligem Geschmack.

»Musste das sein?«, fragte sie ihn, als sie später allein waren.

Heller atmete tief durch und vermied es, sie anzuschauen. Da nahm Karin sein Kinn, drehte sein Gesicht zu ihr und zwang ihn, sie anzusehen. Aufmerksam las sie in seinen Augen. »Du bist noch nicht fertig, nicht wahr?«, stellte sie fest und ließ ihn los.

»Nein, bin ich nicht.«

»Du hättest umkommen können.«

»Ich weiß.«

»Wo ist deine Uhr?«

»Hat ein Russe.«

»Wenn du wenigstens Marken dafür bekämst. Für deine Arbeit.«

Er bekam nichts dafür und eigentlich war er niemandem etwas schuldig, einzig seiner Frau.

Karin sah ihn an und legte ihre Hand auf seinen Unterarm. »Wird es über Nacht gehen?«

Heller nahm ihre Hand. »Ich weiß es nicht. Ich denke noch

immer, die Lösung des Falls liegt bei Klara Bellmann. Ich will bei ihren Verwandten noch mal etwas nachsehen.«

»In der Bombennacht, als ich aus dem Keller gekrochen war und du warst nicht da, da habe ich überlegt, mich ins Feuer zu stürzen.«

Heller sah seine Frau an, nahm ihr Gesicht in seine Hände und küsste sie auf den Mund. Er strich ihr übers Haar. »Aber du hast es nicht getan.«

Der Fahrtwind kühlte sein Gesicht. Er trug eine leichte Jacke aus dem Kleidungsfundus des verstorbenen Herrn Marquart. Mithilfe seines Passierscheins gelangte er leicht an den verschiedenen Militärposten vorbei. Ohne den wäre ihm das Radfahren verboten gewesen. Es war ein milder schöner Abend, und doch spürte er dieses Unbehagen in sich. Jeder Mann, der untätig an einer Ecke herumstand, konnte ein Attentäter sein, jede versteckte Hand konnte eine Waffe tragen, jeder Zivilist konnte ein versprengtes Mitglied von Klepps Bande sein. Längst hatte sich das Gerücht um die Schießerei verbreitet. Die verrücktesten Geschichten schnappte er an den Kontrollposten auf. Ein ganzes Wehrmachtsregiment hätte sich ein Gefecht mit den Russen geliefert.

Auf seinem Weg zu den Schurigs machte er um die Kommandantur einen Umweg. Er wollte Saizev nicht über den Weg laufen. Er nahm die Wilhelminen- und die Charlottenstraße und fuhr die Radeberger entlang bis zur Jägerstraße. Hier waren die Häuser meist unbeschädigt. Doch es fehlten Strom und Wasser. Die Menschen versorgten sich an öffentlichen Pumpen. Ein alter Mann hackte einen Tisch zu Kleinholz. Sonst waren nur Frauen zu sehen, mit Kopftüchern und Kleidern aus grobem Stoff.

Im Treppenhaus traf er Frau Schurig, über deren Gesicht ein Lächeln huschte, als sie ihn sah.

»Herr Kriminalinspektor, freut mich, dass Sie es geschafft haben. Ich freue mich über jeden, der es geschafft hat! Leider kann ich Ihnen gar nichts anbieten. Mein Mann ist drinnen. Der hat doch so schlimm Wasser in den Beinen.«

»Ich würde mich gern noch einmal umsehen in Klaras Zimmer.« Heller hätte es nicht tun müssen, doch er holte zwei Zigaretten aus der Jackentasche.

Frau Schurig ließ sie schnell in ihrem Kittel verschwinden. »Gern, ja, aber da wohnen jetzt Leute, man hat sie uns zugewiesen. Sehr schweigsam. Aus Breslau.«

»Aber die Möbel?«

»Alles wie zuvor. Aber ich weiß ja nicht, was Sie suchen. Erst vor ein paar Stunden war eine junge Frau hier, die hat auch etwas gesucht.«

»Eine junge Frau?« Heller horchte auf.

»Ja, heute Mittag. Sie sagte, Klara hätte es für sie aufbewahren wollen.«

»Hat sie es gefunden?«

Frau Schurig nickte und winkte Heller in ihre Wohnung. Sie führte ihn in Klaras Zimmer, wo zwei kleine Kinder sie mit großen Augen verschreckt ansahen.

»Hier.« Die Schurig kniete sich vor den Schrank, zog die untere schwere Schublade heraus. »Da unten dran war es angenagelt, mit so kleinen Krampen.«

»Was denn?«

»Es war aus Pappe, recht flach.«

»Ein Ordner? Eine Hängeregistratur?«

»Kann sein.«

»Diese Frau … hat sie sich vorgestellt?«

»Es war eine Krankenschwester. Ich glaube, ich habe sie einmal zusammen mit Klara gesehen.«

Rita Stein. War Rita Stein hier gewesen? Was hatte Klara aufbewahrt, das Rita haben musste?

»Hat denn Klara nie etwas erzählt, nie über ihre Arbeit gesprochen?«

»Wenig. Sie nahm es uns übel, dass wir nach den Scheidungspapieren gefragt hatten. Aber Sie wissen doch, das mussten wir, nicht wahr, es wäre doch gefährlich gewesen, sie sonst aufzunehmen. Verboten, nicht wahr, unter Lebensgefahr!«

»Sie hat nichts gesagt? Gar nichts, denken Sie nach!«

»Nein, tut mir leid.«

Der Fährmann verlangte von jedem Fahrgast drei Zigaretten und für das Fahrrad zwei extra.

»Was gloobd 'er, womit ich den Diesel bezahl?«, entgegnete er der murrenden Kundschaft.

Heller achtete nicht auf die Streiterei auf der überfüllten Fähre. Er war gedanklich dabei, sich in Klepps Lage zu versetzen, auch wenn ihm das nicht recht gelingen wollte. Etwas musste die Klepps an diese Stadt gebunden haben. Etwas musste es geben, etwas, das mehr war als das Raubgut auf dem Dachboden, etwas, das sich in der Nacht an das Haus geschlichen hatte.

Heller musste das Rad über die Vogelwiese schieben, erst in der Nähe des Krankenhauses konnte er wieder aufsteigen. War es wirklich Rita, die die Schurigs aufgesucht hat? Sie war nicht im Krankenhaus gewesen, aber auch nicht von den Russen abgeführt worden. Hatte Rita ein Geheimnis, von dem Klara wusste? Waren der Mord an Klara und die Morde an den anderen Frauen doch verschiedene Fälle? Oder musste er noch weiter gehen?

Saizev hatte geglaubt, es gebe einen Gegenspieler, einen, der von Anfang an über alles Bescheid wusste. Es musste Klepp gewesen sein. Er oder seine Frau, sein Sohn oder alle zusammen? Doch es passte nicht. Es passte nicht zu den

Geräuschen, die er selbst gehört hatte. Ludwig Klepp war traumatisiert, ängstlich, unterwürfig und bestimmt auch ein wenig verrückt. Jedoch schien er kaum in der Lage, ohne Anweisungen zu handeln. Sein Geist, sein Wille war gebrochen, vom Vater oder von der SS. Hatte Ludwig sich vor seinem Vater beweisen wollen? Oder gab es da etwas, das er übersehen hatte, vielleicht gerade weil der Mann in ihm Gefallen an dieser Krankenschwester gefunden hatte?

Er stieg vom Rad und schob es die letzten hundert Meter zu Klepps Villa. Kein Posten war zu sehen. Wenn es nach ihm gegangen wäre, hatte er das Gebäude Tag und Nacht bewachen lassen.

Eine Weile wartete er, beobachtete das Haus aus einigem Abstand, erst als die Sonne langsam hinter dem Großen Garten unterging, wagte er sich auf das Grundstück vor. Er trug das Rad ins Haus und schleppte es die Treppe hinauf. Dann begann er seinen Rundgang.

Die Kellertür stand noch offen. Es hatte keinen Sinn, den dunklen Keller zu durchsuchen, er hatte nicht einmal ein Streichholz dabei. Deshalb widmete er sich dem Erdgeschoss. In Klepps Arbeitsraum hatten die Sowjets gewütet. Die Flagge war zerfetzt, Hitlers Büste lag zerbrochen am Boden, der Schreibtisch war aufgebrochen, der Inhalt verschwunden.

Heller kletterte auch durch die zerstörten Zimmer, zerrte zertrümmerte Möbel aus dem Schutt, ohne zu wissen, was er eigentlich suchte. Als plötzlich eine Zwischenwand lautstark zusammenbrach, ließ er es gut sein und stieg ins erste Obergeschoss hinauf. Sorgfältig durchkämmte er die Zimmer. Es sah nicht aus, als ob es weitere Verstecke geben würde. Er ging weiter ins zweite Obergeschoss und auf den Dachboden. Die oberen Zimmer waren ausgeräumt, zwei standen offen. Regenwasser hatte Wände und Boden durchweicht, die Tapete hing herab, der Schimmel wucherte in den Ecken und die Dielen waren verquollen.

Der Weg auf den Dachboden war waghalsig, führte über eine Holztreppe, die nur noch an einem nicht vertrauenswürdigen Stück Holz hing. Heller wagte den Aufstieg, weil er wusste, dass auch Saizev es nach oben geschafft hatte.

Zuerst musste er seinen rechten Fuß auf das Geländer stellen, um sich dann nach einer Kante zu strecken, die sich über ihm gerade noch in Reichweite befand. An ihr zog er sich hoch, bis er mit dem anderen Fuß auf einem vorstehenden Balken Halt fand. Mit Schwung stemmte er sich hinauf. Nun saß er oben auf dem Dachboden und vermied es vorerst, daran zu denken, wie er wieder hinuntergelangen sollte. Stattdessen duckte er sich unter den Dachbalken hindurch und hangelte sich bis zu dem Teil des Dachbodens, wo das Dach zerstört und der Dielenboden aufgerissen war. Dort hatte Klepp in den Boden lange Waffenkisten aus Blech eingelassen. Saizev hatte eine Diele ganz herausbrechen müssen, um eine der Kisten zu öffnen.

Heller wurde ganz still, denn er verstand erst jetzt, was Klepp da getan hatte. Die Kiste war voller Schmuck gewesen. Ketten, Ringe, Broschen, Manschettenknöpfe. Das war nicht nur eine bescheidene Diebesbeute, dies hier war ein richtiger Schatz. Heller bückte sich und zog etwas heraus, das er nicht gleich erkennen konnte. Angewidert ließ er es wieder fallen. Es waren Goldzähne. Klepp war nicht nur ein Dieb gewesen, er war ein Totschläger und Raubmörder. Vielleicht befand sich unter all den Sachen auch etwas von Constanzes Eltern. Und diese war nur eine von mindestens sechs Kisten. Dabei hatten sich die Klepps nicht einmal die Mühe gemacht, das Porzellan und die silbernen Kerzenständer zu verstecken. Das lagerte in offenen Holzkisten, genau wie der alltägliche überflüssige Hausrat, den man auf dem Dachboden verstaute. Wenn herausgekommen wäre, dass Klepp all das dem Deutschen Reich vorenthalten hatte, dann wäre ihm selbst der Prozess gemacht worden. Hatte er sich deshalb gleich nach der Bombardierung abgesetzt, weil er fürchten musste, sein Schatz würde entdeckt werden?

Mit den Frauenmorden hatte das hier allerdings nichts zu tun. Heller ging vorsichtig zur Treppe zurück, wo er jetzt feststellen musste, dass er so, wie er hinaufgekommen war, nicht wieder hinunterkommen würde. Heller ließ sich über eine Kante hinab, bis er an den ausgestreckten Armen hing, schwang dann vor und zurück, bis er genügend Schwung hatte, um den Abstand zum stabilen Teil der Treppe zu überwinden. Dann ließ er los. Er landete auf beiden Beinen und hielt sich an den Resten des Geländers fest, das ihn glücklicherweise trug. Durch seinen Knöchel fuhr ein scharfer Schmerz.

Heller humpelte in Klepps Schlafzimmer zurück und nahm sich nun die Briefe vor, die verstreut auf dem Boden lagen. Er setzte sich in eine Ecke und begann zu lesen. Doch nach einer Weile legte er sie müde wieder weg, ohne etwas Neues erfahren zu haben. Es war seltsam, diese innigen Liebesbekundungen von einem Mann, der selbst ein Mörder und heute ums Leben gekommen war, an eine Frau zu lesen, die im Gefängnis saß und keiner guten Zukunft entgegenblickte. Wie die Russen mit SS-Leuten verfuhren, wusste Heller, wie sie es mit deren Frauen hielten, nicht. Aber er vermutete, dass Magdalena Klepp mit Zuchthaus rechnen musste.

In der Zwischenzeit war es dämmerig geworden, Schwalben segelten um das Haus und ließen ihr schrilles Rufen hören. Irgendwo in der Ferne hörte man wilde Freudenschüsse und das Gebrüll betrunkener Russen. In den Ruinen flackerten kleine Feuer. Auf einmal fühlte sich Heller seltsam schwach, einsam und deprimiert. Das dunkle Verlies tief unter ihm erschien ihm wie ein Albtraum, der ihn hineinziehen wollte.

Als er aufschreckte, waren ihm die Beine eingeschlafen. Draußen war es jetzt dunkel. Heller lauschte und hörte den Wind, der durch die Blätter in den Bäumen fuhr und durch das offene Dachgebälk pfiff. Er stemmte sich hoch, knetete die tauben Beine und wartete geduldig, bis das Kribbeln nachließ. Als er seine Hände hochnahm, spürte er etwas Feuchtes an seiner rechten Hand. Heller rieb die Finger über die Handfläche, roch daran und fuhr angewidert zurück. Dann beugte er sich vor und strich mit der flachen Hand über den Fußboden. Dabei entdeckte er noch mehr feuchte Stellen von schleimiger Konsistenz. Auf einmal begriff er und wurde starr vor Schreck. Hastig schob er sich mit dem Rücken an der Wand hoch, verharrte so, eine halbe Ewigkeit, lauschte. Aber nichts rührte sich. Er war allein. Wirklich?

So nahe war er ihm gewesen. Und hatte ihn im Schlaf betrachtet. Hatte er ihn berührt? An ihm gerochen? Heller versuchte ruhig zu atmen, seinen Puls zu verlangsamen. Der Schweiß stand ihm auf die Stirn, aber er wagte nicht, ihn wegzuwischen. Er wagte gar nichts.

Und doch. Er hatte ihm nichts getan. Obwohl er ihm so nahe gewesen war. Wenn er doch nur eine Pistole hätte. Doch er konnte nicht so die ganze Nacht hier stehen bleiben, starr, darauf hoffend, dass etwas geschah, dass nichts geschah. Schon jetzt tat ihm der Knöchel weh. Also bewegte er sich, langsam, lautlos. Millimeter für Millimeter, weg von der Tür. Zur Fensterwand, der Tür gegenüber. Da war etwas im Treppenhaus. Er glaubte ein Gesicht zu sehen, Augen, die ihn durch das Geländer der Balustrade anstarrten.

»Wer ist da?«, fragte Heller mit fester Stimme.

»Haaaa«, stöhnte es.

»Wer sind Sie? Glöckner, sind Sie das?«

Der Schatten bewegte sich, etwas schlug gegen das Holz des Geländers. Bumm, bumm, bumm. Es war sein Kopf.

»Hören Sie auf damit!« Heller wagte nicht, die Wand hinter sich loszulassen. Sie gab ihm Halt, sicherte ihm den Rücken.

Das Wesen begann zu hecheln und krabbelte auf allen vieren davon, aus Hellers Sichtfeld. Dann hörte er, wie es sich wieder näherte, wie es die Balustrade umrundete. Er sah sich hektisch nach einem Ausweg, einer Waffe um. Dann stand es in der Tür.

»Naaaaaaa! Haaaaaaaach! Ah!« Die Stimme grollte und gurgelte und klang verschleimt und voller Rotz. Leise klatschte der Speichel auf den Boden. Wieder dieses Hecheln.

»Geh weg!« Mehr brachte Heller nicht raus. Da war er, der böse Traum, und Heller war unfähig, ihn zu vertreiben.

»Naaaaaa.« Die Gestalt kam auf ihn zu, mit gesenktem Kopf, wirrem Haar, wildem Bartwuchs, die Hände in den Gelenken verdreht, mit spastisch verkrampften Fingern und krummem Rücken.

»Geh weg!«, keuchte Heller.

Es hechelte wieder, lachte und weinte zugleich. Aus dem Augenwinkel bemerkte Heller plötzlich einen Lichtstrahl in der Straße und hörte Reifen im Sand knirschen.

»He, Nemez? Max?« Das war Saizev.

»Hier oben!«, schrie Heller aus Leibeskräften.

»Huaach!«, brüllte das Wesen wütend auf und verpasste Heller einen heftigen Schwinger, der knirschend seinen Kiefer traf und ihn halb betäubte. Dann schlug es wie wild auf den Kleiderschrank ein, warf ihn um und stürzte davon.

»Es kommt runter, Alexej! Vorsicht!«, lallte Heller, hielt sich das Kinn und kam nur schwankend wieder auf die Füße. Er taumelte zur Tür. Doch da stand es plötzlich wieder vor ihm, packte ihn an der Kleidung, hob ihn hoch und versuchte, ihn ins Gesicht zu beißen. Seine Zähne waren schwarz und der Gestank aus dem Rachen widerlich. Heller presste ihm seine Unterarme ins Gesicht und wurde prompt in den Handknöchel gebissen. Dann ließ es Heller los und stürmte in das Nebenzimmer.

Saizev kam die Treppe hinaufgerannt. Heller hielt sich die blutende Hand. »Durchs Fenster!«, rief er Saizev zu. Ein dumpfer Aufprall bestätigte seine Vermutung. Saizev stürmte die Treppe wieder hinunter und nahm die Verfolgung auf.

Heller schleppte sich unterdessen zu Saizevs immer noch tuckerndem Geländewagen und setzte sich auf den Beifahrersitz. Kurz darauf kehrte Saizev keuchend zurück, sprang wortlos ins Auto, rammte einen Gang hinein und wendete, wobei er mehrmals den Schutt touchierte.

»Woher wussten Sie …?«, wollte Heller wissen.

»Mir war aufgefallen, dass Sie Ihre Uhr nicht mehr hatten. Der Genosse gab sie mir dann auf mein freundliches Bitten hin zurück. Ich wollte sie Ihnen bringen«, erklärte Saizev erstaunlich ruhig.

»Waren Sie bei Karin? Hat sie Ihnen gesagt, wo ich bin?«

»Sie waren nicht da, das genügte mir.«

»Wohin fahren wir?«, fragte Heller.

»Zu Magdalena Klepp, damit sie uns sagt, wer das war.«

18. Mai 1945, eine Stunde vor Mitternacht

Diesmal wurden sie problemlos zu Magdalena Klepp vorgelassen. Grelles elektrisches Licht erhellte den Kellergang. Der Wachmann öffnete die Zellentür. Magdalena lag auf einer Pritsche.

»Mein Gott!«, stöhnte Heller auf, als er die Frau sah. Ihr Gesicht war zerschlagen, beide Augen zugeschwollen. Die rechte Hand war dick und blau. Blut lief ihr aus den Ohren. Zusammengekrümmt lag sie unter einer dünnen Decke, eine Hand fest in den Schritt gepresst.

»Sie muss zum Arzt«, zischte Heller.

Saizev stand vor der Pritsche und berührte die Frau an der Schulter. »Frau Klepp!«

Wie elektrisiert schrie die Frau auf, wich zurück und drängte sich panisch gegen die Wand. Heller schob den Russen beiseite, setzte sich auf die Kante der Pritsche.

»Magdalena, ich bin es, Heller, ich will Ihnen helfen. Aber Sie müssen uns sagen, wer dieses Wesen ist. Ihm sollte ich nichts tun, hab ich recht? Das meinten Sie?«

»Bitte tun Sie ihm nichts«, wimmerte die geschundene Frau. »Er weiß es doch nicht besser.«

»Wer ist er? Sagen Sie es mir!«

»Mein kleiner Harry, mein Harald.«

»Ihr Sohn?«

Magdalena tastete nach Hellers Hand. An ihren Fingern klebte Blut, warmes Blut. »Er ist der Sohn von Hilde, meiner Schwester. Er war so ein kleines Baby und blickte in die Welt mit großen ungläubigen Augen. Er hat doch nichts verstanden. Bis heute versteht er nichts von alldem. Und trotzdem lachte er und weinte und war doch ein Mensch. Und sie gab ihn mir, damit ich ihn beschützte. Sie vertraute ihn mir an, ihren kleinen Schatz. Sie hätten ihn sehen müssen.«

»Er ist verrückt? Geistig zurückgeblieben?«

»Die hätten ihn getötet, weil er in ihren Augen minderwertig war! Hier auf dem Sonnenstein, in Pirna. Die hätten ihn getötet. Rudi musste mir schwören, ihn zu beschützen. Tut meinem Rudi nichts, er ist ein guter Mann, er hat doch alles für mich getan.«

Heller ging nicht darauf ein. »Was ist mit dem Verlies im Keller?«

Magdalena stöhnte auf. Die geistige Qual schien schlimmer zu sein als die körperlichen Schmerzen.

»Wir mussten ihn einsperren da, er war kaum noch zu kontrollieren. Man konnte ihm nichts erklären, er hatte Angst, er schlug und biss. Er vermisste seine Mutter.«

»Wo ist Ihre Schwester denn?«

»Sie ist tot«, heulte die Klepp auf. »Sie starb bei einem Bombenangriff auf Freital. Wie sollte ich ihm das denn erklären? Er weinte und war verzweifelt und wollte sie immerzu suchen gehen. Wir mussten ihn einsperren in der Nacht. Er war da noch nicht so böse, das müssen Sie mir glauben. Er ist erst so böse geworden. Tun Sie ihm nichts, bitte, hängen Sie ihn nicht auf! Er hat sie doch nicht absichtlich umgebracht. Er versteht nicht, was er tut. Bringt ihn nicht um, bitte, bitte gebt ihm einen Kuss von mir. Oh, mein lieber Herrgott, was haben wir getan?«

Magdalena Klepp war völlig außer sich, schlug die Hände vor das Gesicht, schluchzte und bebte und beschmierte sich über und über mit Blut.

Heller sah, dass Saizev sich einmischen wollte, bremste

ihn mit einer knappen Geste. Dann nahm er Magdalena vorsichtig die Hände vom Gesicht. »Aber wenn er eingesperrt war, wie sollte er denn …?«

»Ich ließ ihn frei, wenn Alarm war. Ich hab den Riegel nicht vorgeschoben, wenn Rudi nicht da war. Ich konnte doch nicht zulassen, dass er starb in diesem Loch, wenn es uns treffen sollte. Und manchmal rannte er davon, dann konnten wir ihn nicht halten. Dann mussten wir hinaus und mussten ihn suchen, ehe Rudolf heimkam. Ludwig fand ihn meistens. Ludwig wusste ihn zu locken mit Schokolade. Doch seit der Bombennacht ist mein Harry verschwunden. Zuerst dachten wir, er sei tot. Aber dann kam er manchmal in der Nacht und besuchte uns. Er brachte Essen mit und … manchmal brachte er … Arme oder ein Bein an. Die hatte er in den Trümmern gefunden.«

Heller sah zu Saizev. Dieser schüttelte unmerklich den Kopf. Wollte er das nicht glauben?

Magdalena versuchte sich hochzustemmen. »Und Rudi? Haben Sie ihn gefunden? Bringt ihn nicht um!«

»Er ist tot«, sagte Heller leise.

Ein furchtbarer, fast animalischer Schrei drang aus der Kehle der Frau, als wollte ihre Seele sich herauspressen. »O Gott, o mein lieber Herrgott. Ich bin schuld, ich habe ihn gezwungen zu bleiben, solange der Harry nicht da war.«

»Wusste Rudolf, dass Harry manchmal ausriss?«

Magdalena Klepp seufzte. »Zwei-, dreimal konnten wir Harry nicht rechtzeitig finden, ehe Rudi heimkam, dann ging er und half ihn einzufangen. Es ist schwer, ihn zu bändigen, wenn er ängstlich oder wütend ist.«

Jetzt fügte sich für Heller alles zu einem logischen Bild zusammen. Deshalb war Ludwig in der Bombennacht vor ihm davongerannt. Deshalb war Klepp so abgehetzt gewesen und hatte diese auffallenden Kratzer im Gesicht. Deshalb hatte er die Stadt nicht verlassen, seiner Frau zuliebe, deshalb hatte er die Ermittlungen manipuliert, weil er Harry schützen musste.

»Und Constanze Weißhaupt, die junge Frau?«

»Sie verfolgte uns, sie war wie besessen. Sie wollte alles kaputt machen. Wir lockten sie ins Haus und ich schlug sie nieder.« Mit einem Mal packte sie erneut Hellers Hand. »Sie haben den Rudi nicht gequält?«

Heller warf einen schnellen Blick zu Saizev, dann schüttelte er den Kopf.

»Wir nehmen sie mit, sie und Ludwig. Wir müssen diesen Harald finden«, raunte Saizev.

»Ich kann nicht«, flüsterte Magdalena, »ich sterbe.«

Sie schob die Decke zurück und Heller sah, dass ihr Schoß blutdurchtränkt war, die gesamte Strohmatratze hatte sich schon vollgesaugt.

Heller erhob sich. »Sie muss zum Arzt, sofort!«

Saizev wollte den Kopf schütteln, doch Heller war schon aufgesprungen und ging den Politoffizier heftig an. »Das macht Sie keinen Deut besser als die Nazis!«, zischte er. »Ich verstehe Ihren Drang nach Vergeltung. Sie gehören zu den Siegern, Sie haben die Macht. Aber hier geht es um Menschlichkeit!«

Erst jetzt bemerkte Heller, dass er Saizev an der Jacke gepackt hatte und schüttelte. Schon hatte die Wache vor der Zelle das Gewehr abgeschultert und war in Angriffsstellung gegangen. Heller ließ die Jacke los, und Saizev zog sie straff.

»Wissen Sie, wo Auschwitz ist?«, fragte er Heller leise.

Heller war irritiert, dass der Russe so ruhig geblieben war. Zögernd antwortete er. »In Polen.«

»Ich war da, in einem KZ.« Saizev schwieg wieder und Heller sah ihn erwartungsvoll an. Endlich redete Saizev weiter.

»Es ist nicht zu beschreiben, was dort vor sich ging. Heller, wenn Sie das gesehen hätten, Sie wünschten sich, kein Deutscher mehr zu sein. Dort hat man Menschen getötet. Mit Vorsatz und System. Man wollte mit wenig Aufwand so viel Menschen wie möglich umbringen. Und noch kurz bevor wir kamen, noch bis zum letzten Tag haben sie das getan. Sie wussten nicht mehr, wohin mit den Toten. Dort lagen Berge von ihnen! Berge von Toten, Heller! Sie haben an den Gefangenen geforscht. Haben Experimente mit ihnen gemacht, sie gefoltert. Getestet, was ein Mensch alles aushalten kann. Sie haben ihnen die Beine aufgeschnitten und die Wunden infiziert. Es gibt keine Worte für das, was ich dort gesehen habe. Denn das war nicht von dieser Welt. Heller, als guter Kommunist glaube ich nicht an Gott. Aber ich glaube an den Teufel, in Menschengestalt. Und er trägt die deutsche Uniform. Es gibt noch sehr, sehr viele Teufel. Und jetzt erzählen Sie mir nichts von Menschlichkeit!«

Saizev atmete einmal tief durch. Er bemühte sich, wieder sachlich zu werden. »Wir müssen den Wahnsinnigen fangen. Ich nehme Ludwig Klepp mit, Sie werden mit ihr zum Arzt fahren, ich gebe Ihnen einen Fahrer. Heller, Sie haben die Verantwortung für sie.«

»Tun Sie ihm nichts, bitte, bringen Sie ihn nicht um!«, flehte die Klepp wieder.

»Ich werde das ganze Gebiet durchkämmen lassen. Aber Sie, Heller, tun mir danach einen Gefallen: Diesen Doktor Schorrer, den will ich.«

»Schorrer? Wieso den? Was hat er damit zu tun?«

»Heller, ich habe meine Gründe.«

»Dann lassen Sie ihn doch einfach holen.«

»Dann wird Ovtscharov vom NKWD ihn bekommen. Aber er gehört mir! Und Sie stehen doch gut mit Schorrer.«

»Ich soll ihn aushorchen? Ihm nachspionieren? Warum ihn?«

Saizev war schon bei der Tür gewesen und kam jetzt noch einmal zurück. »In keinem Vorort von Warschau hat es ein größeres Lazarett gegeben. Aber in Auschwitz-Birkenau gab es einen Berliner Arzt mit Namen Schorrer. Der hatte Anfang vierundvierzig seine Versetzung beantragt, der im Juni stattgegeben wurde. Doch es gibt keine Papiere über ihn in Auschwitz, keine Fotos, nur einen Vermerk in einer Personalstammakte. Es ist Zeit, dass doch mal eine Krähe einer anderen ein Auge aushackt – um mit euren Worten zu sprechen, Herr Kriminalinspektor.«

Myriaden von Insekten tummelten sich im Scheinwerferlicht auf dem Krankenhausgelände. Die Dieselgeneratoren tuckerten. Heller hatte die schwer verletzte Frau mit einem von Saizev unterzeichneten Begleitbrief dem Kommandanten der Wache übergeben. Es wurde telefoniert, woraufhin zwei vollkommen übernächtigt aussehende Schwestern und eine russische Ärztin kamen, die Magdalena Klepp mitnahmen.

Vor dem nächsten Gebäude wurde Heller von einem Wachposten aufgehalten, doch ein Blick auf das vorgezeigte Papier genügte, um ihn passieren zu lassen. Heller ging die Treppen zum ersten Obergeschoss hinauf. Im Gang kam ihm eine Nachtschwester entgegen.

»Kann ich Ihnen helfen?«

»Kriminalinspektor Heller, ich muss zu Doktor Schorrer.«

»Der ist nicht im Dienst.«

»Schließen Sie mir sein Büro auf!«

»Also, ich weiß nicht, ob …«

»Tun Sie, was ich sage!«, bestimmte Heller. Er musste Saizev Ergebnisse liefern. Allein, dass der Russe ihm erneut eine Pistole überlassen hatte, zeigte, wie wichtig ihm die Sache war.

Die Schwester gehorchte, schloss auf und lief schnell weiter.

Heller schaltete das Licht an und begann systematisch Schorrers Schreibtisch und die Schränke zu durchsuchen. Er fand viele Unterlagen mit medizinischem Inhalt und einige übersetzte Anweisungen und Richtlinien der Roten Armee. So gut wie nichts Persönliches. Unter einem Stapel Formulare kamen ein paar verblichene Fotos aus dem Ersten Weltkrieg zum Vorschein. Schorrer war kaum darauf zu erkennen, sofern er überhaupt zu sehen war. Sein erstes Gespräch mit Schorrer fiel Heller ein.

Das Garde-Grenadier-Regiment Nr. 5 gehörte zur 4. Garde-Division, und die war in Berlin stationiert gewesen. Schorrer stammte aus Görlitz, wie er ihm ja selbst erzählt hatte. Es war nicht unbedingt ungewöhnlich, dass man als Görlitzer in einem Berliner Regiment diente. Auch in seinem Grenadier-Regiment Nr. 101 waren nicht nur Dresdner gewesen.

Ein Geräusch ließ Heller herumfahren. Sofort glitt seine Hand in die Jackentasche, in der sich die Pistole befand. Es war die Nachtschwester.

»Benötigen Sie Hilfe? Hat Doktor Schorrer etwas vergessen?«, fragte sie.

»Vergessen?«

»Für die Reise nach Berlin. Die Schulung.«

»Die Schulung? Er fährt nach Berlin?«

»So hat er es gesagt, als er ging. Offenbar eine kurzfristige Anweisung der Sowjets. Er vermutet, dass er politisch konditioniert werden soll. Ich hatte ihn nur gefragt, weil er einen Koffer dabeihatte.«

Heller sprang auf.

»Wo ist das Wohnheim? Haus 14?«, rief er und stürzte bereits los.

Um das Wohnheim herum war es still. Hier stand kein Posten. Der Eingang war offen, es gab sowieso keine Tür mehr. Als Heller den finsteren Gang betrat, stutzte er. Da war etwas auf dem Boden. Bei näherem Hinsehen erkannte er, dass hier Leute lagerten und schliefen, Leute, die vielleicht kein anderes Obdach besaßen, oder Kranke, die auf Behandlung warteten. Jemand hustete leise, irgendwo hob sich ein Kopf, Schlafgeruch erfüllte die Gänge. Heller tastete sich vorsichtig zum Treppenhaus vor und ging in die zweite Etage. Er zählte die Türen ab, Schorrers Raum sollte der vierte links von den Toiletten sein. Auch hier lagen überall Menschen auf dem Gang. Heller stieg über einen Schlafenden hinweg und klopfte an die Tür Die Pistole hatte er vorsorglich gezogen und an seine Hosennaht gepresst.

»Ruhe!«, zischte jemand.

Heller drückte die Klinke runter, die Tür war nicht abgeschlossen. »Doktor Schorrer?«, flüsterte Heller und betrat den Raum. Ein fahler Lichtstrahl fiel durch einen Spalt am Fenster. Heller riss die Pappe ab, mit der die zerstörten Scheiben provisorisch ersetzt worden waren. Nun strahlte das Licht der Scheinwerfer an die Zimmerdecke.

Spartanisch war kaum das richtige Wort für die Einrichtung. Ein einfacher Tisch stand neben einem langen flachen Holzkasten, der, mit einer Matte bedeckt, als Bett und Sitzgelegenheit zugleich diente. Der offene Schrank war von der Wand abgerückt und ausgeräumt. Als Heller dahinterschaute, entdeckte er eine doppelte Rückwand, die aufgerissen war. Was auch immer sich dahinter befunden haben mochte, Schorrer hatte es an sich genommen und sich aus dem Staub gemacht. Das würde Saizev nicht gefallen.

Heller setzte sich kurz hin. Er hoffte, dass der Russe vernünftig reagierte und ihm nicht unterstellte, Schorrer zur Flucht verholfen zu haben. Seufzend stand er wieder auf und stieß dabei mit seiner Ferse gegen den Bettkasten. Es klang hohl. Darin hatte er noch nicht nachgesehen. Heller schlug die Matratze zurück, tastete den Deckel ab und stemmte ihn hoch.

Er sah nicht viel, erkannte aber ein Bündel Leder. Er hielt den Deckel mit einer Hand geöffnet, beugte sich über die Kiste und zog das steife Leder weg. Sein Herz tat einen schmerzhaften Schlag, als er in die bleiche Fratze mit weit aufgerissenem Mund sah. Entsetzt fuhr er zurück. Die Erkenntnis traf ihn wie ein Blitz: Das, was er für Leder gehalten hatte, war die verdorrte Haut eines Menschen. Und all seine Erfahrungen als Soldat und Polizist konnten nicht verhindern, dass er den Deckel der Kiste losließ und angewidert zurücksprang. Der Deckel fiel mit einem Knall zu und Heller stürzte in der Dunkelheit halb über den Tisch, der laut über den Boden scharrte.

»Ruhe, verdammt!«, rief jemand vom Gang.

»Polizei!«, rief Heller. »Bringt jemand Licht, sofort!«

Es dauerte nur kurz, da kam jemand mit einer Kerze in der Hand und noch jemand mit einer Petroleumlampe. Sofort drängten sich Neugierige in den Raum.

»Hier stinkt's«, murmelte einer.

Heller stellte sich den Leuten entgegen. »Raus, alle raus, nur die mit Licht bleiben!«

»Was ist denn? Ist was mit dem Arzt?«

»Leuchten Sie bitte, aber erschrecken Sie nicht«, bat Heller den Mann und die Frau in Schwesternkleidung, nachdem die anderen murrend den Raum verlassen hatten. Dann hob er den Deckel an. Eine Sekunde zögerte er, doch dann fasste er die getrocknete Haut an und zog sie beiseite.

Die Schwester stieß ein Keuchen aus. »Das ist Irma. Irma Braune«, flüsterte sie.

»Ist sie tot?«, fragte der Mann.

Die Schwester nickte, bückte sich aber trotzdem und suchte nach einem Pulsschlag. Dann zog sie die Hand zurück. »Lang schon, sie ist kalt!«

»Was ist das?«, fragte Heller und deutete auf ein helles Stoffbündel, das neben der Toten in der Kiste lag. Die Schwester zögerte erst, holte es dann aber heraus. Es war ein kleiner Stapel Tücher aus zerrissenem Laken, zehn mal zehn Zentimeter groß. Genau so etwas hatte Heller auch in Ritas Zimmer gefunden.

Heller schloss den Deckel, nahm den Stapel Tücher und roch daran. Ein schwacher Rest eines bestimmten Geruchs hing darin. »Wonach riecht das?«, fragte er und hielt es der Schwester hin.

»Chloroform.«

Heller nickte. »Gut. Jemand soll die Soldaten holen. Hier darf niemand rein. Sorgen Sie dafür!«

»Das mache ich«, sagte die Schwester sofort.

»Wo wollen Sie hin?«, fragte der Mann, der offensichtlich nicht gern allein hierbleiben wollte.

»Ich will nur nach jemandem sehen. Nach Rita Stein.«

»Die ist nicht da«, sagte die Schwester, die schon halb aus der Tür war. »Die ist nach Dienstschluss gar nicht hergekommen.«

»Doch. Sie war da«, mischte sich eine Frau vom Gang mit ein. Vor der Tür hatte sich eine aufgeregt tuschelnde Menschenmenge versammelt.

»Der kannste nicht trauen«, sagte jemand anderes.

»Sie war da?«, fragte Heller.

»Ja, sie kam mir heut entgegen, hier auf der Etage. Sie wohnt ja eigentlich eine drüber«, meldete sich wieder die Frau. »Ich sag Ihnen, die war hier drin bei Schorrer und hat im Zimmer herumrumort.«

»Die hatte was mit dem!«

»Nein, Mist hat sie gebaut. Wegen ihr sind die KZler verreckt. Das wollte sie Schorrer in die Schuhe schieben.«

»Die hatte was mit dem, die kam schon mal hier raus.«

»Ja, vorhin hab ich sie zusammensitzen sehen.«

»Ich hab gehört, sie hätte mal eine aus dem Weg geräumt, die ihr eine Stelle als Oberschwester wegschnappen wollte.«

Die Leute wurden immer unruhiger. Jeder wollte etwas gehört haben. Heller wurde das unerträglich. »Ruhe jetzt!«, donnerte er. Sofort herrschte Schweigen auf dem Gang.

»Sie mit der Lampe, mitkommen!«

Auch Ritas Zimmer war nicht abgeschlossen. Der Raum war sauber, auf dem Tisch zwei Bücher, ein Krug, eine Tasse. Heller öffnete den Schrank, fand aber nur wenige Kleidungsstücke, außerdem eine Decke, ein Stück hartes Brot und einen ebenso harten Käse. Im untersten Fach lag ein Stück Seife. Heller wischte sacht mit den Fingerkuppen über das leicht staubige Holzbrett.

»Die ist abgehauen«, tuschelte es. Schon wieder hatten sich diverse Schaulustige in der Tür versammelt und drängelten und schoben.

Im Seifenfach, ganz hinten, entdeckte Heller eine kleine Pappschachtel. Er schüttelte sie vorsichtig. Etwas Leichtes befand sich darin, das dumpf an die Pappe klapperte. Er nahm den Deckel ab. Interessiert betrachtete er das braune, längliche eingetrocknete Etwas, nahm es zwischen Daumen und Zeigefinger, drückte es und roch daran.

»Trockenfleisch«, flüsterte jemand.

Heller sog die Luft ein. Klara Bellmanns Zunge? Er tat das Ding zurück und schloss den Deckel.

»Also gut, wer hat Rita Stein zuletzt gesehen?«

Eine Frau schob sich aus der Gruppe vor. »Sie saßen draußen auf der niedrigen Mauer, wo die Russen immer rauchen. Schorrer und sie saßen beisammen, er hielt sie im Arm. Ich habe einen guten Abend gewünscht und er hat mir zugenickt. Und ich sage Ihnen, abgehauen sind die! Sie hatten ja auch einen Handwagen dabei!«

»Wann war das?«

»Das ist keine Stunde her.«

19. Mai 1945, nach Mitternacht

»Kommen Sie, kommen Sie. Dawai, dawai!« Heller wedelte ungeduldig mit der Hand. Die Sowjetsoldaten verteilten sich in den Trümmern, kletterten über Schuttberge und leuchteten in Kellergewölbe und Krater.

»Sie können sein überchall«, sagte die russische Armeeärztin sichtbar gelangweilt.

»Ich weiß, aber sicherlich nicht weit weg vom Krankenhaus. Sie haben einen Handwagen dabei, außerdem gilt Ausgangssperre. Sie haben sich bestimmt versteckt. Haben Sie nicht mehr Leute?« Heller war höchst beunruhigt und nervös. Und er ärgerte sich über sich selbst. Dass er sich so getäuscht hatte.

»Sie nicht kommen aus der Stadt, alle Posten werden bekommen Bescheid.«

»Und Saizev? Haben Sie Saizev rufen lassen?«

Der Ärztin gefiel eindeutig Hellers Ton nicht. »Ich chabe! Und nun, Sie lassen uns Arbeit tun.«

Im nächsten Moment standen sie im Scheinwerferlicht. Ein Laster raste auf sie zu, bremste scharf, Saizev sprang heraus und befahl abzusitzen. Die Soldaten sprangen herunter, nahmen Aufstellung und Saizev verteilte sie auf das Gelände. Dann wechselte er mit der Ärztin einige Worte.

»Ich habe dieser Rita von Anfang an nicht getraut«, raunte er Heller zu. »Aber Sie waren ja verliebt.«

»Reden Sie kein dummes Zeug!«

Der Russe nickte ernst. »Sie sind es noch. Zeigen Sie her!«

Er streckte auffordernd die Hand aus, und Heller gab ihm die Schachtel mit Klara Bellmanns Zunge. Saizev sah hinein und schnaubte leise. »Sie sind trotzdem verliebt!« Er gab die Schachtel zurück.

»Ich verstehe das alles nicht«, murmelte Heller und seine Finger rieben nachdenklich über die raue Pappe.

»Was glauben Sie? Als Schorrer gestern Mittag meine Wunde verband und mir es danach so schlecht ging, war das ein Versuch, mich umzubringen? Vielleicht gab er mir etwas ins Wasser?«

»Er ahnte, dass Sie ihm auf der Spur waren, so wie Sie fragten.«

»Und dass er die befreiten KZ-Häftlinge umbrachte, weil er fürchtete, einer könnte ihn erkennen? Macht das Sinn?«

Heller nickte nachdenklich. Doch was hatte dies alles mit Rita Stein zu tun? Was hatte sie mit dem Arzt zu schaffen? Und das Blut an ihrer Kleidung, damals, als Heller sie nackt im Waschraum überraschte, war das frisch gewesen? Hatte sie ihr Unwohlsein nur vorgetäuscht? Aber warum?

»Aber wenn das die Zunge von Klara Bellmann ist und Rita hatte sie, was ist dann mit Harald?«

Saizev hatte kein Problem, eine Erklärung zu finden. »Dann sind es eben zwei Mörder. Rita Stein brachte die Bellmann um. Der verrückte Harald die anderen Frauen.«

»Und die Häute? Warum waren die bei Schorrer? Und die Leiche von Irma Braune?«

»Heller, Sie verstehen es immer noch nicht. Leute wie Schorrer sind wahnsinnig. Sie sind nicht verrückt, wie dieser Harald, sie sind schlimmer. Bei Harry wissen Sie, woran Sie sind, bei solchen wie diesem Schorrer nie. Sie haben die Toten zu ihm bringen lassen, er hat die Haut behalten. Wussten Sie, dass sie in Auschwitz Lampenschirme aus Haut gemacht haben? Und die Braune wusste vielleicht von Klara Bellmann.«

»Und Rita hat in Schorrer ihresgleichen erkannt?« Heller sah den Russen ungläubig an. Ihm wollte das alles nicht einleuchten.

Saizev verübelte ihm seine Skepsis ausnahmsweise nicht. Er legte sogar ganz kurz seinen Arm um Hellers Schultern. »Kommen Sie, sehen wir, ob wir Rita finden, dann können Sie sie selbst fragen!«

Dass Rita Stein und Doktor Schorrer sich ausgerechnet in dem ausgebrannten Keller verstecken würden, in dem Erika Kaluza starb, schien Heller selbst unwahrscheinlich, doch es war sein einziger Anhaltspunkt. Irgendwo mussten sie mit der Suche anfangen. Saizev folgte ihm schweigend, als sie die Blasewitzer Allee passierten und nach links in das Trümmerfeld abbogen. Um den Keller an der Reißigerstraße zu finden, orientierten sie sich wieder an der Trinitatiskirche. Bevor sie hineingingen, zogen beide Männer ihre Waffen. Doch der Keller war leer. Nichts deutete auf Schorrer oder Rita Stein hin. Wo sollten sie jetzt suchen, bei dem Bootshaus vielleicht, dort, wo alles begonnen hatte? Heller ging zurück ins Freie. »Gehen wir in Richtung Elbe.«

»Es hat keinen Zweck in der Finsternis«, konstatierte Saizev und trat ebenfalls aus dem Keller.

»Kommen Sie, suchen wir weiter«, drängte Heller. Er war unruhig. Ein Gefühl sagte ihm, dass jede Sekunde etwas geschehen müsste.

»Heller, die Gegend ist umstellt, die beiden können nicht entkommen.«

»Aber was soll ich tun? Heimgehen?«

Saizev schnaubte. »Ist es das? Ja? Dieser gepriesene deutsche Durchhaltewillen? Dieses Niemals-Aufgeben? Kämpfen bis zum bitteren Ende?«

Heller fuhr herum. »Hören Sie auf!«

»Nein, Heller, das werden Sie noch jahrzehntelang hören!«

»Aber so kann doch keiner leben. Man kann nicht ewig hassen!«

»Doch, das kann man. Wenn es nichts anderes gibt. Und ich habe nichts anderes mehr. Gar nichts! Verstehen Sie? Nichts! Keine Menschen, keinen Ort, keine Rückkehr, keine Zukunft. Nur noch meinen Hass.«

Für einen Moment herrschte absolute Stille. Heller konnte nicht erkennen, was der Russe tat. Wischte er sich über die Augen? Er ging zu ihm und berührte sacht die Schulter des jungen Mannes.

»Entschuldigen Sie.«

Saizev blickte hoch und versuchte ein Lächeln. Doch sein Blick wurde plötzlich starr. Über Hellers Schulter hinweg stierte er in die Dunkelheit. »Ganz langsam«, flüsterte er fast lautlos. Heller drehte sich um.

»Sehen Sie den verbogenen Stahlträger, keine zwanzig Meter von hier? Rechts daneben, schauen Sie!«

Heller sah die Silhouette einer krummen Gestalt gegen den Nachthimmel, die seltsam hin- und herschwankte und herumtigerte wie ein gefangenes Tier. Harald.

»Jetzt bräuchten wir Ludwig Klepp.«

»Der ist längst wieder im Gefängnis. Den schnapp ich mir auch so«, flüsterte Saizev.

Heller hielt ihn am Arm. »Bringen Sie ihn nicht um!«

»Weil Sie es der Nazifrau versprochen haben?« Saizev machte sich los. Die Gestalt bemerkte die Bewegung und war verschwunden. Der Russe rannte los.

»Nicht schießen, Saizev!«, zischte Heller noch einmal, blieb aber, wo er war. Es war vollkommen sinnlos, in der Dunkelheit durch die Trümmer zu hetzen. Lieber hätten sie ihn locken sollen. Auf einmal gab es ein klapperndes Geräusch rechts von ihm. Heller wirbelte herum und zog die Pistole, dabei fiel ihm die Schachtel aus der Tasche.

»Harald!«, rief er. Der geistig behinderte junge Mann hatte sich über den Schutt herangeschlichen. Ungefähr zehn Meter waren noch zwischen ihnen.

»Haaaach«, grunzte Harald.

»Harald, ganz ruhig. Es ist alles in Ordnung. Sei brav!«

Jetzt hörte Heller ein dumpfes Geräusch, das er sich nicht gleich erklären konnte. Dann sah er, wie Harald seinen Kopf immer wieder gegen einen Kamin stieß.

»Hör auf!«, befahl Heller und bückte sich langsam nach der Schachtel. Auf einmal hatte er wieder dieses seltsame pudrige Gefühl zwischen den Fingern wie damals am zweiten Tatort auf dem Handlauf zum Dachboden. Und die staubigen Schlieren am Besenstiel bei der toten Klara Bellmann fielen ihm ein. Kein Staub. Talkum. Doch jetzt war Harald ganz unvermittelt den Schuttberg hinuntergerannt, riss Steine und Staub mit sich und humpelte erstaunlich schnell mit wild rudernden Armen auf Heller zu. Doch bevor er ihn erreichte, war plötzlich Saizev da und warf sich auf ihn. Harald begann zu blöken wie ein ängstliches Kalb, kämpfte, weinte und wehrte sich. Vergebens.

»Alexej!«, rief Heller. »Alexej, lassen Sie ihn!«

»Helfen Sie mir!« Saizev hatte den um sich schlagenden Harald zwar unter Kontrolle gebracht, konnte jedoch nicht aufstehen, ohne ihn wieder loszulassen.

»Nein, Alexej, er ist der Falsche. Er ist es nicht!«

»Wer soll es sonst sein?«

»Alexej, er ist nicht der Mörder. Er ist wie ein Kind. Er hat keine Ahnung, was er tut. Er ist voller Angst. Sehen Sie das nicht?«

Saizev hatte noch alle Hände voll zu tun, den sich nach wie vor wehrenden Harald im Zaum zu halten. »Verdammt noch mal, Heller, wer soll es sonst sein? Könnten Sie mir jetzt endlich behilflich sein?!«

Heller ging zu den am Boden liegenden Männern und legte beruhigend seine Hand auf Haralds Kopf. Der verdrehte die Augen, um zu ihm aufzusehen, und wurde tatsächlich gefügiger.

»Hier.« Heller zog wieder die Schachtel hervor. »Sie sagten doch, es müsste jemand sein, der die ganze Zeit Bescheid wusste, der wusste, was ich tat und wie der Stand der Ermittlungen war. In dem Fach, in dem ich die Schachtel fand, lag eine feine Schicht aus Staub. Ich dachte zumindest, es sei Staub. Aber jetzt weiß ich, dass es Talkum war. Von den Gummihandschuhen. Ich fand ihn auch am Tatort des zweiten Opfers. Schorrer war furchtbar aufgebracht, als er an dem dritten Opfer die Bisse entdeckte. Jetzt erst wird es mir klar: Es waren Haralds Bisse.« Heller griff Harald an den Mund und zog seine Lippen auseinander. Seine Schneidezähne waren deformiert, der eine war völlig verdreht. »Saizev, ich sage Ihnen, Rita hat damit nichts zu tun. Schorrer ist es und er hat Rita in seiner Gewalt!«

»Woher wollen Sie das wissen?«

»Schorrer kommt nicht aus Görlitz, sondern aus Berlin, wie Klara Bellmann. Sie wusste etwas über ihn, deshalb hat er sie umgebracht. Und nun war Rita ihm auf der Spur. Sie war bei Klara Bellmanns Verwandten und hat etwas gefunden.«

»Hat man sie nicht zusammensitzen sehen?«

»Vielleicht hat Schorrer sie gezwungen oder sie war betäubt. Sie ist in Gefahr!« Lassen Sie Harry los! Vielleicht kann er uns zu Rita führen.«

Saizev schüttelte den Kopf. »Er wird nur davonlaufen!«

»Alexej, ich bin mindestens doppelt so alt wie Sie. Vertrauen Sie mir doch einmal. Bitte.«

Heller sah Saizev an, wie er mit sich kämpfte.

»Wenn es stimmt, was Sie sagen, ist Rita längst verloren«, sagte Saizev, aber er ließ Harald los und stand auf.

Harald kroch sofort davon, flüchtete aber nicht, sondern kauerte sich in einer Ecke zusammen und zog die Knie an.

Heller näherte sich ihm vorsichtig, ging neben ihm in die Hocke. »Harald, hast du den bösen Mann gesehen?«

»Haach!«

»Harald, erinnerst du dich? Eine junge Frau? Wie Magda?« Wie lange Chloroform wohl betäubte? Heller war sich sicher, Schorrer wollte seine Opfer bei Bewusstsein haben, mit offenen Augen. Es musste noch nicht zu spät sein.

Harald grunzte, bedeckte sein Gesicht mit den Händen.

Heller atmete durch. »Siehst du das Blut? Weißt du, wo Blut ist?«

»Hahaha.« Harald klatschte die Hände aneinander.

»Harald, du bist ein braver Junge, zeig es mir. Zeig mir das Blut!«

Der Weg war nicht weit. Harald lief schnell und kannte sich aus. Er nahm Abkürzungen über eingestürzte Gebäude, durch Öffnungen und Keller und führte Heller und Saizev zielsicher durch die Trümmerwüste. Plötzlich standen sie vor der zerstörten Andreaskirche an der Striesener Straße. Harald kannte den Eingang zu den Katakomben. Dort lag ein umgekippter Handwagen. Harald kicherte leise und wollte hinein. Doch Saizev schnellte vor, packte ihn und hielt ihm den Mund zu.

»Gehen Sie! Dawai, dawai, Heller, ich komme nach!«

Nur ungern zwängte sich Heller in den schmalen Zugang, der gegraben worden war, um Verschüttete zu bergen. Ein Pfad führte immer tiefer hinab, bis zu einem Spalt, der ins Mauerwerk des Fundamentes gehackt worden war. Heller wand sich hindurch. Es roch nach Ruß und Steinstaub, ein schwacher Lichtschein wies ihm den Weg. Er gelangte in einen Gewölbekeller mit Dutzenden Säulen und Wänden aus grob behauenem Feld- und Sandstein. Heller lief geduckt zur nächsten Säule, drückte sich in ihren Schatten und blickte sich um. Ein kleines Licht flackerte, eine Petroleumlampe. Und dann sah er sie, Rita Stein, gefesselt an eine Säule. Ihr Kopf hing leblos nach unten. Sie war nackt. Heller schlich zur nächsten Säule und sah sich um. Wo war Schorrer?

»Rita!«, rief Heller kaum hörbar. »Rita!«

Die Frau bewegte sich nicht. Ihre Arme waren um die Säule gezerrt, die Stricke schnürten ihr die Handgelenke ab. Von der Seite konnte Heller nun auch erkennen, dass ihr Mund geknebelt war. Er schaute sich noch einmal um und beschloss, es zu wagen. Er pirschte sich von hinten an die Säule an und versuchte hastig, die Knoten zu lösen. Ein Messer hatte er nicht dabei. Aber die Knoten waren zu fest, es gelang ihm nicht. Er ging um die Säule herum, ging das Risiko ein, in das Licht zu treten, und stellte erleichtert fest, dass Rita Stein noch lebte. In dem Moment blickte sie hoch, schien ihn zu erkennen und rollte angstverzerrt ihre Augen nach links.

Heller verstand die Warnung in letzter Sekunde und hechtete hinter die Säule. Schorrer taumelte, von der Wucht seines ins Leere gegangen Axthiebes aus dem Gleichgewicht gebracht, an ihm vorbei. Doch er fiel nicht hin, sondern fing sich rasch wieder und stürzte sich auf Heller. Der hob die Waffe zum Schuss, doch Schorrer reagierte blitzschnell und schlug Hellers Arm mit dem Axtstiel beiseite. Die Pistole flog weit weg von ihm in den Schatten. Heller hatte sich instinktiv herumgeworfen, kam rasch wieder auf die Beine, aber schon klirrte die Axt hinter ihm an die Wand. Heller hechtete weg aus Schorrers Reichweite. Der hatte inzwischen die Pistole gefunden und aufgehoben.

»Verdammter Schnüffler!«, fauchte Schorrer.

»Geben Sie auf, gleich kommt Hilfe!«

»Wer denn, dieser Verrückte?«

»Schorrer, Sie sind verrückt!«

»Ich bin doch nicht verrückt. Ich bin ein Genie! Haben Sie denn nicht gesehen, welch wundervolles Ding dieser Körper ist? Was er aushält? Man meint, der Mensch müsste sterben, fällt er doch bei jedem Wehwehchen um, wird er doch Tag für Tag von Milliarden Bazillen angegriffen. Doch er erträgt so viel. Hunger, Kälte, Feuer, Schmerz und noch unendlich viel mehr vermag so ein Mensch zu ertragen. Ist es nicht herrlich, die Körper so klar und rein zu sehen, befreit von störender Haut? Wie es zuckt und pocht darunter, wie die Lunge sich hebt, das Zwerchfell zittert, wie das Herz schlägt. Babumm, babumm.«

»Ist es wahr, was Saizev erzählt? Ist es wahr, was Sie mit den Menschen getan haben im KZ?«

»Natürlich ist es wahr. Aber selbst dort wollten sie nicht verstehen, was ich kann, was ich weiß. Unter all den Verrückten, die nur töten wollten um des Tötens willen, war ich wie ein Gott, ein fleischgewordener weißer, strahlender Gott, ich huldigte dem Körper, der göttlichen Schöpfung. Die anderen liefen doch nur einem wild gewordenen Hund nach, brüllten Heil und wollten mir weismachen, ich sei derjenige, der verrückt ist. Genau wie Sie, Heller. Kommen Sie ins Licht, Heller. Kommen Sie, sehen Sie, was ich mit ihr mache. Ich lasse Sie teilhaben. Es braucht nur ein wenig Ammoniak, Adrenalin für das Herz, ein bisschen Novokain …«

Heller zog es vor, der Einladung Schorrers nicht zu folgen, und drückte sich eng in den Schatten einer Säule. Er wusste, er musste Schorrer jetzt in ein Gespräch verwickeln, ihn ablenken. Sonst war alles zu spät. »Sie haben Klara Bellmann umgebracht, weil sie Sie aus Berlin kannte. Sie fürchteten, verraten zu werden, warum? Haben Sie in Berlin auch schon gemordet? Sind Sie der Schlitzer?«

»Ich morde nicht, verstehen Sie denn nicht? Und Klara Bellmann war lästig. Sie hat ihre Nase in Dinge gesteckt, die sie nichts angingen. Sie hat in der Personalabteilung gefragt nach mir, sie ist sogar in mein Zimmer eingedrungen und hat meine Akte gestohlen. Das konnte ich doch nicht einfach so zulassen.«

»Sie hätten sie ganz leicht in die Elbe werfen können. Und der Mord wäre niemals ans Tageslicht gekommen. Warum ließen Sie ihre Leiche liegen? Und nun bringen Sie Rita hierher, um sie zu quälen, anstatt um Ihr Leben zu laufen. So etwas macht nur jemand, der nicht bei Sinnen ist!«

»Hören Sie auf damit! Immer bin ich bei Sinnen. Immer!«

»Sie müssen aufhören, Schorrer! Beenden Sie das!«

»Warum? Ich bin ein toter Mann. Ich werde mein Werk hier vollenden, ich werde das vollkommene Wesen erschaffen, Knochen und Fleisch, eine hüllenlose Maschine. Und wenn Sie jetzt nicht sofort da herauskommen, dann warte ich nicht mehr, bis die Frau bei Bewusstsein ist, dann schneide ich sie jetzt sofort auf.« Schorrer legte die Axt weg, zog ein Skalpell aus der Brusttasche und hielt es gegen Ritas Bauch. Rita riss voller Panik die Augen auf.

Das war der Moment, in dem Heller aus der Deckung kam. Plötzlich grunzte und kicherte es in seiner Nähe.

»Haaach!«, hallte es durch den Keller.

Schorrer wirbelte herum. »Nein, nicht du schon wieder, du Idiot!«, schrie er.

Aber ehe Heller reagieren und nach der Axt greifen konnte, war Schorrer wieder bei ihm, packte ihn an der Schulter und drückte ihm die Pistole ins Genick. So schob er ihn zum Eingang.

Heller brach der Schweiß aus. Er spürte das kalte Eisen im

Nacken und wusste, dass Schorrer nichts mehr zu verlieren hatte. Was war mit Saizev geschehen? War er tot? Und Harald? Wo war der?

»Wo bist du, du dummes Vieh?«, rief der Doktor.

»Haaach«, krächzte es in der Dunkelheit.

»Komm her, du blöder Affe, komm her, dann will ich dich lehren, was es heißt, meine Kunstwerke anzubeißen.«

Schorrer packte Heller an der Schulter, drängte ihn durch das Dunkel zwischen die Säulen in den schmalen Gang.

»Aaah, aah«, kicherte Harald plötzlich hinter ihnen. Schorrer wurde wütend, aber auch unsicher. Er riss Heller herum und stieß ihn wieder zurück in die Katakomben der Kirche, dem Lichtschein entgegen.

Jetzt hatte Heller genug davon, wie eine Marionette herumgestoßen zu werden.

»Sie haben wohl jedes bisschen Ehre im Leib verloren?«, presste er hervor.

»Das könnten Ihre letzten Worte sein«, drohte Schorrer.

Heller ließ sich davon nicht mehr beeindrucken. »Eine Zeitlang habe ich große Stücke auf Sie gehalten, Schorrer. Ich habe doch tatsächlich geglaubt, Sie wären noch vom alten Schlag. Aber jetzt muss ich feststellen: Sie sind ja vollkommen geisteskrank!«

Schorrer knirschte mit den Zähnen. »Nein, Herrgottnochmal, versteht das denn keiner!«

»Ach, ach, ach!«, stöhnte es.

»Du hältst dein verdammtes Maul!«, brüllte Schorrer und schoss in die Finsternis.

Plötzlich blafften zwei Schüsse zurück. Schorrer schrie auf, stürzte zu Boden und hielt sich stöhnend sein angeschossenes Bein. Da löste sich Saizev aus dem Schatten. »Sobaka!«, fluchte er und schob mit dem Fuß Schorrers Waffe aus dessen Reichweite.

Heller stand wie angewurzelt da. »Haben Sie überhaupt sehen können, wohin Sie schießen, Sie Hornochse?«

»Hat mich meine Schokolade gekostet, Harald zu besänftigen, jetzt wird er hängen an mir wie ein kleines Hündchen«, sagte Saizev und grinste Heller an. Schorrer versuchte, von ihm wegzukriechen.

Heller löste sich aus seiner Erstarrung. »Wir müssen Rita helfen!«

In diesem Moment zog Schorrer eine zweite Waffe und richtete sie zitternd auf die gefesselte Frau. Diesmal war es Heller, der reagierte. Mit einer schnellen Bewegung trat er Schorrer auf das Handgelenk. Schorrer schrie auf, umkrampfte aber die Pistole. Heller riss sie ihm aus der Hand. Saizev hatte sich gebückt und klopfte Schorrer gründlich nach Waffen ab, drehte ihn dann auf den Rücken, um die Jacke zu öffnen. Er fand eine kleine Flasche mit farbloser Flüssigkeit, Spritzbesteck, Ampullen, Tücher, ein zweites Messer und die Brieftasche.

»Gehen Sie zu der Frau, ich passe auf ihn auf!«

Heller nahm sich eines der Messer und befreite Rita von ihren Fesseln. Eilig zog er sich die Jacke aus und legte sie ihr um die Schultern. Sie versuchte stehen zu bleiben, sackte aber zusammen und Heller fing sie auf und legte sie sanft auf den Boden. Er begann, ihr die Handgelenke zu massieren.

»Haben Sie etwas zu trinken?«, fragte Rita heiser.

»Nein, leider nicht, aber wir werden etwas besorgen. Rita, darf ich Sie etwas fragen? Was haben Sie aus Klara Bellmanns Zimmer bei den Schurigs geholt?«

»Klara hatte Unterlagen entwendet aus der Personalabteilung. Sie kannte Schorrer aus Berlin und fand es seltsam, dass er es hartnäckig leugnete.«

»Warum haben Sie mir das nicht gesagt, schon nachdem er Klara ermordet hatte?«

»Wusste ich denn, dass er es war? Und was sollte ich Ihnen sagen? Und wusste ich denn, wer Sie waren? Ich weiß es jetzt noch nicht! Sind Sie ein Nazi? Sind Sie jetzt ein Kommunist?«

»Ich bin Max Heller.«

Rita packte ihn an der Schulter und zog ihn dicht zu sich heran. »Ja, aber auf welcher Seite stehen Sie, Max?«

»Ich bin Max Heller. Ich war es und werde es immer sein, bis ich sterbe!«

Rita sah ihm in die Augen, dann ließ sie seine Schulter los und strich ihm über das Gesicht. Seine Bartstoppeln knisterten unter der sanften Berührung.

»Ich bin so müde«, flüsterte sie.

Heller sah Saizev an. »Bringen wir sie raus!«

Der Russe starrte ihn an.

»Was ist?«, fragte Heller.

Saizev verzog den Mund zu einem angedeuteten Lächeln. Dann nickte er. »Sie sind Max Heller. Ich denke, ich verstehe.«

25. Mai 1945, Vormittag

»Papjiere!«, sagte der Posten.

»Max Heller. Ich bin bestellt, zu Kommandant Medvedev.«

Der Posten ging in sein Häuschen und telefonierte. »Warten!«, befahl er, als er zurück war.

Heller wartete geduldig. Er hatte eine ganze Woche auf diesen Termin warten müssen, da kam es auf ein paar Minuten mehr nicht an. Nach einer Weile erschien ein Soldat und führte ihn in die Kommandantur. Vor dem Büro musste er wieder warten. Schließlich wurde er eingelassen. Der Schreiber, der ihm gefolgt war, wurde vom Generaloberst energisch weggewunken.

Mit freundlicher Geste forderte Medvedev Heller auf, sich ihm gegenüber zu setzen. Dann holte er aus seinem Schreibtisch zwei kleine Gläser und eine Flasche Wodka und goss wortlos zwei Gläser ein.

»Nasdrovje«, sagte er leise und kippte den Wodka hinunter. Heller tat es ihm gleich. Der Kommandant füllte nach und die Prozedur wiederholte sich.

Medvedev räusperte sich. »Deutsche Soldaten sind gute Soldaten. Gut im Kampf. Aber keine guten Gewinner. Aber wissen Sie, ich glaube, tief hier drin …«, er tippte sich auf die Brust, »die Deutschen wollen gar nicht gewinnen. Lieber sie beklagen ihr Schicksal und gehen mit einem großen Orchester unter.« Der Kommandant lachte und füllte die Gläser ein drittes Mal.

Heller hob die Hand. »Für mich nicht, ich bin mit dem Rad da und ich habe wenig gegessen.«

»Diesen noch!«, bestimmte Medvedev. Heller nickte ergeben.

»Nun«, der Kommandant sah ihn freundlich an, »Sie sind hartnäckig. Dreimal haben Sie um einen Termin gebeten.«

»Ich wollte eine ordentliche Befragung an Schorrer durchführen. Zwar gibt es zurzeit keine ordentliche Gerichtsbarkeit …«

»Wir sind die Gerichtsbarkeit!« Medvedev strich sich zufrieden über die Brust. »Wir haben Schorrer rechtskräftig verurteilt, für seine Verbrechen als KZ-Arzt. Das Urteil wurde vollstreckt.«

»Nun …« Heller musste ein Aufstoßen unterdrücken. Der Wodka machte ihm zu schaffen. »Selbst mit Saizevs Hilfe war es fast unmöglich, Verbindung nach Berlin zu bekommen. Doch wie es scheint, muss Schorrer schon vor dem Krieg sein Unwesen getrieben haben, in Berlin. Allerdings sind alle Polizeibeamten, die damals ermittelt haben, tot und es gibt keine Unterlagen mehr. Manche sprechen von drei, andere von sieben Opfern. Nun werden wir niemals erfahren, ob dies auch Schorrer zur Last gelegt werden kann.«

Medvedev sah Heller nachdenklich an. »Genosse Saizev sagt, Sie sind ein guter Mann. Und wissen Sie, Saizev hasst Deutsche, wie man nur irgendjemand hassen kann! Jetzt ist er nach Moskau abberufen. Aber hier, hier muss es weitergehen. Wir werden eine neue Polizei gründen, auch wenn das einige meiner Vorgesetzten noch nicht einsehen wollen, aber es wird kommen. Sie sollten sich überlegen, ob Sie nicht der richtige Mann dafür wären.«

»Eine deutsche Polizei?«

»So ist es.«

»Unter russischer Führung.«

»Unter sowjetischer Führung, natürlich!« Medvedev schnaubte ein leises Lachen.

»Habe ich denn eine Wahl?«

Der Kommandant nickte leicht belustigt. »Durchaus, ja.«

Heller schob den Stuhl zurück und erhob sich. »Nun, ich denke, Sie melden sich, wenn es so weit ist.«

Medvedev lachte. »Das denke ich auch. Ich will Sie nicht aufhalten. Doch, warten Sie.« Er holte einen gelben, abgenutzten Briefumschlag aus einer Schreibtischschublade und schob ihn über den Tisch. »Das hier ist für Sie.«

Karin stand über den Waschzuber gebeugt, als Heller mit dem Rad auf das Grundstück fuhr. Überrascht richtete sie sich auf, sie hatte ihn nicht so schnell zurückerwartet. Sie wischte sich die Hände an ihrer Schürze trocken und ging ihm entgegen.

»Du hast ja getrunken«, staunte sie.

Heller nickte.

»Waren sie freundlich?«

»Sie haben gefragt, ob ich der richtige Mann wäre, wenn sie wieder eine Polizei aufbauen.«

»Mehr nicht?«

Heller schüttelte den Kopf, ihm war etwas schwindelig.

»Also hast du keine Arbeit?«

»Noch nicht«, sagte er und nahm sie bei der Hand. »Komm mit mir hinein.«

»Aber die Wäsche …«

»Komm«, sagte er, zog sie durch die Haustür in die Küche, setzte sie auf einen Stuhl und legte ihr den gelben Umschlag hin.

Karin sah Heller an, aber sie fragte nicht weiter und öffnete ihn mit zitternden Händen.

Liebe Mutter, lieber Vater,
Ihr lebt! Es wurde mir soeben mitgeteilt. Ich habe nur wenige Minuten zu schreiben, bin im Kriegsgefangenenlager Nr. 326 in Brjansk interniert, werde nach Moskau gehen, Lehrgang, habe mich freiwillig gemeldet. Erwin ist bei den Amerikanern in einem Lager bei Rheinberg. Es geht ihm gut.
Meine Gedanken sind bei Euch,
Euer Klaus

Heller beobachtete seine Frau, wie sie las, wie ihre Augen wieder zum Briefanfang huschten, um erneut zu lesen, wie sie die Hand vor den Mund schlug und sich ihre Augen mit Tränen füllten.

»Max! Unsere Jungen!« Sie sprang vom Stuhl auf, lachend und weinend zugleich, und fiel ihm in die Arme.

Und so standen sie.

papego

Kostenlos mobil weiterlesen!
So einfach geht's:

1. Kostenlose App installieren

2. Zuletzt gelesene Buchseite scannen

3. 25% des Buchs ab gescannter Seite mobil weiterlesen

4. Bequem zurück zum Buch durch Druck-Seitenzahlen in der App

Hier geht's zur kostenlosen App:
www.papego.de/app

Erhältlich für Apple iOS und Android. Papego ist ein Angebot der Briends GmbH, Hamburg. www.papego.de